The Whistler

▷ [美] 约翰·格里森姆 著

吹口哨的人

▷ 王梓涵 译

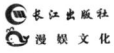
长江出版社
漫娱文化

一

美国的"吹哨人法案"(Whistleblower Protection Act)始于1986年,是《联邦民事欺诈索赔法案》的一个程序性修正案。也称"告发人诉讼"。该法案允许个人代表美国政府,起诉任何收到或使用政府资金,并从中获利的合约人和其他实体,包括州和地方政府的欺诈行为。这个个人就是"吹哨人",意为了望哨和告发者,帮助政府监察公共行为中的欺诈和不公。

一

目录

一

01 代号兰迪　　　　　　007
02 海岸帮　　　　　　　015
03 司法行为委员会　　　025
04 隐藏的女巫们　　　　033
05 死囚区的"怪人"　　　045
06 她的秘密　　　　　　056
07 中间人（1）　　　　　064
08 塔帕科拉　　　　　　072
09 调查开始　　　　　　078
10 死胡同　　　　　　　088
11 "女孩们"的约会　　　097
12 噩梦降临　　　　　　101
13 熟悉的陌生人　　　　109
14 阴谋者　　　　　　　118
15 冈瑟　　　　　　　　122
16 悲伤的葬礼　　　　　129
17 沉痛记忆　　　　　　135
18 录像　　　　　　　　141
19 计划重新开始　　　　148
20 信号　　　　　　　　153
21 正面交锋　　　　　　161

22	莱曼警长	167
23	失踪的普锐斯	174
24	联邦调查局	181
25	消失的告发者重现	190
26	中间人（2）	198
27	格雷格失踪了	206
28	新线索	214
29	约会	222
30	案件切入点	229
31	首战告捷	235
32	警觉的狐狸	244
33	第二个重要突破	251
34	五表亲	259
35	杀手德尔加多	266
36	吹口哨的人	272
37	卧底行动	277
38	庭审	284
39	鼹鼠、中间人和格雷格	290
40	宁静时刻	299
41	围捕行动	305
42	完美落幕	311

尾声　　　　　　　　　　315

01

代号兰迪

卫星收音机里放着轻爵士乐,这辆普锐斯以及车载收音机的主人莱茜讨厌饶舌音乐,而她车上坐着的同伴雨果,则十分讨厌当代乡村音乐。两人从体育评论和公共广播开始尝试,无论是怀旧金曲、成人喜剧,还是英国广播公司,什么共同喜爱的电台节目都没找到,更不用说蓝草音乐、有线电视新闻网、歌剧以及上百个其他的电台了,双方一直是各持己见,互不相让。一番争论之后,终于,两人都累了,于是各自认输,最终选择了轻爵士乐。因为"轻",所以不会耽误雨果一路打盹。因为"轻",所以对爵士乐不怎么感兴趣的莱茜也能接受。这算他们又互相迁就一次了,正是这种迁就让他们两人的合作持续了这么多年。雨果睡觉,莱茜开车,两个人都得到了各自满意的结果。

在大萧条之前,司法行为委员会①批准引入了一小批国有本田车。这种型号的本田车有四个车门,白色喷漆,低里程。但是由于预算削减,这些车便无影无踪了。莱茜、雨果和佛罗里达大量其他部门的公职人员现在

---

① 美国各州的司法行为委员会是一个由立法机关设立的,专门调查并有权起诉法官的组织,其成员由多个部门任命,这些部门包括各州州长、副州长、众议院议长等。

不得不开自己的车为政府办事，每公里报销五十美分。雨果有四个孩子要养，还要负担沉重的房贷，所以他几乎从不开着他那辆老旧的福特野马去办公室，更不用说开车出去办事了。因此，他此时正倒在莱茜的车里呼呼大睡。

莱茜享受着此刻的安静。她大部分的案子都是自己负责，她的同事们也是如此。大幅的预算缩减使机关人员少了很多。除了她自己，司法行为委员会的调查员只剩下六名。一个拥有两千万人口的州，等在六百个审判室里的一千名法官，就靠着这七名调查员，要一年处理掉五十万宗案件。让莱茜一直很欣慰的是，大部分法官都忠诚守信，不辞辛劳，一心致力于司法公正与平等。否则的话，她早就放弃这份工作了。不过还是有一小撮害群之马，让她每个星期像上紧的发条一样忙上五十个小时。

她轻触了一下信号开关，在出口坡道减慢了车速。汽车减速渐停，雨果身子向前趔趄了一下，好像突然清醒了，准备开始工作。

"我们在哪儿？"他问道。

"快到了，还有二十分钟。你该换到右边窗户接着睡。"

"不好意思，我打呼噜了吗？"

"你总是打呼噜，至少你老婆是这么说的。"

"哦，这个我得解释一下，我今天凌晨三点还抱着最小的孩子在屋里走来走去呢。我觉得好像是个女孩，她叫什么名字来着？"

"你说你老婆还是你女儿？"

"哈……哈。"

可爱而且总是怀孕的维尔娜在她丈夫面前永远没有秘密。她的使命就是让他时刻正确审视自己，这是个不小的任务。

很久以前，雨果曾是高中的橄榄球明星，不但是他们班里最抢手的签约球员，而且还是第一个以新手身份打破惯例进入了首发阵容的球员。他在场上打跑位，拼抢激烈且风光无限。不过只打了三场半，他就因脊柱上部脊椎受伤被担架抬了下来。他曾发誓还要回到赛场，但遭到了母亲的坚决反对，也就不了了之了。最后他以优异的成绩毕业，进入了法学院。光辉岁月很快逝去，他却跟所有的美国人一样喜欢忍不住地自吹自擂。

"二十分钟,嗯?"他嘟囔着。

"是啊,不过,要是你愿意,我可以把你留在车里,不熄火,让你睡一天得了。"

雨果翻身倒向右边,闭上眼睛,说道:"我想换个新搭档。"

"这主意不错,问题是没人愿意呀。"

"换个有大车的搭档。"

"五十英里要烧掉一加仑汽油呢。"

他又嘟囔起来,牢骚个没完,然后动来扭去,嘀嘀咕咕,忽然猛地坐了起来,揉了揉眼睛,说道:"我们在听什么呢?"

"咱俩很早以前就讨论过这个话题了。就在我们离开塔拉哈西,你开始冬眠的时候。"

"我还记得,我说过我要开车来着。"

"是啊,眼睛半睁半闭地开车,会出人命的。皮平还好吗?"

"她总是哭个没完。当然,凭我多年的经验,通常新生儿爱哭总是有原因的,比如饿了、渴了、尿了,或者找妈妈,诸如此类。但对她来说,这些都不是,她纯粹是捣乱。你根本不知道她想要什么。"

"说起这个,我确实哄过皮平两次。"

"是啊,上帝保佑你。今晚来我家坐坐吗?"

"随时都可以。她是老四了,你们就没想过节育吗?"

"我们也刚想到这个问题。既然谈到这儿,你自己的性生活怎么样?"

"不好意思,恕我,我就不该提这个问题。"三十六岁的芙茜还是一个性感迷人的单身女人,她的私生活一直以来都是办公室里人们的话题和谈资。

他们一路向东,朝着大西洋的方向行驶,还有八公里就到圣奥古斯丁了。

雨果问道:"你以前来过这儿吗?"

这时的莱茜终于关闭了收音机。

"几年前来过一次。我和男朋友在海边玩儿了一个星期,一个朋友在那儿有个房子。"

"你们俩光做爱了吧?"

"又来了。你脑子里就这么点事儿吗?"

"嗯,肯定是光做爱了。这么说吧,你必须得理解我,皮平现在才一个月,换句话说,维尔娜和我至少三个月没有正常的夫妻生活了。我一直这么忍着。而她呢?三周前她就不许我提这个话题了。真的回不去了,找不到感觉了,你知道吗?在我看来,这感觉越来越糟,也不知道她是不是也这么想。三个满地爬的小家伙,加上一个刚出生的孩子,确实严重妨碍和影响了我们的性生活。"

"我哪儿知道。"

雨果尽量把眼光聚焦在前面一两公里外的高速公路上,眼皮却渐渐又合上了,脑袋也耷拉下来。莱茜瞥了他一眼,笑了笑。

在委员会工作的九年里,她和雨果一起合作了十几个案子。他们是个优秀的组合,互相信任,互相了解。如果雨果在外面干了点儿什么坏事,莱茜都会立刻告诉维尔娜,不过到目前为止他还没什么不良表现。莱茜虽然是和雨果共事,但也喜欢和维尔娜闲聊,或者一起逛街购物。

圣奥古斯丁被称作美国最古老的城市,正是西班牙著名探险家庞塞·德莱昂[①]登陆并开始探险的地方。她历史悠久且是旅游重地,是个遍布着历史建筑、有厚厚的铁兰藤从古老橡树蜿蜒垂下的可爱城镇。

他们刚一进入城镇的外围,车辆就多了起来,车流缓慢,旅行大巴陆续都停了下来。往右侧远眺,一个古老的大教堂高耸于城镇之中。莱茜对这个教堂记忆犹新。虽然当时与男友在这里共度的一周堪称灾难,但她对圣奥古斯丁的印象还是很好的。

而那只是诸多灾难中的一个。

"我们要见的这个神秘的深喉[②]是谁?"雨果又一次揉着惺忪的眼睛问,

[①] 胡安·庞塞·德莱昂(Juan Ponce de León,1474—1521年),出生于西班牙巴利亚多利德,西班牙征服者、探险家。曾同克里斯托弗·哥伦布第二次前往新大陆,参与过征服格拉纳达,是首任波多黎各总督。他最广为人知的,是对印第安人的镇压以及寻找青春不老泉。
[②]《深喉》是1972年在美国上映的一部色情影片,以20万美元的制作费取得了1亿美元的票房收入。由于影片极具争议性,以致后来在导致美国总统尼克松下台的"水门事件"中,传媒开始用"深喉"二字指代告密者。从此之后,线人、举报者、告密者便多被称作"深喉"。

想彻底清醒过来。

"还不知道,不过他的代号是兰迪。"

"好吧,不过你要告诉我,为什么咱俩得一块儿来见这个用着化名,而且还没有向我们尊敬的法官大人提交正式投诉书的人。"

"我也不知道。但我在电话里跟他谈过三次,他听起来,呃,相当诚恳。"

"很好。你什么时候跟投诉方谈话,对方听起来,呃,是不诚恳的?"

"按我说的做,行吗?迈克尔决定了,我们就得乖乖来。"迈克尔是主管,他们的上司。

"当然。就是不知道他要举报的那个不正当行为是什么。"

"嗯,是。兰迪说确实是个很大的料。"

"喊,都这么说。"

他们转到了国王大街,融入到熙熙攘攘的闹市区缓慢车流中。现在是7月中旬,北佛罗里达州这个时候正是盛夏高温季节,游客们都穿着短裤凉鞋悠闲地在人行道上漫无目的地闲逛。

莱茜把车停靠在路边,两人加入了来往的游客之中。他们找了一间咖啡馆,半个小时里都无聊地翻阅着眼花缭乱的房地产广告宣传册。到了中午,他们根据指示,走进了卢卡烧烤店,要了一个三人座的桌子。

他们点了冰茶,等了差不多有三十分钟,却还是没有兰迪的踪影,于是他们又点了三明治。雨果的那份是三明治配薯条,莱茜的是三明治配水果。他们尽量慢慢地吃着,不时盯着门外,耐心等待着。

作为律师,他们的时间是宝贵的。而作为调查员,他们学会了保持耐心。这两种角色经常会冲突。

下午两点,他们终于放弃了等待,回到车里。车里又闷又热,跟蒸桑拿一样简直令人窒息。莱茜启动车子,手机突然响了起来。未知来电,她抄起手机问道:"谁?"

一个男人的声音传来:"我让你一个人来的。"

是兰迪。

"你让我?我们说好中午见面,一起吃午餐的。"

对方停顿了一下,然后说:"我在市政码头,在国王大街的尽头,离这里三个街区。让你的小伙计离远点儿,然后我们再谈。"

"听着,兰迪,我不是警察,也不擅长追踪反追踪一类的事儿。我去见你,跟你打个招呼,仅此而已。但如果六十秒内你不告诉我你真实的姓名,那我当场就走。"

"行啊。"

莱茜挂了电话,喃喃自语:"行啊。"

码头上熙熙攘攘,满是游艇,还有几条来来往往的渔船。长长的驳船上,一群叽叽喳喳的游客们正走下船。河边有一个带露台的饭馆,正在营业,生意挺兴隆。包船上的船员正朝甲板上喷水,把船清理和打扫干净,为明天的包船生意做准备。

莱茜一边沿中心码头走着,一边寻找那个她从没见过的男人。前面一个燃油泵的旁边站着一个上了年纪的人,奇怪地朝她挥挥手、点点头。莱茜也朝他点点头,继续走着。那个男人大概六十多岁,巴拿马草帽下茂密的灰色头发随风飘动。他穿着短裤,凉鞋,一件花哨的印花衬衫,古铜色的皮肤像皮革一样坚韧,一看就是长期沐浴在阳光下的结果。他的眼睛被一副大大的墨镜遮挡住了,笑着走上前去,说道:"你一定是莱茜·斯托尔兹吧。"

她握了握他的手说:"是的,您是?"

"我叫拉姆齐·米克斯。幸会。"

"幸会。我们约好中午见面的。"

"我很抱歉,船出了点儿问题。"他转头朝向码头,望向停泊在船坞尽头的一艘大型机动船。那虽不是海港里最大的船,但是也不小了。

"我们能在那儿谈吗?"他问。

"在船上吗?"

"当然,这样更隐密。"

跟一个完全陌生的人上船在莱茜看来是个糟糕的主意,她犹豫了。还没等莱茜回答,米克斯又问道:"那个黑人家伙是谁?"

他朝着国王大街的方向远望着。莱茜转过头,看到雨果正漫不经心地跟着小游艇停靠区附近的一群游客闲逛着。

"他是我的同事。"她说。

"保镖吗？"

"我不需要保镖，米克斯先生。我们没有武器，不过我的朋友倒是可以一眨眼就把你一拳打到河里。"

"别这样，我很有诚意。"

"那就好。只要船保持原地不动，我就上船。一旦发动引擎，咱们的会面就立刻结束。"

"行啊。"

莱茜跟着他走向码头，经过了一排看似搁置很久的帆船，来到了他的船旁边。那艘船有一个恰如其分的名字：阴谋者号。他站到船上，然后伸出一只手拉莱茜上船。在甲板上帆布篷的下面，有一张小木桌子，桌边有四把折叠椅。他伸手指向木桌，说："欢迎上船。请坐。"

莱茜迅速扫了一眼四周，她没有坐下，而是问了一句："就我们两人吗？"

"哦，不完全是。我还有个朋友，她叫卡丽塔。你想见见她吗？"

"如果她跟你说的事儿有关的话就见。"

"那她无关。"米克斯看向小艇停靠区，雨果正靠着栏杆站着，冲米克斯挥挥手，好似在说："我正盯着你们呢。"

米克斯也挥了挥手，转向莱茜说："我能问你个问题吗？"

"当然可以。"莱茜说。

"是不是无论我跟你说什么，你都会立刻转述给这位雨果·哈齐先生？"

"他是我的同事。我们一起办过几个案子，不出意外，这个案子也是。你怎么知道他的名字的？"

"我刚好有个电脑，然后在网站上查了一下。司法行为委员会真应该更新网站了。"

"我知道。预算缩减了。"

"他的名字听起来有些耳熟。"

"他在佛罗里达州有过一段短暂的橄榄球员生涯。"

"大概就是因为这个,我可是鳄鱼队的粉丝呢。"

莱茜不想说什么。这正是典型的南方人,大家狂热地喜爱着大学橄榄球队,可她却觉得这其实很无聊,甚至有些令人厌烦。

米克斯说:"所以他什么都会知道的,是吧?"

"是的。"

"那还是叫他过来吧,我给大家拿点儿喝的东西。"

02
海岸帮

卡丽塔用一个木盘端上了几杯饮料，莱茜和雨果喝的是无糖汽水，米克斯的是一瓶啤酒。卡丽塔是一位长相标致的拉丁美女，至少比米克斯小二十岁。她看起来很高兴能有客人来访，特别是来的客人里还有一位女士。

莱茜看了一下她便笺簿上的记录，说道："先问个简单的问题，十五分钟前你打来的电话怎么和上个星期你用的电话号码不一样？"

"这也算个问题？"米克斯回答说。

"差不多。"

"好吧。我有很多预付费手机，而且我总是四处转移。我猜是你的上司给你的手机上面有我给你的号码，对吧？"

"是的，没错。我们执行公务时不用自己的私人手机，所以我的号码不会变。"

"这样的话那就简单多了。我每个月，甚至有时每个星期都会换手机号。"

到现在为止，在他们见面的头五分钟里，米克斯说的每一句话都能引出更多的疑问。莱茜还在为刚才匆匆站着吃了午饭而感到恼火，而且米克斯给她的第一印象也不太好。

她说:"好吧,米克斯先生,现在我和雨果会保持安静,你开始说吧。跟我们谈谈你要对我们说的事情,但如果说得含糊不清,让我们云山雾罩摸不着头脑,那就恕不奉陪。既然你故弄玄虚地把我们引到这里,现在就好好说个清楚吧。"

米克斯微笑着看向雨果,问道:"她总是这样直来直去的吗?"

雨果没有笑,只是点点头。他两手交叉放在桌子上等待着,莱茜也放下了手里的笔。

米克斯喝了一口啤酒,终于进入正题:"我在彭萨科拉从事律师职业三十年。我们这种小事务所,通常只有五六个律师。想当年,我们的业务还算不错,生活也很好。我早期的一位客户是个开发商,挥金如土,豪华住宅、高档社区、酒店、购物中心,这些典型的佛罗里达房产建筑一夜之间拔地而起。我从来都不相信这个家伙,但是他赚了这么多钱,所以最后我也就上钩了。他让我参与了几笔生意,都是小打小闹赚点儿小钱,那时候干得还不错。于是我开始梦想着赚大钱,可是在佛罗里达,这样会引来大麻烦。我的朋友当时做假账,背了很多的债务,这种事情我并不了解。原来贷款都是伪造的,一切都是虚假的,我没骗你们。联邦调查局从天而降,就像投下了他们专有的《反侵蚀法》①集束炸弹一样,引发了一场大爆炸。半数彭萨科拉的人都被起诉了,也包括我。爆炸的余波冲击了很多人——开发商、银行经理、房地产经纪人、律师以及其他的野心家们。你可能没听说过这件事,因为你们调查的是法官,而不是律师。到了最后,我缴械投降了,像个唱诗班的男孩一样乖乖认罪。我们达成了认罪协议,我承认犯了邮件诈骗罪,在联邦监狱蹲了十六个月。最终是既丢了律师执业资格,也树敌无数。现在的我非常低调,也申请下来了复职,拿回了律师执照。只是最近我有了一个客户,他就是接下来我们要谈的人。你们现在有什么问题要问吗?"

然后,他从一个空椅子上拿来一份没有标志的文件递给莱茜说道:"这

---

① 《反犯罪组织侵蚀合法组织法》,下文简称为《反侵蚀法》,一个联邦调查局最喜欢引用的、权力颇大的法案,尤其是在针对黑帮、官员的腐败案件上。

是我搜集的资料、新闻报道、我的辩护词,所有你需要的东西。我是合法律师,或者说是一个有前科的合法律师,我说的一切都是真的。"

"你现在住哪儿?"雨果问。

"我有个兄弟住在默特尔比奇,在法律事务上我都用他的地址。卡丽塔在坦帕有个房子,我的一些邮件都寄往那里。平时基本上我都是住在这艘船上。我有几个手机、传真、无线网络、一个小浴室、冰啤酒,还有漂亮的女士相陪。我过得挺开心。我们在佛罗里达、群岛和巴哈马来回往返。这样的退休生活也不错,这都得感谢山姆大叔。"

"你怎么认识这个客户的?"莱茜没有理会细枝末节,直接问道。

"我的一位老朋友知道我的黑历史,觉得我也许会愿意冒险发笔财。这个客户就是这位老朋友的朋友。我的老朋友当时来找我,劝我接下这个案子。别问我客户的名字,因为我也不知道,我的那位老朋友是中间人。"

"你竟然不知道自己客户的名字?"莱茜问。

"不知道,也不想知道。"

"那我们是不是得问问为什么,还是就这样了?"雨果问道。

"这是一个漏洞,米克斯先生,"莱茜说,"我们不接受有漏洞的案件。要么你把事情一五一十都告诉我们,要么我们立刻就走,就当没这回事儿。"

"放松点儿,嗯?"米克斯啜了一口啤酒说,"这事说来话长,我需要一些时间好把来龙去脉给你们说清楚。主要是它涉及面太广,牵涉到了巨额的金钱,还有能让你们大吃一惊的腐败且阴狠毒辣的家伙,他们眼都不眨一下就会把我一枪毙命,也包括你们和我的客户,知情者都会统统没命的。"

一时间大家都默不作声,莱茜和雨果在消化他说的这些话。最终,莱茜打破了沉默,问道:"那为什么你决定蹚这个浑水?"

"为了钱。我的客户想要根据佛罗里达检举者法令拿一笔奖金。他梦想着能得到数百万的奖金。而我,也会得到不少的佣金分成。如果事情顺利的话,我就再也不需要有客户了。"

"看来他肯定是个政府雇员。"莱茜说。

"我懂法律,斯托尔兹女士。你的工作一向是费力巴拉的,而我不是。

我有大把的时间研读刑法条款和案例法。是的,我的客户是佛罗里达州政府的雇员。不过,他的身份不能透露,至少现在不可以。也许到最后,有钱摆在面前,我们可以说服一个法官秘密地受理此案。但麻烦的是,我的客户因为太害怕,现在不愿签字正式向司法行为委员会提出投诉。"

"如果没有正式签名的投诉书的话,我们就无法受理。"莱茜说,"你也知道,这是法律明确规定的。"

"我当然知道,我会签投诉书的。"

"宣誓作证吗?"

"是的,一切按规矩来。我相信我的客户说的是事实。所以我愿意在投诉书上签我自己的名字。"

"你就不害怕吗?"

"我在恐惧下生活很长一段时间了。我想我已经适应了,虽然事情肯定会变得更糟。"米克斯伸手拿起另一份文件,抽出几张纸,放在桌上,他继续说,"六个月前,我就去默特尔比奇的法院改了名字。我现在名叫格雷格·迈尔斯了。我在投诉书上要签的也是这个名字。"

莱茜看了南卡罗莱纳法院的判令书。她第一次感觉到这次来圣奥古斯丁见这个男人不是个明智之举。一个畏缩不前的政府雇员,一个改过自新、吓得去另一个州改了名字的前律师,没有真实住址的前科犯。

雨果看了法院的判令书,他这么多年来第一次希望自己能带着把枪。他问:"你觉得你能保护自己吗?"

"这么说吧,我这个人本就谨慎,哈齐先生。我是个经验丰富的船长,熟悉河道、海洋、水流和岩礁,以及群岛和偏僻的海滩,我比那些找我的人更懂得怎么隐藏,如果真有人在背地里找我的话。"

莱茜说:"好吧,听起来你确实算是能保护自己。"迈尔斯点点头,似乎表示同意。三人各自啜了口饮料。

终于有一丝微风拂来,吹走了稍许湿热的空气。莱茜翻阅着薄薄的文件,说道:"有一个问题。你法律上的麻烦有没有跟司法不当有关联,你想谈谈吗?"

他点点头,但权衡之下,又停住了:"不。"

雨果说:"那再回到这个神秘的客户身上。你有直接跟他联系的方式吗?"

"完全没有。他拒绝使用电子邮件、邮寄信件、传真以及任何可追踪的电话。他跟中间人联系,然后中间人要么跟我面谈要么用一次性手机给我打电话,手机用完就扔。虽然听起来很奇怪而且很浪费时间,但相当安全。不会被跟踪,也没有任何记录,什么线索也不会留下。"

"要是你需要立刻跟他联系,怎么找到他呢?"

"这种情况从来没发生过。我想我会跟中间人打电话,等大约一个小时就会有消息。"

"这位客户住在哪里?"

"我也不清楚,大概是在佛罗里达州狭长地带。"

莱茜深吸了一口气,然后跟雨果交换了一个眼神,说道:"好吧,你要说的到底是什么故事?"

迈尔斯凝视着远方,越过一艘艘的船,眺望着水面。一个吊桥正在开启,他看着开启的吊桥有些入了迷。终于,他开口了:"我要说的故事有很多章节,有些还在撰写当中。这次简短会面的目的就是要告诉你们一些事情,引起你们的好奇,但是也可能会让你们感到有些害怕,现在退出也来得及。所以我想要问的是:你们想卷入进来么?"

"这其中涉及司法不当行为吗?"莱茜问道。

"'不当'这个词似乎有些过于轻描淡写了。我所了解到的腐败程度超出你想象,在这个国家前所未闻。你们看,斯托尔兹女士,哈齐先生,我在监狱里的十六个月时间不是白白浪费的。他们让我管理法律图书馆,我可是一直埋头苦读。五十个州里所有的被起诉过的司法腐败案例我一个不落都研究过了。那些调查报告、文件和记录,所有的资料我都有。如果你需要一个法律百事通的话,直接来找我,问我就行了。我要告诉你的事情涉及的黑钱数额比所有其他案件加一块儿的总和都多。而且还涉及收受贿赂、敲诈勒索、威胁恐吓、操纵司法,以及至少两起谋杀案和一起冤假错案。这个被冤枉的人现在就在距离这里一小时路程的监狱死囚区里等死。而真正的罪犯可能此刻正坐在自己的游艇上享受人生呢,那游艇可比我的这艘豪华多了。"

他停顿了一下，喝了一口啤酒，然后朝他们得意地一笑，满意地看着他们全神贯注的神念："你们确定要掺和进来吗？这可是很危险的。"

"为什么给我们打电话？"雨果问，"为什么不去找联邦调查局呢？"

"我跟联邦调查局打过交道，哈齐先生，而且很不愉快。我不信任他们，也不信任所有戴着警徽的人，特别是在这个州。"

莱茜说："我再说一次，迈尔斯先生，我们不佩戴武器，也不是犯罪调查人员。不过听起来你好像需要联邦政府好几个分支机构的帮助。"

"但是你们有传讯权，"迈尔斯说，"法律给了你们传唤的权力。你们可以要求本州的法官出具其办公室内保存的任何案件记录。你们其实有相当大的权力，斯托尔兹女士。所以在很多方面来讲，你们是犯罪调查人员。"

雨果说："这话是不假，但我们并没有配备武器来对付歹徒。如果你说的事情是真的话，那么看起来那些坏人是有组织的，而且组织很严密。"

"听说过鲶鱼帮吗？"迈尔斯喝了一大口酒问道。

"没有。"雨果回答，莱茜也摇了摇头。

"嗯，这是另一个很长的故事了。哈齐先生，这帮歹徒是有组织的。他们无恶不作，行凶犯罪已经有很长的历史了。但是这些罪行都不会引起你们的关注，因为并没有涉及司法系统。但是，他们有一个公司，并且利用这个公司收买过一个法官。这就是你们该管的事了。"

一艘捕虾船经过，泛起的水波使阴谋者号来回晃动。一时间，三个人都安静下来。莱茜问道："如果我们拒绝加入呢？你的故事会怎么样？"

"如果我提交了正式的投诉书，你们不是也得卷进这个案子里来吗？"

"理论上来说，是的。我相信你也知道，我们有四十五天的评估期，在这期间内决定投诉是否应该受理。然后我们通知被投诉人，也就是那个法官，对他进行调查。但我们也非常善于无视投诉。"

雨果笑着说："哦，是的。我们都算是官僚主义者。遇事推诿、办事拖沓的能力比谁都强。"

"但这个案子你们可不能不管，"迈尔斯说，"这案子太大了。"

"如果是大案的话，为什么之前没被揭露？"莱茜问道。

"因为事情还在进展中,因为时机不对。有太多的原因,斯托尔兹女士。最重要的一个原因是,直到现在知道内情的人都不愿意站出来。而我现在则准备要站出来。问题很简单,那就是:司法行为委员会是否想要调查美国司法史上最腐败堕落的一位法官?"

"是司法系统内部的人?"莱茜问。

"你说对了。"

"我们什么时候能知道他的名字?"雨果问。

"看来你们已经假定是一位男性了。"

"我们没有假定任何事情。"

"可这是个好的开始。"

温热的微风终于停住了,头顶上的风扇不停转动,发着咔哒咔哒的响声,微弱的风力只能稍稍把湿热黏人的空气吹向周围。他们的衬衫都被汗浸透,贴在身上,迈尔斯是三个人中最后意识到这一点的。作为这次简短会面的发起者和船上的主人,他终于尽了一下地主之谊。

"咱们走走吧,去那边的饭馆,喝点儿东西,"他说,"饭馆里有个酒吧,里面冷气很足。"他抓起了一个橄榄色的单肩斜挎包,看起来一直贴身带着。莱茜很好奇想知道里面装着什么。一把小手枪?现金?一本伪造的护照?还是另一份文件?

他们沿着码头一路走着,莱茜问道:"这是你常去的地方之一吗?"

"我为什么要告诉你?"迈尔斯反驳道。莱茜真后悔问他这个问题。她面对的是一个习惯躲躲藏藏、恨不得把脑袋缩在脖子里的人,而不是坐船穿梭于港口之间闲云野鹤的船长。雨果摇了摇头,莱茜悔得想拍自己的脑门。

饭馆现在没有什么人,他们选了靠里面的一个桌子,可以俯瞰海港。在炙热的太阳底下烤了一个小时之后,现在他们觉得空调冷得简直要冻死人了。两位调查员点了冰茶,迈尔斯喝的是咖啡。就他们三个人,没人能听到他们说话。

"如果我们对这个案子不太感冒呢?"雨果问。

"那我想就得进行 B 计划了。不过，我真不想这么做。B 计划就牵扯到新闻媒体了，我认识两个记者，这两个记者都不太可靠。一个在莫比尔，一个在迈阿密。坦白说，我觉得他们很容易就会被吓跑。"

"你为什么这么肯定我们不会被吓跑呢，迈尔斯先生？"莱茜问道，"我们刚才说了，我们并不擅长对付歹徒。我们有一大堆案件要处理呢。"

"我肯定你们不会的。毕竟这世上坏法官从来都不缺。"

"实际上，坏法官没那么多，只有少数几个害群之马，倒是有不少对审判不满的诉讼当事人，让我们忙得吃不消。我们收到了很多投诉，但是大部分都没什么价值。"

"是的，没错。"迈尔斯慢慢摘下了墨镜，放在桌子上。他的双眼又红又肿，就像喝醉了酒一样，眼睛周围的皮肤很苍白，看起来就像浣熊的眼睛，不过颜色是颠倒过来的。很明显，他很少把眼镜摘下来。他再一次扫视四周，好像在看身后有没有人跟踪他走进饭馆，看了一眼后，似乎是放心了。

雨果说：" 跟我们说说这个鲶鱼帮。"

迈尔斯笑着哼了一声，仿佛等不及要讲故事了："你想听故事哈？"

"是你先提起来的。"

"没错，是我起的头。"女服务员端来了他们的饮料，放在桌上，然后离开。

迈尔斯喝了一小口咖啡，然后开始讲述他的故事："这话说起来，要回到五十多年前了。一伙儿臭小子组成了一个松散的团伙，在阿肯色州、密西西比和路易斯安那胡作非为，所到之处都会贿赂当地的警长。他们主要从事非法造酒贩酒、卖淫、赌博以及传统的那些罪恶勾当，要我说，绝对少不了暴力和死亡。他们会选在不起眼的小县城，特别是州界线上做生意。不可避免的是，当地人最终会忍无可忍，选个新警长出来，那些恶棍们就会离开城镇。久而久之，他们在密西西海岸，比洛克西和格尔夫波特附近安营扎寨下来。后来，那些没被枪打死的恶棍们也都被起诉送进了监狱。到 20 世纪 80 年代初期，最初的那批恶棍几乎都不在了，但是年轻的一代中还有一些残余。比洛克西的赌博业合法化以后，他们赚钱的道儿被堵住，生意一落千丈。他们搬到了佛罗里达，发现了伪造虚假土地交易比较赚钱，可卡因交易的利润也很大，于是他们赚钱无数，重新建立了组织，变成了臭名昭著的黑社会组织海岸帮。"

雨果摇了摇头："我在北佛罗里达长大，在这儿上的大学和法学院，一辈子没离开过，这十年里，我也一直在调查司法腐败，但是从来没听说过什么海岸帮。"

"他们从不大张旗鼓，他们的名号也从来没在新闻报纸上出现过。我不知道近十年里，有没有黑帮成员被逮捕过。这是一个很小的网络，组织严密，训练有素。我猜测帮派里大部分成员都有血缘关系。后来这个黑帮很可能混入了警方卧底，最后被一举抓获，全部送进了监狱，但有一个人逃脱了，我暂时叫他奥马尔。这家伙又坏又聪明。在80年代中期，奥马尔带着帮派去了南佛罗里达，那个时候，可卡因交易刚兴起来，他们过了几年好日子。不过后来他们被几个哥伦比亚人出卖了。奥马尔中枪，他的兄弟也是，跟奥马尔不同，他没能活过来，尸体也没有找到。他们逃到了迈阿密，再也没有回到佛罗里达。奥马尔有个无与伦比的犯罪头脑，大约二十年前，他有了一个狂热而痴迷的想法，要在印第安人的土地上开赌场。"

"为什么我一点也不奇怪呢？"莱茜自言自语道。

"是吧。也许你也知道，佛罗里达州现在有九个印第安赌场，其中七个赌场是塞米诺尔人开的，塞米诺尔族现在是印第安最大的部落，也是被联邦政府承认的三个部落之一。这么说吧，塞米诺尔人的赌场每年总收入四十亿美元。奥马尔和他的帮派找到了千载难逢的机会。"

莱茜说："所以，你的故事里包括了有组织的犯罪团伙、拥有赌场的印第安人，还有个贪赃枉法的法官，都是一伙儿的？"

"总结得很好。"

"但是联邦调查局对印第安事务有管辖权啊。"雨果说。

"是的，可调查局从来都对印第安人的各种非法活动睁一眼闭一眼。另外，哈齐先生，请允许我再说一遍，我不跟联邦调查局打交道，他们手里没有任何线索和证据，而我有，并且我在跟你们谈。"

"我们什么时候才能听到完整的故事？"莱茜问道。

"这要看你们的上司，盖斯马尔先生什么时候给你们开绿灯了。你们先跟他谈，把我说的话转述给他，让他了解这其中的危险性，只要他在电话里跟我说司法行为委员会非常重视我提出的投诉，并且全力进行调查，那我就把我知道的一切都告诉你们，知无不言，言无不尽。"

雨果手指敲击着桌面，心里在想着他的家人。莱茜看着另一只捕虾船慢慢穿过海港，心想不知道盖斯马尔会有什么反应。迈尔斯看着他们两个，心里甚至同情起他们来。

03

司法行为委员会

司法行为委员会的总部坐落于塔拉哈西市中心的一座四层的州政府办公大楼里。办公室占据了三楼的一半，与州议会大厦隔着两个街区。这个"富丽堂皇"的办公之地里，地毯破旧磨损，狭小得像监狱一样的窗户，奇迹般地偏过了大部分的阳光。天花板上的方形嵌板上满是烟渍，那是几十年的香烟缭绕累积而成的。墙边堆满了廉价的置物架，被厚厚堆积的简报和被遗忘的备忘录压得摇摇欲坠，弯曲倾斜。所有这一切都说明了预算紧缩，财务吃紧，更不用说还有一个显而易见的事实，那就是这个部门的工作与州政府和州立法委员会相比，显得毫不重要，没有存在感。每年一月，迈克尔·盖斯马尔，这位执掌司法行为委员会多年的主管，都得硬着头皮步入州议会大厦，手里拿着帽子，亲眼看着众议院和参议院的委员们切分着财政收入这块大蛋糕。这时候，他不得不卑躬屈膝，低下头来。他总是要求多拨给一些预算，但是收到的钱永远比要求的少。他就是这样一位大部分的立法者并不知晓的主管。

委员会由五名政府任命官员组成，通常是受州长青睐的退休法官和律师。他们每年进行六次会面，参加审查投诉、举行类似审判一样的听证会，听取盖斯马尔和他的属下关于近期情况的报告。他需要更多的属下,但却没钱请人。他手下的六个调查员,四个在塔拉哈西,两个在劳德代尔堡,每个星期平均工作五十个小时,几乎个个都在私下里寻找其他的工作机会,希望另谋他职。

从盖斯马尔位于角落的办公室里向外望去,可以看到另一个像碉堡一样的大楼,比他所在的这栋大厦还要高,在大楼的前面,有一片形形色色的政府办公大楼,可惜他很少向外看。他的办公室很大,因为他把墙砸了,然后放了一张长桌,而这座隔架和隔间组成的迷宫,是唯一可以被称为家的地方。当委员会举行会面商讨公务的时候,他们会在佛罗里达最高法院大楼借一个会议室。

今天,有四个人围着桌子聚在一起:盖斯马尔、莱茜、雨果,以及司法行为委员会的秘密武器,一位名叫萨黛尔的上了年纪的律师助理,她将近七十岁了,不仅可以研究查阅大量的资料,甚至还能过目不忘。三十年前,萨黛尔从法学院毕业,但是没有通过律师资格考试,而且考了三次都名落孙山,于是她退而求其次,成为了永久性的律师助理。她曾经烟不离手,窗户和天花板上大部分的烟渍都是她的杰作。近三年来,她一直和肺癌作斗争,但是还依然想念每周都不停工作的日子。

桌子上摆满了文件,很多文件都没有用订书器订上,上面有黄色荧光笔做的标记还有红色的标注。雨果说:"这个人通过了审查。我们联系了彭萨科拉的有关人员,证实了他曾经是个律师,而且名声还不错,至少在他被起诉之前是这样。虽然名字换了,但是所说的倒是不假。"

莱茜补充道:"他的监狱记录也没有什么问题。在得克萨斯的联邦监狱里服刑了十六个月零四天,大部分时间都在管理监狱的法律图书馆。相当不错的监狱律师,他帮助了几个狱友进行上诉,甚至还帮两个犯人提前出狱,因为律师把他们的案子搞砸了。"

"他被定的是什么罪?"盖斯马尔问道。

雨果回答说:"我深挖了一下他的情况,证实迈尔斯说的是真的。联邦调查局探员抓获了一个名叫库比克的房地产诈骗犯。从加利福尼亚来,在德斯坦和巴拿马城行骗二十年。他们抓到了他,以一连串的罪名判刑三十年。罪行主要有银行诈骗、税务欺诈和洗钱。他被抓后,很多人也相继落网,其中包括拉姆齐·米克斯。他很快招供,并且与法院达成了认罪协议。他在起诉书里告发了所有人,特别是库比克,造成的冲击实在不小。也许他改名换姓躲藏在公海是件好事。他仅被判服刑十六个月,其他人至少被判五年,库比克判刑最重。"

"他的个人情况怎么样?"盖斯马尔问道。

莱茜回答说:"两次离异,目前单身。第二个老婆在他入狱后离开了他。跟第一任妻子育有一子,他儿子住在加利福尼亚,开了一个饭馆。迈尔斯认罪时,付了十万美元的罚金。他在审判时证实他的诉讼费也是相同的金额。诉讼费再加上罚金,让他穷了个底掉。在他入狱的前一个星期,他申请了破产。"

雨果翻看着几张放大的照片,说:"有一点让人觉得很蹊跷。我们见面的时候抓拍了一张他那艘船的照片。那是一艘五十二英尺长的海上动力艇,船上配置精巧别致,续航力二百海里,拥有四个舒适卧舱。因为这艘船登记在巴哈马的一个空壳公司,所以无法查到它的编号,但是估计最少价值五十万美元。他六年前被释放出狱,而且根据佛罗里达律师协会的记录,他的律师执业资格是三个月前才被恢复的。他没有办公室,而且说自己住在船上,所以我猜测他的船应该是租的。不管怎样,这样的生活方式显然花费不小。所以,问题明摆着,他是怎么负担起这么大开销的呢?"

莱茜接过话来:"很有可能在联邦调查局来的时候,他把黑钱藏起来了。这是一起很大的有组织诈骗和舞弊案件,受害者众多,影响巨大。我从一个前举报人那里得到消息,他说不少人一直怀疑米克斯——也就是现在的迈尔斯,隐藏了一笔钱。他说很多被告人都企图隐藏现金。但是,我们可能永远也查不到。如果七年前调查局都没能查到,那现在我们就更查不出来了。"

盖斯马尔喃喃自语说:"不过我们倒是有时间可以查。"

"没错。"

"看来这家伙是个骗子?"盖斯马尔问道。

雨果说:"他的确是个罪大恶极的犯人,但是他被判了刑,也付出了

027

代价，而现在他是我们律师协会里名正言顺的成员了，跟我们当中的三个一样。"他小心翼翼地看了一眼萨黛尔，微微笑了一下，不过没有得到任何回应。

盖斯马尔说："也许说他是个骗子有点儿严重了，不如说他很可疑，不够可靠。我并不十分相信他藏钱这么一说。如果他把钱藏起来，并且欺骗处理破产案件的法官申请破产，那么等于他又诈骗了。他为什么要冒这个险呢？"

雨果回答："不知道。他似乎十分小心谨慎。而且别忘了，他出狱已经六年了。根据规定，必须在佛罗里达住满五年之后才能重新申请批准进入律师协会。他在这几年的等待期间里，也许在四处赚钱。看来他有不少赚钱的门路。"

莱茜问道："这些有什么重要价值吗？我们调查的到底是他还是腐败的法官？"

"说到点儿上了，"盖斯马尔说，"他暗示那个法官是个女的吗？"

"似乎是的，"莱茜回答说，"他说得很含糊。"

盖斯马尔看着萨黛尔说："我们佛罗里达州应该有足以体现政治正确的女性法官数量。"

萨黛尔费力地喘了一口气，然后用因长久吸烟而造成的沙哑声音说："这要看从什么角度。有几十个女孩在掌管交通法庭这样的部门，但是听起来就像是巡回法庭上表演拙劣的蹩脚演员。六百名法官里，大约三分之一是女性。鉴于有九座赌场分布在这个州里，如果从猜测和查找女性法官开始的话，那简直是浪费时间。"

"对于这个所谓的黑帮，您有什么了解吗？"

她用她的肺尽可能地深吸一口气，然后说道："谁知道呢？这里曾经有过迪克西黑帮、红脖子黑帮、得克萨斯黑帮，都是一帮恶棍暴徒。而且大部分名气挺大，流传挺久，但都没多少犯罪记录。只是有一帮南方的白人小子经常贩卖威士忌酒，喜欢打断别人的腿。这个鲶鱼帮或者海岸帮却从未听说过。并不是说它不存在，只是我没有找到关于它的任何信息。"她忍不住气喘吁吁，声音戛然而止。

"别这么快下结论,"莱茜说,"我偶然在一份大约四十年前的小石城报上看到了一篇文章。文章里讲述了一个叫拉里·韦恩·古雷尔的男人富有传奇色彩的故事。他在阿肯色三角洲地区拥有几家鲶鱼餐厅。不过他表面上是卖鲶鱼,背地里在非法贩酒。后来,他和他的表兄弟们野心更大了,生意范围扩展到赌博、卖淫和偷车。正如迈尔斯所说,他们渗透到南方腹地,不断寻找可以贿赂的司法长官,好让他们可以重建帮派。他们最终在比洛克西安营扎寨。这篇文章很长,细节就不用说了。但是这些家伙背后留下的是一堆堆的尸体,数量令人震惊。"

萨黛尔表态说:"嗯,我承认我错了,受教了,多谢。"

"好说。"

雨果问:"我能问一个问题吗?假如他提出投诉,我们把投诉书交给法官,然后开始进行调查,事情的确就会变得很危险。为什么我们不直接去找联邦调查局呢?这一点上,迈尔斯没法儿阻止我们,不是吗?"

"他当然管不了我们,"盖斯马尔说,"而且我们正打算这么做。他不掌控这次调查,我们才是主角。如果我们需要帮助,当然会得到协助。"

"那我们要调查这个案子了?"雨果问。

"那还用说吗,雨果。我们没有别的选择。如果他提出投诉,控告法官行为不当或者腐败失职,按照章程规定,我们没有选择,必须进行评估。这是明摆着的。你害怕了吗?"

"没有。"

"莱茜,你呢?有什么疑虑吗?"

"当然没有。"

"那好,通知迈尔斯先生,如果他想亲自跟我谈,那就让他接我的电话。"

用了两天时间才打通电话,等莱茜终于联系上迈尔斯时,他却非常敷衍,好似对这场通话毫无兴趣。他说他被一些事情"缠住了身",会晚一些回电话。信号很弱,而且电话里总是有沙沙声,似乎他正在远离陆地的什么地方。转天,他用另一个手机给莱茜打电话,要求与盖斯马尔通话。盖斯马尔向他保证会优先处理他的投诉,并且立刻进行调查。一个小时后,迈尔斯再次打电话给莱茜，要求会面。他说他想再次跟她和雨果见面，讨论案件。他手里有很多背景资料，并且绝不能白纸黑字写下来，这些关键的信息对于调查至关重要。如果他们不跟他见面，他就坚决不签字提交投诉。

盖斯马尔批准同意了，等着迈尔斯选择见面地点。等了一个星期，迈尔斯才说他和卡丽塔正在巴哈马"围着阿巴科群岛转悠"，几天后将返回佛罗里达。

于是，在一个星期六的下午，气温达到了三十六七度，莱茜开车驶进了一个住宅小区，似乎家家都敞着大门，人造水池错纵交织，廉价的喷泉里喷涌而出的都是热水。她开车经过了人群拥挤的高尔夫球场，经过了一排又一排样式一模一样的房子，每套房子都备有一个容纳两辆车的车库。最后她把车停在了一个大型露天停车场的附近，周围是一排排相连的游泳池。数百个孩子在泳池里嬉戏玩水，妈妈们坐在大太阳伞下喝着饮料。

芳草地住宅区撑过了大萧条，并且在大萧条后重新开盘，定义为适合年轻家庭的多种族融合社区。雨果和维尔娜五年前在这里买了房子，就在他们第二个孩子出生之后。现在，哈齐夫妇已经有了四个孩子，这个二百平方米的平房显得拥挤不堪。该买更大的房子了，但是这可由不得他们。雨果的年薪是六千美元，和莱茜的年薪一样。可莱茜是单身，除了必要的开支还能存下一点儿钱，而哈齐夫妇则是月光族。

尽管如此，他们还是喜欢组织聚会。夏天的时候，几乎每个星期六下午，雨果都会在泳池旁烧烤，站在烧烤架旁，一手拿着冰啤酒，一边烤着牛肉汉堡，一边跟朋友们谈论橄榄球，孩子们在泳池里玩水，女人们躲在阴凉处乘凉。莱茜加入了女士们当中，简短的寒暄之后，她就径直走到游泳池旁的小屋，维尔娜在那里抱着孩子，努力让自己保持冷静。皮平现在一个月大，从出生到现在一直脾气暴躁。莱茜有时会帮忙照看哈齐家的孩子，好让孩子的父母喘口气。通常照看孩子的保姆并不难找。他们双方的父母都住得不远，离这里不到三十英里。雨果和维尔娜都各自有个大家庭，三姑六婆、叔伯舅舅、堂兄弟表姐妹，数都数不过来，而且家长里短不断，嫌隙冲突经常上演。莱茜常常羡慕在大家庭里所拥有的安全感，但是她也庆幸没有大家庭所带来的困扰,人多事杂,少不了纷争。偶尔,维尔娜和雨果需要别人帮把手照顾一下孩子,但是他们又不想烦劳那些亲戚。

维尔娜去拿喝的,莱茜抱过了皮平。她一边轻摇怀里的婴儿,一边站在露台上俯瞰下面的一群人:人群中有黑人、白人、西班牙人和亚裔,都是年轻的夫妇们带着孩子。其中两个律师来自司法部长办公室,一个是雨果在法学院时认识的朋友,另一个在州参议院工作。除了莱茜以外,没有单身,没有适合她的对象,不过莱茜压根也没期望能遇到合适的人。她很少约会,因为条件相当的男士太少,也没有让她动心的。她曾经交过男朋友,分手时闹得很不愉快,甚至很可怕,分手八年以后,她的心里还有阴影。

维尔娜拿了两瓶啤酒回来,坐在莱茜身旁。她小声说:"为什么你一抱着她,她就安静了呢?"

莱茜笑着耸耸肩,她也不清楚为什么。三十六岁了,她每天都在想这辈子还能不能抱上自己的孩子。她也不知道答案,但是时钟滴答滴答一刻不停歇,时间一天天过去,她担心机会越来越渺茫了。维尔娜看起来很累,雨果也是一样。他们想要一个属于自己的大家庭,但是,说实话,难道四个孩子还不够吗?莱茜不敢开启这个话题,但是对她来说,她很清楚答案是什么。他们两个很幸运上了大学,因为都是家里的老大。他们梦想着让孩子们都有同样的机会能上大学。但是他们怎么可能负担得起四个孩子的学费呢?

维尔娜用轻柔的声音说:"雨果说盖斯马尔交给你们两个人一个大案子。"

莱茜很惊讶,因为雨果是个坚决不在家里谈论工作的人,而且司法行为委员会对保密的要求非常严格。有时候,晚上几杯啤酒下肚后,三个人会调侃和嘲笑他们调查的法官的某些离谱行为,但也从来不说法官的真名。

莱茜说:"有可能是个大案,也有可能什么都不是。"

"他没跟我说太多,他从来也不细说,但是他看起来有些担心。奇怪的是我从来没想过你们的工作会有危险。"

"我们也没觉得会有危险。毕竟我们不是佩戴枪支的警察,我们是带着传票的律师。"

"他说他希望能带把枪。这真让我担心,莱茜。你得向我保证你们不会陷入危险。"

"维尔娜,我向你保证。如果我觉得需要带枪,我会立刻辞职,再找别的工作。我这辈子绝不碰枪。"

"唉,在我周围,我们的周围,有太多的枪击事件和因为枪导致的罪行发生。"

皮平睡了足足十五分钟,突然发出了尖声啼哭。维尔娜伸手把孩子接过来,说:"这孩子,这孩子。"莱茜把孩子交给维尔娜,准备去看看汉堡烤得怎么样了。

04

隐藏的女巫们

迈尔斯终于主动联系他们了，他让莱茜还在圣奥古斯丁的那个码头和他见面。一切都跟上次一样——同样是闷热潮湿的天气，同样是悄悄溜到码头的尽头，迈尔斯甚至还穿着跟上次一样的印花衬衫。他们依然坐在船上阴凉处的木桌旁。迈尔斯喝着跟上次一样的啤酒，然后开始了谈话。

他上次提到的那个叫奥马尔的人，现实生活中的名字叫沃恩·杜博斯，他是最初的黑帮元老的后代。这个黑帮的确是在阿肯色州福雷斯特市经营了一家鲶鱼餐厅，背后却做着违法的交易。他的外祖父拥有一家餐馆，几年后在一次警察伏击行动中丧命。他的父亲在狱中上吊自杀，至少在官方的报告中，他们发现他是上吊死的。他的不少叔叔和表兄弟也都遭遇了类似的命运，帮派日渐衰落，直到沃恩在南佛罗里达发现了利润可观的可卡因交易。经过几年的运作和积累，让他有能力重新加强和巩固自己的小帮派。他现在快七十岁了，住在沿海某个地方，没有法律可查的住址、银行账户、驾照、社保号以及护照。他开赌场赚得盆满钵盈之后就缩减帮派，只留下几个同族兄弟，手里没剩几个帮手。他完全隐藏在幕后掌控全局，还有不少秘密的离岸公司，所有这一切都被一个在比洛克西的一个律师事务所监控。据传言,而且知道的人不多,这个人尽管是富商巨贾,家财万贯,但是生活却朴素低调。

"你见过他吗?"莱茜问,

迈尔斯听到这个问题觉得很可笑,讥笑地说:"别傻了。没人见过这个人,好吧?他隐藏在暗处,我猜这倒跟我有点儿像。在彭萨科拉这个地方,即使问遍这里所有的人,知道沃恩·杜博斯的人也超不过三个。我在那里住了四十年,也是几年前才听说他的大名。他来无影去无踪,深不可测。"

"但是他没有护照啊。"雨果说。

"没有合法的护照。不过如果抓到他的话,你会发现他有六七本假的。"

1936 年,印第安事务局给塔帕科拉族颁发了特许执照。塔帕科拉族是一个有四百多人的小部落,分布在佛罗里达州的狭长地带,大部分族人聚集在布伦瑞克县沼泽内陆的小片家园。八年前,联邦政府割让给部落一个三百英亩的保留地,部落在那里拥有了大本营。到了 1990 年,南佛罗里达的塞米诺尔人发现了赌场生意的广阔前景和巨大利润,于是全国的部落也都竞相效仿。与此同时,沃恩和他的帮派恰好在临近塔帕科拉保留地的地方开始购买价格低廉的土地。90 年代早期,没人知道这个确切的消息,因为消息渠道长久以来秘而不宣,杜博斯却早早把触角伸向了塔帕科拉,这笔买卖做得太好了,简直让人难以置信。

"金钥匙赌场。"雨果自言自语说。

"没错。这座北佛罗里达唯一的赌场恰好距离十号洲际公路以南十英里,距离海滩以北十英里。赌场提供全方位服务,二十四小时全天候营业,节假日无休,为全家提供迪士尼式的娱乐享受,拥有全州最大的水上乐园,各类高档住宅可供购买、租赁或分时预定,满足各类顾客需要,是赌博狂热者以及渴望享受阳光者的天堂和圣地。而且地理位置极佳,是周边二百英里以内五百万人口的最佳选择。谁也不知道利润究竟有多大,因为开赌场的印第安人没有向任何部门上报过。但是可以确信这把'金钥匙'开启的是至少每年五亿美元的宝藏。"

"我们去年夏天去过那里,"雨果承认,好像犯了什么错一样,"某个周末在那里玩了一小会儿,花了五十美元。确实不错。"

"不错?简直是完美好不好。那里装饰奢华,富丽堂皇,塔帕科拉简直就是在印钱啊。"

"沃恩和他的手下把赚来的钱都分了吗?"雨果问。

"还有很多其他人,不过现在说这个还太早。"

莱茜说:"这地方属于布伦瑞克县,第二十四司法管辖区,我记得有两位巡回法官,一男一女。我快猜到了吧?"

迈尔斯笑了,轻敲着桌子中央的一个密封文件说:"这是投诉书,我一会儿再把它给你。我要投诉的法官,就是尊敬的克劳迪娅·麦克多万,一位在位十七年的法官。我们一会儿再谈她,现在,请允许我向你们介绍一下背景。这很重要。"

话题回到塔帕科拉。这个部落在赌场赌博的问题上有很大分歧。反对派以一个名叫萨恩·莱兹科的人为首,这个人是个基督教徒,站在道德的立场上反对赌博。他招募了自己的手下,人数上似乎占优。赌场的支持者则许诺给所有人丰厚的回报,新的家园、终身养老金、更好的学校、免除大学学费、提供医疗保健,等等,承诺的内容一项接着一项。沃恩·杜博斯秘密投入资金推进批准建立赌场。但是,跟以往一样,他的任何举动都无迹可循。1993年,塔帕科拉族就赌场问题进行投票表决。除了年龄低于18岁的之外,有投票资格的大约三百名。只有十四人进行了投票,而且还是在联邦警察的监督下,以防有任何暴力事件发生。萨恩·莱兹科和以他为首的传统主义者得到了54%的选票。有人恶意投诉,声称投票者作假并且遭到恐吓,但是巡回法庭的法官把投诉弃之一旁。于是赌场完了。

不久之后,萨恩也完了。

他的尸体在另一个人的房间里被发现,身旁还有那个人的老婆。两人都是头部中了两枪,而且都是赤身裸体,似乎是被捉奸在床。她的丈夫朱尼尔·梅斯,因两项谋杀罪被捕。在赌博的纷争中,他曾是莱兹科最亲近的助手。梅斯坚称自己无罪,即便如此,他还是被判处了死刑。因为臭名昭著,新当选的法官克劳迪娅·麦克多万将审判地点移到另一个县,但仍拥有司法裁判权。她主持庭审,每轮审判都偏向原告。

赌场面临两个重要的难题。一个是萨恩·莱兹科,另一个难题就是赌场地点。塔帕科拉大部分土地处在低洼的沼泽和河口,几乎无法居住,但却有面积足够大的高地可以建成大型赌场,周围还能留有足够面积的土地。如何到那里是个问题——通向保留地的道路年久失修,而且道路狭窄,寸步难行。考虑到能够增加税收和高薪工作机会,以及繁荣的前景,布伦瑞克县的长官们同意建造一条四车道的公路,从二八八州际公路通到保留地的边界。但是建造公路就需要征用或者没收私人土地,而大部分公路用地的土地拥有者都反对建造赌场。

县里同一时间提起了十一项诉讼,要求没收所建公路沿线的十一块土地。麦克多万法官负责这几起诉讼案件,以强硬态度逼迫律师,要求"速战速决"。几个月之内,就开始开庭审理了。那时,还没有引起人们怀疑,至少在那些律师们当中没人发现疑点。她正襟危坐在法官席上,要求公路尽快建成。

在第一次庭审即将到来之前,她在自己的审判室安排了一次仲裁会议,要求所有的律师参加。在马拉松一样的会议中,她最终敲定了一个协议,县里会支付给土地拥有者比土地评估价高出一倍的价钱。根据佛罗里达法律,毫无疑问县里可以得到土地。最大的问题就是赔偿金和时间。通过铁腕手段处理诉讼,麦克多万法官拯救了多年来拖而未决的赌场业。

土地征用权案件按照计划有序进行。随着萨恩·莱兹科的出局,赌博业的支持者们请求再进行一次公民投票。这次他们以三十票的优势获胜。于是又有人起诉称投票作假,麦克多万法官将起诉驳回。所有的阻碍都被清除,建造金钥匙赌场的道路畅通无阻,2000 年,赌场开业了。

朱尼尔·梅斯上诉的进程因为层层的司法系统而十分缓慢,虽然有些评论者对初审法官以及她的裁定感到不满,但是没有发现严重的错误。几年过后,还是裁定维持原判。

"我们在法学院研究过这个案子。"雨果说。

"那起谋杀案是十六年前的案子,你那时候多大,二十岁?"迈尔斯问。

"差不多吧。我记不清那个谋杀案件了,也忘了是怎么审理的,但在法学院时学到过,我记得好像是学习刑事诉讼法程序的时候。是关于如何在重大谋杀案审判时利用监狱里的告发者。"

"我猜你也听说过吧？"迈尔斯问莱茜，莱茜回答说："没听说过，我不是在佛罗里达长大的。"

迈尔斯说："我有一个关于这件谋杀案的完整详尽信息，甚至包括人身保护令。几年来我一直跟踪这个案子，所了解到的东西比当年涉案人员差不了多少，只是为了有朝一日给你们提供信息。"

"那梅斯到底是不是把她老婆和萨恩捉奸在床，一怒之下顿起杀意了呢？"莱茜问。

"我怀疑不是。他说他在别的地方，但是他的不在场证明并不能令人信服。他的法庭指派律师是个新手，毫无经验，跟伶牙俐齿、处事圆滑的对方律师相比，根本不在一个水平。麦克多万法官允许他传召两名监狱里的告发者，这两名告发者称梅斯在监狱里跟他们吹嘘自己杀了人。"

"我们是不是应该跟梅斯谈谈？"雨果问。

"我正要说呢。"

"可是为什么要见他？"莱茜问。

"因为朱尼尔·梅斯可能知道些什么，而且有可能他会跟你们谈。塔帕科拉族人口风很严，很难从他们嘴里撬出话来，而且对外人疑心很重。特别是对那些当官的和穿制服的。再加上，他们惧怕杜博斯和他帮派里的人。他们一直以来都受到恐吓和威胁。所以为什么不保持沉默呢？他们获得了一笔意外之财，有了房子、车子、学校和医疗保障，还有了上大学的学费。何必挑起事端给自己找麻烦呢？即使赌场背后有黑帮的人，做着一些肮脏的交易，谁管呢？枪打出头鸟。"

"我们能聊聊那位法官吗？"莱茜问。

"当然可以。克劳迪娅·麦克多万，五十六岁，1994年首次当选法官，至今为止每六年都连任一次。被公认为是一位非常勤勉的法官，工作认真严谨，审判严格。她以压倒性多数票得以连任，聪明能干，也很争强好胜。她的前夫是彭萨科拉的一位德高望重的医生，喜欢年轻漂亮的护士。她的婚姻以糟糕的离婚收场，在这场离婚官司中，克劳迪娅被前夫和前夫的一帮律师算计受骗，打击和愤怒之下，她去了法学院学习，准备复仇。但是后来，她决定让那个老男人见鬼去。她来到了布伦瑞克县的中心斯特林镇并且在此定居。她在那里进入了一个小房地产公司工作。她勤奋努力,但是很快就厌倦了小城镇无聊的小业务,偶然的机会,她遇到了沃恩·杜博斯。我不清楚这部分的事情。有传闻说他们时常约会,但是,我再次申明一下,这只是一个没有被证实的传言。1993 年,塔帕科拉反对建造赌场投票表决之后,克劳迪娅·麦克多万突然间对政治产生了兴趣,竞选巡回法庭法官。我对此事一无所知。那时候,我还是彭萨科拉一个忙碌不停的律师,甚至不知道斯特林在地图上的哪个位置。我听说过塔帕科拉,也看到过关于赌场纷争的新闻,但是并不感兴趣。据各方报道说,她的竞选背后有雄厚的资金支持,而且竞选班子实力强劲,最终她赢得了一千张选票,打败了现任的巡回法庭法官。一个月后,她走马上任,萨恩·莱兹科被谋杀。而且,如我刚才所说,她主持了朱尼尔·梅斯的庭审。那是在 1996 年,在此期间,沃恩·杜博斯和他的同伙、有限责任合伙人以及那些离岸公司正在大肆购买布伦瑞克县位于保留地附近的大片土地。几个其他的投机商看到塔帕科拉可能要建造赌场,也趁机加入进来想大捞一笔,但是第一次投票之后,这些家伙们逃离了这个市场。沃恩乐不可支地把土地所有权从他们手上夺走,他知道这片印第安土地的周围不久之后将会迎来什么。萨恩·莱兹科已经出局,以戏剧性的方式被除掉,赌场的拥护者们赢得了第二次投票的胜利。剩下的事情就众所周知了。

莱茜目不转睛地看着电脑,很快找到了法官克劳迪娅·麦克多万的大尺寸官方照片,照片中的她穿着黑色法官袍,手里拿着法槌。她留着黑色短发,非常时尚,戴着名牌眼镜,遮住了大半张脸,所以很难从她眼神中看出什么。没有笑容,似乎没有热情和幽默感,一副公式化的表情。她真的是一手制造了冤假错案,让一个男人在监狱死囚区待了十五年的嫌疑人吗?真让人难以相信。

"腐败贿赂是在哪里发生的?"莱茜问。

"到处都有。塔帕科拉刚一开始建造赌场,沃恩·杜博斯就开始行贿了。他第一批开发的项目是一个名叫兔子快跑的高尔夫球社区,位置与赌场相邻。"

雨果说:"我们开车时经过了那里,我以为那是金钥匙赌场的一部分。"

"不,但是从高尔夫球场的练习场走五分钟就能到赌场。塔帕科拉人的阴谋之一就是虽然开着高尔夫球场,但实际做的事与高尔夫球无关。他们操纵赌博和娱乐事务。杜博斯得到的不止高尔夫球场,还有周围所有的一切.他在兔子快跑高尔夫球场建了十八个球洞,每个球道都通向不同的房子。"

迈尔斯把一份文件扔向桌面,说道:"这就是投诉书.以格雷格·迈尔斯的名字宣誓。在文件里我指控克劳迪娅·麦克多万法官在兔子快跑社区至少拥有四套房子,均为不知名公司赠与,简称为CFFX,公司注册地点在伯利兹。"

"是杜博斯给的?"莱茜问。

"我敢肯定就是他,但是目前尚无法证明。"

"那不动产记录呢?"雨果问。

迈尔斯敲打着文件说:"在这里面。这些记录会告诉你们CFFX公司至少转让了二十所房产给离岸公司。我有充分理由相信麦克多万法官拥有其中的四套,并且都显示所有权为国外企业。我们对付的是极为老练、圆滑世故的奸诈之徒,而且还有一帮出色的律师为他们出谋划策。"

"那些房子价值多少钱?"莱茜问。

"按现在的行情,每套至少一百万美元。兔子快跑社区经营得非常成功,甚至能经受住大萧条的冲击。依靠赌场,杜博斯拥有大量的现金,他喜欢在球道沿线的住宅小区里建设完全一模一样的房子和公寓。从十八个球洞扩展到三十六个,后来又增加到五十四个,而且他有足够多的土地可以建造更多的房子。"

"为什么他送给麦克多万法官房子呢?"

"也许因为他只是发了善心,但我猜测这是两人当初约定的一部分。克劳迪娅·麦克多万向魔鬼出卖了自己的灵魂,从而换取了法官的位置,并且无数次竞选成功,从此后就一直得到回报。赌场的建成和布伦瑞克县的发展过程中产生了难以计数的诉讼案件,区域划分纠纷、环境投诉与索赔、土地征用权、土地拥有者诉讼等,她在其中不动声色地偏向自己的立场。杜博斯总是官司获胜的一方,他的对手们永远都是败诉方。她聪明至极,可以用大量的诉讼案情摘要,理由充分而且合情合理地堵住别人的嘴,证明自己决定的正确性。她的判决很少被上诉推翻撤销。2001年,她和杜博斯起了分歧,不清楚是为了什么,但是争执很厉害,闹得很凶。据说是因为她想从赌场收益里分得更多的黑钱。杜博斯认为她得到的报酬已经够多的了。于是麦克多万法官关闭了赌场。"

"她是怎么把赌场关掉的?"莱茜问。

"那又是另外一个精彩的故事了。赌场建成并且开始经营的时候,第一天就像开了印钞机一样,钱源源不断地涌进来。县里意识到通过税收渠道的话,他们得不到太多的钱。在美国,印第安人经营赌场取得收益不需要纳税,塔帕科拉人不想把钱分给别人,县里感觉被抛到了一边,特别是建设崭新的蜿蜒七英里的四车道公路遇到了各种各样的麻烦和难题之后。于是县里用了点小手段,说服州议会允许在新建公路上设点收费。"

雨果大笑着说:"是啊,距离赌场还剩一英里时,你还得在收费站停下来,花五美元过路费,然后才能继续走。"

"这招确实挺管用。印第安人赚了大钱,笑得嘴都合不上了,而县里也分了一点儿蝇头小利。所以当杜博斯和麦克多万两人发生一点儿小争执时,她派了一个律师朋友向法庭提出诉讼,要求强制性关闭公路,禁止通行,理由是公路收费站车辆拥挤,存在不安全隐患。实际上只是有一两起轻微的交通事故,并不严重。虽是一派虚妄之言,但是麦克多万法官却立即签署了禁令,关闭了收费公路。赌场还在经营,因为有些人设法从一些小道进入赌场,但是这一招有效地阻断了赌场大部分的客流。这一局面持续了六天,沃恩和克劳迪娅都在等待着对方的反应。最终的结果是皆大欢喜。这是赌场历史性的转折,也是腐败的开始。麦克多万法官让每个人都看到了她才是能决定一切的人。"

雨果说:"你对杜博斯的事这么了解,好像他是个家喻户晓的人物。"

"没人知道他,我先前已经说过了。他经营着一个组织,一个小团伙,一些大人物跟这个组织有关联,每个人都赚了不少钱。他今天让一个兄弟在百慕大设立一个有限责任公司,并且购买一些土地,明天就派另一个兄弟在巴巴多斯岛组建公司做房地产。杜博斯被一层层的离岸公司保护着。

他没有个人信息,也没有留下任何踪迹。"

"谁来负责他的法律事务呢?"莱茜问。

"比洛克西的一个小事务所。两个税务律师,他们很擅长做一些见不得光的活。他们做杜博斯帮派的法律代表已经好几年了。"

莱茜说:"听起来好像麦克多万法官并不惧怕杜博斯。"

"杜博斯太狡猾了,干掉一个法官易如反掌,我敢肯定他想过要干掉麦克多万,不过她对杜博斯来说还有用处,而麦克多万也需要杜博斯。你们想一想。你野心勃勃,而且在佛罗里达对房地产开发商敲诈行骗,再加上,你还拥有一个赌场,而且还是非法经营,所以你需要有人罩着。如果有一个备受尊敬的法官在背后撑腰,还有什么比这更好的呢?"

"这绝对是典型的《反侵蚀法》案件。"雨果说。

"没错,但是我们不会把案子以《反侵蚀法》案件处理的,是吧,哈齐先生?《反侵蚀法》是联邦调查局的。我不管杜博斯的下场会怎么样,我只想揭发麦克多万法官,这样我的客户就因为揭发检举发一笔小财了。"

"这笔小钱有多小?"莱茜问。

迈尔斯喝完了一瓶啤酒,用手背抹抹嘴,说道:"我也不知道。我想这是你们的工作,应该由你们找出答案。"

卡丽塔从船舱里出来,说道:"午饭已经准备好了。"

迈尔斯站起身说:"一起吃午饭吧。"

莱茜和雨果对视一眼。他们来这里两个小时,两个人早就饿了,而且不知道哪里能找到吃午饭的地方。可在船上吃饭不知道是不是个好主意,他们突然犹豫起来。可迈尔斯已经往甲板下的船舱里走去了。

"快来,快过来。"他说。于是两人跟着迈尔斯下到了船舱里。狭小的船上厨房里有一张玻璃桌面的桌子,桌子旁有三个位子。空调卖力地运转着,温度清凉舒适。一股煎鱼的味道扑面而来,卡丽塔在厨房里忙活着,显然她很高兴有人来品尝她做的饭菜。她端上来一大盘墨西哥玉米饼包炸鱼,又给大家倒了些苏打水。她问有没有人要喝红酒,大家都说不喝,于是她就转身走了,消失在船舱尽头。

迈尔斯没有碰他盘子里的食物,而是继续讲述故事。

"这份投诉书并不是我想要提交的那份。在这份文件里,我只控告了麦克多万法官在兔子快跑社区拥有受贿房产。这其实只是很小的一部分,真正非法贪污的财产是她从赌场里每个月分到的黑钱,这才是我想要追查的东西。因为这对我的客户来说,就是一座金矿。如果我能找到切实的证据,我会修改我的投诉书。万一没找到的话,那也有足够的证据指证她的罪名,把她从法官席上拉下来,并且控告起诉她。"

"你在这份投诉书里有提到沃恩·杜博斯的名字吗?"莱茜问道。

"没有。我把他的那些公司在投诉书里写为'犯罪集团'。"

"挺有创意。"莱茜说。

"你还有更好的主意吗,斯托尔兹女士?"迈尔斯反问道。

"我们能把先生、女士这些词抛开吗?"雨果说,"她叫莱茜,你是格雷格,我叫雨果。"

"没问题。"三个人各自开始享用午餐,迈尔斯一边狼吞虎咽地吃着饭,一边继续说话,嘴就一直没合上过,"有个问题。法令章程上说,从今天算起,你们有四十五天的期限,在这个期限内把投诉书的副本交给麦克多万法官。从现在开始到第四十五天,你们进行调查,然后呢,那个词叫什么来着?"

"评估。"

"对。唉,这让我有些担心。我敢肯定那些人并不知道他们的勾当和交易已经被发现,麦克多万法官拿到了投诉书的副本一定会很震惊。她首先就会打电话给杜博斯,在那一刻很多疯狂的事情就会开始发生。她会立即请出自己的律师,全盘否认所有的指控,甚至可能开始转移财产。杜博斯会惶恐不安,召集同伙严阵以待,很可能会开始找人进行威胁恐吓。"

"你想说什么?"

"是这样,你们到底能够等多久才能把投诉书摆到她眼前?你们能拖延多久?我认为在她发现你们的目的之前,必须进行尽可能多的调查,这很重要。"

莱茜和雨果互相看了一眼。莱茜耸耸肩,无奈地说:"我们都是官僚,所以知道怎么拖延。不过,如果她按照你预测的那样进行反击的话,她的律师们会到处挑毛病找漏洞。如果我们不遵照章程递交投诉书,他们会施加压力,撤销投诉。"

雨果补充说:"我们会在保证安全的前提下,尽量在四十五天之内进行评估。"

"可是时间不够。"迈尔斯说。

"我们只有这些时间。"莱茜说。

"能跟我们说说你那位神秘的客户吗?"雨果问,"他是怎么知道这些事情的?"

迈尔斯喝了一口水,笑着说:"第二次了,看来你们已经假设那个人是位男性。"

"好吧,你想怎么称呼这位'他'或者'她'?"

"在我们小小的关系网中,只有三个连接点。我、把客户介绍给我的中间人、还有客户自己。中间人和我把这位客户称作'鼹鼠'①。这个鼹鼠可能是男性,也可能是女性。可能年纪很大,也可能很年轻。也许是黑人,也许是白人或者棕色皮肤,现在来说,是什么样的人并不重要。"

莱茜说:"鼹鼠?这个创意可不怎么样。"

"有什么区别吗?你还有更贴切的名字吗?"

"我觉得肯定有。那么这个鼹鼠怎么会知道这么多内幕?"

迈尔斯把大半个松软的墨西哥玉米饼塞进嘴里,然后慢慢咀嚼。船晃动起来,似乎是有大船经过。最后,他说:"鼹鼠跟麦克多万法官关系很近,而且深受法官大人的信任,甚至是信赖。目前我只能说这么多。"

谈话停顿了一阵之后,莱茜说:"我还有一个问题。你说那些人,就是杜博斯和他的帮派,他们很狡猾,而且还有几个厉害的律师。显然,麦克多万也需要好律师帮她洗清那些赃款,她雇的律师是谁?"

"费丽斯·特班。一个在莫比尔的信托和房地产律师。"

"哇,这个事件里的女士们都是女巫了。"莱茜说。

"她是麦克多万在法学院的同学,两个人都离异了,没有孩子,关系很亲密。亲密度远远超过普通朋友。"

---

① 鼹鼠一词在英文中有间谍、内奸的含义。

他们两人费力地消化着这句话。莱茜说:"所以总结一下案子目前的情况,目标嫌疑人:克劳迪娅·麦克多万法官,收受黑帮贿赂,从印第安人赌场获取赃款,并在做地产律师的好友帮助下以隐秘手段进行洗钱。"

迈尔斯笑着说:"你总结得很到位。我得来一杯啤酒,有人要啤酒吗?卡丽塔!"

他们在码头跟他挥手告别,承诺会保持联系。他暗示自己会隐藏得更深,而现在投诉书已经提交,很快就会引起一阵动荡。至于沃恩·杜博斯和克劳迪娅·麦克多万有没有对格雷格·迈尔斯——原名为拉姆齐·米克斯,以及一个他们从没见过的人产生怀疑,莱茜和雨果还没有发现任何迹象。这是他故事里的另一个漏洞,在这中间有太多空白,无人知晓。

05

死囚区的"怪人"

他们第二天一整天都在办公室里和盖斯马尔一起讨论,想集思广益制订出一个计划。从投诉书提交那一刻开始,倒计时的时钟已经开启。如果事情按照规定进程进行的话,莱茜和雨果将会开车到达斯特林的小城镇,然后把投诉书副本交给尊敬的克劳迪娅·麦克多万法官。到那时,必须要了解和掌握尽可能多的事实和证据。

在此之前,他们得去一趟死囚区。雨果曾经去过一次,在法学院时也进行过一次实地考察。莱茜在自己的职业生涯中也无数次听说过斯塔克监狱,但是从来没机会亲眼看过。他们早早出发,好避开塔拉哈西交通早高峰,等他们开到十号州际公路时,车辆渐少,交通变得不那么拥挤了,雨果打起了瞌睡,距离监狱还有两个半小时的路程。莱茜没体验过一整晚不得不抱着孩子在屋里来回溜达的经历,但是她也一宿没怎么睡觉。她和雨果,还有盖斯马尔,感觉好像搅进了一趟浑水里,本来应该由别人收拾的烂摊子却让自己摊上了。假如格雷格·迈尔斯值得相信,那么严重的犯罪活动已经在布伦瑞克县猖獗已久了,应该批准让更有经验和资源的调查员跟进这个案子。毕竟他们只是律师,而不是警察,所以不想带枪。他们的工作是追查腐败的法官，而不是有组织的犯罪团伙。

她一整夜脑子里都在想这些事情，几乎没怎么睡觉。她发现自己也止不住地打哈欠，于是干脆把车开到汽车快餐店买了两杯咖啡。

"醒醒吧，"她训斥自己的搭档说，"还得开一个半小时的车呢，我也快顶不住了。"

"不好意思。"雨果揉着眼睛说。

他们大口喝着咖啡，莱茜催促雨果给她读一下萨黛尔给他们写的备忘录。

"据我们同事说，从2000年到2009年，布伦瑞克县有十起诉讼案，都牵涉到一个名为尼兰控股的公司，一个注册在巴哈马的企业，注册代理人是个在比洛克西的律师。每个案子，对方当事人都提出想要追查尼兰控股公司实际所有人的身份，但是每一次我们的朋友克劳迪娅·麦克多万法官都驳回了请求，这个人成为了无人可触及的禁区。一个注册地在巴哈马的公司如此受当地法律的管辖，他们确实是在保护自家企业。这公司是个壳，但却合法。总之，尼兰控股公司肯定有几个厉害的律师，至少在麦克多万法官坐镇的法庭上，他们总是战无不胜，十拿十稳。"

"都是什么样的案子？"莱茜问。

"区域划分争议、合同违约、地价贬值，甚至还有一个中途夭折的一群住宅房业主集体起诉，称房子施工存在缺陷。县里因地产估值和税收的问题向尼兰公司提起诉讼。"

"代表尼兰公司出庭的人是谁？"

"还是那个比洛克西的律师。他是公司的代言人，似乎知道内情。如果这个尼兰公司真是沃恩·杜博斯的话，那他真是隐藏很深，就像迈尔斯说的那样。用他的话说，一层又一层的律师，很贴切。"

"说得不错。"

雨果喝了一口咖啡，然后收起了备忘录，道："莱茜，我并不相信格雷格·迈尔斯。"

"他看起来确实不怎么可靠。"

"但不得不承认，到目前为止，他说的所有事情都得到了证实。如果他在利用我们的话,那他的目的是什么呢?"

"凌晨三点半的时候,我也在问自己同样的问题。我们抓住麦克多万法官的时候,必须同时找到一批赃款,一段时期内的赃款。如果官司打赢的话,鼹鼠就会得到他(她)的那份报酬作为奖赏,那么迈尔斯也会分一杯羹。如果沃恩·杜博斯和他的手下被捕归案了,那很好,可是对迈尔斯来说有什么好处呢?"

"没有好处,不过麦克多万一定会和杜博斯一起完蛋,鱼死网破,谁也逃不了。"

"他是在利用我们,雨果。他提起投诉,指控司法腐败,或者贪污受贿,调查他们是我们的工作。说实话,任何提起投诉的人都是在利用我们找出真相。这就是我们工作的性质。"

"话说的是没错,但这个家伙有点不对劲儿。"

"我也有同样的感觉。我赞同盖斯马尔的策略,我们先在外围稍微打探一下,挖出一些信息,想办法找出那四套房子的拥有者是谁,我们做应该做的事,但得小心谨慎,一旦发现切实的犯罪证据,就联系联邦调查局。迈尔斯无权阻止我们。"

"我同意,但他就会消失不见,再也不跟我们联系。如果他有赌场行贿的证据,一旦联邦调查局介入,我们就拿不到那些证据了。"

"萨黛尔为我们这趟斯塔克监狱之行还准备其他什么锦囊了吗?"

雨果拿起另一个备忘录:"只有一些麦克多万法官的背景资料,她的数次连任、竞选活动和对手情况,等等。因为是无党派选举,我们也不清楚她的政治立场。没有为其他竞选活动的候选者捐款的记录,司法行为委员会先前没有收到过关于她的任何投诉,州律师协会也没有收到投诉,没有任何犯罪记录。1998年,她获得了由州律师协会授予的最高级别法官。她写了很多本书,在各类法律期刊杂志上发表了无数文章,她也喜欢在研讨会和法学院进行演讲。三年前,她还在佛罗里达州立大学教授审判实践课。真是资历不凡啊,甚至比一般的巡回法庭法官履历还要丰富。关于资产方面资料不多。在斯特林市中心拥有一套价值二十三万美元七十年房龄的住房,抵押贷款十一万美元。以她名义冠名的姓氏为麦克多万,这是她的本姓，离婚后延用至今。1988年离婚，恢复单身，没有孩子，没有再婚。没有加入教会、社团、校友会及政党等记录，什么都没有。上的是斯泰森的法学院，是学院的尖子生，在北佛罗里达的杰克逊维尔获得本科学位。还有关于她和做医生的前夫离婚的一些资料，不过没什么可说的。"

莱茜一边聚精会神地听着，一边喝着咖啡："假如迈尔斯说的是真的，她一直从印第安人的赌场里收受赃款，真是太让人难以置信了，你不觉得吗？我是说，这可是由民众选举出的法官，而且德高望重。"

"是啊。我们见过背后搞阴谋诡计的法官，但是没见过像她这么胆大妄为的。"

"你有什么想法没有？她的动机是什么？"

"你是个单身的职业女性，这个问题应该你来回答。"

"我也不知道答案。备忘录里还说什么了？"

雨果在他的公文包里翻着，拿出了几页资料。

他们进入了布拉福德县的乡村，开始看到了几个标志，示意前方就是监狱和教管所的所在地。斯塔克小镇附近的人口大约五千。他们开车转弯，跟着标志来到了佛罗里达州监狱，这里关押着一千五百名犯人，其中包括四百名死囚。

佛罗里达州监狱死囚区的罪犯人数位列全美第二，仅次于加利福尼亚州。得克萨斯州紧随其后，排在第三位，但是由于该州加大力度削减死囚人数，目前死囚犯人数量保持在三百三十人左右。加利福尼亚州由于不太热衷于执行死刑，所以死囚人数为六百五十人。佛罗里达州渴望成为另一个得克萨斯，却遭到了上诉法院的阻挠。去年，也就是2010年，斯塔克监狱只有一名犯人被判注射死刑。

他们把车停在一个拥挤的停车场，然后走向一幢行政大楼。因为他们是州政府律师，所以监狱很配合他们的工作。他们顺利通过了检查站，并由一位资深狱警带着他们一路快速穿过层层铁门。Q区是佛罗里达臭名昭著的死囚区。他们通过了另一个检查站，被领进一个长长的房间。门上的指示牌写着："律师会见室"。狱警打开了另一扇门，里面是一个由一面树脂玻璃隔开的封闭区域。

"第一次来死囚区吗?"狱警问。

莱茜说:"是的。"

雨果则说:"我在法学院读书的时候来过一次。"

"很好。你们带同意书了吗?"

"在我这儿。"雨果边说边把公文包放在桌上,然后打开。一个规模很大的华盛顿律师事务所为朱尼尔·梅斯提供无偿法律代理。莱茜和雨果必须向该律师事务所保证,不会讨论超出其目前人身保护令范围之外的问题,然后才能跟梅斯对话。雨果拿出一页文件,狱警接过文件认真阅读。狱警阅后批准,把文件归还,然后说:"我跟你们说,梅斯是个怪人。"

莱茜转头看向别处,不想回应。她前一晚上没有睡觉,担心这些无聊的闲言碎语会搅乱她的思维。她在网上看过一些关于佛罗里达死囚区的文章。每个死囚都被单独监禁,二十三小时进行监视。另外一个小时是"放风"时间,死囚犯可以在小草坪上走走,晒晒太阳。

每间牢房面积都是六英尺乘九英尺,还有一个九英尺高的天花板。床比普通的单人床要小,旁边紧挨着一个不锈钢的马桶。没有空调,也没有其他狱友,除了在吃饭时间与狱警说几句话之外,几乎没有任何对外接触。

就算朱尼尔·梅斯十五年前被送进监狱前并不是个"怪人",那十五年后的现在,也肯定变成怪人了。完全的与世隔绝导致感觉退化,感官丧失,以及各种精神问题。一些惩教专家开始意识到了这一点,一项改革单独监禁的运动正在兴起,而且势头正盛。只是听说这一运动还没有在佛罗里达展开。

房间另一头的大门打开,一位狱警走了进来。跟在狱警身后的就是朱尼尔·梅斯,手戴镣铐,穿着标准的蓝色囚服长裤,和一件给死囚犯穿的橘色T恤衫,另一位狱警跟在他身后。两位狱警解开他的手铐,然后离开了房间。

朱尼尔·梅斯向前走了两步,坐在靠着树脂玻璃的桌子旁。那扇玻璃挡在他和两位律师中间。雨果和莱茜坐了下来,一开始气氛有些尴尬。

梅斯今年五十二岁,灰白的长发很茂密,朝后梳成了一个马尾。他的皮肤是深色的,并没有因为长期的不见天日而变浅。眼睛的颜色也很深,深棕色的大眼睛里满是阴郁和悲伤。身材又高又瘦，胳膊上的肱二头肌很发达。也许是长期做俯卧撑的结果吧，雨果心想。根据文件资料所述，他的妻子艾琳被杀时三十二岁，他们有三个孩子，在朱尼尔被捕入狱以后，三个孩子都由亲戚抚养。

隔断玻璃上有两个电话，莱茜拿起了靠近她这一边的电话，说："谢谢你愿意跟我们见面。"

梅斯拿着他那一头的电话，耸了耸肩，没有说话。

"不知道你收到我们的信没有，我们在州司法行为委员会工作，我们正在调查克劳迪娅·麦克多万法官。"

"我知道，"他说，"所以我来了，同意见你们。"他说话语速很慢，好像每个词都得提前先想想才能说出来。

雨果说："那么，呃，我们来这里不是谈你的案子的。在这个案子上，我们帮不了你。再说，你在华盛顿还有一些很优秀的律师帮你。"

"我还活着，所以我想他们还在干活儿。你们找我干吗？"

莱茜说："想要从你这里得到一些信息。我们想知道可以跟哪些人谈，比如在塔帕科拉，那些站在正义一方，也就是我们这一边的人。对我们来说，那完全是个陌生的环境，我们不能突然出现，然后就开始问他们问题。"

梅斯眯起了眼睛，撇着嘴，好像微笑上扬的嘴唇倒过来一样。他点头注视着他们，终于开口说："听着，我老婆和萨恩·莱兹科 1995 年被谋杀了。我 1996 年被宣判有罪，被押送监狱，戴上镣铐押上囚车。一切都发生在赌场建成之前，所以我真帮不了你们。他们得把我和萨恩干掉，扫清障碍，好盖赌场。他们杀了萨恩，还有我老婆，然后拿我顶罪。"

"你知道是谁干的吗？"雨果问。

他突然笑了，但是眼睛里却没有一丝笑意，语速缓慢地说："哈齐先生，十六年了，我说了一遍又一遍，我不知道是谁杀了我老婆和萨恩·莱兹科。一些有背景的人，一些外人插进来。我们的首长原本是个好人，但是也被带坏了。那些外人找上了他，我不知道是他们是怎么做的，但是肯定跟钱脱不了干系。他听信了他们的话，认为赌场是个好出路。萨恩和我都反对，开始反击，1993 年我们赢了第一次公投。他们以为自己肯定能赢，做好了一切准备，要在赌场生意和周围的土地上赚大钱。但是当被我们的人第一次投票否决了以后，这些家伙就决定要除掉萨恩。当然，我猜，还有我。他们想出了办法，所以萨恩死了，我被关在了这儿。赌场这十几年像印钞机一样赚着大钱。"

莱茜问："听说过沃恩·杜博斯这个人吗？"

梅斯呆住了，好像有些恐惧。显然，他认识，但当他说不知道的时候，两个人都心知肚明，回去的路上他们一定会好好聊聊这个问题。

"你们要知道，"他说，"我已经很长时间都与世隔绝了。十五年的隔离会侵蚀掉你的灵魂、精神，还有头脑。我失去了很多，有些该记住的东西，我也都忘得差不多了。"

"但是如果你认识沃恩·杜博斯的话，一定不会忘记他的。"莱茜步步紧逼。

朱尼尔紧托着下巴，摇着头说："我不认识他。"

雨果说："我敢说你肯定对麦克多万法官的印象不太好吧。"

"这说得还算轻的呢。她主持了一场搞笑的庭审，让我这个无辜的人被判有罪。她也在掩盖真相，我一直怀疑她背后知道更多的事情。这一切都是个噩梦，哈齐先生。这个噩梦就从他们告诉我萨恩和我老婆一起被杀了开始，后来我竟然成了被告，然后被逮捕，最后被扔进了监狱。直到那时，他们还声称一切都在按照司法程序进行，我见到的每一个人不是好人。从警察到告发我的人，从法官到目击者、陪审团，都是无耻的骗子，我被这个司法系统毁了，被这个司法系统里的一个个环节撕成了碎片。眨眼间，我就被诬告陷害，接着被定罪判刑，最后被送到这里。"

"法官在掩盖什么？"莱茜问。

"真相。我怀疑她根本就知道我没杀萨恩和我老婆艾琳。"

"有多少人知道真相？"雨果问。

朱尼尔把电话放桌子上，揉着眼睛，好像好几天没睡觉了似的。右手捋着头发，一直捋到脑后梳着的马尾。慢慢地，他拿起话筒，说道："不是很多。大多数人都认为我是凶手，他们相信这个故事，为什么不信呢？我被法庭定罪判刑，然后被关进这里，活着慢慢等死，等待被注射死刑的那一天。会等到那天的，之后他们就会把我的尸体运到布伦瑞克县的老家，把我葬在那里。这个故事会一直流传下去，朱尼尔·梅斯的老婆和别的男人偷情被他发现，然后他一怒之下把他们俩杀了。这个故事很刺激，是吧？"

一时间谁都没有说话。莱茜和雨果在笔录本上胡乱地写着字，一边在思考接下来要问什么问题。朱尼尔打破了沉默，说道："只想让你们知道，因为是律师来访，所以没有时间限制。如果你们不赶时间的话，请相信我也有的是时间。我的牢房里现在温度得有三十七八度了，也没有通风设备，牢房里的小电扇只能把热空气吹到周围。对我来说，这是个让我喘口气的好机会，你们要是离这儿不远的话，欢迎你们随时回来。"

"谢了，"雨果说，"有人来看你吗？"

"没有我希望的多。我们的孩子们偶尔来看看我，但是我每次看见他们都很难受。这些年我都不让他们来看我，他们长得真快啊。现在他们都结婚了，我都当爷爷了，但是却从没见过我的孙子们，只有他们的照片，牢房里挂得满墙都是。换作是你们会有什么感觉呢？我有四个孙子孙女，却从来都没法抱一下他们。"

"你的孩子们是由谁抚养的？"莱茜问。

"我母亲帮我照看，直到她去世。所以大多数时间都是我的兄弟威尔顿和他老婆替我抚养他们。他们都尽力了，只是境遇可想而知。当时他们都还小，母亲被杀，人人都说你爸爸是杀人凶手，是死囚犯。"

"你的孩子们认为你有罪吗？"

"不，他们从威尔顿和我母亲那里知道了真相。"

"我们可以和威尔顿谈谈吗？"雨果问。

"我也不知道，但你们可以试试，我不确定他愿不愿意卷进来。你们要知道对我们的族人来说，这几年生活很好，比以前强多了。回过头来看，我也不能肯定当初萨恩和我反对建赌场的决定是不是正确。毕竟赌场生意给我们的族人带来了工作机会，我们有了学校、公路、医院，我们的部落繁荣兴旺，族人生活富足，这些是我们以前想都不敢想的。塔帕科拉部落的族人到了十八岁就有资格每个月得到五千美元的终身养老金，而且还会逐年增长，他们管这个叫红利。

"即使是我,坐在死囚牢房里,每个月也能分到红利。我本来想把这些钱存下来留给我的孩子们,但是他们不需要。所以,我把钱寄给了华盛顿的律师们,这是我唯一能为他们做的。他们接手我的案子时,还没有分红制度,他们当然也不指望着能从我身上赚到钱。每个塔帕科拉人都享有免费的医疗保障和免费的教育,如果上了大学的话,还提供大学学费。我们有自己的银行,可以低利率贷款买车买房。就像我刚才说的,我们的生活很好,比以前强百倍。这是好的一方面。不好的一面就是,有很多严重的动机问题,特别是在年轻人当中。既然有终身养老金,为什么还要费劲读大学呢?部落大半的成年人都在赌场工作,为什么还要辛苦找工作呢?但这却是矛盾和纷争的源头。谁轻轻松松赚钱了,谁没赚着?这里面有很多内部矛盾和派别纷争。但是总的来说,部落知道好的一面还在继续。为什么要打破这样的局面,为什么要让别人因为我而担忧呢?为什么威尔顿要帮你们扳倒腐败的法官,却在进程中让大家都受到伤害呢?"

"你知道赌场行贿的事吗?"莱茜问。

梅斯放下电话,又捋起头发,好像艰难地思考这个问题。他的犹豫不决说明他在考虑的不是要不要说真相,而是要以什么方式来说。他拿起话筒,说道:"再说一次,我入狱几年之后赌场才开业,我一眼都没瞧见过。"

雨果说:"少来了,梅斯先生。你说你们是个小部落,一个小部落开了一个大赌场,是不可能有什么秘密能守住的。你肯定听说过什么传言。"

"说来听听。"

"传闻说赌场私扣现金收益,并且背地里偷偷拿走。根据估值,金钥匙赌场目前市值五亿美元,90%的收入是现金。我们的线人说一个有组织的犯罪团伙和印第安的首领们勾结,他们疯狂地私自敛财。你从没听说过吗?"

"就算我听说过,也不能表示我知道所有的事情。"

"那谁知道所有的内情呢?我们能找谁谈?"莱茜问。

"你们肯定有个消息灵通的线人,不然你们也不会来这儿,回去问你们的线人吧。"

莱茜和雨果互相看了一眼,两个人都想到了同一个人——格雷格·迈尔斯,此刻正坐着船在巴哈马群岛绕来绕去,手里拿着冰啤酒,听着吉米·巴菲特的音乐。"

"那是以后的事,"雨果说,"但是现在,我们要找到一个知情人,一个对赌场十分了解的人。"

梅斯频频摇头:"威尔顿是我唯一的消息来源,他说的也并不多。我不清楚他知道多少,但是不管怎么样,消息经过一层层地渗透,传到斯塔克这里时,也没有多少了。"

莱茜问:"你愿意给威尔顿打电话,问问他可以跟我们谈谈吗?"

"我能得到什么好处呢?我不认识你们,我也不知道你们值不值得信任。我能肯定的是你们的意图是好的,但是也许你们会陷入一摊烂泥里,事情会超出你们的控制。我现在不能决定,我得琢磨琢磨。"

"威尔顿住在哪儿?"雨果问。

"住在保留地,离赌场不远。他想在赌场找个活儿干,但是他们把他撵走了。我家里人都不能在赌场工作,赌场不会雇他们的。这是立场问题。"

"是泄愤报复吗?"

"嗯,是啊,愤恨还不小呢!那些反对盖赌场的基本上都被列进了黑名单,不能在那里工作。虽然还能得到分红,但是得到工作是不可能的了。"

"他们怎么看你?"莱茜问。

"就像我说的,大多数人相信是我杀了他们的头儿萨恩,所以没人同情我,而支持建赌场的人打一开始就恨我。所以,还用说吗,在族人里头,没人待见我,我的家人也因为我吃了不少苦头。"

雨果问:"如果麦克多万法官的罪行被揭露,证实她贪污腐败,是不是就有机会帮你翻案了?"

梅斯慢慢站起身,伸了伸腰,仿佛很疼痛的样子。然后他走几步到门口,又回到桌前,伸伸胳膊,掰掰手指关节,坐下来后拿起了电话:"不见得。我的审判已经过去太久了,她所有的裁定都在上诉时被一些优秀的律师提出了质疑和否定。我们认为她的裁决很多地方都有误,十年前就应该进行重新开庭审理,但是上诉法院全都认同她的裁决。其实,实际上不是所有人一致同意,关于我这个案子的判决,很多人持有不同意见,甚至是强烈的分歧和异议，站在我这一边。但是因为少数服从多数的原则，所以我被关在这里了。监狱里的两个告发者坚决地指认我有罪，让我成了死囚犯，没想到这两个人几年前却消失了。你们知道这件事吗？"

莱茜说："在备忘录里看见过。"

"两个人是同时消失的。"

"你怎么看？"

"有两个说法。第一个，也是最合理的猜测，两个人在我罪行被判定之后不久就被杀人灭口了。这两人都是职业罪犯，非常狡猾，在法庭上装得有模有样，蛊惑陪审团相信我在监狱里吹嘘杀了人。但是这些告发者的问题就是他们经常翻供，所以第一种假设就是真正的凶手趁这两人还没有来得及翻供，就把他们灭口了。我相信这个假设是成立的。"

"那第二种假设呢？"雨果问。

"第二种假设就是他们被我的族人杀了，为了报仇。我不太相信这个说法，但也并不是完全不合理。情绪激动的情况下，没有什么事是不可能的。不管怎么样，两个告发者消失了，好几年都没有人见过他们。但愿他们是死了，是他们把我害到这步田地的，死了也是罪有应得。"

莱茜说："我们不是来谈你的案子的。"

"我要说的就是这些，不过谁在乎呢？一切都被定案了，人人都知道。"

"这个案子里至少已经有四个人死了。"雨果说。

"至少四个人。"

"还有其他人被杀了吗？"莱茜问。

他缓慢地点头，而且点头不止。他们也说不好他这是神经质抽搐还是在给他们肯定的答案。

最后，他说："这要看你们挖得有多深了。"

06

她的秘密

　　第一幢由布伦瑞克县纳税人出资建造的法院大楼被大火夷为了平地。第二座法院大楼则是被大风吹倒的。1970年飓风之后，县领导批准了新法院大楼的设计图，新大楼的设计包括砖结构和钢筋混凝土。建成后的大楼样子很丑陋，就像个苏联式的机库，有三层楼，几乎没有多少窗户，全金属的屋顶自打建成第一天起就漏水。那时候，位于彭萨科拉和塔帕科拉中间的布伦瑞克县人口稀少，海滩杂草丛生无人问津。根据1970年人口统计调查，布伦瑞克县有八千一百名白人，一千五百七十名黑人和四百一十一名原住民。众所周知的"新法院大楼"建成并正式使用几年后，佛罗里达狭长地带的沿岸地区开始焕发出勃勃生机，开发商蜂拥而至，建造住宅和酒店。拥有数英里广阔无边且尚未开发的"翡翠海岸"成了最抢手的热门地段。由于人口增长，1984年布伦瑞克县不得不扩建法院大楼。遵循后现代主义风格，一座令人困惑不解的阴茎状附属大楼建成了，看起来不禁令人联想到癌症肿瘤。实际上，虽然那幢楼的官方正式名称为附属大楼，但当地人却把它称为瘤子。十二年以后，随着人口不断增长，县里又在"新法院大楼"的对面加盖了另一个类似的瘤子，并称新建成的大楼将承接任何业务。

县政府所在地位于斯特林镇，布伦瑞克和两个相邻的县一起构成了佛罗里达的第二十四司法管辖区。该区有两名巡回法官，克劳迪娅·麦克多万是唯一一位将总部设在斯特林镇的法官。因此，她牢牢掌控着法院。她位高权重，翻手为云覆手为雨，所有县政府雇员都对她毕恭毕敬，小心翼翼。她宽敞的办公室位于三楼，大楼窗户不多，办公室正好有一个，她可以从窗户里看见高处的风景，享受阳光。但其实她很不喜欢这幢大楼，梦想着有一天能拥有更大的权力把这大楼拆掉重建。任这只是个梦想罢了。

她在办公室里安安静静地度过了一天，通知她的秘书准备四点下班，提早离开。她的秘书谨小慎微，而且训练有素，服从指令，毫无怨言。没人敢对克劳迪娅·麦克多万有异议。

她开着最新款的雷克萨斯离开了斯特林，沿着县公路一路向南。二十分钟后，她开车转弯驶进了通向金钥匙赌场宏伟奢华的入口。私下里她把这个赌场称为"她的赌场"。她深信要不是她的不遗余力，这个赌场根本建不成，也不会有今天。只要她想，以她的权力和地位，转天就能让赌场关门。不过，这样的事是不会发生的。

她开车沿着房子的边缘走在外侧道上，像往常一样，笑意盈盈地看着拥挤的停车场，一辆辆大巴载着赌客们往返于酒店和赌场之间。灯红酒绿的广告牌上播放着过时的乡村音乐歌手的演唱，还有低级的马戏团表演。这一切都让她心花怒放，喜笑颜开，因为这意味着印第安人的生意够火，买卖兴旺。人人都有事干，人人都挺快乐。每个家庭都在享受度假。金钥匙是个完美之地，事实上，虽然她是在侵吞钱财，但只是不起眼的一件小事，根本不足为意。

对于克劳迪娅·麦克多万来说，这几年来一直都顺风顺水，没什么令她烦心的事。稳坐法官的位置十七年，她名声赫赫，根基稳固，德高望重。获取赌场"分红"十一年，她已然成了一个腰缠万贯的女人，资产隐秘地分散在世界各地，每个月钱财都源源不断地累积。虽然她一直在跟不喜欢的人打交道、做交易，但是他们诈骗的阴谋伎俩隐藏得密不透风，不为外人所知，没有任何痕迹和证据线索。事实上，从赌场开业那天开始，见不得人的阴谋就一直在有条不紊地进行,到今天已经十一年了。

她穿过一扇门,进入了豪华的高尔夫球场和兔子快跑住宅小区。她在小区里拥有四套房子,或者可以说是她手里的离岸公司拥有这四套房子。其中一套她留给自己住,另外三套她通过律师把房子租了出去。她的房子在第四球道,一共两层,配有加固的门窗,俨然一座堡垒。房子是几年前升级加固的,因为要"防御飓风来袭"。在小卧室里,她建了一个一百平方米的地下室,墙壁是混凝土结构,防火防盗。她把一些便于携带的财物放在地下室里——现金、金条、珠宝首饰,等等。里面还有一些不好搬运的宝贝——两幅毕加索的版画,一个四千年前的埃及瓷瓮,一套朝代久远的陶瓷茶具,还有一套19世纪的稀有初版小说合集。卧室的门隐藏在一个活动书架后面,如果有陌生人进来,就发现不了这个卧室和卧室里的地下室。但是迄今为止还没有人进过这个房子,也许偶尔会请客人来,坐在露台喝点儿酒,但是这套房子不是用来品酒、请客甚至不是为了住的。

她打开窗帘,遥望高尔夫球场。这是八月里最热的一天,空气湿热难耐,球场里空无一人。她往茶壶里倒了些水,然后把壶放在加热炉上。烧水的时候,她打了两个电话,都是打给律师讨论手头里的案子。

五点钟,她的客人准时到达。他们在每个月第一个星期三下午五点准时见面。有时,如果她出国,就会更改见面的时间,不过这样的情况并不多。每次见面都是在她的房子里面对面地交流,因为这里没有隐藏的窃听器或者监视器摄像头什么的。他们每年只电话联系一到两次,行事谨慎,从没留下过痕迹。一直以来都平安无事,但他们从来不冒险行事,始终小心翼翼。

克劳迪娅啜了一口茶,沃恩喝着加冰块的伏特加。他来时带着一个棕色的包,然后像以往一样把包放在沙发上。包里有二十五沓面值一百美元的钞票,每沓一万美元,用橡皮筋捆着。据她所知,每月侵吞的赃款是五亿美元,他们两人平分。几年来,克劳迪娅一直不知道他到底从赌场里私吞了多少。因为杜博斯每次都是亲力亲为把钱暗自抽出来,所以她根本无从知晓。不过,日子久了,她也就不去琢磨了,毕竟她对分到的钱数十分满意。何乐而不为呢?

克劳迪娅并不知道赌场里的内情。到底现金是怎么从赌场里抽取出来的？这些现金又是怎么神不知鬼不觉地逃过侦安和监控，没有入账的？是谁做的假账隐瞒私吞的现金？是谁隐藏在赌场的深处，操纵私吞现金的勾当，为沃恩作掩护？他是从哪儿拿到现金的？是谁把钱送到他手里的？究竟有多少人从中受贿了？所有这些，她一概不知。而且她也不知道沃恩拿着分到的钱去做了什么。他们从来没讨论过这些问题。

对于杜博斯的黑帮，她也一无所知，而且她也不想知道。她只跟沃恩·杜博斯见面，有时候是他忠心不二的助手汉克。十八年前，沃恩找上她，那时她还是小县城一个落魄的律师，为了过上更体面的生活而奔波卖命，并且还在密谋报复自己的前夫。杜博斯有一个关于大规模开发的宏大计划，实现这一计划的资金来源就是在印第安土地上的一个赌场，但是一个老法官阻碍了计划的施行。只要除掉这个法官，以及一两个反对者，沃恩就可以为所欲为了。杜博斯为她的竞选提供资金，不遗余力地帮助她当选。

他现年大概七十多岁，但是看起来也就六十多。古铜色的皮肤配上彩色高尔夫球衫，俨然一位在佛罗里达阳光下享受美好生活的富有老人。他离过两次婚，多年来一直单身。克劳迪娅成为法官之后，杜博斯追求过她，但她不为所动。杜博斯比她大十五岁，虽然看起来年龄上没那么大差距，但是她对他不来电。后来，在她三十九岁的时候，她也终于意识到一个现实，那就是相比于男人，她更喜欢女人。说实话，她觉得杜博斯很无趣。他没受过什么教育，没什么兴趣爱好，喜欢的只是钓鱼、打高尔夫球，还有就是再建另一个购物中心或者高尔夫球场。另外他阴暗的一面始终让她觉得很害怕。

几年过后，随着舆论的传播和更多细节浮出水面，上诉法院对审判提出了质疑，克劳迪娅开始怀疑朱尼尔·梅斯是否真的杀死了他的妻子和萨恩·莱兹科。在审判之前以及审判当中，她一直相信梅斯是有罪的，并且想要为她的选民负责，作出公正的裁决。但是随着时间的推移和经验的累积，克劳迪娅十分怀疑梅斯是无辜的。作为审判法官，她的职责早已完成，更正错误是不可能的了。而且为什么要更正呢？萨恩和朱尼尔都已经是过去式了。赌场建成了，她的日子过得也很好。

可现实却是假如朱尼尔不是凶手，那肯定是沃恩帮派里的人开枪打死了萨恩·莱兹科和艾琳·梅斯。在某些人的有意安排下,指证朱尼尔的两个监狱告发者消失无踪。虽然克劳迪娅表面上一副天塌下来都不怕的阵势,其实她对杜博斯和他的手下怕得要死。他们唯一一次吵得不可开交是在十年前,她威胁杜博斯让他相信一旦对她动手,让她遭遇什么不测,她就立即揭露杜博斯的罪行,让他在劫难逃。

多年来,他们的关系一直是心照不宣,互不信任,各自戴着面具做戏。她有权力以任何蹩脚的理由颁发禁令,让赌场关门,而且也证明了自己丝毫不惧怕,有这个胆量去做。杜博斯负责干见不得人的活儿,让塔帕科拉继续站在他这一边。他们一起从中牟利,月月私吞赃款,富得流油。钱真是很神奇,一箱箱的现金能收买多少忠心,能减少多少猜忌啊。

他们坐在屋里,吹着空调,喝着饮料,看着荒无人烟的高尔夫球道,心里为密谋的计划万无一失,财富源源不断而窃窃自喜。

"北沙丘进展如何?"克劳迪娅问。

"正在按部就班地进行中,"他回答,"区域规划委员会下周举行会面,估计能够通过。预计两个月内能开始动工。"

北沙丘是他高尔夫王国的最新一块版图,包括三十六个球洞,还有湖泊和池塘,高档住宅以及豪华公馆,都围绕在一个精心规划的商业中心周围。商业中心还拥有一个城市广场和一个圆形露天剧场,距离海滩仅一英里。

"督察员们都在我们这一边吗?"她问了一个愚蠢的问题。杜博斯行贿的现金不是只给克劳迪娅一个人,全县收受他贿赂的人有的是。

"四比一,"他说,"波利表示反对。"

"为什么不搞定他呢?"

"不,不行,必须得有他。不能做得太明显了,四比一正好。"

在这个国家的一些地区,行贿的确没有必要。任何生意买卖,从高端社区到低端购物中心,只要给每人递上一个装帧精美的小册子,上面写上标题"经济发展",承诺增加税收和就业,承诺帮助官员竞选上任,即便内容谎话连篇,生意也一定能做成。一旦涉及环境问题、交通或者人满为患的学校,他们就会以自由主义者、环保人士或者更糟糕的字眼"北方人",

来驳回你的申请。沃恩许多年前就掌握游戏的规则了。

"那额外的那套呢?"她指的是她想要的额外的那套公寓。

"当然,法官大人。高尔夫球场还是高层?"

"高层有多高?"

"你想要多高的?"

"我想要能看到海的。可以吗?"

"没问题。那是一幢十层的公寓楼,跟现在的公寓大楼一样。天气好的时候,甚至能看到半个海湾。"

"我喜欢看海景。不要顶层,但要足够高。"

这幢附加公寓大楼的主意是由一位佛罗里达传奇开发商提出并完善的,其绰号为公寓大师康罗伊。由于这幢临海大楼是仓促之下火速建造的,设计图在建造中改了又改,墙壁挪来挪去,最终建成了这幢附加的公寓大楼,区域划分委员会被完全蒙在了鼓里。这幢公寓大楼可以有十几个用途,但没有一个用途是合法的。沃恩深谙其道,他最喜爱的法官几年来积累了无数这样的额外房产。她的资产表里还包括好几项合法生意:一个购物中心、一个水上乐园、两个饭馆、一些购物中心酒店,以及许多未开发的土地正等着被开垦建设。

"再来一杯吗?"她问,"有两件事我们得商量一下。"

"我自己来。"杜博斯站起来走到厨房,克劳迪娅把烈酒放在橱柜里,这些酒她从来不喝也不碰。他倒了一杯酒,加上两块冰块,然后回到位子上:"我洗耳恭听。"

克劳迪娅深吸一口气,因为这件事很难开口:"威尔逊·凡高。"

"他怎么了?"杜博斯气急败坏。

"听我说。他已经服刑十四年,健康状况很差,患有肺气肿、肝炎还有一些精神问题。他被人打了无数次,受到多次攻击,脑子也出现了损伤。"

"他活该。"

"他三年内有资格获得假释。现在他的妻子因卵巢癌将不久于人世,家里一贫如洗。情况很糟。总之,有人把情况上报了州政府,想要让凡高减刑,但必须得经过我的同意。"

沃恩的眼睛冒着怒火，他把酒杯放下，怒气冲冲地指着克劳迪娅，说："那个狗娘养的混蛋从我的一个公司里偷了我四万美元，我要让他死在牢里，最好是被人打死。你听明白了吗，克劳迪娅？"

"别这样，沃恩。因为你我给他判了最重的刑。他已经服刑够久了，这个可怜的人就要死了，他妻子也快要不行了。放过他吧。"

"绝不，克劳迪娅。我绝对不会放过他，让他蹲监狱还是轻饶了他呢，否则一枪爆头。不行，克劳迪娅，绝不能放凡高出狱。"

"好吧，好吧，再喝一杯吧，冷静点儿，放松。"

"我没事。还有什么事？"

她喝了一口茶，静静地等了一会儿。等气氛缓和一些了，她才开口："沃恩，我今年五十六了，这件法官袍也穿了十七年，我已经厌倦了这份工作。这是我的第三个任期，明年如果没有对手出现的话，我在法官这个位置上会坐到二十四年，已经够了。费丽斯也打算退休，我们想环游世界。我想离开斯特林，离开佛罗里达，她也不想继续待在莫比尔了。我们没有孩子的牵绊，所以为什么不出去转转呢？从印第安人那里赚的钱也该花花了。"

她停下来看着杜博斯："你怎么看？"

"我当然希望保持不变。你身上最大的优点，克劳迪娅，就是容易被贿赂，一旦受贿，你就会无可救药地爱上金钱，我也一样。但不同的是，我生于堕落，骨子里就有犯罪的基因。我宁愿去偷钱也不愿意亲手去赚钱。而你呢，很单纯，但是金盆洗手这个想法确实让我有些吃惊。"

"我并不单纯。我只是被仇恨和愤怒驱使，心中燃烧着强烈的欲望想要让我的前夫受到羞辱。我一心想要报复，所以没有什么单纯可言。"

"我的意思是我不敢肯定能不能再找到一个极度渴望被金钱收买的法官。"

"你还需要收买法官吗？我离开了，从赌场掠夺来的钱就都是你的，一个很不错的安全保障。你还有很多政客的支持。大半个县都是你开发的，手里还掌握着不少待开发的土地。显而易见，至少在我看来，即使不花钱贿赂法官，你的生意也做得很好。我只是厌倦了工作，而且，说实话，虽然我们之间这么说有点儿不恰当——我想走大路，正直做人。"

"真？你是指钱还是性？"

"钱，你个蠢货。"她轻笑着说。

沃恩大笑着喝了一口伏特加，心里盘算起来。他暗暗对这个主意感到兴奋和激动——少了一张嘴要喂，而且这张嘴的胃口远不小。

"我们会没事的。"他说。

"当然。我还没下决心，但是我想让你知道我在考虑这件事。我真的讨厌判定离婚案件，还有把年轻人关进监狱，在牢里度过余生。除了费丽斯，我没有向任何人透露。"

"你尽可放心把心底的秘密告诉我，法官大人。"

"咱们亲密无间。"

沃恩站起身来，说道："我得走了。下个月还是这个时间见面？"

"好的。"

临出门的时候，他拿起了空空的皮包，就是那个剐来时带来的皮包，只是重量轻多了。

07
中间人（1）

中间人的名字叫库雷，曾经是一名律师。只是他退出律师界的故事没有他的朋友格雷格·迈尔斯那么跌宕起伏。为避免被媒体揭露，他很快承认了佐治亚州一项对他的起诉，并且放弃了自己的律师资格。他也不想再争取申请要回自己的律师资格。

他们在南部海滩鹈鹕酒店宁静的庭院里见面。在小露台上一边喝酒，一边看着最新的文件。

开头的几份材料是关于克劳迪娅·麦克多万过去七年来的旅行记录，包括所有的航班日期、目的地、滞留时间，等等。这个女人很喜欢旅行，而且还很有气派，通常都是乘坐私人飞机，不过每一次旅行的行程都不是以她的名字预订的。费丽斯·特班，她的律师，安排具体的行程，而且预订的都是莫比尔的一两家航空公司的飞机。至少每月一次，克劳迪娅开车到彭萨科拉或者巴拿马城，乘坐小型飞机，费丽斯提前在那里等她，然后一起飞往纽约或者新奥尔良度周末。查不出她们旅行时做了什么，不过鼹鼠也许知道些什么。每年夏天，克劳迪娅都会在新加坡待上两个星期，可以肯定她在那里有自己的房子。如果是长途旅行，她会乘坐美国航空公司的飞机,坐的是头等舱。她每年至少乘坐私人飞机去巴巴多斯岛三次。不清楚费丽斯·特班是否跟她一起去新加坡和巴巴多斯岛,但是鼹鼠曾经很多次用不同的预付费和不可追踪手机反复给特班在莫比尔的办公室打电话,证实麦克多万在国外的时候,费丽斯也不在事务所里。而且当法官回国的时候,这位律师也总是恰好回来工作。

在一份备忘录里,鼹鼠写到:"每个月的第一个星期三,克·麦都会提早离开办公室,开车前往兔子快跑社区的一间房子里。很长一段时间里,都很难追踪到她去了哪里,但是有一次鼹鼠把一个卫星定位跟踪器装在了她汽车的后保险杠里面,这才知道了她确切的行踪。房子的地址是1614D球道。根据布伦瑞克县土地登记记录,该套房子曾经两次转手,现在的所有者是一间在伯利兹注册的公司。不难推测克劳迪娅开车到达住所,收到一笔从赌场私吞来的现金,然后带着一部分或者全部现金迅速离开。估计那些现金很可能被转换成金银、钻石以及一些收藏品。据他们所知,纽约和新奥尔良有些交易商可以使用现金进行交易,但是溢价很高。特别是钻石和珠宝可以很容易走私运送出国。现金也可以通过常规的隔夜包裹船运到全世界任何地方,特别是加勒比海。"

格雷格说:"我不喜欢推测的感觉,他到底掌握多少实情?"

库雷回答:"你开玩笑吧?看看那些旅行信息,汇总了七年来所有的确切动向。而且,看起来这伙计知道一些关于洗钱的事情。"

"伙计?鼹鼠是个男的?"

"什么都不是。不是男的也不是女的,知道这个就行了。"

"可这个人是我的客户啊。"

"少来这套,格雷格。我们说好了的。"

"既然能知道这么多,那他肯定每天都能接触到法官。可能是法官的秘书吧?"

"他或她曾经告诉过我,麦克多万对秘书打压很厉害,每一两年就会把秘书开除。别瞎猜了,好吗?鼹鼠几乎每天都胆战心惊。你提交投诉书了吗?"

"交了。他们现在正在进行调查,在规定时间内会把投诉书拍在那个老女人身上,她就要大难临头了。等麦克多万意识到自己戏演砸了,肯定吃惊不小,那惊慌害怕的表情你能想象得到吗?"

"她不会惊慌的,因为她太冷静也太聪明了,"库雷说,"她会打电话叫她的律师,她们会一起想对策。她也会打电话给杜博斯,他会立刻开始搞小动作。可你呢,格雷格,你的名字可签在投诉书上了,那些控告都是你提出的。"

"要想查到我没那么容易。要知道我从没见过麦克多万和沃恩·杜博斯,他们压根就不知道我这个人。这个国家里至少有一千八百个叫格雷格·迈尔斯的人,每个都有地址、电话、家庭和工作,杜博斯根本无从查起。而且,一旦发现有人盯上我了,我大可以一屁股坐到我的小船上,在汪洋的大海里只不过是一个小点而已。他永远也找不到我。这个鼹鼠为什么活得这么战战兢兢呢?又不会暴露他的身份。"

"这个嘛,我还真不知道。也许在有组织的犯罪暴力集团面前,他(她)还太嫩了,招架不住。也许他(她)担心把麦克多万的黑料挖得太深,会被人发现。"

"啊,现在害怕也晚了吧,"格雷格说,"投诉书已经交上去,上了贼船就下不来了。"

"你打算尽快用上这个东西吗?"库雷晃着这几页资料问道。

"不知道。给我点时间好好想想。假设这些能证明法官经常和她的同伴搭乘私人飞机旅行,这也没什么大不了的。麦克多万的律师会说这没什么错,一直是费丽斯付账买单,而且麦克多万的手头上没有费丽斯负责的案子,所以又能把她怎么样呢?"

"费丽斯·特班在莫比尔开了一个小事务所,她的专长就是起草财产丰厚的遗嘱。我敢打赌她每年净收入最多十五万美元,而她们乘坐的私人飞机每小时的费用是三千美元,平均每年乘坐 80 个小时。你算一算,每年光是包机费就得二十五万美元,这还是仅就我们所知道的信息估算出来的。作为巡回法庭法官,麦克多万的年薪是十四万六千美元,她们俩的收入加在一块儿都不够付飞机油钱的。"

"费丽斯·特班并没有被调查。或许也应该调查一下她,不过我一点儿也不关心这个。如果我们想从这个案子里赚钱的话,就必须掌握现职法官的犯罪证据,揭露她的罪行。"

"没错。"

"你经常跟这个鼹鼠见面吗?"迈尔斯问。

"不经常见。他(她)最近特别胆小,怕死怕得厉害。"

"既然这么怕那为什么还这么做呢?"

"痛恨麦克多万,还为了钱。我告诉鼹鼠这个案子能让他(她)发大财,才把他(她)劝动的。但愿我这么做不会让任何人丢了性命。"

莱茜住在一套两室的公寓里,这套公寓位于佛罗里达州立大学附近,是由仓库改建的,开车五分钟就可以到办公室。负责改建的建筑师很厉害,改建后的公寓设计巧妙,二十套房子很快就出售一空。多亏了她父亲的巨额人寿保险金,还有她母亲的慷慨解囊,莱茜才能支付这笔首付款,买下这套房子,她觉得这是她父母给她的唯一一件像样的礼物。她的父亲五年前去世了,随着莱茜年龄越来越大,母亲安·斯托尔兹也变得越来越小气。她年近七旬,但是并不像莱茜想象的那样显老。由于安不再开车出远门,所以母女二人也不像以前那样经常见面了。

莱茜唯一的伙伴就是弗兰基,一只法国斗牛犬。自从十八岁离开家上大学,她至今都没有跟男人同住过。实际上,她对此一直也不怎么感兴趣。十年前,她爱上的一个男人暗示想跟她同居,但是,她很快就发现,这个男人既然可耻地和一个已婚女人私奔了。到了三十六岁,莱茜已经很满足于一个人生活了,一个人躺在大床的中间睡觉,一个人清理打扫自己的东西,自己赚钱自己花,想去哪儿就去哪儿,追求自己的事业而不用考虑另一个男人,随心安排自己的夜生活不受别人打扰,喜欢做饭就做,不喜欢做就去外面吃,而且自己拿着遥控器,不用跟别人抢。她的那些女性朋友中,三分之一的女人年纪轻轻就离婚了,弄得伤痕累累,千疮百孔,短时间内再也不想找男人了;还有三分之一被困在婚姻的围城里,想逃却逃不出来;剩下的三分之一对与另一半的关系倒是很满意,不过要么在追求事业,要么在忙着生养孩子。

她不喜欢算计人生，也不喜欢因为她没找到另一半，社会上大多数人就偏执地认为她不幸福。为什么要以她结不结婚、跟谁结婚来判定她生活得好与不好呢？她讨厌人们总是觉得她很孤单。从没跟男人一起住过，怎么可能想男人呢？她实在是受够了来自家人好管闲事的唠叨和查户口式的追问，特别是她的母亲和母亲的姐妹——特鲁迪姨妈，只要跟她们两个人聊天，没有一次不会问她遇见什么人了没有，有没有对哪个男人"有意思"。

"谁说我在找对象了？"这是她标准的回答。她不愿承认，但事实却是她躲避母亲和姨妈，不想见她们的最大原因就是这个。因为她生活挺开心，单身一人，不急着找另一半，所以她们把她看成是一个跟大家格格不入的可怜人。因为她一直一个人生活，孤单漂泊，她那个郁郁寡欢的母亲，和有个糟糕透顶的丈夫的特鲁迪姨妈，竟然都觉得自己过得比她好。

哎，算了。人们总是会对单身的女性有错误的认识和印象。

她又沏好了一杯绿茶，没有咖啡因，想晚上看一部老电影。但现在已经十点了，还是周末的晚上，她需要早点儿睡觉。萨黛尔给她发来了邮件，是两个最新的备忘录。莱茜决定换睡衣之前先看一眼她发过来的资料。这么多年了，她知道萨黛尔的备忘录有助于睡眠，比安眠药片还管用。

这份资料上的内容寥寥无几，标题只有几个单词："塔帕科拉：事实、描述、传闻。"

人口：不清楚塔帕科拉原住民确切人数（"原住民"是个政治正确的字眼，愚蠢的白人认为最好是用这个词，但实际上美国原本的民族一直称自己为"印第安人"，并一直在嘲笑"原住民"这个词，不过我跑题了）。根据印第安事务局的统计，2010年，印第安人口由去年的402人增长到441人。但是赌场带来的繁荣，却给人口带来了新的压力。因为这是历史上第一次这么多人如此极度渴望成为塔帕科拉族人。一切都要归因于一个财富分配的方案，也就是分红。按照朱尼尔·梅斯所说，每个年满18周岁及18岁以上的塔帕科拉族人每个月都能得到五千美元。但是这个说法无法进行核实，因为在所有事务上，部落都不需要向任何部门汇报。还有，妇女一旦结婚，她每月的分红就会被减半。

不同的部落和不同的州分红的比例都有很大差别。几年前，明尼苏达州的一个部落爆出丑闻，部落的赌场每年总收入几乎达到十亿美元，而赌场的股东成员只有85人，每年每个股东分得一百万美元红利。到现在还是个记录。

美国目前有562个被政府承认的合法部落，只有200个部落经营赌场。此外还有大约150个部落希望可以寻求得到政府的承认，但是联邦政府对其真实性越来越感到怀疑。新的部落在争取合法性的道路上需要进行艰苦的斗争。许多批评和反对者认为这些部落对其传统突然产生的骄傲和自豪感，仅仅是受到利益的驱使，希望能因此而从事赌场生意。可大多数印第安人并没有丰厚的利润可分，很多人仍生活在贫困之中。

总而言之，像大部分的部落一样，无数信件像雪片一样飞向塔帕科拉，人人都声称自己跟部落有亲属关系，其实都是梦想着得到分红。部落里有一个委员会专门负责调查和确定血缘关系，并且制定了一条引起许多争执和摩擦的规定——任何少于八分之一血统的人都没有资格申请成为部落成员。

不过这些争执和摩擦在部落中并不罕见。七年前彭萨科拉新闻日报上刊登了一则新闻，部落每四年举行一次竞选，选举新的酋长和议会，共有十个议会席位。显然，酋长在所有部落事务上拥有相当大的权力，特别是赌场问题上。这是一个至关重要的位置，因为这个职位当时的年收入是三十五万美元。而且酋长在雇佣问题上也享有极大的决定权，通常都是家庭成员充当行政管理人员，而且薪水丰厚。因此，竞选时，竞争激烈火爆，伪造选票和恐吓选民的控诉屡见不鲜（肯定是从我们这些非本地人身上学到的）。这就叫一人得道鸡犬升天。

现任酋长名叫艾力亚斯·卡佩尔（顺便提一句，现在的印第安人很少用过去那种花里胡哨的名字了。从某个时期开始，多数人都采用西方人的名字）。卡佩尔酋长于2005年当选，四年后轻松连任。他的儿子，比利，是议会成员。

部落用钱得当，建造了现代化的顶尖学校、免费的医疗设施，看起来不像是医院，更像是诊所，还建造了娱乐设施、托儿所、公路，以及一个尽职尽责的政府所能提供的一切。如果高中毕业生想上大学，部落里有教育基金,负担州内大学的学费,以及食宿。部落还投入不少资金进行酒精和毒品预防及治疗。

作为一个有主权自治的民族,塔帕科拉制定并履行自己的各项法律法规,并且不受外界的干扰。部落有自己的治安官,职能很像县警长,还有强有力的警察队伍,个个训练有素,装备精良。另外还有强大的缉毒局(他们都是口风很紧的人,但酋长和一些议会成员显然并不介意透露这些事情,好让部落领导人赢得人们的支持和口碑,严格执法是他们最喜欢说的话题)。他们有一个部落法院,由三名法官组成,处理部落纷争和犯罪问题。法官由酋长指派,经过议会审批。当然,也有监狱,和一个收容刑期较长罪犯的劳教所。

塔帕科拉有效地把部落的争端和分歧控制在部落内部。几年前,彭萨科拉新闻日报和稍小一个级别的塔拉哈西民主报,暗中对部落进行探访,寻找部落里的丑闻秘事,想挖出部落到底赚了多少钱,哪个派别在部落里掌权,但可惜两个报社都没能打探到什么。显然,塔帕科拉部落里的人口风很紧。

虽然挺有意思,但是备忘录还是产生了奇效,莱茜开始打起了哈欠。她美美地洗了个澡,走出浴室,换上睡衣。浴室的门开着,她再一次庆幸自己是一个人,没人打扰她。不到11点,她刚睡着,电话铃响了,是雨果,声音听起来还是那么疲惫不堪。

"你可太不够意思了。"她说。

"不是。听我说,我们今晚上需要你帮忙。维尔娜累得要死,都走不动道了,我也快累成狗了。皮平像是上满了发条一样,房盖儿都快被她掀开了。我们想睡会儿觉,维尔娜不想让我妈妈过来,我也不想让她妈妈来。帮个忙好吗?"

"没问题,我这就来。"

自从老幺出生以后,这是他们第三次半夜打电话让莱茜来看孩子了。她有时候帮忙来照看四个孩子,好让雨果和维尔娜安安静静地吃顿晚饭,不过她只有两次是睡在他们家里。她快速穿上牛仔裤和T恤,跟蹲在门口的弗兰基告别,弗兰基还稀里糊涂不知道怎么回事呢。她急急忙忙开车行驶在空旷的大街上　进入芳草地小区，挂电话二十分钟后，她来到哈齐家。维尔娜抱着皮平给她开门，这小家伙现在还挺安静。

"可能是肚子疼，"她小声说，"这周已经看了三次医生了，这孩子就是睡不着觉。"

"奶瓶在哪儿？"莱茜问，然后小心翼翼地从维尔娜怀里接过孩子。

"在咖啡桌上，房子乱得跟车祸现场一样。实在不好意思。"她的嘴唇在颤抖，眼里含着眼泪。

"没事，维尔娜，跟我还用客气嘛。赶紧上床睡一会儿吧，明天一早就好了。"

维尔娜轻轻在她脸颊吻了一下，说："谢谢。"然后转身离开，消失在玄关尽头。莱茜听到门悄悄关上的声音，她轻轻捏了一下皮平的小脸蛋儿，抱着孩子开始在凌乱的房间里走来走去，小声地哄着她，慢慢拍着她的后背，周围一片宁静。但是这份宁静并没有持续太久，皮平再次大哭起来，莱茜把奶瓶塞进她的嘴里，坐在摇椅上，轻声哄着，直到她安静下来。半个小时后，孩子终于睡着了，莱茜把她放进便携的婴儿摇篮里，打开音乐播放轻柔的摇篮曲。皮平皱着眉，烦躁不安地动了动，似乎是又要开始哭起来，还好最终她还是放松下来，继续睡了。

过了一会儿，莱茜离开孩子，轻手轻脚地走进了厨房。她打开厨房里的灯，目瞪口呆地看着眼前的一片狼藉。水池里摆满了脏碗碟；橱柜台面上，锅碗瓢盆，还有吃剩的饭菜堆得满满都是；餐桌上凌乱地散落着空的快餐盒、购物袋，甚至还有要洗的脏衣服。厨房需要彻底地清洁和打扫一番，但是要做起来的动静肯定得不小，于是她决定等清晨一家人都睡醒了再说。她关上了厨房灯，享受轻松惬意的一刻，而且无需与别人分享。她微微一笑，再一次为单身而感到庆幸，没有负担一身轻松真是太好了。

她躺在婴儿摇篮旁边的沙发上渐渐进入了梦乡。凌晨三点一刻时，皮平饿醒了，闹腾不止，不过只要把奶瓶塞进她嘴里也就没事了。莱茜给孩子换了尿布，轻柔地哄她接着睡了，这一觉一直睡到早上六点。

08

塔帕科拉

威尔顿·梅斯住在一条碎石路上的错层红砖房子里,距离赌场两英里。在电话里他显得很犹豫,不愿意跟他们谈,他说要先问问他哥哥。

第二天他给雨果回了电话,同意见面。他坐在车库前一棵大树下的长椅上等着他们,一边喝着冰茶,一边打着苍蝇。今天是个阴天,不过依然酷热难耐。他给莱茜和雨果准备了甜茶,不过他们没有喝。他指着旁边的两个折叠椅让他们坐下。后院里,一个刚蹒跚学步的孩子正在塑料泳池里玩耍,她的祖母在旁边看着。

威尔顿·梅斯比朱尼尔·梅斯小三岁,不过两人看起来像双胞胎似的,简直一模一样。深色皮肤,眼睛的颜色更深,长长的灰色头发,几乎到了他的肩膀。他说话声音很低沉,跟朱尼尔一样,每个音咬字都很重。

"那是你的孙子吗?"莱茜问。因为威尔顿显得有些拘谨,不愿意说话,所以莱茜主动跟他聊聊家常,让他放松下来。

"是我孙女,老大。旁边是我老婆,奈尔。"

"我们上个星期去斯塔克见了朱尼尔。"雨果说。

"谢谢你们去看他。我每月去看他两次,虽然我知道做点儿什么都比去看他心里舒服。族人们都忘了朱尼尔这个人,对一个男人来说,这很痛苦,特别是像朱尼尔这么要强的人来说。"

"他说几乎所有的塔帕科拉人都相信是他杀了他妻子和萨恩·莱兹科。"莱茜说。

威尔顿一直不住地点头,然后说:"是真的。这个故事不错,又好记又好说。朱尼尔把他们捉奸在床,然后把他们都给杀了。"

"我猜我们到监狱见了朱尼尔之后,你们就联系上了吧?"雨果问。

"我昨天给他打了电话,他每天能有二十分钟通话时间,他告诉我你们去找他了。"

"他说你想在赌场找份工作,但是没成。能跟我们说说吗?"莱茜问。

"很简单。部落现在分成了两派,而且水火不容。这还得回到赌场公投的时候。赢的一派盖了赌场,他们的头领手握大权,包括雇佣和解雇的权力。至于我呢,因为当初站错了队,所以得不到工作。有两千人在赌场工作,大部分都是外来人。塔帕科拉人要想在那里工作,必须先站对立场。"

"所以还是感觉很不公平吧?"雨果问。

威尔顿"哼"了一声,然后笑着说:"我们也许应该分成两个部落,虽然少不了互相残杀。我们之间根本没有和解的余地,也没有人想要和解,这是真的。"

莱茜说:"朱尼尔说他和萨恩在赌场这件事上做错了,不该反对,因为这对部落有好处。你同意吗?"

威尔顿又沉默了,他在整理自己的思绪。他的孙女突然大哭起来,祖母把她抱进了屋里。威尔顿喝了一口茶,终于开口道:"要承认自己错了是很难的,但是我觉得我们的确错了。赌场让我们摆脱了贫困,得到不少好处,所以赌场起到了积极的作用,而且影响不小。我们比以前更健康、更快乐,也更有安全感。看着一群群外来人到这儿来,掏出大把的钱来给我们,心里真是很满足。我们印第安人终于觉得得到了回报,甚至还有点儿报了仇的感觉。不过族人当中有些人担心,饭来张口、衣来伸手这样的生活太安逸了。太懒惰就会招来祸端,越来越多的人开始酗酒,越来越多的孩子开始吸毒。"

雨果问："可如果生活比以前更好了的话,为什么孩子越来越少了呢?"

"蠢呗。议会里都是一帮蠢货,制定了一大堆倒霉的规定。女人到了十八岁就有资格拿到分红,每月五千,到现在一直是这个数,都已经好多年没变了。可一旦女人结婚了,每月的分红就会减半。我每月拿五千块,我老婆每月拿两千五。所以,越来越多的年轻女人不愿意结婚。男人们又酗酒又到处惹麻烦,何苦嫁男人,既吃苦受罪又赔钱呢?还有一个理由,就是人口减少的话,那些活着的人每月津贴拿的就多了。这真是丧心病狂的规定。有孩子才能叫健康的社会啊。"

莱茜看了一眼雨果,然后说:"我们谈谈麦克多万吧。"

"我对她不怎么了解,"威尔顿说,"在法庭上看她,觉得这个人太年轻,也太没经验,她完全没有保护我哥哥的法律权益。上诉时她也受到了质疑和批评,但是上诉法庭还是维持了她的原判,而且总是险胜。"

"你看过上诉书吗?"雨果问。

"一字不漏全都看过,哈齐先生,而且看了无数遍。我哥哥被判了死刑,可他根本没罪。我能做的也就是认真看案子的每一个细节,好帮帮他。而且,我也有大把的时间可用。"

"萨恩·莱兹科跟朱尼尔的妻子有染吗?"雨果问。

"绝对不可能,你也知道,如果有这种事发生,是不可能没有迹象和原因的。萨恩是个正人君子,婚姻也很美满。我绝不相信他跟我嫂子有什么见不得人的关系。"

"那是谁杀死他们的呢?"

"我不知道。赌场开业不久后,我们开始收到些分红,虽然数目很小。那时候我是个卡车司机,自由职业,不属于任何组织,我老婆是个厨子,我们俩赚的钱再加上分红,存了两万五千块。我们把钱给了彭萨科拉的一个调查员,也是最棒的调查员之一。他调查了将近一年,什么也没有发现。接手我哥哥案子的律师也是个菜鸟,一个没脑子的小屁孩儿,在法庭上像个傻子一样。不过我哥哥请的几个上诉律师非常不错。他们调查了好几年,但也是一无所获。我真不知道谁有嫌疑,哈齐先生,真希望我能找出那个人。我哥哥是被设计陷害的,可看起来佛罗里达州最终还是要把他杀死。"

"你知道一个叫沃恩·杜博斯的人吗？"莱茜问。

"听说过但从没见过。"

"这个人名声怎么样？"

威尔顿咬着杯子里的冰块，突然显出疲惫的神色。莱茜很同情他，也理解他的心情，想想自己的亲兄弟被关在死囚区里，而且还是被冤枉的，换作是谁心里也不好受。

威尔顿终于开口："这里曾经有个传言，有一个叫杜博斯的大骗子背后操纵着一切，包括赌场和赌场周围的房地产开发，以及从这里到沿岸地区的迅速扩张。甚至传闻说萨恩和艾琳也是他派人谋杀的。但现在这些传言都消失了，赌场日新兴盛，金钱源源不断地涌入，人们醉生梦死，更不用说人人都享受着丰厚的福利，所以大家都忘记了那些传言。现在这已经不重要了，因为人人过上了好日子。如果真有这么个人存在，而且侵吞了大伙儿的钱，那也没人在意，也没人敢找他麻烦。说实话，假如有一天他从赌场大摇大摆地走出去的话，人们甚至会把他当成英雄一样崇拜。他就是有这个本事。"

"你怎么看？"

"我怎么看并不重要，哈齐先生。"

"好吧，不说也没关系，不过我还是很好奇想知道。"

"好吧。是的，有一个犯罪组织参与了赌场的建造，这些家伙无名无姓，也无影无踪，而且人数还在减少。他们有枪，并且恐吓和威胁我们的酋长和他的亲信们。"

莱茜问："能不能找到赌场内部的人跟我们谈谈？"

他突然笑起来，而且大笑不止，笑过之后，他喃喃道："你们不明白。"他又嚼起冰块，好像在目不转睛地注视着道路对面。莱茜和雨果互相对视了一眼，默默地等着。

过了许久，他才开口："作为一个部落，一个少数民族，我们不相信外来人，我们也不跟外人交谈。当然，我是坐在这里跟你们谈话，但谈的都是无关痛痒的话题。我们不对外人透露秘密，在任何情况下都不会，我们骨子里就是这样的人。虽然我痛恨站在另一个阵营的族人，但是我绝不会跟你们谈论他们的事。"

莱茜说:"也许有心怀不满的员工,跟你有不同的想法。因为分配不公和不被信任,肯定有一些人对酋长和他的亲信不满。"

"的确有些人痛恨酋长,但都埋在心里,上一届选举时,酋长获得了70%的选票,他的核心圈子很稳固。他们都从赌场捞好处,人人都挺满意。从内部找揭发检举的人实际上是不可能的。"他再也没有说什么。大家都沉默了好一阵,莱茜和雨果不想在这个时候打扰他的思绪。最后,还是他先开口了:"我建议你们不要插手这件事,躲远点。如果麦克多万法官跟这些恶棍混在一起,那么她就会被这些无恶不作的家伙们严密保护起来。这里是印第安人的地盘,斯托尔兹女士,所有维护有序社会的法律和规章制度、所有你们所遵循的信条,在这里统统不适用。我们自己统治自己,制定自己的法律。不管我们做什么,佛罗里达州和联邦政府都插不上嘴,特别是在经营赌场这件事情上。"

一个小时后,他们跟威尔顿告别,这一趟没有得到什么有用的信息,倒是收到了不少警告。回到塔帕科拉公路收费站——繁忙拥堵的四车道公路,线路修建这条路的目的就是为了敛钱。在保留区入口的附近,他们把车停在一个公共电话亭旁,花了五美元才让继续通行。

雨果说:"我猜这里就是麦克多万法官下达禁令禁止通行的地方。"

"你看那个案子了吗?"莱茜加速驶行时问道。

"我看了萨黛尔的备忘概要。法官称此处交通妨害公共安全,派人驻守封锁公路六天。这是2001年发生的事,十年前了。"

"你能想象她和沃恩·杜博斯是怎么交锋的吗?"

"她没被他一枪干掉算是她走运。"

"不,她很聪明,杜博斯也不傻。他们在想方设法寻求共同利益,达成共识之后,禁令就取消了。"

他们很快经过了电话亭,看到几个花里胡哨的牌子,告知他们已经进入了塔帕科拉的地界。还有几个指示牌,指向通往兔子快跑社区的方向,远处可以看到沿着一个个球道和鳞次栉比的高档住宅和房屋,房子的地界线恰好与保留区相邻。就像格雷格·迈尔斯说的那样,从高尔夫球场到赌场走路只需要五分钟。在地图上,塔帕科拉的地界弯弯曲曲,参差不齐,跟精心谋划的国会选举区完全不同。杜博斯和他的公司侵吞了塔帕科拉大部分的土地。有人精心选择在离他的地盘最近的地方建造赌场,这个人很可能就是杜博斯本人。真是太有才了。

　　他们拐了一个大弯,宏伟的赌场出现在眼前。金碧辉煌的入口处,霓虹闪烁,光芒四射,两旁各有一座与其风格一致的高层酒店。他们把车停在拥挤的停车场,坐上了开往赌场前门的大巴。他们在赌场分开,分头搜索,寻找线索。一个小时后,下午四点,他们在吧台会合,一边喝着咖啡,一边监视着玩掷骰子和二十一点的桌台,看着那边的动静。随着音乐响起,老虎机的出币口里哗啦啦倒出一堆钱币给赢家,热闹的掷骰子桌台上人声嘈杂,呼声四起,还有喝醉酒的人在大声嚷嚷,毫无疑问,这里活脱脱就是一个销金窟。

09
调查开始

佛罗里达博彩委员会主席名叫艾迪·内勒,是前州参议员。20 世纪 90 年代初期,赌场赌博业刚刚涌现,这个新的机构高薪招人的时候,他乐不可支地放弃了州参议员的身份。州政府无可奈何,被迫尝试去规范和管控赌博业。他的办公室离莱茜的办公地点隔三个街区,安排会面很方便,也很顺利。与司法行为委员会简陋寒酸的办公楼不同,他的办公室在一幢现代化的大楼里,装饰精巧美观,里面的工作人员都在忙忙碌碌,显然是没有预算的限制和压力。佛罗里达州对赌博行业青睐有加,其灵活的税收政策开展顺利,富有成效。

看了一眼莱茜,内勒决定离开身前的大办公桌,坐在咖啡桌旁跟她聊天。在咖啡端上来前,莱茜至少看见两次内勒在偷瞄她的大腿——出于礼貌,她今天穿了裙装,不过有些太短了。客套了一阵过后,莱茜说:"您也知道,我们的工作就是针对向州内非联邦法官的投诉进行调查。有不少法官收到投诉,我们的任务很重。我们的调查是保密的,所以请您理解,并且配合我们的工作。"

"一定配合。"内勒说。这小子完全不靠谱,一双贼溜溜的眼睛,脸上挂着谄媚的微笑,身上这套衣服也完全不合身,衬衫上的印子绷得紧紧的。大概是公费报销的吧,她心想。看到他就很容易联想到塔拉哈西路边演讲的说客。

为了打动莱茜,他吹嘘了一番"他的委员会"的工作职能。所有州内的赌博都被划分到一个监督机构管理,他就是这个机构的负责人。赛马、赛狗、博彩、老虎机、赌场、游轮,甚至回力球都在他的监管范围内。看起来是个庞大而艰巨的工作,不过他倒是能够胜任。

"您对印第安人的赌场监管的力度有多大?"她问。

"所有佛罗里达州的赌场都是印第安人经营的,目前,最大的部落是塞米诺族,他们是最大的赌场经营者。不过,说老实话,对于印第安人的赌场,我们基本上不怎么管理和监督。因为部落是被联邦政府承认的,他们是合法的民族,制定自己的法律。在佛罗里达,我们跟所有的赌场经营者达成了协议,协议中允许我们向他们收取少量的所得税。税款非常少,但是收税是合情合理的。佛罗里达州共有九座赌场,效益都还不错。"

"您能进入赌场视察他们的运营状况吗?"

他遗憾地摇摇头,直言承认:"不能,而且也不能查看账簿。每个赌场每个季度都会提交资料,报告赌场收入总额和净利润,我们以此数额来收税。但是,实话实说,我们除了接受他们的说法,也没别的选择。"

"所以赌场想报多少收入都行了?"

"是的,这就是现在的规则,而且很难改变。"

"赌场也不交任何联邦税吗?"

"没错。根据协议,我们相当于哄骗他们给州里上点儿税。通过在各处修点儿公路,提供一些像急救医疗和教育支援这样的服务,以这种方式收取一些税款。有时,他们也会请求州里提供一些这样那样的帮助。但是,实际上,这些完全都是无偿义务性质的。如果部落说什么税都不交,我们也没办法。幸运的是,他们都没说不交。"

"他们交多少税?"

"净收入的 1.5%,去年大约是四千万美元。我们委员会大部分的资金都是他们提供的,其余的被纳入了佛罗里达应急基金里。我能问问为什么问这些问题吗？"

"当然可以。我们收到了一份投诉书，控告巡回法庭法官有不法行为。其中涉及一个房地产开发商与一个部落及其赌场，与这位法官相互勾结，从中贪污牟利。"

内勒放下咖啡杯，摇着头说："斯托尔兹女士，坦率地说，我一点儿都不感到惊讶。如果赌场想做假账，私吞现金，这一点儿都不奇怪，而且也没办法阻止。这是贪污腐败的最佳温床。你找个不那么狡猾的人下手，他们立刻就会变本加厉，更加肆无忌惮地敛钱，甚至超出你的想象。他们使用各种手段收买愿意帮助他们的人，再加上多数的交易都是以现金的形式进行，完全追查不到，所以更是难上加难。我们委员会也经常因为无法监管而苦恼。"

"也就是说真有贪污腐败了？"

"我没说一定有。我是说有这个可能。"

"可是没人监督吗？"

他再次跷起二郎腿，思考这个问题："嗯，联邦调查局有权调查印第安地界上的任何不法行为。我猜对他们来说，这是个极大的威胁。而且那些不法分子可不是泛泛之辈，所以让联邦政府参与进来的话，他们肯定会栽个大跟头。我还要再说一句，大多数赌场都跟一些知道怎么经营赌场的知名大公司有勾结。"

"联邦调查局能带着搜查证进去，带走账簿吗？"

"不太清楚。据我所知，从来没发生过这样的事。而且二十多年来，调查局一直对印第安人的事务丝毫不感兴趣。具体原因不清楚，不过我估计还是人力的问题。联邦调查局更关注于打击恐怖主义和网络犯罪，一个印第安赌场的小小诈骗行为入不了他们的法眼。犯得着吗？印第安人从来没这么消停过,可至少比两百年前老实多了。"他在咖啡里又加了一块方糖，用手指头搅一搅，"这次不会是关于塔帕科拉的吧？"

"没错。"

"那就没什么可惊讶的。"

"为什么？"

"这几年一直有些传闻。"他喝了一口咖啡,等着莱茜的反应。

"哦?什么传闻?"

"有来自外部的影响。一些可疑的人从一开始就参与其中,在赌场的建设发展过程中杀了人,不过只是怀疑而已。我们的工作不包括犯罪调查,所以没有进一步查寻线索。如果发现有违法犯罪行为,我们会通知联邦调查局。"

"有私吞现金的传闻吗?"

他摇摇头说:"没有,我没听说过。"

"有关于法官的传言吗?"

他还是摇摇头,说道:"没有。如果真有的话,那真是让人意想不到。"

"是让人很惊讶,但我们有可靠的消息来源。"

"哦,赌场的确有不少现金,而且行为有些奇怪。我会很小心的,斯托尔兹女士,也请你万分谨慎。"

"你似乎知道很多,但是看起来不愿意说。"

"没有,完全没有这回事。"

"那好吧。不过请记住,我们的调查是秘密的。"

"放心,我一定保密。"

当莱茜打电话给佛罗里达博彩委员会请求会面时,她的搭档正前往高尔夫球场。在迈克尔·盖斯马尔的建议下,雨果哄骗司法行为委员会的同事贾斯汀·巴罗去打高尔夫球,盖斯马尔把自己几乎不怎么用的高尔夫球杆借给了雨果。贾斯汀动用一个熟人的关系,经过一番精心编造的谎言和托辞之后,终于预约好了兔子快跑高尔夫球场的时间。贾斯汀经常在周末打高尔夫球,知道高尔夫球基本的规则和要领,所以不会引起别人的怀疑。可雨果对高尔夫球没有半点兴趣,也一无所知。在他的眼里,高尔夫球就是白人在白色的乡村俱乐部里玩的一项运动。

兔子快跑东区的第一个发球台位于高尔夫球练习场和俱乐部会所的拐角处,所以没人注意到贾斯汀把球开出去了,而雨果却没成功。八月的上午,十点半的气温已经高达三十二度以上,球场上空荡荡的。雨果现在成了高尔夫球车的司机,他对高尔夫球一窍不通,可即使这样,他也能看出来贾斯汀其实球技很烂。贾斯汀连续三次都没能用沙杆把球打出果岭边的沙坑，雨果乐不可支地看着，最后终于忍不住放声大笑。在第三个果岭上，雨果手握着借来的推杆，看着眼前的球，心想是个人都能把球推进洞里。结果没想到，虽然球距离洞口只有三米，可试了好几次都打不进洞，贾斯汀则在旁边滔滔不绝地说着风凉话。

他们使用卫星照片找到了投诉书中所说的克劳迪娅·麦克多万法官的四套房子的位置。盖斯马尔要他们去实地察看，拍摄照片。站在第四发球台上，雨果和贾斯汀注视着向左弯道的五杆洞，然后看到了二百多米之外的一排漂亮的房子，结果两个人都把球打到了右边的界外。

雨果说："现在我知道了，你大部分的球都打出界了，所以试试把开球点放在靠近房子那边，然后打一个大力的右曲线球，那是你最拿手的。"

贾斯汀回答说："那你怎么不试试呢，老兄，看看容易不容易？"

"看我的。"雨果击打了一下草地里的发球台，把球放在上面，挥杆试了几下，活动手脚放松放松，然后轻松打出了一记长球。球在空中划过了一英里，然后慢慢划出一个向左的曲线。左曲球的冲力很大，最后消失在树丛中不见了踪影。雨果二话没说，从口袋里又拿出一个球放在发球台上，又是用力一击，打出了一记冲力十足的低平球，然后球渐渐走高，球偏向右侧直冲房子飞去，高高越过了那片房子。

贾斯汀说："嚯，整个球场都是你的了。两个球打偏了得有一英里，还都出界了。"

"我可是头一次打出界外。"

"是吧。"贾斯汀击出球，然后看着球道说，"我得小心点儿，别把球打进房子里。我可不想把房子玻璃打碎了。"

"把球打远点儿就行了，我去把球找回来。"

球按照预想的路线飞行，一个大力的右曲线球飞出界外，飞进房子旁边的灌木丛里。

"打得好。"雨果说。

"喊，谢谢啊。"

他们跳上高尔夫球车，一路沿着球道中央飞驰，然后一个右转弯驶向房子。贾斯汀往草地上扔了一个球,假装是他要开的球。然后他拿出一个小型装置,看似是一个激光测距仪,用来测量球到洞口旗杆的距离,但实际上那是一个摄像机。同时,雨果漫不经心地在1614D号房子院前溜达,装作在寻找打出去的球,而贾斯汀则开始拍摄房子的特写镜头。雨果的皮带上有个小型数码相机,他一边用七号铁杆在灌木丛里扒拉找球,一边不停地拍照。两个球技很烂的高尔夫球手在找打出界的球,有人看见也好,没人看见也罢,反正这样的场景几乎每天都有。

三小时后,他们找到了无数个打飞了的球,雨果和贾斯汀的活儿也干完了。他们从高尔夫球具店启程离开,雨果暗暗发誓这辈子再也不会踏进高尔夫球场了。

在返回塔拉哈西的路上,他们绕道去了一个叫埃克曼的小镇,要跟一个名叫阿尔·班尼特的律师简单地谈谈。他在主干大道上开了一个律师事务所,生意不错,很欢迎雨果从单调乏味的工作中抽出点儿空来过去聊聊。贾斯汀找到了一个咖啡馆,在那里打发时间。

五年前,班尼特第一次也是最后一次踏入政界,竞选法官,试图挑战克劳迪娅·麦克多万的连任。

他的竞选举步维艰,而且花了很多钱,却只获得31%的选票,心灰意冷之下回到了老家埃克曼,再也无意为公众服务。在电话里,雨果什么也没说,只是保证简单问问关于当地一个法官的事情。

见面时,雨果告诉他司法行为委员会正在调查对麦克多万法官的投诉,调查是保密的,而且这个投诉也可能是无中生有。这件事情很敏感,雨果要班尼特保证守口如瓶。

"当然,没问题。"班尼特说。他似乎很期待能够参与过来,而且还略带些兴奋。谈话的时候,雨果不禁暗想这家伙是怎么得到31%的选票的。他的语速很快,有些神经质,嗓门又高又尖,聒噪得让人心烦。雨果真不敢想象他在竞选演说或者法庭上是什么样子。

雨果对这次见面很谨慎小心。你可以相信律师对于客户的秘密能做到守口如瓶,但是对于其他人的事,他们却八卦得很,传得比谁都凶。采访的证人越多,消息泄露得越快。过不了多久,麦克多万法官和她的同伙们就会发现自己被暗中调查了。莱茜也同意他的看法，但是盖斯马尔想在班尼特身上赌一把。

雨果问："竞选挺闹心吧？"

班尼特回答说："哎，应该说竞选结果挺闹心。真倒霉，在阴沟里翻了船，虽然伤透了心，不过现在差不多挺过来了。"

"这里面有黑幕吗？"

他想了一会儿，似乎在抗拒让他诋毁从前对手的诱惑和试探。

"从来没有什么私人的恩怨。大部分时候她都在提到一个事实，那就是我没有当法官的经验。我并不否认，所以我大大方方地承认，而且说她其实第一次当法官的时候也没有经验。但是我这话说得太晚了，你也知道，选民们的注意力转移很快。再说了，哈齐先生，你一定要时刻记住，麦克多万法官深受尊敬，声誉极好。"

"你抨击过她吗？"

"没有，找不出有什么可以抨击的地方。"

"有人指控过她有不法行为吗？"

"没有。"他摇摇头说，接着他突然问，"你在调查她哪方面的不法行为？"

雨果脑筋一转，决定避开这个话题点。如果班尼特在激烈的竞选中都没听说过麦克多万有什么腐败的流言，那么雨果也就没必要透露实情。

"你真的一点儿也没听说过？"雨果问。

班尼特耸耸肩，似乎表示一无所知："也不是完全没有。很久以前，她离婚了，而且损失很大。她依旧是单身，一个人生活，没有孩子，也没有参加任何团体和组织。我们一直在找她的丑闻，但是什么也没发现。不好意思。"

"没关系，谢谢你百忙当中抽出时间来。"

离开了埃克曼，又走访了一个相关人士，雨果知道他这一整天是白忙活了，克劳迪娅·麦克多万的案子一无所获。

莱茜找到了萨恩·莱兹科的遗孀，她住在沃尔顿堡海滩附近的一个小居民区里，距离塔帕科拉保留地有一个小时的车程。因为她又再婚了，所以严格意义上来说，她并不是寡妇。她叫露易丝，一开始她并不愿意谈。

第二次打电话说到半截的时候,她同意在一个松饼店见面,简短地谈谈。因为她有工作,所以下班后才有时间。莱茜开车三个小时,晚上六点到了见面地点。跟雨果开着高尔夫球车在兔子快跑社区跑来跑去是同一天。

根据文件和记录显示,露易丝·莱兹科的丈夫和朱尼尔·梅斯的妻子被发现一起赤身裸体死在床上,那年她31岁。她和萨恩有两个孩子,现在都长大成人,也都离开了佛罗里达。露易丝几年前再婚,搬离了保留区。

她如今年近五十,灰白的头发,身材矮胖,看样子这几年日子过得并不好。

莱茜向她说明来意,但是露易丝并不感兴趣。

"我不想谈谋杀那件事。"她一上来就说。

"好吧,我们不谈这个。你认识麦克多万法官吗?"

她用吸管啜了一口冰茶,显出一副想要逃离这里的表情。最终,她还是无奈地耸耸肩,说:"只在法庭见过。"

"那么你看了审判了?"莱茜问。一个无关痛痒的问题,但是却能把话题继续下去。

"当然了,全部过程都看了。"

"你觉得那个法官怎么样?"

"现在说这个有用吗?审判已经过去好多年了。你们因为那个审判在调查她吗?"

"不,不是。我们在调查一起投诉,指控法官贪污受贿。一切都跟赌场有关。"

"我不想谈赌场。对我们的族人来说,那就是个毒瘤。"

行啊,露易丝!既不想谈赌场,也不能谈你丈夫的谋杀,那我大老远开车跑这里来是吃饱了撑的?莱茜在笔记本上胡乱地写着,看似在沉思中。

"你的家里有人在赌场工作吗?"

"为什么问这个?"

"因为我们需要得到有关赌场的信息,但是对我们来说很难。如果有内部的人能提供一些消息的话,会大有帮助。"

"别想了,没人会告诉你们的。在那里工作的人都很高兴能有份活儿干,还能照样收到分红。不能在那儿工作的人都眼红得要命,甚至恨之入骨,但是能拿到分红也就算不错了。没人愿意让赌场关门。"

"你听说过沃恩·杜博斯这个人吗?"

"没有,他是谁?"

"如果我告诉你他很可能就是杀死你丈夫的凶手呢?为了能建赌场,所以把妨碍他的人除掉了,你相信吗?"莱茜是相信的,但问题是她没办法证明。她铤而走险,就是为了让露易丝震惊之余,能够开口。

露易丝又喝了一口冰茶,凝视着窗户。莱茜了解了一些关于塔帕科拉的事情。首先,他们不相信外来人,这并不让人感到惊讶,也不能怪他们。第二,他们讨论事情的时候都不急于发表意见。他们习惯慢慢来,深思熟虑之后再说话,谈话中经常长时间的沉默,他们也不以为意。

最终,露易丝看向莱茜,说:"朱尼尔·梅斯杀了我的丈夫。在法庭上已经证实了。我感到很羞耻。"

莱茜掷地有声地说:"假如朱尼尔没有杀死你的丈夫呢?假如他和艾琳·梅斯是被劝说塔帕科拉建造赌场的那伙人杀的呢?那伙人还在赌场周围开发房地产赚了大钱,他们还很有可能从赌场生意里私吞了大量的现金,你相信吗?这伙人跟麦克多万法官相互勾结。你不感到惊讶吗,露易丝?"

露易丝的眼睛湿润了,一滴泪水滴落在右脸颊上。

"你怎么知道的?"她问。这么多年以来一直信以为真的事情,突然出现了不同的版本,一时间谁都会难以接受。

"因为我是调查员,这是我的工作。"

"但是好多年前警察就调查过了。"

"那次审判是虚假的,制造了一起冤假错案。两名主要证人都是监狱告密者,是受警察和公诉人逼迫向法庭撒谎的。"

"我说了我不想谈谋杀的事。"

"可以,那我们谈谈赌场吧。我不逼你配合我们的工作,但是请你好好想想。不过我还是需要你提供几个人的名字,站在你这一边,知道内情的人。我保证,如果你告诉我们一两个人的名字,没人会知道的。我们本就会保护证人的安全,不泄露他们的身份。"

"我什么也不知道,斯托尔兹小姐。我从来没参与过赌场的事,以后也永远不会。我的家人也是,我们家里人大部分都搬走了。虽然我们也拿分红,毕竟那是我们的土地。但是因为赌场,人们的灵魂都堕落了。我什么内情也不知道,我看不起赌场那个地方,也鄙视那些经营赌场的人。"

她说的很让人信服,莱茜知道谈话结束了。

又一个死胡同。

10
死胡同

迈克尔·盖斯马尔在办公室墙根底下走来走去，领带松开，袖子也卷起来了，调查陷入了一个又一个的死胡同，他看起来愁眉不展，焦急烦躁。莱茜正拿着麦克多万的房子照片瞧，心想这房子也值不了多少钱。雨果跟往常一样，又喝了一瓶含咖啡因的能量饮料提神。萨黛尔正埋头盯着笔记本电脑，寻找其他的一些不易发现的细微线索。

迈克尔说："我们什么线索也没有找到。四套在离岸公司名下的房子，实际拥有者还隐藏在背后，没有一丝一毫浮出水面。一旦当面对质，麦克多万法官一定会通过她的律师团队否认自己是房屋所有人，或者声称房子买来是为了投资。投资金额也许跟她的收入情况不匹配，但是也不能证明她违反司法道德。不用我说你们也清楚，她会请经验丰富的律师把这个案子拖上个十年。我们得搜集更多的干货。"

雨果说："我可不打高尔夫球了，简直就是浪费时间。"

迈克尔说："好吧，是我出的烂主意。你们有更好的主意吗？"

莱茜说："我们不会放弃的，迈克尔。经过多方调查我们相信格雷格·迈尔斯说的都是真相，或者十分接近真相。我们不能放手不管。"

"我不会撒手不管的,至少现在不会。三个星期内,我们必须做出选择。要么把投诉书递给麦克多万,要么通知格雷格·迈尔斯,根据我们的初步评估,他的投诉书不值得受理。我觉得我们都同意他提交的投诉书很值得重视。所以,我们到时候会受理投诉,然后发传票审查麦克多万所有的资料和记录,那时,她会派出一大批律师,我们提出的所有要求都会被他们拒绝和质疑。假设就算我们拿到了她所有的资料,法庭文件、法律文件、她审理过的所有案子以及手头上正在处理的案子的资料,都无济于事,除非我们有足够理由相信她涉嫌收受贿赂或者挪用和侵吞公款,才能审查她的个人财务记录。"

"这些规矩我们都知道。"雨果说。

"当然知道,雨果,你就不能顺着我的思路说吗?我正在梳理目前的进展,我是头儿,所以我就愿意这么做,有问题吗?你想再回高尔夫球场吗?"

"饶了我吧,千万别。"

"背后处心积虑开设这些空壳公司的人一定圆滑狡诈,绝对不会把她的个人财务记录放在能轻易被我们找到的地方,对吧?"莱茜和雨果连忙点头,顺着头儿说。

然后大家都沉默下来。迈克尔继续走来走去,不住地挠头,雨果喝着咖啡因饮料,让自己打起精神来,莱茜在便笺本上胡乱地涂写着,脑子里在思考。房间里只有萨黛尔敲击键盘的声音。

迈克尔终于忍不住了,说道:"萨黛尔,你怎么一直不说话?"

"我只是个律师助理。"她提醒他们说。然后她咳嗽不止,几乎喘不上气,但还是继续说,"我查了十一年前布伦瑞克县的35个建设项目,包括高尔夫球场、购物中心、住宅小区、海滩附近的小商场,甚至还有一个拥有十四块大银幕的电影院。其中大部分的建设项目都有巴哈马的尼兰控股公司的参与,另外还有十几个名下拥有离岸子公司的离岸公司,和国外控股的有限责任公司。所以我个人认为,这很明显是有人别有用心在隐瞒秘密。这里面肯定有问题,在布伦瑞克县这么偏僻落后的地方出现这么多离岸公司的确很不同寻常。我搜索了佛罗里达狭长地带其他县的一些记录,奥卡路沙、沃尔顿,甚至还有彭萨科拉所在的县埃斯坎比亚,所有这些县都比布伦瑞克经济发达,发展得更好,却没有像布伦瑞克县那样拥有那么多离岸公司。"

"没有办法调查尼兰控股吗?"雨果问。

"没有。巴哈马有法律规定,无法调查。当然,除非找联邦调查局帮忙。"

"那还得再等等再说。"迈克尔看着莱茜问,"最近跟迈尔斯联系过吗?"

"哦,没有。只有他有话想说的时候才会找我们。"

"嗯,那么是时候跟他谈谈了。通知迈尔斯他的投诉调查陷入了僵局,如果他不能尽快提供更多信息的话,我们可能就得撤出这个案子了。"

"您是说真的吗?"莱茜问。

"不是真的,不过要给他点压力。他手里有内部消息。"

花了两天时间,给三个不同的手机号码打了十几个电话才联系到迈尔斯。他最终给莱茜回了电话,听起来似乎很高兴听到她的声音,而且说他是考虑再见一次面,手里有更多的信息要告诉他们。莱茜问他能不能在更方便一些的地方见面。圣奥古斯丁虽然很漂亮,不过他们开车到那里得三个半小时。他们忙得不可开交,没那么多时间。但是他不同意,显然,他不想靠近狭长地带。

"那里有太多敌人。"他说得有些夸张。最后他们一致同意在墨西哥海滩一个海湾边的小镇上见面,从塔拉哈西开车往东南方向两个小时的车程。他们在海滩附近的一个当地小酒馆碰面,点了烤虾作为午饭。

迈尔斯喋喋不休地吹嘘自己在伯利兹城钓到了不少北梭鱼,还有在英属维京群岛戴水肺潜水的经历。他黄铜色的皮肤被晒得更深了,而且看起来瘦了一些。雨果又一次发现自己有点羡慕嫉妒这个家伙——住在精致舒服的船上过着无忧无虑的日子,而且还不用为钱发愁。他端起冰冷的啤酒杯喝了一口,雨果也羡慕嫉妒他能随时喝到冰啤酒。莱茜倒是不怎么嫉妒,倒是觉得他更惹人讨厌了。她毫不关心他那些刺激好玩的经历,她想要更多真相和细节,证明他说的故事是真的。

迈尔斯吃了一大口虾,问道:"调查进展得怎么样了?"

"很慢,"莱茜说,"我们头儿一直给我们施加压力,让我们找到更多犯罪证据，不然的话就要撤销你的投诉了。而且，时间不等人。"

他停了下来，用手背抹抹嘴，摘下太阳镜，说道："你们不能撤销投诉。我发誓我说的都是真的。麦克多万有四套房子，是他们贿赂她的。"

雨果问："可这些都被离岸公司掩盖住了，我们怎么证明呢？我们走进了死胡同。所有的记录都藏在巴巴多斯岛、大开曼岛和伯利兹城。我们已经查到这里了，但是找不到一点儿证据。宣誓指控她的公司拥有那些房子是不够的，我们需要证据，格雷格。"

格雷格笑了笑，咕咚咕咚一口气喝完一大杯啤酒，然后说："我明白了，还要等一等。"

莱茜和雨果对视了一眼。格雷格用叉子叉起另一只虾，蘸了一下鸡尾酒酱，然后塞进嘴里："你们俩不吃吗？"

两个人拿着塑料叉子在虾篮里漫不经心地搅动着，都没有什么胃口。迈尔斯已经吃得差不多了，而且很渴，但还是在拖延时间。邻桌一对面相古怪的夫妇离他们太近了，说正事不方便。当女招待端给迈尔斯第二杯啤酒的时候，那对夫妇起身离开了。

"我们在等着呢。'莱茜说。

"好吧，好吧。"他说完，又喝了一口啤酒，然后用手背抹抹嘴，"每个月的第一个星期三，那位法官都会提早一个小时左右离开斯特林的办公室，开车大约二十分钟到达她在兔子快跑社区的一套房子里。她把雷克萨斯停在车道上，然后走到房子门前。那是在两个星期前，她穿着一件海蓝色无袖连衣裙，脚上踩着一双周仰杰①的高跟鞋，手里拿着一个香奈儿小手包，跟她离开办公室时拿着的包一样。她走到门前，用钥匙打开门。这套房子就是她的，这是证据一，我手上有照片。一个小时后，一辆梅赛德斯越野车停在雷克萨斯旁边，一个男人从前座副驾驶位置出来，司机一直留在驾驶座上没动，这个男人走到门前，我也有照片。请注意，女士们先生们，我想我们终于见到这位沃恩·杜博斯的真面目了。他手里拿着一个

---

① 周仰杰，英文名为Jimmy Choo，是一个以他本人英文名命名的闻名世界的鞋子品牌。除了鞋子，Jimmy Choo还经营包袋、香水等产品。2017年7月25日，周仰杰品牌被轻奢时尚品牌Michael Kors宣布将以12亿美元的价格收购。

棕色的皮包,看上去里面装满了什么东西。他按了一下门铃,然后环视四周,看起来丝毫不感到紧张。她开门让杜博斯进去了。他在里面待了三十六分钟,再次出现时,手里拿着同样的皮包,只是从拿包的姿势来看,他应该是把什么东西留在房子里了。谁也不知道包里装着什么东西。他上了车然后离开了,十五分钟以后,法官也开车走了。就像我说过的,他们的确见面了,就在每个月的第一个星期三。我们能够肯定他们的会面是提前约好的,不通过手机或者电子邮件。

迈尔斯把空空的虾篮推到一边,又喝了一口啤酒,然后从随身带着的橄榄色单肩斜挎包里拿出两份未标记的文件。他四下看了看,把文件递给莱茜和雨果一人一份。所有的照片都是八乘十大小彩色的,显然都是从街对面拍摄的。第一张照片是雷克萨斯的车尾,上面有车牌号,清晰可见。

格雷格说:"当然,我查了车牌,是注册在我们亲爱的克劳迪娅·麦克多万女士名下的,是她名下为数不多的登记财产之一。车是去年从彭萨科拉的一位经销商那里新买的。"

第二张照片是克劳迪娅的全身照片,她的脸大部分被大太阳镜挡住了。莱茜看着她那双四英寸高的高跟鞋,问道:"你怎么知道鞋是什么牌子的?"

"鼹鼠知道。"迈尔斯说。这个话题也就此作罢。

第三张照片是克劳迪娅背对着镜头在开门,应该是拿着钥匙,但是照片里看不到。第四张是黑色梅赛德斯越野车停在雷克萨斯旁边,车牌号也能清楚看到。

迈尔斯说:"这个车牌号的注册地址是德斯坦附近的一幢高层公寓,果然不出所料,注册人名叫沃恩·杜博斯。我们还在继续追查。看看第五张。"

第五张是一个男人的照片,仪表堂堂,漂亮的古铜色皮肤,身穿高尔夫球衫和长裤,身材又高又瘦,左手腕上戴着一块金表,典型的佛罗里达富裕阶层退休老人形象。迈尔斯说:"关于这个杜博斯,我不知道联邦调查局的文件里有什么,而且我也怀疑他们根本没有杜博斯的资料,据我所知,这是沃恩·杜博斯唯一一张照片。"

"照片是谁拍的?"莱茜问。

"一个手里拿着照相机的人。而且也有录像。不得不说,这个鼹鼠知道不少内情。"

"这还不够,格雷格。"莱茜有些气愤地质问,"显然有人在盯着麦克多万的一举一动。是谁呢?你们还在玩捉迷藏的游戏,躲躲闪闪,我想知道这是为什么。"

雨果说:"听着,格雷格,我们想要相信你,但是我们需要你把知道的一切都告诉我们。有人在跟踪麦克多万,这个人到底是谁?"

迈尔斯又一次环顾四周,这是一个让人讨厌的习惯,看到周围没什么异样,摘下了墨镜,用很小的声音说:"我知道的信息都是中间人告诉我的,这个人的名字你们不需要知道。他跟鼹鼠有联系,到现在我也不知道这个鼹鼠的名字,而且我也不想知道。鼹鼠一有重要信息要传达,就会让中间人找到我,把信息交给我,然后我再交给你们。如果你们不喜欢这样的安排,我也无能为力。但是请牢牢记住,鼹鼠、中间人和我,还有你们,每个参与到这个案子里的人都说不定哪天脑门就会中一枪。我不在乎你们相不相信我。我的任务就是给你们提供足够的信息,好让你们把克劳迪娅·麦克多万法官绳之以法。你们还需要什么呢?"

他快速抿了一口酒,然后说:"现在,回到第五张照片上来。我们不知道这个人是不是沃恩·杜博斯,但假设他就是。看看他的包,棕色的大皮包,不像公文包,更像个背包,方便携带,看起来有些磨损的样子,看来最近经常用,而且容量不小,这可不只是用来装两份文件的公文包,这个包是用来装东西的。装什么呢?我们的人怀疑麦克多万和杜博斯每个月的第一个星期三见面是为了做交易。为什么杜博斯穿得像打高尔夫球的,这么晚了要拿这么个大包呢?很明显他在送东西。看看第六张照片,这是在拍摄第五张照片三一六分钟之后。同一个人,同一个包。如果你们看看录像,就会发现走时拿的包比来时更轻了,就是不知道包里是什么东西。"

"所以杜博斯每个月给她带一次现金。"莱茜说。

"他确实把什么东西带到了房子里。"

"这些照片是什么时候拍的?"雨果问。

"十二天前,八月三号。"

"可惜没办法证实这个人是不是沃恩·杜博斯，是吧？"莱茜问。

"据我所知，没有什么办法。我再强调一次，杜博斯没有被捕过，没有犯罪记录，也查不到身份信息。他平时花钱只用现金。一直都是他手下和助手帮他办事，他隐藏在背后，从不出面，没有任何踪迹可查。我们调查过他，相信你们也是。他没有驾照和社保号码，也没有名为沃恩·杜博斯的护照，在这个国家任何地方都找不到这个人。我们也看到了，他有司机。正如我们所了解的，他甚至可以伪造证件，制造假身份，装作普通人。"

迈尔斯伸手从百宝囊挎包里又拿出两份文件，给了莱茜和雨果一人一份。

莱茜问："这是什么？"

"麦克多万七年来详细的旅行记录，包括日期、目的地、包机记录，等等。她几乎每次都是跟同伴费丽斯·特班一起旅行。特班负责租用飞机、支付旅行费用。如果住酒店的话，也是她预订酒店。所有具体安排都是她负责的。到目前为止，还没有发现任何以麦克多万为名义的旅行记录。"

"这些有什么价值呢？"莱茜问。

"就文件本身来说，没什么用。但是可以间接证明这两个女人花了不少钱坐飞机周游世界，甚至很可能用贪污来的赃款买了不少价值连城的东西。她们俩年薪加在一块儿还不够付飞机油钱的。我们知道法官的收入，我能猜到特班的大概收入是多少，我敢打赌肯定比麦克多万赚得少。也许到时候有必要再立一个案子，调查她们的收入、消费和资产情况，我正在尽可能搜集所有的犯罪证据。"

雨果说："请继续调查下去，我们非常需要你的帮助。"

"你们不会真的撤销我的投诉。我是说，看看这些照片。你们敢否认那套房子不是她的吗？至少七年了，她一直都去那儿，她有房子的钥匙，不是吗？房子登记在伯利兹一个空壳公司名下，而且值不少钱，按照现在的房价来算，至少值一百万。"

"她有在那里过夜或者招待朋友聚会吗？"莱茜问。

"没有。"

"我上个星期查看过了，"雨果说，"打高尔夫球的时候，从球道上照了几张照片。"

迈尔斯戏谑地看着他,问道:"有什么感想?"

"没什么感想。打了好几轮,完全是浪费时间。"

"你还不如试试钓鱼呢,比高尔夫有意思多了。"

加里·格兰特的电影接近尾声,莱茜此时正在涂脚趾甲油,突然电话铃声响起,是一个未知号码。直觉告诉他来电话的人是迈尔斯,一听声音,果然是他。

"特大消息,"他说,"明天是星期五。"

"这就是特大消息?"

"别急嘛。好像女孩儿们要去纽约了。克劳迪娅大概中午在巴拿马城的机场坐飞机,具体什么时间不重要,因为如果租用私人飞机的话,想什么时候走就什么时候走。里尔60飞机①,尾号N38WW,她的律师朋友也会坐那架飞机,一起飞往纽约吃喝玩乐,很可能带着一大袋子钱去血拼。怕你不知道,所以给你解释一下,乘坐私人飞机不用安检,不需要扫描检查书包行李,也不用搜身。我猜那些国土安全局的聪明人也知道有钱人不希望他们的飞机半路上爆炸。话说回来,理论上说,你甚至可以带着一百磅重的纯海洛因上飞机,飞往国内任何地方。"

"有意思。不过能捞到什么料儿呢?"

"如果我是你的话,要是没什么事可做,我会去一个叫海湾航空的总航站楼转一转,看一看。我会让雨果留在车里,因为黑人包机并不多见,所以如果他出现的话会太惹眼了。而且我还会让他拿着照相机在车里照几张照片。也许费丽斯中途会让飞机降落,停下来去趟洗手间什么的。谁知道呢?你会发现不少线索,而且你肯定也会看到你在跟谁交手。"

"我会不会太显眼了,一眼就会被发现?"

"莱茜,亲爱的,你一直都很显眼。你太漂亮了,最好别这样。穿上牛仔裤,把头发梳起来,再换一副眼镜,就没事了。那里有一个休息区,

---

① 里尔60是庞巴迪·里尔宇航公司制作的著名公务飞机。

里面有报刊和杂志,总是有人在那里坐着。如果有人问起,你就说在等人。那个地方是公共场所,所以不会有人查你。如果我是你的话,我会好好观察一下克劳迪娅。看看她穿着什么,也看看她带了什么。我估计她口袋里不会装着满满的钞票,不过她可能会带着一两个包。虽然有些可笑,不过这也是个消磨时间的好办法。我个人认为,这倒是个好机会,可以无意碰到一个来自佛罗里达的同乡,这个人还碰巧是美国历史上最腐败的法官,而且很快就会登上各大报纸的头条,虽然现在她还完全不知道。赶快去吧。"

"我们会去试一把的。"

11
"女孩们"的约会

麦克多万法官把车停在靠近门口台阶的地方,雨果的车刚好就在旁边,他正姿势怪异地坐在莱茜的普锐斯车里,手拿报纸挡住脸,身旁放着照相机。相机里都是在兔子快跑小区里拍的没用的照片,现在可以再接着拍几张远处跑道上正停着的里尔60飞机的照片,克劳迪娅拖着小行李箱穿过停车场,直奔海湾航空航站楼的大门。他拍了几张她背影的照片,五十六岁的年纪,从后面看身材苗条匀称,看起来就像三十多岁的女人,比实际年龄要年轻二十多岁。实际上,他不得不承认,从他这个角度看,克劳迪娅看着比维尔娜更漂亮,自从生了老四之后,维尔娜就一直瘦不下来。他总是情不自禁盯着那些身材诱人的女人臀部目不转睛地看。

克劳迪娅走进航站楼,雨果收起相机和报纸,倒头大睡。

多年来的犯罪经历让克劳迪娅渐渐习惯像罪犯一样思考。她处处留心,事事观察。一个黑人坐在小小的丰田车里看着报纸,大中午的看起来有些奇怪;前台小姐留着可爱的红色头发,朝她微微一笑;穿着黑色西装的商人神色焦急,看来是飞机晚点了;沙发上坐着一个漂亮女孩正在翻阅名利场杂志,似乎有些心不在焉。几秒钟之内,克劳迪娅就把休息区观察了个遍,发现一切安全,没有可疑之处,然后大步流星走了过去。在她的眼里,所有的手机都可以被窃听,所有的陌生人都可能在监视你,所有的信件都可以被拦截,所有的电子邮件都可以被黑入。但她不会神经兮兮,也不会活得战战兢兢。她只是小心翼翼,经过多年的实践经历,小心谨慎成了她的天性。

一个制服笔挺的年轻小伙走上前来,介绍自己是驾驶员之一,然后帮克劳迪娅拿走了行李箱。可爱的红发女孩按了一个按钮,大门滑开,克劳迪娅离开了航站楼。这样走出航站楼,虽然没那么大张旗鼓,引人注目,但还是让她感觉有些兴奋和激动。一群一群的人排着长队等着上飞机,飞机要么拥挤不堪,要么延迟起飞,要么因故取消。如果幸运能赶上航班,人们就像牲口一样被赶上脏兮兮的机舱,座位排得满满的,又小又窄,美国人的大屁股根本坐不下。

而她呢,佛罗里达州第二十四司法管辖区法官克劳迪娅·麦克多万,则像女王一样优雅从容地走向她的私人飞机,飞机上备好了香槟酒,会准时起飞,而且中途不会停下来。

费丽斯正在等着她。当驾驶员在驾驶位置上坐好,忙着做起飞前准备时,克劳迪娅亲吻她,握住了她的手。飞机起飞后,到达三万八千英尺的高空,费丽斯打开了一瓶凯歌香槟①,像以往一样,两个人举起酒杯,为塔帕科拉部落而干杯庆祝。

她们是在斯泰森法学院二年级时认识的,结果发现两个人的人生经历极其相似。她们都遭受过一段婚姻的打击,两个人都以错误的理由选择了法学院。克劳迪娅被丈夫以及丈夫雇佣的无耻律师弄得倾家荡产,颜面无存,所以她一心想要报仇。费丽斯离婚时,法院判定她的前夫支付她继续上学深造的学费。她选择了医学院,想尽办法把学时拖长,可惜没通过医学院入学考试。于是她转而上了法学院,而且读了研究生,让她的前夫又加付了三年的学费。三年级的时候,她和克劳迪娅开始偷偷约会,毕业后

---

① Veuve Clicquot,中文名凯歌香槟,是深受皇室贵族及名人雅士喜爱的品牌,也是世界第二大香槟制造商,创立于1772年。

各自走向了不同的道路。就业市场本就疲软，而且她们都是女人，所以只要有机会她们就得抓住。克劳迪娅去了一个小镇里的小律师行，费丽斯则成了莫比尔城的公设辩护律师，后来她厌倦了天天跟街头的混混罪犯打交道，于是躲到办公室里做了一名实习律师。现在，印第安人让她们赚得盆钵满溢，富得流油，她们可以大把地花钱旅游，住得低调而奢华，而且她们也打算隐退，不过去哪里还没有决定。

一瓶香槟喝完，两个人都睡着了。十七年来，克劳迪娅始终都在忙碌地工作，谁叫她总是连任呢。费丽斯也是，大部分时间都投入在她繁忙的小律师事务所里。她们从来都没有充足的睡眠时间。离开伊罗里达两个半小时后，飞机降落在新泽西的泰特波罗。这里是私人飞机的聚集地，这里私人飞机的数量比世界上任何机场都多。一辆黑色的林肯城市轿车在那里等着载她们离开机场，二十分钟后，到达她们位于霍博肯的房子——哈德逊河河岸上一座豪华而崭新的高层大楼，河对岸正对着的就是金融区。从她们十四楼的公寓里，可以俯瞰曼哈顿市中心的壮观美景。自由女神像仿佛近在咫尺。这套公寓宽敞开阔，面积很大，但是装修简单，因为不是用来住的，而是投资。在她们隐退之前，先保留着。当然，房子的所有者也是一个离岸的空壳公司，注册地点在加那利群岛。

费丽斯非常喜欢玩国际空壳公司的游戏，并且乐此不疲，经常把钱和公司转移到最热门的避税乐土。日积月累，她渐渐成了隐藏不明财产的行家里手。

天黑后，她们穿上牛仔服，坐上一辆车进入城市，来到苏荷区，在一家法国小酒馆吃晚饭。然后，在一个灯光昏暗的酒吧，她们又喝了点香槟，有说有笑，聊她们走了有多远，不只是距离，而是她们的人生。

那个亚美尼亚人，名叫帕帕济安，她们不知道这是他的名字还是姓。不过这无关紧要。他们的交易是秘密进行的，双方都不问问题，因为双方都不想回答。星期六上午十点，亚美尼亚人按响了门铃，一番客套寒暄之后，他打开了手提箱。他把一块深蓝色的软毡布铺在小咖啡桌上，把他的宝贝一一摆好——钻石、红宝石还有蓝宝石。和以往一样，费丽斯给他沏了一杯特浓意式咖啡，他一边喝着咖啡，一边给她们介绍这些宝石。她们已经跟帕帕济安打了四年交道，知道这个人给她们的都是上好的货色。他在市中心有一家商店，他们第一次见面就是在那里，现在他愿意为她们送货上门。他不知道这两个女人是谁，也不知道她们从哪儿来。不过他关心的只有交易和现金。不到三十分钟，她们从帕帕济安那里挑选了一大堆成色极好的"便携财产"（费丽斯喜欢用这个词）然后当面把钱交给他。帕帕济安不紧不慢地数着一张张的百元大钞，一共二十三万美元，一边数一边用母语碎碎念。最后，皆大欢喜，帕帕济安一口气喝完第二杯咖啡，离开了她们的公寓。

　　该干的事都干完了，两个女人换好衣服，坐车进城。她们在巴尼百货商店买鞋，在伯纳丁餐厅美美地享用午餐，最后去了珠宝街，走进了一家最喜欢的珠宝店。她们付现金买了一套未流通的金币，南非的克鲁格金币、加拿大的枫叶金币，为了支持国内经济，还买了美国白头海雕的金币。所有的金币都是现金支付，没有单据记录，也没有踪迹可查。小珠宝店里至少有四个监控摄像机，这曾经也引起过她们的担心——也许有人在监视。不过这些疑虑和担心已经被她们抛到一边了，她们的所有交易都存在风险，诀窍在于选择风险最小、能够让人接受的。

　　星期六晚上，她们在百老汇看了一场音乐剧，然后在欧索餐厅吃晚餐，不过没看见什么名人名流。午夜过后，她们上床睡觉，心满意足地结束了又一天的洗钱之旅。星期日上午，她们收拾打包所有的战利品，包括漂亮的珠宝和崭新的金币，以及贵得吓人的鞋，然后坐上车回到了泰特波罗，飞机正在那里等着她们，准备回程。

12
噩梦降临

雨果开会迟到了,盖斯马尔看那些照片和旅行记录的时候,莱茜忙着回复电子邮件。

"为什么这些记录只有近七年的,他们说原因了吗?"他问。

"没有。迈尔斯也不知道,不过他怀疑鼹鼠当时也在场。显然,鼹鼠离麦克多万很近,也许那时就在现场。"

"嗯,这个人肯定花了不少钱。我不相信这些照片是在路边坐在车里照的,很有可能拍摄照片的人就在某个房子里。"

"街对面的街区一共有四幢房子,"莱茜说,"两幢是可以租的,一个星期一千块。我们怀疑这个人租了其中一套房子,架好了摄像机,而且准确地知道麦克多万和杜博斯什么时候会到。这是非常重要的情报。"

"的确是。迈尔斯说的都是真的,莱茜。这些家伙在干着非法的勾当。虽然现阶段我们还不能证明,但是证据看起来更充分了。如果跟麦克多万正面对质了,她会说什么呢?"

"我想我们很快就会知道的。"

门突然打开,雨果进来了。他说:"不好意思,我来晚了。又一个难熬的晚上。"他把他的公文包扔到办公桌上,端着一个大杯的咖啡喝了一口,"我本来能早来点儿的,但突然接到了一个家伙的电话,也不告诉我他的名字。"

盖斯马尔点点头,手里依旧拿着照片,等着他接下来的话。莱茜说:"然后呢?"

"他第一次打电话是早上五点,有点儿早,不过刚巧我已经醒了。他说他在赌场工作,有一些信息可能对我们有帮助。他说他知道我们在调查部落和法官,他能帮助我们。我刚开口问他,他就把电话挂了。一个小时以后,他又打来了,用了一个别的号码,他说他想见面谈一桩交易的事。我问他是什么交易,他支支吾吾不说。他说赌场有很多见不得人的勾当,早晚会暴露,只是时间问题。他是部落里的人,知道酋长和运营赌场那些人的事,他不想搅进浑水里来,给自己惹麻烦。"

雨果在房间里走来走去,他迟到了就习惯这样,坐着会让他犯困。

莱茜说:"有意思。"

盖斯马尔坐到转椅上,双手交叉抵着后脑勺,说:"还说什么了?"

"没有了,不过他想晚上见面。他说他上夜班,晚上九点以后才有时间。"

"你觉得他说的是真的吗?"盖斯马尔问。

"谁知道呢?他听起来很紧张,而且用了两个手机号,可能是一次性的手机。他反复强调要我们保密,想知道我们怎么保护证人。他说很多人都受够了赌场里的腐败黑暗,但是都不敢说出来。"

"他想在哪儿见面?"莱茜问。

"他住的地方离赌场很近,在保留地。他说他会找个地方,等我们快到了再联系我们。"

"必须得小心,"盖斯马尔说,"这也许是设好的圈套。"

"我认为不是,"雨果说,"我感觉跟我通电话的这个人需要帮助,也想帮助我们。"

"你用的是哪个手机?"

"咱们委员会的手机。我知道规矩,头儿。"

"好吧,那他是怎么知道你的号码的?"盖斯马尔问,"到目前为止,在这个案子的调查中,你们把电话号码都给过谁?你们两个。"

雨果和莱茜互相看了一眼,努力回忆。莱茜说:"迈尔斯、朱尼尔·梅斯、监狱的警官、威尔顿·梅斯、莱兹科的遗孀、阿尔·班尼特,五年前跟麦克多万一起竞选法官的律师,博彩委员会的内勒,我想就这几个人。"

"没错,就这些人,"雨果说,"开车来的路上,我也想过同样的问题。"

"听起来很容易泄露消息。"盖斯马尔说。

"可这些人都跟杜博斯和贿赂沾不上半点关系。"莱茜说。

"就目前来看,确实是这样。"雨果说。

"这么说,你们想去?"盖斯马尔说。

"我们当然要去。"莱茜说。

盖斯马尔站起来,走到狭窄的窗前。他说:"也许是个突破口,这个人在赌场内部。"

"那我们去了。"莱茜说。

"好吧,但是一定要小心。"

他们坐在莱茜的车里,车停在赌场停车场的最远端,已经快十一点了,他们一直在等着线人来。因为是星期一晚上,所以赌场人不多,生意冷清,时间仿佛过得很慢。雨果,当然是在打盹,而莱茜正在用平板电脑上网。十点五十六分,他打来了电话,指示他们去哪儿。他们离开了赌场,沿着黑暗幽静、蜿蜒狭窄的道路开了两英里,停在了一个废弃的铁皮搭建的建筑物里。一个破旧的指示牌示意他们这里曾经是个宾果游戏厅,不远处有个房子,金钥匙赌场闪亮的大牌子离这里已经很远了。晚上空气湿热,到处都是蚊子。雨果下车伸伸懒腰,对于一个身高六英尺二英寸、体重二百磅的彪形大汉来说,他不会轻易被吓到。因为有他在,莱茜也不害怕。如果没有他,莱茜是不会一个人来的。雨果重新拨打最后一次通话的号码,但是没有人接。

建筑物的一侧,阴影中有东西在移动。

"你好。"雨果朝着黑暗处喊道。莱茜从车里走出来。

一个声音说:"往这边走两步。"只见一个身影的轮廓站在远处停了下来。一个男人戴着鸭舌帽，嘴里叼着烟，红色的烟火来回移动。他们微微往前挪了几步，男人说："就在这里吧，你们不能看到我的脸。"

"好吧，我猜你能看到我们，是吧？"雨果说。

"这个距离可以了。你是哈齐先生，对吧？"

"是的。"

"女孩是谁？"

"我叫莱茜·斯托尔兹。我们是同事。"

"你没说你要带个女人来。"

"你也没问啊，"雨果反击道，"她是我的搭档，我们一起工作。"

"我不喜欢这样。"

"那很遗憾。"

他深吸了一口烟，上下打量他们，然后他清清喉咙，吐了口痰，道："我知道你们正忙着调查麦克多万法官。"

"我们在佛罗里达司法行为委员会工作。"莱茜说，"我们是律师，不是警察。我们的任务是调查被投诉的法官。"

"那个法官加上一群恶棍都得蹲大狱。"他的声音急切而紧张，吐出一口烟，湿热的空气中升起一团烟雾。

"你说你在赌场工作。"雨果说。

沉默很长一段时间后，他说："没错。那个法官，你们了解多少？"

莱茜说："我们收到了一份投诉，控告她有不当行为。具体细节我们不能告诉你。"

"不当行为，哈？"他讥笑地说。他把烟扔在地上，烟头的红点亮了一下就灭了，"你们这些家伙能抓人吗，还是多管闲事，没事瞎掺和一脚？"

雨果说："我们不抓人。"

阴影中又传出一声冷笑："那我就是在浪费时间，我要跟有些权力的人谈。"

莱茜说："上级派我们进行调查，如有必要的话有权把法官撤职。"

"法官不是最大的问题。"

他们等着对面的人开口，可等了很久那个人还是沉默不语。他们费力地想看清对方的身影,但是显然那个人消失得无影无踪了。雨果上前走过去几步,试探问道:"你还在吗?"

没有人回应。

"别出去了,"莱茜小声说,"他走了。"

在一片令人不安的寂静中等了一会儿,然后雨果说:"我想你是对的。"

"感觉挺瘆人的,咱们赶紧离开这儿吧。"

他们迅速打开车门坐进车里。转身离开的时候,莱茜用车前灯扫过建筑的一侧,没有看到人。她把车开上路,驶向赌场。

"太奇怪了,"雨果说,"这些话本来可以在电话里说的。"

车前灯照着远处的路。

"你觉得是不是我把他吓跑了?"她问。

"谁知道呢?如果他没耍花招的话,那他是想把消息告诉能把那些坏人一网打尽的人。当然,他看起来不愿跟我们合作。我猜他是临阵退缩了。"

雨果拍着腰说:"这座椅上的安全带又自己松开了。今天晚上已经是第三次了。你就不能修修吗?"

莱茜扫了一眼,正要说话,雨果突然尖叫起来。车道上突然亮起一道炫目的白光。一辆皮卡车从路中间横插过来,两辆车迎头相撞,强烈的撞击把莱茜的普锐斯撞得腾空翻起一百八十度。那辆六二磅、比普锐斯重两倍的道奇公羊2500倒是撞得不怎么严重,车正斜在狭窄的车道上,车前被撞烂,几乎撞出了一道沟来。

方向盘上的气囊打开,挡在莱茜的胸前,扑在她脸上,撞得她头晕目眩。普锐斯车顶被压瘪,砸在莱茜的头顶,在头上划出了一道深深的伤口。副驾驶座上的气囊没有打开,因为没有安全带,也没有安全气囊,雨果被甩到挡风玻璃上,头和肩膀贴在撞碎的玻璃上。他的脸被碎玻璃划出一道道伤口,脖子上也被割开了一条很长的裂口。

破碎的玻璃和金属碎片,以及汽车残骸散落各处。卡车的右前方轮胎在转动不止。卡车司机慢慢走出来,摘下黑色的摩托车头盔和护具,向身后查看。另一辆皮卡减速停下,他抻抻腿,揉着左膝盖,一瘸一拐地走到被撞毁的普锐斯车前看一眼。他看到了莱茜,脸上满是鲜血,气囊挡在身前。旁边的黑人浑身是伤，血流不止。他停下来看了一会儿，然后跛着脚离开，爬上了第二辆皮卡，在卡车里揉着腿等待着。他发现自己的鼻子流血了。司机握住方向盘，驾车离开了，灯光渐渐远去，那辆皮卡转弯驶进了一块空地，然后很快消失在黑暗中。没有人打911报警。

最近的一户人家距离这里半英里。主人是比尔一家。女主人艾芮斯·比尔听到了撞击声，她一开始还不知道发生了什么。但是她觉得肯定有事，得去看看。她叫醒了她的丈夫萨姆，逼着他穿上衣服出去瞧瞧。萨姆来到事发现场时，旁边停着另一辆车。几分钟之后，听到警车警笛声传来，远处车灯闪烁，来了两辆塔帕科拉警察局的警车，后面跟着两辆塔帕科拉消防救援车。他们立刻呼叫救援直升机从附近的巴拿马城地区医院急速赶来。

雨果从挡风玻璃上被抬出来，医护人员立刻给他裂开的伤口止血。他还活着，但是已经休克。他们用液压千斤顶卸下驾驶座旁边的车门，把莱茜抬出来。莱茜想要说话，但是只发出一连串呻吟声，听不出她在说什么。她被抬到了救护车上，送往赌场附近的部落诊所里，在那里等着救援直升机来。在飞往急救中心的途中，莱茜失去了意识，陷入昏迷，没有听到雨果死亡的噩耗。人们把她一个人抬上飞机，送到了附近的医院。

在事故现场，警察忙着拍照、摄像、进行测量以及寻找目击者。显而易见，没有人亲眼目睹惨剧的发生。他们也没有找到那辆皮卡车上的司机。驾驶位置上的气囊完全打开，没有发现流血或者受伤痕迹，不过在副驾驶座椅下面上发现了一瓶撞碎了的威士忌酒。司机消失无踪，卡车被拖走之前，警察查出这辆车是六个小时之前从阿拉巴马州弗利市一个购物中心偷来的。莱茜的普锐斯被运上了平板拖车，送往部落行政办公区附近的一个车辆存放场。

雨果的尸体被送到了部落的医疗中心，停放在地下室的冷库里，那里有时用来停放尸体。街对面，警长莱曼·格里特坐在桌子一端，注视着搜寻到的一些雨果的遗物———串钥匙、对折起来的几张钞票、一些零钱和一个钱包。一位警官坐在桌子另一端，正襟危坐。两个人都不愿给死者家属打电话。

警察最终还是打开了钱包，拿出了雨果的名片。他拨打电话，接通司法行为委员会的总机,要找迈克尔·盖斯马尔。

"他应该接电话,对吧,"警察说,"毕竟,他认识哈齐先生,可能也认识他的家人。"

"好主意。"警官说。

凌晨两点二十分,迈克尔拿起了电话,听筒另一端传来声音:"很抱歉给您打电话,您是雨果·哈齐先生的同事吧,我是布伦瑞克县塔帕科拉部落的警察。"

迈克尔惊得差点儿没站住,他的妻子打开了房间里的灯。

"是的,发生什么事了?"

"发生了一场交通事故,严重车祸,哈齐先生去世了。需要有人通知他的家属。"

"什么?这怎么会?不,不可能。你是哪位?"

"我是警察,我叫莱曼·格里特。先生,部落的警察局主管,我向您保证所说的一切都是真的。车祸发生在两个小时前,在保留地里。一位名叫莱茜·斯托尔兹的年轻女士被送往巴拿马城的医院了。"

"这不可能。"

"很抱歉,先生,他有家人吗?"

"他有家人吗?是的,格里特先生,他有家人,一个年轻漂亮的妻子,还有四个年幼的孩子。是的,有一个大家子人。哦,这不是真的。"

"对不起,先生。您能通知他们吗?"

"我?为什么是我?这怎么可能。我怎么知道这不是个恶作剧还是别的什么?"

"先生,您可以拨打我们的警察局总机查询,你也可以给巴拿马城的医院打电话,那位女士现在应该已经到达医院了。但是我向您保证这个不幸的消息千真万确,不久就会有新闻报道,并且联系死者家人。"

"好吧,好吧,让我想想。"

"别着急,先生。"

"莱茜还好吗?"

"我不知道,先生。她受伤了不过还活着。"

"很好，我立刻开车过去。保险起见请告诉我您的电话号码。"

"当然可以，先生。如果需要任何帮助，请给我们打电话。"

"好的，谢谢。给你添麻烦了。"

"没关系。有一个问题，先生，他们两个昨晚在保留地办事吗？"

"是的，我敢肯定。"

"我能问办什么事吗？我是这里的警长。"

"很抱歉，待会儿再说吧。"

盖斯马尔一直陪着维尔娜·哈齐和孩子们，等到维尔娜的母亲赶来后，他立刻起身离开。他这辈子永远也忘不了这家人听到雨果再也回不了家的噩耗时，那种震惊、恐慌、愤怒和狂乱的情景，他们完全不敢相信这是真的。那一刻，他成了十足的坏人，一个令人痛恨的送信人，背负着巨大的压力来告诉他们并让他们相信雨果确已去世。

他从来没有经受过这么悲痛而沉重的心理打击，这样的噩梦他再也不想经历了。直到黎明时分，他离开塔拉哈西的时候，才发现自己一直在流泪。早上六点刚过，他到达了巴拿马城。

13
熟悉的陌生人

莱茜情况已经稳定，但是还处在昏迷当中。初步诊断她的左侧头部有一道很深的划口，需要缝二十四针；脑震荡导致脑部肿胀；脸上有多处擦伤，是由于与气囊的剧烈摩擦和接触导致的；颈部、左肩、左肘和左手以及膝盖有多处小伤口。她的头发被剃光了，几位医生们决定用药物使其昏迷至少二十四小时。其中一位医生告诉盖斯马尔至少还要等一到两天才能对莱茜进行进一步的诊断，评估她的伤情。但是从目前来看，没有发现任何会危及生命的伤势。

莱茜的母亲安·斯托尔兹早上八点从克利尔沃特赶来，一同前来的还有安的姐妹特鲁迪和她的丈夫雷纳德。他们围着迈克尔询问情况，迈克尔已经把所有知道的信息都如实告诉他们了，但他们还想知道得更多。

等他们情绪都稳定下来，迈克尔离开了医院，开车前往保留地。他在警察局等了半个小时，终于等到莱曼·格里特来上班了。警长说他们还在对事故进行调查，不过已经了解到不少信息：事故发生原因是一辆卡车从中心车道上横插过来，撞到了普锐斯。卡车是偷来的，登记的车主是一个阿拉巴马州的男性。司机不在现场，但似乎是酒后驾驶。没人看到他离开事故现场,也没有找到他的踪迹。普锐斯副驾驶座上的气囊没有打开,哈齐先生也没有系安全带。他的伤势很重,头部有明显的致命伤,应该是流血过多而死。"

"您想看看照片吗?"

"过一会儿吧。"

"您要看看被撞车辆吗?"

"是的。"迈克尔回答。

"好的,我们会带您到现场看一下。"

"看起来还有很多疑点没有答案。"

"我们还在调查中,先生,"格里特说,"也许您能告诉我们昨晚他们在执行什么任务。"

"也许吧,但现在还不行。我们以后再谈。"

"调查需要您的全力配合,先生。我得知道所有的信息和线索。他们昨晚在那里做什么?"

"我现在不能告诉你详情。"盖斯马尔说,他知道这样只会更让人产生怀疑,但是在这个时候,他不敢相信任何人,"听着,一个男人死于一场非常可疑的车祸。我需要你保证一定要把那两辆车暂时扣留,并且保存好,直到有人能给出合理的解释。"

"您指的是谁?您想到什么人了吗,先生?"

"还不能肯定。"

"我需要提醒您吗?这件事故是在塔帕科拉地界发生的,我们要对此事进行调查。没人能越过我们,擅自采取行动。"

"当然,我明白。我只是有些慌乱,好吗?给我点时间让我好好梳理一下。"

格里特站起来走到办公室角落里的桌前,说:"看看这个。"桌子中间有一个很大的女士手包,旁边是一串钥匙。

两英尺外摆着一个钱包还有钥匙,迈克尔上前查看。格里特说:"如果有人丧生,我们一般都会搜查个人物品,然后列好清单封存。现在我还没有这么做,我打开钱包只是为了找名片,我就是这样找到你的,但是我没看钱包里面有什么东西。"

"他们的手机在哪儿?"迈克尔问。

格里特摇摇头说:"没有手机。我们翻查了他所有口袋,搜遍了整个车都没有找到任何手机。"

"这不可能,"迈克尔十分震惊,"有人把他们的手机拿走了。"

"你确定吗?"

"确定。谁没手机呢?而且他们的手机里有最近联系的电话号码,包括要跟他们见面的那个人的电话。"

"那个人到底是谁?"

"我不知道,我发誓。"迈克尔揉着眼睛说,他突然想到了什么,有些激动,"他们的公文包呢?"

格里特再次摇头说:"没有看到公文包。"

"我得坐会。"迈克尔跌坐在桌旁的椅子上,呆呆地盯着那些个人物品。

"您要喝点水吗?"格里特问。

"好的,麻烦你。"公文包里有文件,文件里有所有的信息。一想到沃恩·杜博斯和克劳迪娅·麦克多万在翻查那些文件,迈克尔就感到一阵胆寒心悸。四套房子的照片、沃恩和克劳迪娅去房子会面的照片、克劳迪娅飞到纽约的照片、所有的旅行记录、格雷格·迈尔斯投诉书的附件、萨黛尔的备忘录,等等,所有的东西都在里面。所有的。

迈克尔喝了一口水,用手擦去额头上的汗水。等他稍微有点儿力气时,站起来说:"我明天再回来检查这些东西,看看被撞的车辆。现在我得回一趟办公室,请保护好这些证物的完好。"

"这是我们的工作,先生。"

"还有,我需要拿走她的钥匙,如果可以的话。"

"我看没什么问题。"

迈克尔拿走了钥匙,谢过警长,然后走出了警察局。他给司法行为委员会的贾斯汀·巴罗打电话,指示他立刻去莱茜的公寓,找到公寓经理,告诉经理发生了什么事,说莱茜的上司有公寓钥匙,会马上赶到。因为他们不知道莱茜安保系统的密码,所以需要经理把密码解除。他说:"在我赶到之前，在公寓守着，确保没人进出。"

急匆匆赶回塔拉哈西，迈克尔暗暗说服自己莱茜和雨果很有可能没有随身带着公文包。他们不需要带着这些，不是吗？毕竟他们是在深夜里跟一个身份不明的目击者约定见面，拿这些文件有什么用呢？不过他又一想，跟其他调查员一样，几乎每个律师都不可能不带着自己的公文包出去办事。他暗自埋怨自己，司法行为委员会从来都没好好保护文件的安全，政策松懈。不过他们有政策吗？因为他们接手的所有案子都是极为机密的，所以保护文件的安全是自然而然的事情。这是职业操守问题，他一直都觉得没必要提醒自己的下属记得要保管好这些东西。

他中途停下来两次买咖啡，顺便伸伸腰，一直不断地打电话让他累得筋疲力尽。他给贾斯汀打电话，贾斯汀正在莱茜的公寓楼，经理不让他进去，除非莱茜的上司拿着钥匙来。他边喝咖啡边开车，一边还跟两个给办公室打来电话的记者通话。他又给维尔娜打电话，接电话的是她姐姐。不出所料，她没什么可说的。维尔娜在卧室里跟老大和老二在一起。他想问问能不能帮忙找找雨果的公事包和手机，但显然这个时候不太合适，他们担忧的事情已经够多的了。他的秘书给他打来电话，安排了一个跟下属的电话会议，他尽可能回答了各种问题。可以理解，他们都太震惊了，几乎没法工作。

经理坚持跟他们一起进入莱茜的公寓。迈克尔找到了进门的钥匙，然后打开了门。经理立刻解除了安保系统的密码。弗兰基，莱茜的斗牛犬正嗷嗷叫着要吃的和水，把厨房弄得一团糟。

经理说："好吧，我去给这个该死的家伙找吃的，你们两个赶紧的。"他找狗粮的时候，迈克尔和贾斯汀一个房间一个房间地搜寻。贾斯汀在卧室的椅子上找到了莱茜的公事包，迈克尔小心翼翼地打开包，拿出了一个记事本和两份文件。这些都是司法行为委员会的公务文件，每个文件上都标示着案件编号。两个文件中间夹着所有重要的资料。他们在一个房间的桌子上找到了正在充电的 iPhone 手机。经理正在擦洗地板，嘴里大声地嘟囔着，他们向经理表示感谢，然后带着公文包和 iPhone 手机离开了。

走到车旁边，迈克尔说："听着，贾斯汀，我不能去雨果家，我一去就等于在提醒他们这不幸的噩耗。你去问问维尔娜有没有看到雨果的公文包和手机,听明白了吗?告诉她这很重要。"

迈克尔·盖斯马尔是头儿,贾斯汀没得选择。

哈齐的家很容易找到,因为挤满了人。道路两旁停满了车辆,几个男人在前院里站着,大概屋子里面人太多了。贾斯汀硬着头皮走上前去,跟几个男人点头问好。他们礼貌地回应着,但都没说什么。一个穿着衬衣打着领带的白人看起来似乎很面熟。贾斯汀告诉对方他和雨果在司法行为委员会共事。那个人说他叫托马斯,在总检察长办公室工作,他和雨果是法学院的同学,到现在一直走得很近。贾斯汀小声跟他耳语说明来意,必须要找到雨果的公文包,并且妥善保护起来,这很重要,因为里面有司法行为委员会的敏感资料,等等。托马斯表示很理解,不过委员会给雨果配备的手机不见了,不知道是不是他放在家里没有带出来。

托马斯说:"应该不可能。"他转身走进了屋子。

两个女人走出房子,泪流满面,身旁的丈夫在安慰她们。根据停在路边的车辆判断,贾斯汀知道房子里挤满了听到噩耗震惊不已的家人和朋友。

过了很久,托马斯从前门出来,两手空空。他和贾斯汀走到街边避开人群说话。托马斯说:"他的公文包在里面。我跟维尔娜说明了一下,她允许我看一下公文包,里面的东西都在,但是维尔娜不让我把包拿走。我告诉维尔娜把它妥善保护好,我觉得她明白。"

"她现在怎么样可想而知吧。"

"糟糕透了。她在卧室里跟老大和老二在一起,几乎说不出话。雨果的母亲瘫倒在沙发上。叔叔婶婶、舅舅姨妈都来了,里面有一个医生负责照顾他们。一切都很糟糕。"

"没有看到手机吧?"

"没有,他走时带着了。昨晚十点左右他给维尔娜打电话问家里怎么样。我问维尔娜他有没有私人手机,她说没有,雨果一直都用委员会的手机。"

贾斯汀深吸了一口气,说:"谢谢你。有机会再见。"

开车离开的路上,贾斯汀给迈克尔打电话告诉他了解到的情况。

中午过后,雨果的遗体被灵车运到了塔拉哈西的一个殡仪馆,准备在那里举行葬礼,然而维尔娜却没办法敲定葬礼的细节。

莱茜依然在重症监护病房。她的生命体征很强，她的医生对病情进展表示很乐观。再次扫描显示她的脑震荡已经有了轻微的好转，如果一切顺利的话，医生计划在三十六小时或者四十八小时之后让她从昏迷中清醒过来。

莱曼·格里特想跟她谈谈，但被告知还要等一等。

经过一晚辗转反侧之后，迈克尔星期三天刚亮就去了办公室，等着贾斯汀。晚上噩梦不断，到现在还恍恍惚惚，他看早上的报纸，头条报道了雨果出事的消息。报纸上登了两张照片——一张是他在佛罗里达橄榄球队时的官方宣传照，另一张是穿着正装戴着领带登在司法行为委员会网站上的照片。迈克尔看着雨果四个孩子的名字，鼻头又是一阵酸楚。

葬礼定在星期六，三天以后，他无法想象那将是怎样的一场噩梦。

他和贾斯汀七点启程，开车前往保留地。莱曼·格里特把雨果钱包里的东西清点入册，数清钱数，照相留底。他让迈克尔在清点清单上签字，然后把东西交给了迈克尔。另外，迈克尔还拿走了莱茜的手包。他们沿着马路来到一个小型废车处理场，里面放着十几辆被撞毁的汽车，一个被锁住的大门，周围是铁网围栏。他们检查那两辆被撞的汽车，但是没有碰上面的任何东西。皮卡依然散发着威士忌酒味。普锐斯损坏更为严重，里面到处是血。迈克尔和贾斯汀都不忍心再看。那是他们朋友的血，到现在依旧鲜红。

"可能会启动诉讼，"迈克尔难过地说，只是他对这方面不太懂行，"所以一定要保管好这两辆车，保持原样。有问题吗？"

"当然没问题。"格里特说。

"而且保险公司也会参与进来，他们会派保险理赔人员过来。"

"我们已经事先通气儿了，盖斯马尔先生。"

"你们各处都找了吗，有没有发现手机？"

"我说过了，我们已经把各处都找遍了，没看到手机。"

迈克尔和贾斯汀互相看了一眼，好像心存怀疑。他们问能不能照几张照片，格里特说他不管。他们照完照片，跟着警长到了县级公路上车祸发生的地方。他们环视四周，没想到这里这么偏僻荒远，这样的荒无人烟是制造事故的最佳地点。他们看到了远处比尔的房子,不远处有一间破旧的宾果游戏小屋,除此之外没有别的建筑。

迈克尔盯着路面说:"没有刹车的痕迹。"

"一丁点儿痕迹都没有,"格里特说,"她根本没有时间反应。应该是卡车横插到路中间,直接就撞上了。"

格里特站在向东的车道上:"她的车被撞翻,落地朝着相反的方向。一直没有离开这条路。卡车要重得多,被撞到这里,几乎快撞进沟里。显而易见,卡车突然一个急转弯开进车道,她根本毫无招架。"

"造成这种冲击的话,有没有估测车速大概是多少?"迈克尔问。

"没有,但是事故现场重现专家会给出比较准确的答案。"

迈克尔和贾斯汀走进事发现场,注意到了地上的油渍、碎玻璃上的污迹,还有一块块的铝和金属碎片。在柏油路边上,特别是在紧急停车道上,他们发现了大片的干涸血迹。草丛里,有一块衣服的布料,上面也沾满了血渍。其中一个同事就是在那里被杀死的,另一个同事受伤严重,痛苦不堪。这儿真不是什么好地方。

他们照了几张照片,只想快点离开这里。

距离斯特林向北两英里外,弗洛格·弗里曼经营着一间乡村小商店和一个加油站。一间破旧的房子是他祖父建造的,他就住在这个房子的隔壁,因为经常有人光顾小店,并且这个店是他生活的全部,所以每天晚上十点才关门。在布伦瑞克县的乡下,天黑后,他本可以六点就关门,但是他关门以后就没别的事可做了。

星期一晚上,他没有十点关门,因为放啤酒的冰箱漏水了。弗洛格卖出去不少啤酒,大部分是冰啤酒,如果冰箱出现故障可就麻烦了。他正忙着修理冰箱的时候,一个客人走进店里,要买冰块、外用酒精和两罐啤酒。

买的东西真是奇怪,弗洛格心想,他擦擦手然后走到收银机前。他这个店已经开了五十多年了,看一眼顾客买了什么就能猜出他们要干什么。他什么都见识过,但是冰块、外用酒精和啤酒,这样的搭配还是头一次见。

弗洛格被抢劫过三次,两次是被罪犯持枪抢劫。几年前,他开始反击。他在店里装了六个监视摄像头。四个是可以看到的,所以如果有蓄意抢劫的罪犯看到，就会意识到抢劫会有风险。两个摄像头是隐藏的，其中一个在前面门廊上面。

弗洛格走进收银机后门的小办公室，查看监视器。白色皮卡，佛罗里达牌照。一个年轻人坐在副驾驶座上，鼻子出了点问题，他正拿一块布捂着，布上都是血迹。司机拿着一袋冰块和一个装着外用酒精的棕色袋子，还有啤酒出现在监视屏幕里。他爬上车，对旁边的人说了些什么，然后开车走了。

"那家伙肯定是打架了。"弗洛格说，然后回去接着修理他的冰箱。

汽车交通事故在布伦瑞克县很少见。第二天早上，人们站在弗洛格的咖啡机前开始谈论听到的传闻。从塔拉哈西来的一个黑人小伙和一个白人女孩在保留地里迷路了，后来被一个酒后驾驶卡车的司机迎头撞上了。卡车是偷来的，喝醉酒的司机逃跑了。就这么走了，到现在也没找到。酒驾司机一瘸一拐逃离事故现场，消失在保留地深处，然后在边界突然出现了，这种故事很快便成为了人们热衷闲聊的话题，毕竟里面充满了猜测和悬疑。

"他在外面待不过一个小时就会被抓起来的。"一个喝咖啡的人说。

"也许他还在里面兜圈子呢。"另一个人说。

"别担心，印第安人会搞定他们的。"第三个人说。

这天晚些时候，传闻越来越多，越来越详细，弗洛格开始把事情联系到一块儿。他跟县里的警长很熟，也知道这位警长跟塔帕科拉警察局有些过节。因为他们有钱，所以部落盖了一个警察局，比县里的警察局大了一倍，而且装备精良，所以不可避免地引来了不满和嫉恨。

他打电话给克里夫·皮克特，布伦瑞克县的警长，跟警长说他有样东西要给他看，他一定会感兴趣的。皮克特下班后来到弗洛格的店里，他们一起看录像。

他说的第一句话就是："太奇怪了。"县里星期一晚上一直很安静，跟平常一样，唯一热闹的地方就是赌场。没人打电话报警说有打架斗殴、偷窥跟踪，或者出现行踪可疑的人。除了两辆车相撞事件，别的什么事也没有。

"那里距离这儿有十英里，你觉得呢？"警长说。

"直线距离。"

"所以时间上是吻合的？"

"看样子是的。"

警长摸着下巴,陷入了沉思:"那么,如果是这个鼻子受伤的家伙开着偷来的卡车,他是怎么逃走,而且还搭上了一辆陌生人的车,十五分钟到达这里的?"

"不知道。你是警长啊。"

"也许这个陌生人并不陌生。"

"我也是这么想的。"

弗洛格同意把录像复制,然后发到警长的邮箱。他们一致同意先把这件事放放,等过一两天再通知印第安人。

14
―
阴谋者

星期三下午的晚些时候,迈克尔把塔拉哈西余下的所有工作人员都召集了起来,除了两名在司法行为委员会劳德代尔堡分区的调查员。其中有贾斯汀·巴罗,在委员会工作六年,现在是高级调查员。一个星期前,他跟雨果打高尔夫球,才了解到关于格雷格·迈尔斯提交起诉书的事,但是他却不知道这背后隐藏着巨大的阴谋,他手头上也有不少案子要处理。麦迪·里斯,工作还不到一年,对沃恩·杜博斯、赌场贿赂和克劳迪娅·麦克多万法官等情况一无所知。

迈克尔把事情原原本本地从头讲了一遍,把迈尔斯投诉的事情一五一十都告诉了他们。大家全神贯注地听着,觉得既难以置信又心惊胆战。当然,他们的上司是不会把这个案子交给他们的。他强调说实际上,迈尔斯投诉书里提到的所有指控都没有被证实,而且他也十分清楚司法行为委员会没有能力去证实这些。然而,他相信随着莱茜和雨果的调查深入,他们触及了危险的雷区,威胁到了自己的生命。

"事故显然疑点重重,"他说,"他们被一个匿名的线人引诱到偏僻的荒郊野外。我们不知道他们是否已经碰面,只有等莱茜能说话了,才能了解到当时的情况。在一条笔直的大路上，视野清晰，路上没有别的车辆，他们却被一辆偷来的卡车直接撞上，卡车司机也不见了踪影，也许永远也找不到。副驾驶座上的气囊和安全带很明显被动过手脚，故障失灵。委员会配给他们的手机也不见了，很可能被人拿走了。我们打算全力推进调查，但是我们要对付的是塔帕科拉部落，不是你们经常打交道的执法机构。"

"您是说雨果是被谋杀的？"麦迪问。

"还不能确定，我只是说他的死因有太多疑点。"

"那联邦调查局呢？他们不是有司法权吗？"

"他们是有，而且我们也会在适当的时候向他们请求帮助，但不是现在。"

麦迪清清嗓子，接着又问："那现在，这个案子怎么办呢？"

"案子就在我桌上，"迈克尔说，"还说不好会怎么处理，现在暂时由我负责。"

"我想说一句，请不要介意，"贾斯汀说，"我认为我们这么做不切实际。如果真是蓄意谋杀的犯罪行为，我们还调查个什么劲儿呢？应该让佩戴枪和警徽的那些人来清理这个烂摊子。"

"我同意。而且我想你的问题我也没有答案。我们当初认为这个案子是有些危险，计划是从外围下手，打探一下，看看能发现什么。记住，有人提交了正式的投诉书，一旦被送到我们的手里，摆在我们的案头，我们就必须得进行调查，没有其他选择。只是我们应该更加小心才是，我不应该同意他们星期一晚上去保留地的。"

"话是这么说没错，但他们俩是天不怕地不怕的人。"麦迪说。

气氛凝重而沉默，他们都在想念自己的同事。麦迪打破了沉默，问道："我们什么时候能去看看莱茜？"

"他们打算赶快让她从昏迷中清醒。我明天早上去看看，如果一切顺利，也许会有机会跟她谈谈。我们得宣布雨果去世的消息，两三天之后，你们或许就可以去看他的家人。记住，葬礼是在星期六，我们都得前去吊唁。"

"我们都惦记着去呢。"贾斯汀说。

阿拉巴马州弗利市的警方得到消息，他们正在寻找的被盗的道奇公羊卡车已经被停放在佛罗里达印第安地界的废车处理场里。他们通知了车主，车主通知了保险公司。

星期三下午，一个男人来到警察局，说他知道关于偷车贼的一些信息。一些警察认识他，因为他是私家侦探，有人雇佣他跟踪监视一个年轻的家庭主妇，她的丈夫怀疑她与别的男人有染。侦探当时正躲在一个购物中心停车场的车里，他看到一辆佛罗里达牌照的本田皮卡停在这辆道奇公羊附近。本田车上有两个人，但是都在车里没出来。他们看着驶过的车辆和行人大概看了有十五分钟左右，似乎心不在焉。副驾驶座上的人悄悄从车里出来，走向道奇卡车。这时候，侦探因为无聊没什么事可做，掏出手机开始录像。

小偷手法熟练地用平刃刀打开驾驶座旁边的车门，显然他是个老手，眨眼工夫他就点火把车开走了，他的同伙开着本田车跟在后面。录像清晰地照出本田车上佛罗里达的牌照。这种手法熟练、轻而易举就能把车偷走的贼没有几个，弗利警方把录像留了下来，向这位热心的市民表示了感谢。他们追踪本田汽车牌照，查到车辆注册地在佛罗里达沃尔顿县德芬阿克泉，距离赌场大约十五英里。车主是贝尔芒格人，有着一连串丰富多彩的案底，三流的惯犯，刚刚被假释。因为只是偷车不是什么严重的犯罪，而且还是跨州犯案，所以弗利警方草草结案，把这个案子扔到了一边。

格雷格·迈尔斯和他心爱的小船停靠在佛罗里达的那不勒斯。午后他在阴谋者号上喝着饮料，和以往一样，翻看来自彭萨科拉、塔拉哈西和杰克逊维尔的各类报纸。船上的生活让他有种漂泊不定的感觉，永远都不能确定明天他是不是还活着。了解以前生活的地方现在发生的一些事情，可以让他想到自己的过去，那些美好的日子，这对他来说很重要。另外，他在那些地方有不少仇人，这些人的名字时常会在报纸上出现。

看到雨果昨晚在塔帕科拉保留地车祸身亡，他的同伴莱茜·斯托尔兹严重受伤的消息时，他感到无比震惊。这真是个可怕的消息，而可怕的原因不止一个。事故会进行调查，寻找线索，最后锁定嫌疑人。他一如既往地往最坏的方面推测，他想这次事故是杜博斯在背后指使的，完全不是表面看上去的那样。

他越读下去，就越觉得难过。虽然他只跟莱茜和雨果见过三次面，却很喜欢和欣赏他们。他们聪明能干，而且脚踏实地，虽然薪水不多，却一心投身于工作。因为他，他们才开始调查法官和她同伙的不法行为。因为他，雨果现在死了。

格雷格下了船，沿着码头走着。海边有一个长椅，可以遥望海湾，他在长椅上坐了很久，为发生的惨剧而自责。一个小小的阴谋突然间却变成了深不可测的危险。

15
冈瑟

星期四早上八点,盖斯马尔来到医院。他在候诊室停下来,看望一下安·斯托尔兹,她正一个人待在那里。莱茜的生命体征依然很强。前一天晚上,医生已经给她停了巴比妥类药物[①],她正在慢慢苏醒。三十分钟后,一位护士走过来找安,说她的女儿已经醒了。

"我要把雨果的事情告诉他,"盖斯马尔说,"你先去吧,过几分钟我再过去。"

莱茜还在重症监护室。迈克尔走进病房,看到莱茜脸上的伤势,惊呆了。莱茜的脸上到处是淤血,青一块紫一块,还有不少擦伤和裂开的小伤口,脸肿得都变了形,无法辨认。从狭窄肿胀的眼缝中,几乎看不到她的瞳孔。气管导管插进她嘴里,把氧气输送到体内。迈克尔轻轻地触摸她的手,轻声问好。

莱茜点点头,想要出声,但是嘴里插着导管说不了话。安·斯托尔兹坐在椅子上,擦拭着眼里的泪水。

---

① 巴比妥类药物是一种镇静剂。

"你好吗,莱茜?"迈克尔忍着快要崩溃的情绪问道。曾经那么漂亮的脸蛋,现在却成了这副模样。

她轻轻点了点头。

安小声耳语说:"我什么也没告诉她。"一位护士悄悄走进病房,站在安身旁。

迈克尔靠近她身前,说:"你们被迎面撞上了。发生了一场可怕的车祸,莱茜。"他强忍住悲伤,看了一眼安,"莱茜,雨果没挺过来,他死了。"

莱茜痛哭地呻吟着,狭窄的眼缝闭上了,一下子攥住了迈克尔的手。

迈克尔的眼睛湿润了,他继续说:"这不是你的错,莱茜,你要明白。这不是你的错。"

她再次呻吟,轻轻摇摇头。

医生站在迈克尔对面的病床边,看着患者。他说:"莱茜,我是亨特医生。你昏迷了四十八个小时。你能听到我吗?"

她再次点点头,深吸了一口气。一滴眼泪从肿胀的眼睛轻轻流出,沿着伤痕累累的左侧脸颊滑落。

医生继续问莱茜一些简短的问题,检查她的伤势。他举起手,在莱茜眼前晃动,让她看看房间内的物体。莱茜反应得不错,只是稍微有些迟缓。

"你的头疼吗?"医生问。

莱茜点点头。

亨特医生看向护士,下医嘱给她打一针止痛剂。他看着迈克尔说:"你可以跟她聊几分钟,但别提车祸的事。我明白警察想要跟她谈,但不可能这么快。我们得再观察她两三天,看看她的情况再说。"说完他便转身离开了病房。

迈克尔看着安说:"我们需要谈一些机密的事情,希望你不要介意。只要一会儿就可以。"安点点头,轻轻走出了病房。

他说:"莱茜,你星期一晚上带着委员会配给你的手机了吗?"

她点点头,是的。

"手机不见了,雨果的手机也没了。警方搜查了你的车和事故现场,到处都找遍了,也没发现手机。不要问我怎么回事,我也不知道怎么解释。"

不过如果有人拿走手机，入侵手机程序的话，很可能会追查到迈尔斯。"

莱茜肿胀的眼睛微微张开，并且不住地点头。

迈克尔说："我们的技术人员说入侵手机系统实际上是做不到的，但并不是没有这个可能。你有迈尔斯的手机号码吗？"

她点点头，有。

"在文件资料里？"

她点点头，是的。

"很好。我立刻就去办这件事。"

又一位医生走进病房，检查病情。迈克尔已经问得差不多了，这次艰难的任务已经完成。显然，他不能再问更多关于星期一晚上发生的事情了。他靠近莱茜，说："莱茜，我得走了。我会跟维尔娜说你很好，也很想念大家。"

莱茜又哭了。

一个小时后，护士们摘下了她的氧气管，开始拔掉身上的导管。她的生命体征已经正常。星期四整个上午她都是睡了又醒，醒了又睡，不过到了中午，她不想再这么睡下去了。她的声音沙哑无力，不过仍在渐渐恢复。她跟安和特鲁迪姨妈说话，还想和雷纳德叔叔聊几句，虽然她以前一直不喜欢他，不过现在觉得好多了。

重症监护室的空间有限，随着莱茜的情况越来越稳定并且脱离了危险，医生们决定把她转移到私人病房。转移的时候正好赶上冈瑟来。冈瑟是莱茜的哥哥，唯一的同胞手足，他依然像以前一样，未见其人就听见其声。他正在走廊里跟一个护士在争论，护士说每个房间只能允许有限的人探望，规定的人数是不超过三人，而且得在规定的探望时间内。冈瑟觉得这个规定太荒谬了，而且他可是大老远开车从亚特兰大赶来，一路狂奔来看自己的小妹妹，要是护士不能通融的话，那就叫保安来好了。但是如果她叫保安来，冈瑟就会给他的律师打电话。

他说话听起来总像是要找茬，不过此时对莱茜来说，哥哥的声音听起来很亲切动人。她甚至窃窃笑起来，这一笑扯得从头到脚浑身都疼。

安·斯托尔兹说："我猜是他来了。"特鲁迪和雷纳德突然安静下来，如坐针毡。

冈瑟没敲门就风风火火地进来了,一个护士追在他后面。他亲了亲母亲的额头,没有理睬妈妈和姨夫,扑向莱茜。"哦,天啊,妹妹,你对自己做了什么?"他一边问一边亲吻她的额头,莱茜只能努力地笑了笑。

冈瑟扭头扫了一眼说:"你好,特鲁迪,你好,雷纳德。再见了,雷纳德,因为你得在走廊里等着了。拉琪德护士威胁说要叫保安来了,因为这个小医院里有毫无道理的硬性规定。"

特鲁迪正掏着钱包的时候雷纳德说:"我们先走了,过几个小时再回来。"他们匆匆走出了病房,显然是很高兴终于远离了冈瑟。冈瑟瞪着拉琪德护士,竖起两根手指说:"一名访客,两名访客。我和我妈妈。你数清楚了吗?现在,我们符合规定了吧?所以请让我们单独在一起可以吗?我跟我的妹妹有私话要说。"拉琪德护士满意地离开了,忍不住地摇着头。

莱茜想笑,但是她知道这样会很疼。

根据年份或者甚至是月份的不同,冈瑟·斯托尔兹在亚特兰大商业地产开发商中能排到前十,也是房地产业浪荡公子的前五名,弄得自己快要破产了。四十一岁的年纪,已经至少两次提起离婚起诉了,似乎注定要过着走钢丝一样,而在另一些开发商看来却是发达兴旺的生活。当年景好的时候,钱的利息很低,他借了大笔的钱,像疯子一样大肆建造房子,烧钱盖楼,好像钱永远花不完似的。当市场疲软时,他瞒着银行,以大甩卖的价格抛售资产。没有妥协的方案,没有谨慎的计划,也没有实际存款。当他落魄的时候,他也相信自己有更光明的未来;当他势头正劲的时候,他花钱如流水,忘了自己时运不济的时候。亚特兰大永远也不会停止发展壮大的脚步,他人生的使命就是为这片土地添砖加瓦,盖更多的商场、公寓和办公大楼。

从他来这儿短短的时间里,莱茜已经观察到一个很重要的线索。他其实是开车从亚特兰大来的,而不是乘坐私人飞机。显然他的生意做得不怎么顺利。

几乎是脸对着脸,冈瑟对莱茜说:"对不起,莱茜,没有早点儿来。我跟梅兰妮在罗马呢,已经尽快赶过来了。你觉得怎么样,亲爱的?"

"我觉得好多了。"她声音沙哑地说。

他已经好几年没去罗马了,这次是个绝佳的机会。一部分原因是为了能讲出一些高级场所的名字。梅兰妮是他的第二个妻子,莱茜很讨厌她,不过还好,她们几乎不怎么见面。

"她今天早上刚醒过来,"安坐在椅子上说,"就算早来了也是耗时间罢了。"

"你好吗,母亲?"他没有看向安问道。

"很好,谢谢。你有必要对特鲁迪和雷纳德那么无礼吗?"

就这样,家庭关系出现了紧张的气氛。一反常态,冈瑟深吸一口气,没有回击。他仍然凝视着自己的妹妹,说:"我看了报纸上的新闻。真是太惨了,你的朋友去世了,是吗,莱茜?真不敢相信。发生了什么事?"

安赶紧说:"医生说不能跟她说车祸的事。"

冈瑟注视着他的母亲说:"我不管医生是怎么说的。有我在这儿,我跟我妹妹想谈什么就谈什么,不用别人命令我。"他回头看着我莱茜问道:"发生了什么事,莱茜?开另一辆车的人是谁?"

安说:"她还没恢复好呢,冈瑟。从星期一晚上开始就一直在昏迷。别说这个话题了好吗?"

不过冈瑟并不打算绕开这个话题。他说:"我认识一个很好的律师,我们打算起诉那个混蛋。错全在他,不是吗,莱茜?"

安发了一大通牢骚和埋怨,然后起身走出了病房。

莱茜轻轻摇头说:"我不记得了。"

接着她闭上眼睛睡着了。

到下午三点左右,冈瑟把莱茜病房的一半都占为己用。他搬来两把椅子、一个带轮子的推车、一个原来放灯的床头柜和一个小折叠沙发。把这里布置一番,可以让他放置自己的笔记本电脑、iPad、两部手机和一堆文件。拉琪德护士表示过反对,不过她很快明白任何评论都会引发他一连串滔滔不绝的回击和威胁。特鲁迪和雷纳德时不时进来几次,看看莱茜的情况,但是感觉自己像是不速之客一样。

最终,安认输妥协了。晚些时候,她告诉两个孩子,她要回克利尔沃特一两天,然后会尽快回来,如果莱茜有什么需要的话,就给她打电话。

莱茜睡觉的时候,冈瑟不接手机,有时走到过道上拿着笔记本电脑安静而专注地工作。等莱茜醒了,他就会守在她眼前,有时拿着电话冲着电话里的人大吼大叫,似乎是因为一桩买卖快要黄了。他一次又一次缠着护士和护理员给他再拿点儿咖啡来,但是没成,于是他下楼去咖啡厅,那里的东西看起来简直"没法吃"。医生们到各个病房巡视,每个人都盯着他看,好像他要跟谁打架似的。他们都小心翼翼,不敢惹他。

不过对莱茜来说,冈瑟很有感染力,甚至能激起她的活力。他总是逗她笑,但她还是不敢笑。有一次,她醒来的时候,看到冈瑟正站在她的床边,偷偷抹去脸上的泪水。

六点钟,拉琪德护士走进来,说她要下班了,问冈瑟要在这里待多久。冈瑟斩钉截铁地回答:"我不走。这不是有个沙发嘛。而且不知道你们是怎么管理的,怎么也该弄个舒服点儿的沙发吧,瞧这破折叠沙发,太硬了。我是说,哪怕是个行军床也比这个强吧。"

"我会跟上面报告的,"她说,"明天早上见了,莱茜。"

"真是个混人。"冈瑟小声嘟囔,不过却足够让护士关门的时候听见。

晚上,冈瑟给莱茜喂了一些冰淇淋和果冻作为晚饭,而他自己却什么也没吃。他们一起看重播的《老友记》,直到她感觉累了。等莱茜睡着了,冈瑟回到了自己的地盘,马不停蹄地收发电子邮件。

整个晚上都有护士悄悄进进出出。一开始,冈瑟埋怨护士弄得声音太吵,但是很快就安静下来了,因为一个被他看上了的可爱护士偷偷给他咖啡里下了点儿镇静剂。半夜,尽管折叠沙发又小又硬,但他还是睡得很熟,鼾声大作。

星期五早上五点左右,莱茜开始在床上烦躁不安地乱动,呻吟不止。她还在睡着,而且在做梦,看来做的是噩梦。冈瑟拍着她的胳膊,小声安慰她一切都会好的,她很快就能回家了。她突然惊醒,呼吸急促。

"怎么了?"他问。

"给我来点儿水。"莱茜说。冈瑟把一根吸管放进她嘴里。莱茜喝了一大口水,冈瑟给她擦擦嘴角。

"我看到了,冈瑟,撞车前我看到了那辆卡车。雨果在大声喊着,我

127

看着前面，眼前亮起了刺眼的亮光，接着，一团漆黑，我也不醒人事了。"

"好样的。你还记得什么吗？比如说相撞，或者气囊打开砸在脸上？"

"也许吧，我记不清了。"

"你看到撞你的司机了吗？"

"没有，除了亮光什么也没有，那光太刺眼了。一切发生得太快了，冈瑟，我来不及反应。"

"你当然来不及反应。这不是你的错，是卡车横穿到大路中间。"

"是的，对，没错。"她再次闭上眼睛，过了一会儿，冈瑟发现她在哭泣。

"没事了，妹妹，没事了。"

"雨果没死，是吧，冈瑟？"

"雨果死了，莱茜，你必须接受并且相信这个事实，不要再问这是不是真的了。雨果已经不在了。"

莱茜痛哭不止，他只能眼睁睁看着，束手无策。看到莱茜浑身在颤抖，忍着伤痛为好友去世而悲伤不已，冈瑟也很心疼。不过最终，谢天谢地，莱茜终于又睡着了。

16
悲伤的葬礼

早上病房里来了一大波人,医生、护士和护理员一通忙活之后,一切都安排妥当。冈瑟在忙着自己的生意。莱茜的身体恢复得很快,肿胀的脸渐渐复原,虽然还有些淤伤,但是在逐渐消散,颜色也变浅了。九点左右,迈克尔·盖斯马尔到了医院,看到莱茜病房里精心布置的简易办公室,一下子惊呆了。莱茜醒了,正在用吸管喝着温热的咖啡。

冈瑟蓬头垢面,没刮胡子,只穿着一双袜子和一件衬衫,下摆耷拉到膝盖。他介绍自己是莱茜的哥哥,并且立刻觉得这个穿着深色西装的男人身份可疑。莱茜说:"别紧张,他是我的上司。"冈瑟脸色缓和下来,他和迈克尔隔着病床试探性地握了握手,心平气和。

迈克尔问:"可以谈一谈吗?"

"我想可以。"她说。

"莱曼·格里特是保留地的警长,他想来医院看看你,问你几个问题。也许如果我们先商量一下的话会更好些。"

"好的。"

迈克尔看向冈瑟,看来他根本没想要离开病房。迈克尔对他说:"这件事很机密,跟我们调查的一个案子有关。"

冈瑟毫不犹豫地说:"没什么商量的余地。她是我的妹妹,需要我的建议,我也必须知道所有的事情。我懂什么是机密,对吧,莱茜?"

莱茜无可奈何,只好说:"他留在这儿没问题。"

迈克尔不想再争执,而且冈瑟两眼冒火,显然是个脾气火爆的人。管他呢。迈克尔说:"没有收到迈尔斯的回信。我给文件上三个不同的电话号码打了好几次电话,都没有接通,只听见电话铃声。我想他应该不接收语音信息。"

"不知道他们会不会追踪到他,迈克尔。"

"迈尔斯是谁?"冈瑟问。

"一会儿再告诉你。"莱茜说。

"最好别告诉。"迈克尔说,"回到星期一晚上那天,能不能跟我说说跟神秘线人见面的事情?"

莱茜闭上眼睛,深吸一口气,疼得她直皱眉。慢慢地,她说:"没什么可说的,迈克尔,我记不清了。我们去了赌场,在停车场里等着。然后我们沿着一条很黑的路开车,停在一个小房子旁。"她停顿了好一会儿,好像在打瞌睡。

迈克尔问:"你们见到那个线人了吗?"

莱茜摇着头说:"不知道,迈克尔,我不记得了。"

"雨果跟那个人在电话里说话了吗?"

"我想应该是说了。是的,他说了。那个人告诉我们开车去哪里,在指定的地方见面。对,我想起来了。"

"那车祸呢,想起什么了吗,另一辆车还记得吗?"

她又闭上了眼睛,仿佛在黑暗中记忆力会更好。过了一阵,冈瑟说:"今天早上,她做噩梦了。她醒来时说她能看见车头灯,说她记得雨果在尖叫,她还来不及反应,卡车就过来了。她记得那是一辆卡车,但她不记得车被撞的过程,以及声音什么的了。对于后来的救援车、救护车和急救直升机,急诊室等等都一点儿印象也没有。什么都不记得了。"

冈瑟的静音手机发出震动,电话看来很紧急,差点儿从他不知什么时候弄来的小饭桌上掉下来。他瞪着手机瞧,虽然心急如焚,却还拼命抑制住接电话的冲动,就象正在清醒中的醉鬼死命盯着冰啤酒看一样。

不过他还是没去接电话。

迈克尔点头示意门口,两个人走到了过道里。迈克尔问:"你跟她的医生说什么了吗?"

"没说什么,我觉得他们不怎么喜欢我。"

一点儿不奇怪。

"哦,他们跟我说她的记忆会慢慢恢复的。最好的办法就是刺激她的脑子,主要是通过说话。尽量让她说话,让她笑,让她听,尽快给她弄来些杂志,看看她能不能读书看报。她喜欢老电影,所以跟他一起看看。她需要少睡些觉,多听点儿声音。"

冈瑟认真听着,悉心领会:"明白了。"

"咱们去跟她的医生谈谈吧,尽量不要让她跟警长见面。他想知道莱茜和雨果在他的地界做什么,老实说,我们不想让他知道。因为这是严格保密的。"

"明白了,迈克尔,不过我想知道关于车祸的更多信息。所有的细节。把你目前了解到的信息都告诉我,我觉得这里面有问题。"

星期五的午后,冈瑟在大厅里打电话,在电话里拼命地嚷嚷,想要挽救一桩又一桩的生意。莱茜在写电子邮件:

亲爱的维尔娜,我是莱茜,用我哥哥的 iPad 给你写信。我还在医院,终于有点儿力气了,脑子也比前一阵清醒了,所以可以写信给你。我不知道该从何说起,也不知道该说什么。我真不能相信发生的这一切,就跟做梦一样。我闭上眼睛告诉自己我不在这儿,雨果没事,等我醒来,一切都会好的。可是等我真的醒过来,才发现这场悲剧真的发生了,他被夺走了生命,你和孩子们失去了最爱的人,这种痛苦简直难以想象。我很难过,不只是为你们的不幸,也因为我难辞其咎。我不记得发生了什么,只记得我在开车,雨果坐在副驾驶座上。现在这已经不重要了。不过我会一直心怀愧疚直到死去。我真希望能马上见到你,拥抱你和孩子们。我爱你们,迫不及待想要见你们。很抱歉,我不能出席明天的葬礼了,一想到这个我就忍不住哭。我常常哭泣,但是你肯定比我更伤心。我为你和孩子们感到心痛,维尔娜。我一直在想念你们,为你们祷告。爱你的,莱茜。

二十四小时后,这封邮件还没有收到回复。

雨果·哈齐的葬礼在星期六下午两点开始,地点在一个郊区的教堂里,是一个高耸而现代的教堂,能容纳近两百人。雨果和维尔娜几年前加入了门之圣幕教会,算是半活跃的教会成员。参加葬礼的人实际上都是非洲裔美国人,很多是他们的家人,大部分的朋友也来了。就快到两点了,人们庄严肃穆,每个人都准备好迎接一波又一波难以承受的悲伤。教堂里还有几个空座,但是不多。

布道坛前的大屏幕上正播放着幻灯片。音响里播放着哀伤的灵歌,一张张雨果的照片在屏幕上一一呈现,每一张照片都不禁勾起人们痛苦的回忆,没想到活生生的一个人就这么突然离开人世了——蹒跚学步时可爱的雨果;上高中时咧嘴傻笑的雨果;在橄榄球比赛中的雨果;婚礼时的雨果;和孩子们玩耍的雨果……十几张照片,引得人们流下伤心的泪水。随着葬礼的继续,还会有更多的悲伤时刻出现。最终,令人心痛的半个小时过去,屏幕消失,一百人组成的唱诗班穿着圣洁的紫色长袍缓缓走出。他们的歌声一开始低沉哀婉,后来逐渐转换成旧时福音赞美诗那种快节奏的音乐,人们随着节拍一起跟着唱起来。

人群中还有几张白人面孔。迈克尔和他的妻子坐在长而宽阔的包厢前排。他环顾一下四周,看到另外几个司法行为委员会的人。他注意到大部分的白人都在包厢里,似乎是想远离下面的人群。迈克尔,生于20世纪60年代种族隔离时期的孩子,看到了令人讽刺的一幕,黑人坐在最佳的位置,而白人被放逐到了楼上的包厢。

一个小时的预热过后,牧师登场布道,讲了十五分钟。他是一位经验丰富而且能力超群的演说家,声音低沉而有力。他安慰逝者生前所爱的人,让台下的众人哭得更加伤心。接下来是雨果的哥哥致悼词,他讲了他们小时候有趣的故事,讲到一半就泣不成声了。第二位致悼词的是雨果高中时的橄榄球教练,一位严厉并且脾气暴躁上年纪的白人,艰难地说了三句话,然后就声音哽咽，像个孩子一样痛哭不止。第三位致悼词的是佛罗里达橄榄球队的队员。第四位是法学院的教授。然后是一位女高音歌手，精彩演唱《上帝何其伟大》。歌曲唱完，每个人都热泪盈眶，甚至也包括歌唱者自己。

维尔娜坐在前排的正中，一直在硬撑着，努力让自己保持镇静。她身边围绕着她的家人，旁边是她年龄最大的两个孩子。一位姨妈在帮她照看皮平和另外一个刚学会走路的孩子。即使别人都号啕大哭，痛不欲生，维尔娜也一直凝视着十英尺外的棺椁，默默地擦去眼中泪水。

遵照医生朋友的建议，她一反传统，决定把棺材盖上。棺材旁边的架子上摆着她丈夫英俊的大幅照片。

葬礼还在继续，迈克尔忍不住频频看着手表。他是个虔诚的长老会教徒，在他的教会里，布道时间严格控制在二十分钟内，婚礼的时间是三十分钟，如果葬礼超过了四十五分钟就该有人抱怨了。

但是今天在门之圣幕教会，时间并不是问题。这是为雨果唱的最后一曲，跳的最后一支舞，要风风光光地送他走。第五个致悼词的是雨果的一个表亲，曾经吸毒，现在已经戒毒了，而且找到了工作，一切都多亏了雨果。

悼词很感人，但是两个小时了，迈克尔有些坐不住想走了。他也很庆幸舒舒服服地坐在有软垫的椅子上，而不用担心站在下面的布道台后面讲话。哈齐一家一开始问他"可否考虑一下"在葬礼上讲几句话，但是这个建议很快就被维尔娜驳回了。迈克尔意识到她当初的一些抱怨——雨果的死，不论是意外还是别的什么原因，本来都可以避免的，如果他的上司不派他大晚上去这么危险的地方的话。雨果的哥哥给他打了两次电话，问他为什么大半夜让雨果大老远去保留地。家人们从震惊中走出来，开始提出质疑，迈克尔感觉要有麻烦了。

第六个也是最后一个致悼词者是罗德里克，雨果和维尔娜的大儿子。他给父亲写了三页的悼词，由牧师帮忙来念。就连迈克尔·盖斯马尔这么冷血的长老会信徒，最终都忍不住泪如雨下。

牧师念了很长的一段祝祷词之后，布道结束。唱诗班轻声吟唱，护柩者们抬着雨果的棺材走下布道台。维尔娜紧随其后，手里抱着一个孩子，嘴唇紧闭，牙关紧咬，她的头高高昂起，脸上布满泪痕。家人们跟在她身后,几乎都泣不成声。

送葬者离开了教堂,分散在停车场里。大部分人半个小时后会去墓地参加下一轮的悼念仪式,这个仪式会很长,而且更令人伤心欲绝。整个葬礼下来,没有一个人咒骂那个致使雨果身亡的罪魁祸首。当然,没人知道那个人是谁、叫什么名字。"一个喝醉酒的司机开着一辆偷来的卡车把人撞了然后逃跑了。"这就是人们所相信的说法,没人谴责,牧师和发言者站在了高地上。

当雨果·哈齐被下葬到墓地时,只有迈克尔和为数不多的几个人怀疑他的死不是简简单单的事故。不远处,墓地后的小斜坡上,两个男人坐在车里,用望远镜观望着参加葬礼的人群。

17
沉痛记忆

星期六的中午,护士和医生们想出了一条赶走冈瑟的计策。办法很绝——就是干脆把他的妹妹弄走,这样他就没有理由存在医院里了。星期五,莱茜问医生她的病情是否已经稳定,能不能回塔拉哈西了。那里有很多很好的医院,既然她只需要恢复,不用等什么手术,为什么不能让她回老家呢?莱茜问完后没多久,护士大力推开了门,走过莱茜的病房,不仅把熟睡中的病人吵醒了,把他哥哥也惊醒了,于是很快就闹了起来。冈瑟言辞激烈,要求护士和护工尊重别人的隐私和"最基本的尊严",好几个小时都没停下来。另一个护士进病房去帮助第一个进来的护士,结果忙没帮成,倒让冈瑟骂得更厉害了。计谋得逞,冈瑟终于被请出了医院。

雨果下葬的时候,莱茜也离开了巴拿马城的医院,坐着救护车两个小时后回到塔拉哈西。冈瑟也离开了,不过临走时还骂了医护人员几句。他开着他梅赛德斯奔驰 S600 跟在她妹妹的救护车后面。车是全黑的,租期四年,每个月租金是三千一百美元。显然,巴拿马城医院的人提前通知了塔拉哈西的医院,提醒他们小心这个家伙。莱茜躺在轮床上被推进电梯,送到四楼的单人房间。身旁有两个剽悍的保安护送,保安瞪着冈瑟,冈瑟也气冲冲地瞪回去。

"别闹了吧。"莱茜小声对她哥哥说。

新的病房比原来的病房大，冈瑟高高兴兴地再次把病房重新布置一番，变成舒适的办公区。医生和护士查房过后，冈瑟看着她的妹妹说："我们出去走走。看得出这些医生比上一个医院的强多了，他们说应该让你活动一下。这对身体恢复很重要，不然会生褥疮。你的腿没事，所以咱们去走走吧。"

他轻轻地把莱茜搀下床，给她穿上医院的棉质拖鞋，然后说："抓着我的胳膊。"他们慢慢走出病房，来到宽敞的走廊。他点头指向远处的一扇大窗户，说："我们走到那儿，然后再回来，好吗？"

"好，但是我有点儿疼，全身哪儿都疼。"

"我知道，慢慢来，如果你觉得走不动了，就告诉我。"

"知道了。"

莱茜拖着虚弱无力的脚步，冈瑟搀扶着她，两个人一步一步地走着，丝毫不理会护士们时不时投来的目光。他们抓着彼此，莱茜的腿脚开始能走了。她的左膝盖有严重的淤青和伤口，走起路来疼得要命。她紧咬着牙，决心要让她哥哥看到她有多坚强。冈瑟紧紧地搀扶着她，轻声鼓励和安慰，决不心软让她放弃。他们到了窗户边，然后转身往回走。她的房间离窗户差不多有一英里远，等他们到病房时，她的左膝盖已经疼得不行了。冈瑟扶她上床，说："好吧，我们每隔一个小时像这样活动一次，直到睡觉。好吗？"

"如果你可以的话，那我也可以。"

"好样的。"他整理一下床单的褶皱，然后坐在她床边，拍了拍莱茜的胳膊，"你的脸越来越好看了。"

"我的脸看上去跟汉堡包的肉饼一样。"

"是，而且还是牛里脊肉饼，A级有机肉，牧草喂养的。听着，莱茜，我们聊聊天，聊到你没力气聊了为止。昨天我跟迈克尔聊了聊，他人不错，也把事情都告诉我了。我不知道调查的细节，而且也不该知道，不过我大概了解了一些。我知道你和雨果星期一晚上去了保留地见一个线人，那是个陷阱，一个事先设好的圈套，一个不该走进去的险境。他们把你们引到那里，在他们的地盘上杀死你们，车祸不是意外。你们是被一个开着偷来的车的司机故意给撞的，撞车之后，这个司机或者司机的同伙，就立刻把你的车搜了一遍，拿走了你们俩的手机还有你的 iPad，然后就消失在了夜幕中，也许永远也找不到了。你听明白我说的了吗？"

"差不多吧。"

"所以我们要这么做。先确定你和雨果开车去保留地的事——时间、路线、收音机里播放着什么，你们聊了什么等等所有的细节。还有你们在赌场坐在车里等着时的情况，比如时间以及聊天的内容，收音机、电子邮件等等。我们一起开车沿着大路去见那个线人，我会问你问题，许许多多的问题，你来回答我的问题。三十分钟后，我们歇一歇，如果你想睡觉的话，就可以睡。然后我们再到走廊里走走，听起来怎么样？"

"不好。"

"很抱歉，孩子，你没有选择。我们得让你的腿活动，现在该活动活动脑子了，好吗？第一个问题：你们星期一晚上是什么时候离开塔拉哈西的？"

莱茜闭上眼睛，舔了舔肿胀的嘴唇："天色还早，天还没黑。我想应该是七点半左右。"

"你们等了这么久，是什么原因？"

她想了想，然后开始微笑着点头："对了，那个线人工作到晚上九点，他在赌场上夜班。"

"很好。你们当时穿的什么衣服？"

她睁开眼睛，惊讶地问："你不是在开玩笑吧？"

"不是玩笑，是认真的，莱茜。好好想想，然后回答我的问题。这不是做游戏。"

"啊，牛仔裤，还有一件浅色的衬衫。天气很热，我们穿的是便装。"

"你们走的是哪条路？"

"跟以往一样，十号州际公路。到那里只有这一条路。出州际公路上二八八国道，一路向南十英里，然后向左拐上收费公路。"

"你们俩听收音机了吗?"

"收音机总是开着的,不过几乎是静音。我看雨果在睡觉。"

她呻吟起来,立刻开始大声痛哭。肿胀的嘴唇在不住地颤抖,眼泪顺着脸颊流下。冈瑟用纸巾擦去她脸上的泪水,什么也没有说。

"他的葬礼在今天,是吧?"她问。

"是的。"

"真希望能去他的葬礼。"

"为什么?雨果不会知道你去没去的。葬礼纯粹是浪费时间,只是给活人看的,死人才不在乎呢。现在都流行不举行葬礼了,而是举办'庆典'。庆祝什么呢?死去的人肯定不会参加的。"

"不好意思,我又提起了这件事。"

"回到星期一晚上。"

听说莱茜回到了城里,晚上人们就接连不断地来看她了。因为大部分是熟人,所以气氛像过节一样越来越热闹,护士们抱怨了一次又一次。冈瑟永远都是舞台的主角,谈笑风生,大部分时间都是他在说话,吸引别人的目光,并且跟护士对着干。莱茜筋疲力尽,乐得把一切都交给他处理。

一开始,她很怕见人,更害怕让别人瞧见她。光溜溜的脑袋,身上满是缝合的伤口和淤青,眼睛浮肿,脸部肿胀,她觉得自己就像是低成本怪物电影里的客串演员。但是冈瑟总是鼓励和安慰她,说:"别担心,大家都爱你,他们知道你刚遭遇了车祸被抢救过来。不出一个月,你就会再次成为热辣性感的女人,而那些大多数的可怜人们还依旧姿色平平。我们骨子里就长得好看,这是咱家的基因,宝贝儿。"

晚上九点,前来探望的人都走了,护士看到莱茜空荡荡的病房,终于心满意足。莱茜累得筋疲力尽,下午冈瑟带着她折腾了四个小时,直到朋友们来看她才作罢。四个小时不停地问话以及在长长的走廊里来回地走,冈瑟说明天还会继续,而且还会加量。他关上房门和病房里的灯,在沙发上搭好了窝。在微量镇静剂的作用下,莱茜很快就熟睡了。

她大声尖叫。一个人在尖声惊叫,声音充满恐惧,却没有发出声音,也没有任何表情。安全带出问题了,他在抱怨。她扭头看他,然后就听到惊叫声,他宽阔的双肩本能地向后靠。灯光,亮得让人睁不开眼,就在他们眼前,可怕的亮光直冲他们而来,无法躲避。巨大的冲撞力,感觉身体蜷缩着向前猛冲,一瞬间停住,然后突然向后倒。噪声、膝盖处的爆炸声,钢板、金属、玻璃、铝和橡胶相互碰撞,交杂在一起。气囊从一英尺外突然打开以每小时二百英里的速度向前冲出,猛地一下砸在脸上,虽是救了她的命,但也把她砸得不轻。车在旋转,在空中停留了几秒后,翻了一百八十度,溅起无数残骸。然后就什么也不知道了。她听过多少次受害者说:"有那么一瞬间,感觉像是灵魂出窍一样。"

没人知道到底是多长时间,但确实是有人在动。雨果被撞到挡风玻璃上,正移动着他的腿,不知道是想爬出车还是爬回座位上,他在痛苦呻吟。在她的左边,出现了一个影子,一个人影,一个男人拿着手电筒在看她。她看见他的脸了吗?没有。即使见过也不记得了。然后他走到副驾驶座旁,在雨果身前,是另外一个人吗?有两个人围着她的车转悠吗?雨果在呻吟。莱茜的头在流血,受伤严重。隔着破碎的玻璃她听到了脚步声,一辆车的车灯扫过车的残骸,然后消失了。黑暗,漆黑一片。

"有两个人,冈瑟,两个。"

"好了,妹妹。你在做梦,你都出汗了。你刚才一直在喃喃自语,不住地摇头,持续了半个小时。醒来跟我说说,好吗?"

"有两个人。"

"我听到了。快醒醒,看着我。没事了,妹妹,你又做噩梦了。"他打开了床头柜上的小灯。

"几点了?"莱茜问。

"问几点了干吗,有什么事吗?你又不是要赶飞机。现在凌晨两点半,你做梦了。"

"我说了什么吗?"

"没怎么听清楚,都是呻吟声和喃喃自语。你想喝点儿水吗?"

她用吸管喝了点儿水,按了床上的一个钮把床抬高。"记忆又回来了,"她说,"我现在回想起一些事情来了。我能记起一些了。"

"太好了。你看到的这两个人,先说说他们。一个肯定是卡车司机,另一个很可能是开另一辆车一起逃走的司机。你看到他们了吗?"

"不知道,没什么印象。两个都是男人。我能肯定。"

"好的。你看到他们的脸了吗?"

"没,完全没有。我刚被撞,现在一切都很模糊。"

"当然。你的手机在哪儿呢?"

"通常都是在仪表盘上。我不能肯定,但很可能是在仪表盘上。"

"雨果把他的手机放哪儿了?"

"他总是习惯把手机放在右后边的口袋里,除非他穿着夹克。"

"他那天没穿夹克,对吧?"

"是的。我说过,那天很热,我们都穿得很休闲。"

"那一定是有人从车里把手机拿走了。你看到他们拿手机了吗,有人碰你或者雨果了吗?"

她闭上眼睛,摇着头说:"不,我不记得了。"

病房的门慢慢打开,一个护士走进来。她说:"一切都还好吗?你的脉搏跳得很快。"

冈瑟说:"她做梦了,没事。"

护士没有理他,摸着莱茜的胳膊说:"你感觉怎么样,莱茜?"

"我很好。"她说,不过眼睛还是在闭着。

"你得睡觉,好吗?"

听到这句话,冈瑟说:"哎,你们这些人每隔一个小时就来一趟,哪能睡得着。"

"街对面有个汽车旅馆,如果你想睡得好点儿的话就去那里吧。"护士冷冷地说。

冈瑟没有理她,护士转身离开了。

18
录像

莱曼·格里特星期日下午五点到了警察局。他预感到有不好的事情要发生。酋长从来没在这个时候提出过开会，不知道有什么目的。莱曼停好了他的卡车，看到酋长在警察局外面等着，跟他一起来的还有他的儿子比利·卡佩尔。比利是部落议会的十位成员之一，已经成了部落的主导力量。

他们互相问好，议会的主席亚当·霍恩是骑着摩托车来的。他们脸上没有一丝笑容，当他们走进警察局大楼时，莱曼心里越来越起疑。自从事故发生后，酋长几乎每天都来电话，而且明显对莱曼的工作表示不满。作为被任命的警长，他就要为酋长效劳，只是这两人从来都不怎么亲近。实际上，莱曼不相信酋长，也不相信他的儿子和霍恩先生，大部分塔帕科拉人都不怎么喜欢这位霍恩先生。

艾力亚斯·卡佩尔已经当了六年酋长，牢牢控制着整个部落。如果比利是他的右手的话，那霍恩就是他的左手。三个人联手打败了政治上的对手，看起来很难对付。他们压制纷争，实行强权统治。只要赌场天天游客盈门，月月有红利拿，就没人敢反对他们。

他们聚在格里特的办公室里，莱曼坐在办公桌后的椅子上。面对着这三个人，他突然觉得椅子热得发烫，让他坐立不安。酋长，不爱说话，而且社交能力不强，他开口就说："我们想跟你谈谈星期一晚上事故调查的事。"

霍恩补充道："似乎有几个没有解决的问题。"

莱曼一直点着头："是的，你们想了解些什么？"

"所有的事。"酋长说。

莱曼打开文件夹，随意翻了翻里面的资料，抽出一份报告。他汇报了事故的大概经过、出事的车辆、受伤情况、救援以及哈齐先生的死亡。文件夹足有两英寸厚，里面都是各种报告和照片。然而，弗利警方送来的录像并没有在文件里，也没有被提到。格里特预感到酋长会找麻烦，所以保留了两套文件：官方的文件在他的办公桌上，一份秘密文件在办公室外。因为弗洛格的录像已经交给了当地的警长，所以酋长有可能知道这个录像，也有可能不知道。格里特明智地把它放在官方文件里，不过在家里留了一个备份。

"他们在我们的地盘上干什么？"酋长问道。听他的语气，毫无疑问这才是他最关心的问题。

"这个嘛，我还不知道。我明天会跟迈克尔·盖斯马尔先生见面，了解更多情况。他是他们的上司，我问过他这个问题，但目前为止，答案还不明朗。"

"这些人的工作是调查法官，是吧？"霍恩问。

"没错。他们不是执法机关，只是法律出身的调查员。"

"那他们到底在这儿干什么？"酋长紧追着问，"他们在我们的地界没有司法管辖权。他们在这里，我想是来办案的，星期一晚上大半夜来查案。"

"我正在调查此事，酋长，我在调查，好吗？还有很多问题有待查清，我们在追查线索。"

"你跟那个开车的女孩儿谈过了吗？"

"没有。我试过联系她，但是她的医生说不行。他们昨天把她转移到了塔拉哈西的医院，我会在这一两天之内去那里，看看她说些什么。"

比利说："你应该先跟她聊聊。"

莱曼被激怒了，不过还是保持冷静："我说过了，她的医生不允许我跟她谈。"随着时间的推移，紧张的气氛逐渐加剧。再明显不过了，至少在莱曼看来，这次会议不会有好结果。

"那你跟相关的人谈过了吗？"霍恩问。

"当然。这是周查的一部分。"

"跟谁谈了？"

"嗯，我想想。我曾经跟盖斯马尔谈过几次。我问了他两次他们在这里做什么，他都含含糊糊不予明说。我跟女孩的医生也谈过了，不过没什么线索。双方的保险公司都派理赔员来检查车辆，我跟他们都谈过了。还有其他一些人。我记不清每个被问过话的人，不过我的职责之一就是调查相关的人。"

"关于那辆偷来的卡车有什么新进展吗？"酋长问。

"没有。"格里特把基本情况重复讲述了一遍，但是没提弗利警方送来的录像。

"开车的人是谁还不知道吗？"酋长问。

"直到今天早上才有了点儿线索。"

三个人态度变得强硬起来。"接着说。"酋长闷哼一声说。

"皮克特警长星期五下午过来喝了一杯咖啡。你们知道斯特林北边弗洛格·弗里曼的商店吧？弗洛格的店星期一晚上很晚还开着，不是正式营业，但也没有关门。一个客人走进店里买冰块。弗洛格的店被抢劫过，所以他的店里装有摄像头。想看看吗？"

三个人冷着脸点点头。莱曼在台式电脑上敲了几个键，然后把显示器转过来。录像视频播放出来。卡车停在店前面，司机走下车，副驾驶上的人手里拿着沾满血的布捂住鼻子。司机进入商店，不一会儿回到车里，然后开车走了。

"这能证明什么呢？"酋长问。

"什么也证明不了，但是很可疑，毕竟这个时间，这个地方平时根本没人会出现在大马路上。"

霍恩问："那么，你要这么牵强附会地瞎联想的话，是不是让我们相信这个捂着鼻子的家伙就是开着偷来的车引发交通事故的人？"

莱曼耸耸肩说："我没有瞎联想。这个录像又不是我自己做出来的。我只是把它给你们看。"

"追查车的牌照了吗？"酋长问。

"查了，是个假冒的佛罗里达牌照，车辆记录里没有这个车牌号。要是不想干坏事的话，谁会把自己的车贴上假牌照呢？如果你们问我，假冒的牌照就是证明这两个人有嫌疑的直接证据。副驾驶上的人被弹出的气囊砸伤脸，流了血。他们还是不够聪明，没在接应的车里预备冰块。显然，录像里的另一个人就是接应。他们逃跑的时候，正好看到弗洛格的商店这么晚了还开着。他们想不被人发现，但是考虑还不周到，也许打一开始脑子就不清楚，没有想到店里有摄像头，于是犯了大错。他们被摄像机拍下来了，很快我们就能找到他们。"

酋长说："这个嘛，莱曼，恐怕办不到了，至少现在不行，就算是找也不是你来负责。你现在被撤职了。"

莱曼心里一惊，但没想到比自己想象的还要镇定。他盯着那三个人气若神闲地坐着双手放在大腹便便的肚子上。最后，他开口问道："根据什么理由？"

酋长虚伪而奸佞地笑着说："不需要什么理由。这叫任意解雇，我们的规章制度上明确写着了。作为酋长，我有雇佣和解雇所有部门负责人的权力。你应该知道。"

"我的确知道。"莱曼看着这三个人，明白一切都结束了，于是决定要耍他们。他说："看来是大人物想要取消调查了，是吧？这个录像永远都不会被公开。所有关于这次车祸的秘密都会被掩盖起来，真相永远不会查出来。一个人被杀了，凶手堂而皇之地逃跑。这么说对吗，酋长？"

"我让你现在立刻离开。"酋长咆哮着说。

"这是我的办公室，我有东西在这儿。"

"这不是你的办公室了。找个箱子把你的东西拿走,我们在这儿等着。"

"你开什么玩笑。"

"我是认真的。快点儿好吗，现在是星期日的下午了。"

"又不是我叫你们来的。"

"闭嘴,莱曼,快收拾东西。把你的钥匙和枪交出来,不许碰那些文件,把你那些破烂东西都带走,赶紧的。还有,莱曼,不用我多说了吧,为了你自己好,最好把嘴闭严了。"

"当然了。这里的人都这样,不是吗?把头低下,把嘴闭上,为那些大人物掩盖罪行。"

"你明白就好,那从现在开始就闭上嘴吧。"酋长说。莱曼打开了抽屉,开始收拾东西。

迈克尔有些忐忑不安地敲了敲莱茜病房的门,等他打开门一看,预想中最担心的事还是发生了。冈瑟还在这里!他坐在莱茜的病床边,两人中间摆着一个西洋棋盘。冈瑟不情不愿地合上棋盘,放到他办公室的沙发上。迈克尔和莱茜聊了一会儿,迈克尔委婉地说:"我们能单独谈会儿吗?"

"谈什么?"冈瑟追问道。

"一些敏感的问题。"

"如果是跟她的工作有关的话,我认为可以明天再谈。毕竟现在是星期日晚上,她的身体情况不适合处理工作上的问题。如果是跟车祸和调查有关的事,那我是不会离开的。莱茜需要有人在身边,给她提供一些建议和意见。"

莱茜没有反对。迈克尔举手投降,说道:"好吧,我不谈工作的事。"他慢慢走到莱茜床边的椅子上坐下,看着她的侧脸。她脸上的肿胀已经几乎都消失了,淤伤的颜色也变浅了。

冈瑟问:"你吃晚饭了吗?咖啡厅里卖冰冻的三明治,至少是两年以前做的,吃起来就像屋顶的瓦片。虽然不推荐吃,但是我已经吃了三回了,现在还活着。"

"呃,不用了。"

"那喝点儿咖啡吧,虽然很难喝,但是也还能喝下去。"

迈克尔说:"好主意。谢谢。"只要能让他离开这里就行。冈瑟换上鞋走了出去,迈克尔立刻抓紧时间,说:"我今天下午去看了看维尔娜,跟你想象的一样,气氛还是很压抑。"

"我给她发了两封邮件,但始终没有收到回信。我给她打了两次电话,是别人接的电话。我想见她。"

"嗯,我要跟你说的就是这件事,等冈瑟一回来我就得闭上嘴了。这件事只有我们俩知道。维尔娜还在噩梦里没有醒来,换作谁都会这样,她还没从震惊里恢复。但是她在渐渐清醒,最近听到的话让我有些不安。雨果的一群朋友,包括那两个在法学院的同学,他们出了不少主意。他们打算进行起诉,最主要的目标就是塔帕科拉。那里就是个金矿,他们想要从那里下手。老实说,我不是侵权律师,我也没有相应的责任和义务,只是不能因为说事故发生在保留地就把错归在印第安人身上。事故也依照部落法律的制约,这与一般的侵权法完全不同。因为雨果是州政府雇员,维尔娜有生之年每年都会领到他一半的年薪。我们也知道,雨果的薪水并不多。雨果的个人人寿保险金有十万美元,很容易就能拿到。接下来就是被偷卡车的汽车保险。雨果有一个朋友已经成了他们家的主要代言人,而且这个人满嘴空话,夸夸其谈。根据他的说法,卡车的保险是由一个叫南方互助的公司受理的,责任险额度最高是二十五万美元。即使车被偷了,也在保险范围内。他们也会对其进行起诉,他似乎胜券在握的样子,我也不能肯定。现在事情变得复杂了。很多人要求对丰田起诉,因为安全带和气囊出现故障。这就肯定会牵扯到你,还有你的保险公司。而且他们说话也很不中听。"

"你开玩笑吧,迈克尔。维尔娜在责怪我?"

"现在维尔娜谁都责怪。她心力交瘁、惊恐不安而且很不理智。而且我怀疑周围的人都没提什么好建议。我一直觉得这些人正围在她的桌前,计划对每个跟雨果的死有关系甚至沾点儿边的人都提起诉讼。你的名字也在其中,而且维尔娜并没有反对。"

"他们竟然当着你的面这么说?"

"哎,他们才不管这些呢。屋子里挤满了人,不断有人端上来吃的东西。叔叔婶婶、舅舅姨妈还有表亲,每个人都抓块蛋糕,拉把椅子就围起来叽叽喳喳讨论不停。我离开的时候有种很不好的预感。"

"我不相信,迈克尔。维尔娜和我这么多年一直都很亲密。"

"一切都需要时间，莱茜。你需要时间治愈身体上的伤口，她也需要时间治愈心里的创伤。维尔娜是个好人，等她从惊慌失措中恢复过来，她就会清醒的。而现在，我更愿意冷静下来。"

"我不相信。"她再次喃喃自语地说。

冈瑟端着个托盘突然进来，托盘上放着三杯热气腾腾的咖啡。

"这玩意儿太难闻了。"他说。他把咖啡递给迈克尔和莱茜，然后说了声抱歉，转身走进了洗手间。

迈克尔俯身在莱茜耳边小声说："他什么时候走？"

"明天，我向你保正。"

"正是时候。"

19
计划重新开始

　　安·斯托尔兹星期一上午来到医院，陪女儿一两天。幸运的是，她的儿子没在房间里，不过显然他的办公室还没关，他也还没走。莱茜说冈瑟有事得走了，好消息是他大概中午就会离开，因为没有他在，亚特兰大天都要塌了，他必须去拯救这个城市。比这更好的消息是她的医生打算明天就让她出院了。她向冈瑟保证回家以后她的头发也会长得很快。

　　一位护士在给莱茜拆线，安则在旁边喋喋不休地聊着克利尔沃特的八卦新闻。一位理疗师走进病房给莱茜做了半个小时的康复运动，然后给了她一个运动图表，让她每天在家练习。冈瑟回来了，手里拿着一大袋熟食三明治，急急地说要马上回家。他跟他母亲待了一个小时之后，实在等不及离开了医院。莱茜跟他待了四天，也需要喘口气了。

　　他一边抹泪一边跟莱茜说再见。他央求莱茜不管有什么事都要打电话告诉他，特别是像保险理赔员或者怂恿事故受伤者起诉的律师找上门来的时候，他非常清楚该怎么对付这样的人。临出门，他敷衍了事地吻了一下母亲的脸颊，然后就走了。莱茜闭上眼睛，享受这来之不易的宁静。

　　第二天，也就是星期二，护理员用轮椅把她推出医院，把她扶上了安的车。莱茜现在已经能自己走路了，但是医院有规定，不让她自己走。十五分钟后，安把车停在莱茜住所旁的停车场里。莱茜看着自己的公寓楼说："虽然只有短短的八天，感觉跟过了一个月一样。"

安说："我去拿拐杖。"

"我不需要，妈妈，我不用拐杖了。"

"可是理疗师说——"

"拜托，他又不在这儿，我知道我能做什么。"

莱茜毫不费力地走进了公寓。西蒙，她的英国邻居，正在等她。他这些日子一直在照料弗兰基。莱茜看到了她的狗狗，慢慢弯下膝盖抱住它。

"我看起来怎么样？"莱茜问西蒙。

"哦，尽管发生了这么多事情，我要说，你还是那么漂亮，比我预想的要好多了。"

"上次见你还是一个星期前了。"

"现在看见你真好，莱茜。我们一直都在担心你。"

"一起喝点儿茶吧。"

能出院真是太高兴了，莱茜滔滔不绝地聊着，西蒙和安一边听一边笑。聊到雨果和车祸的时候，她停住了。还是以后再谈吧，现在她不想说。莱茜起劲地说着冈瑟的事情，正因为他不在，他的那些事现在一说感觉更可笑了。

安一个劲儿地说："他随他爸爸，可不随我。"整个下午，莱茜有时给朋友打电话，有时醒醒睡睡，按照医生的嘱咐做做康复运动，喝点儿止痛药，有时吃点儿坚果和水果干，翻翻工作文件。

下午四点，迈克尔来跟她开会，安去了离公寓最近的商场。迈克尔说自己坐得后背都僵了，需要站着。于是他在宽大的窗户前来来回回地走着，边走边说，心烦意乱。

"你确定不想请假养病吗？"他问，"你可以有一个月的带薪假。"

"这一个月我干什么呢，迈克尔？拉把椅子坐在外面晒太阳等着发芽吗？"

"你需要休息。医生也是这么嘱咐的。"

"算了吧，"她直截了当地说，"我不会停下的。下周我就上班，哪怕一身伤疤出现在办公室里。"

"我早就猜到了。你要跟维尔娜谈谈吗？"

"不，你不赞成这么做，不记得了吗？"

"没错。不过星期日之后，事情有了变化，她没有钱了。当然，这并不让人惊讶，她想要领人寿保险金。"

"你知道雨果的薪水，迈克尔，他们数着日子花钱。我们能帮帮他们吗？"

"我看够呛，咱们谁都不富裕。再加上，那是一大家子人。等钱到了，她才能过日子。可是从长远来看，一个女人带着四个孩子，领着半份薪水，生活会很艰难。"

"除非诉讼起效。"

"这还是个很大的问号。"他停下来喝了一口水。莱茜斜倚在沙发上，获得自由几个小时之后，她有点儿累了。迈克尔说："我们有两个星期，莱茜。两个星期后，要么把投诉书递交给麦克多万，要么放弃这个案子。你是还想接这个案子呢，还是我把它交给贾斯汀去查？"

"这个案子是我的，迈克尔，特别是现在，都由我来接手。"

"我一点儿都不惊讶，说老实话，我觉得贾斯汀不准备接这个案子，也不想接。这也不能怪他。"

"我会继续跟进。"

"好吧，那你有什么计划吗？就目前情况来看，我们的朋友格雷格·迈尔斯签字递交了投诉书，这个人躲在暗处，不过还是继续躲起来比较好。他在投诉书里控告麦克多万法官收受贿赂，在兔子快跑社区拥有四套房产，这四套房产是开发商给麦克多万的，作为替他们做出有利裁决的回报。投诉书基本没有什么详情细节，也没有证据，只有一些外国公司的名称，这些公司的所有人还是合法的。但是我们没办法证明背后有麦克多万的参与。我们可以依法传唤，拿走她的文件资料和记录，可我严重怀疑基本上了解不到什么信息。假如犯罪行径跟迈尔斯说的那么滴水不漏，那么很难相信麦克多万会留下任何犯罪记录和污点让我们找到。所以，最好的办法还是以后再给她发传票。麦克多万会找律师，请出比我想象的多得多的金牌律师。然后会开始一场激烈无比的较量，我们走的每一步都会遭到对方的强烈质疑和争辩。最后，麦克多万趁着这个绝佳的机会证明了她买入房产作为投资，这在佛罗里达也不是没听说过。"

"听起来你好像很悲观，迈克尔。"

"我从来对任何案子都不表示乐观，但我们确实没有选择。现在我们两个都相信了迈尔斯。我们相信投诉书里的内容是真的，我们也相信他说的大规模贪污腐败、洗钱贿赂甚至谋杀都是真实存在的。"

"嗯，既然你说到了谋杀，那我们就谈谈吧。这里有黑帮介入，迈克尔。第一个，是引我们在保留地深处见面的线人，话说一半就消失了。第二，是那个开卡车的司机。第三个，是到事发地点接立司凯的同伙，拿走了我们的手机，然后两人开车跑了。还有那个偷卡车的人。有人在我车里的安全带和气囊上动了手脚。如果能派出这么多手下，背后一定有一个或两个人发号施令，指使他们去做。把这些一联系起来，就可以断定是黑帮干的。如果不是杜博斯，我想不出还会有谁，看起来这种暴力犯罪正是他最擅长的。雨果是被谋杀的，迈克尔。我们一定能查出来的，我怀疑塔帕科拉能不能也查出来。"

"那你是建议找联邦调查局吗？"

"你和我都知道最终还是会这样的，问题是什么时候。如果我们现在就让他们参与进来，那么就会撇开格雷格·迈尔斯，这有很大的风险，因为他与鼹鼠有联系，是最重要的信息来源。如果迈尔斯一怒之下消失了，我们就会失去信息来源，再也找不到跟他一样的替代者。他能提供大量的信息，甚至破案也得靠他，所以我们得耐心等待。先把投诉书交给麦克多万，如你所说，她会找律师，但她不知道我们了解多少内幕。她和杜博斯会以为我们相信可怜的雨果是被喝醉酒的卡车司机撞死的，我在两车相撞的过程中也受伤惨重。他们会以为我们对她私底下的事一无所知，私人飞机、豪华旅行，纽约、新加坡、巴巴多斯等世界各地。他们完全不知道我们查到了费丽斯·特班这个女人。我们手里只有一个毫无证据站不住脚的投诉书，签字提交投诉书的是一个他们从没听说过也找不到的人。"

"那我们还有什么犹豫不定的呢?"迈克尔问。莱茜又回来了,她的头脑又灵活敏锐地运作起来了。脑震荡综合征,伤后肿胀,这些显然都没有给她造成任何影响。和以前一样,她根据事实推理的速度比任何人都快,并且搜寻各个角落查找细节,从而理清轮廓,找到重点。

"有两个原因,而且都很重要,"她说,"第一,让迈尔斯继续开开心心地忙着挖掘更多信息。如果要破这个案子,迈克尔,就必须依靠鼹鼠提供的情报,挖到更深层的内幕,这个鼹鼠知道很多事情,而且能够接触到麦克多万。第二,我们得观察和监视麦克多万对投诉书的反应。过去十一年里,她和杜博斯以他们的方式在县里为非作歹,横行霸道,从赌场侵吞现金,如果有人稍有不满和反抗就进行贿赂,或者暴力威胁,甚至杀人。钱来得太容易,也许他们的感应力也因此而变得麻木。想一想,迈克尔,这些现金交易已经持续十一年了,政府当局没有一个人来进行过调查。我们带着投诉书出现,一定会在他们的地盘里掀起动荡和波澜。"

盖斯马尔停住脚步,盯着一个古怪的东西——四条腿错乱地搭在一起。"是椅子吗?"他问。

"是的,菲利普·斯塔克[①]设计的仿制品。"

"他是你的邻居吗?"

"不,他不住这附近。这椅子能坐,请坐吧。"

迈克尔小心翼翼地坐在椅子上,看椅子倒没觉得很吃惊。他望向窗外,看到了远处的州议会大厦:"景色不错。"

"这就是我的计划,"她说,"你还有别的什么计划吗?"

"没有,现在还没有。"

[①] 菲利普·斯塔克,法国人,一个非凡的传奇人物,集流行明星、疯狂的发明家、浪漫的哲人于一身,或许算得上世界上最负盛名的设计师。从纽约别致的旅馆到FF4900邮购商行,从法国总统的私人住宅到欧洲最大的废物处理中心,从全球各地的咖啡馆及家庭中数十万的座椅和灯具到浴室中的牙刷,他的作品随处可见。

20
信号

到了星期三，莱茜无聊透了，想着要回去工作。她的脸看起来好多了，但还是不愿被同事们看到她这副样子。安去商店买东西，也出去给莱茜买东西，做一切莱茜想让她做的事，现在她也觉得厌倦了。她开车带莱茜去杂货店，去预约的医生那里复查。她开车带她去保险理赔员的办公室，理赔员给了莱茜一份普锐斯的检查报告，以及全部损失报价表。安开车很吓人，也不看周围的车就随意行驶。莱茜看着行驶的车辆都吓呆了，她母亲危险的驾驶技术让情况变得更糟。

莱茜睡得很好，也没吃止痛药。她的康复治疗进展得很顺利，食欲也恢复了。所以安提出星期三吃完晚饭就回家时，莱茜一点儿也不惊讶。于是她很礼貌地表示赞同。她非常感谢母亲的照顾和关心，但是她的伤势已经有了明显的好转，并不喜欢像个孩子一样地被照看。她想要自己的空间。

更重要的是，她得去见一个人，她的理疗师星期二来给莱茜做了一下康复训练，安在一旁一直在认真仔细地观察。他的名字叫雷夫，二十五六岁，比莱茜小十岁，不过莱茜并不觉得有什么不合适。他给她做膝盖运动时，莱茜对他有了点儿感觉，临走告别时也让她有些心动。他看起来丝毫不介意和反感莱茜身上的伤口和淤青。星期三晚上，莱茜给雷夫发了封邮件简短地问声好，一个小时后收到了回复。一来二去几次之后，两人都觉得不怎么来电，不过倒是都觉得可以相约喝一杯。

最后，莱茜想，没准她会因祸得福，这次灾祸也许会带来些好运气。

躺在床上翻着杂志，莱茜突然收到一封邮件，竟然是维尔娜发来的，她吃惊不已。邮件里写道：

莱茜：

很抱歉没能早点儿给你回信或者回电话。我希望你一切都好，早日康复。听说你的伤势恢复得比预想的好，我很高兴，也放心了。至于我呢，生活就像走在钢丝绳上一样，步履维艰。实际上，经历过这一切之后，我完全不知道该怎么办了。孩子们乱作一团，不愿意去上学。皮平比以前哭得更凶了。有时他们几个一块儿大哭起来，我都想撒手不管了。但是我不能在孩子们面前崩溃，他们需要一个坚强的臂膀和依靠，所以我躲在浴室里一边淋浴一边放声痛哭。我每天都几乎快要活不下去了，根本不愿意想明天会怎么样。因为明天雨果不会回来，下个星期、下个月，甚至明年，雨果也不会再回来。未来会怎么样，我不敢想象。现在对我来说，就是个噩梦。过去似乎已经很遥远，而且曾经的日子是那么幸福快乐，现在回想起来却让我痛不欲生。我妈妈在这里，跟我姐姐一起陪我，所以都是她们在帮我看孩子。但是一切都那么不真实，看起来都是假象。她们不会待很久，很快就会离开，我会跟孩子们一起生活，却没有了丈夫。我想见你，但不是现在。我需要些时间，一想到你就会想起雨果和他的死。很抱歉，请你给我点儿时间。不要马上给我回复。

维尔娜

这封邮件，莱茜看了两遍，然后又去看杂志了。还是明天再想维尔娜的事吧。

星期二晚上，安终于走了，莱茜几个小时前就希望她走了。十天以来，终于第一次能一个人待着了，真是太好了。她跟弗兰基窝在沙发里，享受这份宁静。然后，她想到了维尔娜，还有哈齐家里回荡着的那些可怕的声音——孩子们的哭声，不断响起的电话铃声，亲友们出来进去的脚步声。

对比之下,她觉得心里愧疚万分。

她闭上眼睛,正要小憩一会儿,弗兰基低声叫了起来。一个男人正站在门外。

莱茜走到前窗靠近点儿看。门是锁上的,她觉得很安全。只要按一下防盗系统面板上的按钮,就会立刻响起警报。门外的男人看上去很面熟——深棕色的皮肤,浓密的灰色长发。

她看清楚了,是格雷格·迈尔斯先生。他上岸了。

她对着对讲机说:"你好。"

熟悉的声音传来:"我找莱茜·斯托尔兹。"他说。

"你是哪位?"

"我姓迈尔斯。"

莱茜微微一笑打开门说你好。迈尔斯走进来,看了看停车场,没发现什么异常情况。

"你的巴拿马草帽和花衬衫呢?"莱茜问。

"留在船上了。你那头漂亮的长发呢?"

她指着头上丑陋的伤疤说:"缝了二十四针,直到现在还很疼。"

"你看起来很好,莱茜。我真害怕你受了重伤。报纸上对你的情况没有说太多,只是说你的头受伤了。"

"请坐,我猜你一定想喝瓶啤酒吧。"

"不,我开车了。来点儿水就行。"

她从冰箱里拿出两瓶气泡水,两人坐在早餐区的小桌前。"所以你一直看报纸了解时事?'她问。

"是啊,老习惯了。因为住在船上,所以也需要了解时事,接触一下现实。"

"自从车祸之后,我就一直没看过报纸。"

"也没发生什么事。你和雨果的事,也已经翻篇了。"

"找到我很容易吧?"

"没错。你本来也不打算躲起来,是吧?"

"嗯。我不想那样生活,格雷格。我并不害怕。"

"很好。莱茜，我开了五个小时车从棕榈港到这儿，我想知道到底发生了什么。你得告诉我。这不是交通意外，是吧？"

"不，不是意外。"

"好，我洗耳恭听。"

"我会跟你说这件事的，不过先回答我一个问题。一个月前的手机你现在还在用着吗？"

他想了想说："其中一个还用着。"

"那个手机现在在哪儿？"

"在船上，棕榈港。"

"卡丽塔在船上吗？"

"在，怎么了？"

"你现在能给卡丽塔打电话吗？告诉她赶紧把手机从船上扔出去。赶快！必须这么做。"

"当然可以。"迈尔斯掏出一个一次性手机，按照莱茜说的做。然后，他挂了电话，说："好了，到底怎么回事？"

"这也是事件的一部分。"

"说说吧。"

莱茜描述的过程中，迈尔斯一会儿表示深深的自责，一会儿又对悲剧的发生反应冷谈。"绝对是个错误。"当莱茜说要从线人嘴里套出情报的时候，迈尔斯不止一次地说着。

"进行尸检了吗？"他问。在莱茜看来，尸检这件事绝对没人敢提。

"没有。他们为什么要进行尸检？"

"不知道，只是好奇。"

莱茜闭上眼睛，开始敲着额头，似乎在出神地想着什么。

"怎么了？"迈尔斯问。

"他有个灯，头上有个灯，像个矿工一样戴在头上。"

"前照灯。"

"大概是吧。我现在想起来了，他透过车窗玻璃看着我，玻璃都碎了。"

"你看到他的脸了吗？"

"没有,灯太亮了。"莱茜双手捂着脸,手指尖轻轻揉着额头。过了一分钟,又一分钟。迈尔斯轻声问:"你看到另一个人了吗?"

莱茜摇摇头说:"没有,现在又想不起来了。我知道有两个人,有两个人影在我车旁晃悠。一个人头上戴着前照灯,另一个人好像拿着手电筒。我听到他们的脚步声,踩在碎玻璃上的声音。"

"他们说什么了吗?"

"我记得没有。我吓得呆住了。"

"那是肯定的,莱茜。你有脑震荡,那会影响你的记忆力。"

莱茜笑了笑,站起来,走到冰箱,拿出一些橙汁。迈尔斯说:"是什么样子的手机?"

"老款黑莓手机①,司法行为委员会发的。"她倒了两杯橙汁,放在桌上,"我有个iPhone,但是留在家里了。雨果不管什么事都用小政府配给的手机,不知道他有没有别的手机。我们的IT人员说黑进政府配给的手机是不可能的。"

"但还是可以做到的。他们可以雇黑客,只要给的钱够多。"

"我们的人说不用担心。他们也试着追踪过手机,但是没有信号了,也就是说那些人可能把手机扔海里了。"

"我什么事都担心。所以我才能活到现在。"

莱茜走到厨房高高的窗户前,看着窗外的云彩。她背对着迈尔斯提出了一个问题:"那么,告诉我,格雷格,他们是为了什么杀了雨果呢?"

迈尔斯站起来,伸了伸腿。他喝下一口橙汁,然后说:"威胁恐吓。不知道用了什么办法,他们听到风声,知道你们两个在四处调查,所以他们行动了。在警察看来,这是场交通事故。但是把手机拿走,就是给你和司法行为委员会传递了一个信号。"

"我会是下一个目标吗?"

"不一定。他们已经用绳子勒住了你的脖子,本可以轻松把你勒死,

---

① 黑莓是加拿大的一个手机品牌,"911"发生时只有黑莓手机有信号,因此而闻名于世,黑莓手机最显著的特点是它的全键盘以及安全性,因此广为政府部门采用,比如奥巴马总统就是黑莓手机的拥趸。

但是他们没这么做。死了一个人已经足够警告你们的了。如果现在你再出事的话，就会引起联邦政府的注意。"

"那你呢？"

"哦，我永远都不可能安全。他们的第一个目标就是找到格雷格·迈尔斯，不管这家伙是谁，都一定要不声不响地抓住他，也就是我。但是他们永远也不会找到我的。"

"他们会找到鼹鼠吗？"

"不会的，我觉得不会。"

"有太多不能确定的事了，格雷格。"

格雷格走到窗前，站在莱茜身旁。雨下起来了，雨点滴落在窗户玻璃上。

"你想退出吗？"他问，"我可以撤出投诉书，继续这样过我的日子。你也是，你已经为此付出太多。人生太短暂了。"

"我不能这么做，格雷格，现在不能。如果我们撒手不管了，那些坏事做绝的家伙就又赢了。雨果死得不明不白，司法行为委员会就会成为笑柄。不，我还要继续查下去。"

"那你想要一个什么样的游戏结局呢？"

"贪污腐败行径被揭露。麦克多万和杜博斯以及他们的公司受到检举和起诉。鼹鼠得到应有的报酬。雨果的死因将被调查，凶手和背后指使者会被绳之以法。朱尼尔·梅斯关押在死囚区十五年之后重获自由。杀死萨恩·莱兹科和艾琳·梅斯的人被关进监狱。"

"还有呢？"

"没有了，这就够我忙活一个多月的了。"

"你不能自己干，莱茜。你需要很多帮助。"

"是的，我有，等到联邦调查局介入的时候。他们有足够的资源和专业的人员，而我们没有。如果你想破这个案子，把这些恶棍一网打尽的话，就必须相信联邦调查局。"

"你认为他们会进行调查？"

"是的，而且我觉得肯定会。"

"你打算什么时候找他们？"

"如果我们不先进行调查的话,联邦调查局是不会加入的。你也知道,那些调查局探员十分不愿插手印第安人的事。所以,我们的计划是把你的投诉书递给麦克多万,她会在三十天之内做出反应。我们一步一步来。"

"你们必须要始终保护我的身份,莱茜。如果你们不能信守承诺的话,我现在就退出。我不会直接跟联邦调查局打交道的。你们可以,我会把鼹鼠给我们的信息全部告诉你,但是我绝不跟联邦调查局联系。听明白了吗?"

"明白。"

"另外,你要小心,莱茜。那些人很危险,他们会不惜一切代价,使出各种手段。"

"我知道了,格雷格。雨果是他们杀的,对吧?"

"是的,我很遗憾。真希望我从没联系过你们。"

"现在说这个太晚了。"

他从口袋里拿出一个轻薄的一次性手机,把它交给莱茜。

"下个月用这个吧。我也有一个。"

她把手机握在手心里,像是偷来的一样,然后点点头说:"好吧。"

"三十天后,我会再给你一个手机。一直带在身边。如果被人拿走,我就死定了。我可没有你那么好的运气能活下来。"

莱茜看着他开车离开。车是租来的,俄亥俄州牌照。她握着格雷格给她的廉价手机,心想她到底是怎么了,为什么让自己卷进这么一摊浑水里。在司法行为委员会的九年里,她办过的最有意思的案子就是杜瓦尔县一个巡回法庭法官,迫害他在审理的离婚案中容貌漂亮的女性。他也侵犯过法庭书记员、办事员和秘书,以及任何长相标致并且不幸在他的法庭上被他看上的女性。莱茜强制令他辞职,后来他就被关进了监狱。

但哪个案子也不像这个一样。

有些事情躲也躲不过去,时候到了,就必须面对,可莱茜还没做好准备。她永远也准备不好,可她没有选择的余地。西蒙,她的邻居,同意一路陪着她,给她指导。她忐忑不安地靠近小小的福特汽车——她的保险公司给她提供的一辆代用车,前一天送到了这里。她费力地打开车门,感觉手上的青筋突突直跳。西蒙坐进车里,系好安全带,让莱茜也像他这样做。

莱茜插入车钥匙，打上火，渐渐感受到空调的温度，可她还僵直地坐着一动不动。

"深呼吸，"西蒙说，"很容易，不难。"

"哪有这么容易。"她轻轻拉动变速挡，然后松开刹车。车开起来，她觉得一阵眩晕，再次踩了刹车。

"加油，莱茜。咱们一起过了这关，"英国人西蒙沉着坚定地说，"你没有选择。"

"我知道，我知道。"莱茜再次松开刹车，慢慢向后移。她转个弯，来到空地，然后停下来，再换到驱动挡。公寓楼旁边小小的停车场里车都停在原地不动，但她还是很害怕那些车。

西蒙满怀希望地鼓励她说："莱茜，你必须克服对刹车的恐惧，才能把车开起来。"

"我知道，我知道，"她不停地小声嘀咕。车开始慢慢向前开动，然后转了个弯，停在马路上。繁忙的工作日里，街上车辆倒是不多。

"右拐到那边，"西蒙说，"没有车过来。"

"我的手都出汗了。"莱茜说。

"我的手也是，这里面热死人了。开起来吧，莱茜。你做得很好，一切都很好。"

车转个弯开到大街上，然后她踩了油门加速。上一次驾车的可怕记忆不可能磨灭，但她还是尽力不去想。嘴里不住地叨叨倒是很管用，她不停地说："我可以的，可以的。"

"好样的，莱茜。可以再加快点儿速度。"

她看了一眼计速表，上面显示超过了二十，然后开始减速像是要停车。她开过了一个街区，然后另一个街区。十五分钟后，又回到了公寓楼，她紧张得口干舌燥，身上衣服都湿透了。

"再来一次吗？"西蒙问。

"再等一个小时，"她说，"我得歇会儿。"

"没问题，亲爱的。给我打个电话就行。"

21
正面交锋

三个人都没来过斯特林镇,这个镇的人口数量是 3500 人,看了一眼骇人的法院大楼后,他们就再也不想回到这里了。迈克尔把他的越野车停在一个战争纪念碑附近,然后三人从车里走出来。当然,一直有人在盯着他们看,他们故意走在前面的人行道上,然后进入大厅。因为是个严肃的场合,所以迈克尔和贾斯汀都穿着深色的西装,好像走进法院大楼要参加一场重要的庭审。贾斯汀这趟来就是个凑数的,纯粹是为了秀秀肌肉,让别人知道司法行为委员会的人都不是吃素的。

莱茜穿着黑色的长裤和平底鞋。她走路已经跟正常人一样了,只是左膝盖还有些肿。她还穿了一件米黄色的衬衫,头上包着爱马仕的丝巾。她走进来时一直犹豫不决,考虑要不要摘掉戴帽子和头巾,露出剃光了的头和伤口上依然清晰的缝线。一方面,她想让克劳迪娅·麦克多万看到她的伤有多重,看看因为她的腐败堕落,一个活生生的受害者就站在她眼前。但是,另一方面,莱茜的虚荣心却在心里对她说把头遮当上。

他们走楼梯上到三楼,找到了第二十四司法管辖区巡回法庭法官克劳迪娅·麦克多万阁下的办公室。走进办公室,接待员毫无表情地问候他们。

迈克尔说:"我是盖斯马尔先生,在电话里跟你说过。我们约好下午五点跟法官见面。"

"我会转告她的。"

五点过去了。五点十五分,接待员打开门说:"麦克多万法官可以见你们了。"他们走进她的办公室,她微笑着向他们问好,不过看起来却是硬生生挤出来的笑容。莱茜没有跟她握手。在宽敞的房间一个角落里,两个男人从会议桌旁站起,自我介绍是麦克多万法官的律师。他们的出现并不令人感到惊讶。迈克尔前一天打电话安排见面,所以麦克多万法官有二十四小时可以找自己的律师。

年长的一位叫埃德加·基里布鲁,一位臭名昭著的白领阶层辩护律师,来自彭萨科拉。这个人个子很高,身材厚实,稀疏的灰色头发油光锃亮地梳向脑后,垂到衣领。跟传闻一样,他嗓门很大,而且过于浮夸炫耀,不可一世,因为他总是一副要跟人干仗的样子,几乎在陪审团面前从来没输过。他的同伴叫伊恩·亚契,一个不苟言笑的人,跟所有人都不握手,一身戾气。

他们心照不宣地围坐在会议桌前。麦克多万法官坐在桌子一头,两边是她的律师。迈克尔坐在她对面,莱茜和贾斯汀坐在他两侧。闲话就无需多说了,都到这份儿上了,谁还会关心天气怎么样呢。

迈克尔先说:"我们四十五天前收到了一份针对麦克多万法官的投诉书。我们进行了评估,诸位也知道,我们初级评估的门槛不是很高。如果投诉书有价值的话,我们会把它交给法官本人。这就是我们今天来此的原因。"

"我们可以理解。"基里布鲁声音尖锐地说。

莱茜看着麦克多万,不知道投诉书里所说的一切是不是真的。多年来收受贿赂,滥用职权,包庇他人;贪婪地从塔帕科拉敛财中饱私囊;谋杀雨果·哈齐;贪图享乐,坐私人飞机,在世界各地置办房产,挥金如土;栽赃陷害朱尼尔·梅斯,将其错判入狱。不,实际上,在这一刻根本看不出来这个有魅力的女人——这位小镇里走出的法官会参与到如此丑陋不堪而且影响巨大的罪恶行径里。当麦克多万看着莱茜,她心里在想什么呢——

头巾是在掩盖伤口吗？这女孩运气真好，本该死了的啊？一个碍眼的人，以后早晚要除掉？一个对她有威胁的人？不管这位法官在想什么，她什么也没表现出来。她的脸上一副公事公办的模样，极其令人不快。

莱茜这个策略高明之处就在于此刻麦克多万不知道赚康对他们说了什么，不知道他们追查到了现金、私人飞机、房产等信息。她很快就会知道她的四套房产引起了人们的怀疑，不过仅此而已。

"我们能看看投诉书吗？"基里布鲁说。

迈克尔把一份原件和三份复印件滑到桌子对面。麦克多万、基里布鲁和亚契拿起文件开始看，但是他们很小心不露出任何反应。即使法官很震惊，也掩饰得很好。没有任何表现，愤怒、质疑，这些都没有。只有冷冰冰的面孔，平心静气地看着投诉书里提到的各项指控。麦克多万的律师们看了投诉书，故意表现出一种自以为是的冷漠。亚契在便笺本上做了些记录。时间一分一秒地过去，可以明显感觉到气氛愈发紧张凝重。

终于，麦克多万面无表情地说："这是无稽之谈。"

"这个格雷格·迈尔斯是谁？"基里布鲁冷冷地说。

"我们现在不会泄露他的身份的。"迈克尔回答说。

"嗯，我们会查到的，不是吗？我是说，这纯粹是恶意中伤和诽谤，我们会立刻起诉他的，要让他赔一大笔钱。他躲不了的。"

迈克尔耸耸肩说："你们想告谁就告吧，这不关我们的事。"

亚契用令人厌恶的鼻音提问，仿佛在暗示这屋子里就他最有能耐："在评估期间，你们凭什么认为这些指控是有理由的？"

"我们现在不会透露的。你们当然也知道，根据法律规定，麦克多万法官有三十天时间可以做出书面的回应。在这期间，我们会继续进行调查。一旦收到你们的回复，我们就会给出反馈。"

"我现在就给你们回应，"基里布鲁气急败坏地说，"这是恶意中伤，损坏他人名誉，全都是鬼话连篇，胡言乱语。司法行为委员会本身拿着这么个垃圾东西，还郑重其事地摆在我们眼前，就已经玷污了佛罗里达州最高等级法官的名誉，也必须接受调查。"

"你们也要起诉我们吗？"莱茜冷冰冰地问，要打掉他的气焰。基里布鲁瞪着他，但是没有上钩。

"我关心的是机密性，"麦克多万法官说，"对于这些指控我并不担心，因为这都是毫无根据的，我们会很快予以证明。但是我要保护我的名誉，这是我做法官十七年来第一次出现针对我的指控。"

"这证明不了什么。"莱茜说，准备挑起一场小冲突。

"话是没错，斯托尔兹女士，但我希望这件事目前不会被泄露出去。"迈克尔说，"我们非常清楚保密的重要性，我们始终在跟有声誉的人打交道，所以我们严格遵守规定，确保调查的保密性。"

"但是你们要跟相关的证人谈话。"基里布鲁说，"于是流言就会传开。我知道这些调查是怎么进行的。等到谣言四起，就会变成政治迫害，人们就会受到伤害。"

"人们已经受到伤害了。"莱茜说着，目光直直地盯着麦克多万，感受到她直直投来的目光。麦克多万也无法漠视不理，看向莱茜。

一时间空气压抑得令人窒息。迈克尔打破了压抑的气氛，说道："我们每天都处理无数的案件调查，基里布鲁先生。请你相信我们知道该怎么保密。不过，通常来说，大部分时候，流言蜚语都是从被调查一方传出来的。"

"那我们就等着瞧吧，先生，不过消息绝对不会从我们这边传出的。"基里布鲁说，"我们会尽快提交撤销投诉书的动议，把这垃圾东西扔出去。"

迈克尔回答说："我在司法行为委员会工作差不多三十年了，我也见过委员会在被调查方给出回应之前就撤销投诉的情况。不过还是拭目以待吧。"

"很好，盖斯马尔先生，以您多年的经验来看，是否见过把投诉书交给对方时连投诉人身份都不透露的情况？"

"投诉人名叫格雷格·迈尔斯。就写在第一页上。"

"谢了。但是这位格雷格·迈尔斯是谁，他住在哪儿？这里也没写地址，也没有联系方式，什么也没有。"

"你们不应当私自联系迈尔斯先生。"

"我并没有说想要联系他。我们只是想知道这个人是谁，为什么他要指控我的委托人受贿。仅此而已。"

"这个以后再讨论吧。"迈克尔说。

"还有别的要说吗?"麦克多万问。法官开始发号施令,准备结束会议了。

"没有,我们这边没有别的要说了。"迈克尔回答,"如果时间不紧的话,那三十天后我们等待您的反馈。"

他们起身离开了房间,只是微微点点头,没有握手告别。他们一路走到车里,然后开车离开,一句话也没有说。等到小镇渐渐消失在他们身后,迈克尔终于开口:"好了,说说吧。"

贾斯汀先开口:"她事先知道会发生什么,却还雇了这里最贵的律师,肯定有问题。要是心里没鬼干吗要雇他们呢?而且以法官的薪水怎么请得起这么贵的律师呢?只有毒品贩子和顶级的诈骗犯才会花钱请基里布鲁那样的人,但绝不可能是巡回法庭的法官。"

"我猜是有人给了她钱雇律师。"莱茜说。

迈克尔说:"虽然她刚才那么冷静,但是我看到了她的恐惧,而且她害怕的不是名声受辱。她最不担心的就是这个。你同意吗,莱茜,你看出什么了吗?"

"我并没有看出她在害怕。相反,她表现得太过冷静了。"

贾斯汀接着说:"这么说吧,我们知道她要做什么。她会提交一份厚厚的反馈报告,说几年前买的那些房产是投资用的——以离岸公司的名义购买并不违法。虽然看起来有些令人怀疑,但是既合理又合法。"

莱茜说:"好吧,就算是这样,她怎么证明那些房产是她花钱买的?"

迈克尔提出了一个猜想:"她会找一些记录。她让沃恩·杜博斯暗地里做假账,再让埃德加·基里布鲁在外面吹风,迷惑众人。这并非易事。"

"我们一开始就知道了。"莱茜说。

"我们得让迈尔斯再提供一些信息,"迈克尔说,"我们需要确凿的证据。"

"是的,没错,迈尔斯也得尽量躲起来,"贾斯汀说,"你们看到了,他们急着想找到他。"

"他们不会去找迈尔斯的。"莱茜斩钉截铁地说,好像知道很多她同事不知道的事情。

他们开车两个小时开了一个只有十五分钟的会议,但这就是他们的工作职责。如果有时间,莱茜还想去看看她那辆被撞的车,看看仪表盘和后备箱里有什么落下的东西。迈克尔劝她先忙别的事。不管她在车里落下什么——旧音碟也好,或者雨伞、零钱什么的,都没什么价值,更会让她回想起雨果血肉模糊、奄奄一息贴在车窗上的可怕景象。

但是,因为他们住得很近,而且还有几分钟时间,迈克尔想跟格里特警长见个面,让他见见莱茜。格里特曾经到过现场,还帮着对莱茜进行救援,莱茜想对他表示一下感谢。下午将近六点,他们到了赌场附近的警察局。一个警察在前台闲逛,迈克尔说要见格里特警长,警察告诉他格里特不在这里工作了。来了一位新警长,现在已经下班回家了。

"格里特怎么了?"迈克尔心里立刻产生了怀疑。

警察耸耸肩,他也不知道为什么:"你们可以问酋长,但估计你们得不到答案的。"

他们开车到了离警察局两个街区的废车处理场,透过拴着锁链的大门,看到里面有十几辆破车。一堆破铜烂铁里并没有莱茜的普锐斯,也没有与其相撞的道奇公羊卡车。两辆车都不见了。

"哦,天哪,"迈克尔喃喃自语说,"格里特向我保证保护好那两辆车的。我告诉过他要对车进行调查。我以为我们已经说好了的。"

"他当警长多长时间了?"莱茜问。

"我听他说好像是四年了。"

"我想我们得跟他谈谈。"

"我们得十分小心,对吧,莱茜?"

22
莱曼警长

新任警长是比利·卡佩尔,酋长的儿子以及议会成员。酋长宣布比利为警长时,他跟警员们解释说这次任命只是临时的。他需要时间寻找合适的人选,找到适合的人之后就会让比利卸任。既然新的警长人选毫无疑问会在部落里产生,那么寻找人选的时间肯定不会太久。实际上,酋长和比利都心知肚明,临时的职务很快就会变成永久性的。作为议会成员,比利的年薪是五万美元,另外还有每个月的分红。作为警长,他的薪水是这两份收入的三倍,再加上,多亏新的政策,他可以既当警察的头头,又可以继续留在议会。这笔买卖做得不错,特别是对于卡佩尔家族来说。

比利的执法履历相当薄弱,不过他也不需要什么履历。在当选为议员之前,他在赌场当了一阵保安,时间很短,他也做过救援队的志愿者,不过后来救援队升级后有了全职人员。

在他走马上任的第二天,弗利警方打来电话请求协助逮捕贝尔·蒙格尔,就是那个在录像里偷道奇公羊皮卡的人。因为弗利警方不能跨州逮捕罪犯,而且塔帕科拉警方在保留地外没有司法权,所以事情有些复杂。比利答应联系德芬阿克泉的警方,请求他们进行协助。但他并没有那么做,而是给他父亲打了个电话，让他父亲给带个话。贝尔·蒙格尔很快知道了阿拉巴马警方下令要逮捕他。

比利没能找到弗利警方说的录像。他找遍了整个警察局办公室，查遍了所有文件和计算机，都没有找到。他怀疑是莱曼·格里特把录像藏了起来，或者就在他手里。他又给他父亲打电话，说他们遇到麻烦了。他给弗利警方打电话要录像，但是对方已经产生了怀疑，质疑地问"那些印第安人在搞什么鬼"，他们只好说会把录像送过来，但是并不着急。

贝尔·蒙格尔失踪了。比利和酋长去莱曼·格里特家找他。会面气氛紧张，格里特发誓完全不知道录像的事，更不知道弗利警方在说什么。酋长跟往常一样威胁他，不过格里特不是轻易被威胁吓倒的人。最后，他让他们离开他的家。作为警长，他早就发现酋长故意刁难，随意干涉警察局事务，而且心口不一、利欲熏心、徇私舞弊。既然他被解雇了，他大可以随心所欲地鄙视厌恶他，还有他家族里的人。

录像就藏在格里特家的阁楼里，另外还有弗洛格·弗里曼商店里录像的副本。格里特认为自己是个诚实的警察，被政客解雇和迫害了。等有一天清算的日子到了，他需要给自己留一些筹码。

格里特不但诚实，而且十分有能力。车祸发生两天后，各种疑问逐渐浮出水面，而答案看起来却扑朔迷离。格里特独自开车到了事发现场，有三个明显的疑问让他困惑不已。第一个疑问：为什么偷车贼要偷一辆价值至少三万美元的卡车，然后开车三个小时到印第安保留地一个偏远的地方？事发的这条县级公路就在部落地界的中央，而且不通向任何地方。这条路起点在赌场的后身，一路蜿蜒深入保留地，只有几个住在森林地带的塔帕科拉人会走这条路。因为资金充裕，部落花钱铺平了路面，道路养护得很好，但是这里的每一条羊肠小道或者田间小路都是这样的。根据录像里这个人的行为来判断，这个偷车贼经验丰富，像他这样的老手通常都会在几个小时内把偷来的车卖到地下被盗车辆拆装厂。他们绝对不会半夜三更开着偷来的车在陌生的地方转悠，喝着杰克丹尼威士忌，大摇大摆地开车上路。在格里特的印象里，布伦瑞克县并不存在非法交易。他很难相信一个喝着酒或者喝醉了的司机在撞车之后还能活下来，即使对方是一辆小普锐斯,也不可能生还。可这个司机竟然只是被弹出的气囊打了一下,然后就逃走了。那他去哪儿了呢?保留地一半都是无法居住的沼泽,高地上都被浓密的树林覆盖。唯一能住人的地方也被赌场占据了。半夜三更,一个外来人在保留地深处游荡,不出五分钟就会迷路。如果这个在弗洛格录像里出现的鼻子破了的家伙真的是被偷卡车的司机,那他肯定有帮凶,就是那个开着假冒佛罗里达牌照的卡车司机。

这是他的第一个疑问,而且找不到任何线索。

第二个疑问更加令人困惑不解:这两位调查不正当司法行为的律师深更半夜里在保留地做什么?他们不是擅自闯入,印第安原住民没那个能耐把外来者挡在墙外——但是两个人都没有司法权。部落法院虽有三名成员,拿着高额的工资,却完全没有法律背景,没接受过任何法律教育。佛罗里达司法行为委员会是不会拿他们怎么样的。

第三个疑点就更大了:车祸是怎么发生的?显然周围没有别的车,黑夜里,平坦的路面上,就只有这两辆车。天气也很好,视野清晰。没有速度限制的标志牌,但是由于弯弯曲曲的车道,开车很容易就能超过每小时五十五英里。即使超速,消失不见的司机也能把车开在车道上。

站在车辆相撞的地方,看着柏油路面上洒落的发动机油渍和散落的汽车残骸,格里特不得不承认他被这些问题难住了。这不是简简单单的汽车相撞造成的死亡和司机逃逸事件。显然,背后还有更多的内幕。

十几辆急救车在路面上留下一道道轮胎痕迹,甚至道沟和平地上也有,一路向东延伸。如果第二辆卡车,就是带有假冒佛罗里达牌照的车,前来接应撞车司机的话,车会开到哪里呢?也许会离开公路,避免被赌场下晚班的塔帕科拉人见到。格里特跟附近所有的住户问了话,这些人什么也没看到,多数人都还在睡梦中,只有比尔太太听到了撞车的声音。

在路旁浅浅的水沟前的泥地上,格里特发现了逃离现场的车轮痕迹。轮胎很宽,车身也很宽,重载牵引车,很可能是一辆皮卡。他跟踪轮胎痕迹走了五十多码,在茂密的灌木丛里发现了一团纸巾,四张纸巾被团成一团,上面还有干渍,应该是血迹。他没有用手碰,而是返回巡逻车里,从后备箱拿出了一个塑料自封袋。他用一根棍轻轻挑起纸团,放在塑料袋里,然后继续跟踪轮胎印迹。轮胎印在矮树丛和草地里失去了踪迹，然后车胎印在距格里特的车四分之一英里的地方再次出现。车胎印跨过了空空的河床，继续延伸了一百码左右，向左拐入了一条碎石路，格里特以前从没见过这条路。到此，车轮痕迹彻底消失无踪。这条路弯弯曲曲，大概有半英里长，远处只经过一户人家，道路的尽头与一条名叫桑迪路的平整道路衔接。格里特于是慢慢由原路返回，回到事故现场，走进车里。从弗洛格的录像里，他清楚地看到了那个人的脸。现在，他又幸运地找到了他的血液样本。

卡车司机甚至比他这个警长还熟悉这块地方。

会面在西格洛夫海滩一幢未装修的产权公寓里进行，这是杜博斯建造的无数房产之一，由杜博斯组织里另一个匿名实体负责销售。卡佩尔酋长一个人来到停车场，一个男人护送他走进公寓楼，他只知道这个人叫汉克。跟杜博斯打了好几年交道，酋长始终对杜博斯这个人所知甚少，甚至也包括杜博斯周围的人。他心想这个汉克肯定权力不小，因为他也留在房间里开会，他一句话不说，只是听着。

杜博斯忙了一天。两个小时前，他在兔子快跑公寓里见了克劳迪娅·麦克多万，麦克多万简要地把跟司法行为委员会会面的事告诉了他。他看了投诉书，也问起这个该死的格雷格·迈尔斯是谁，并且让快发疯的法官冷静下来。随后，他坐车来到这里，等着跟酋长见面。

卡佩尔手里拿着个公文包，他从包里拿出一台笔记本电脑，放在餐台上。新建成的公寓里没有椅子，闻起来还有一股新刷的油漆味。卡佩尔说："有两个录像。第一个来自阿拉巴马州弗利市警方，今天下午我们才收到的录像副本。我们几乎能够肯定他们上星期把录像交给了格里特，格里特要么是把录像丢了，要么就是藏了起来，文件里没有，而且报告里也没有提到。你来看看。"酋长敲击键盘，杜博斯靠近些看。他们看到了弗利停车场里道奇公羊被偷的录像。杜博斯一直没有说话，直到录像放完，他才开口："再放一遍。"他们又看了一遍。

"你了解到什么消息没有？"杜博斯问。

"本田皮卡的车主名叫贝尔·蒙格尔,听到我给他传的信儿后就消失了。这个人你了解吗?"

杜博斯转过身,在房间里踱步:"不了解。是雇来的。我们需要一辆偷来的卡车,所以给他打了电话。蒙格尔不是我们的人,是花钱雇的,他什么也不知道。"

"哦,他交车的时候跟一个人见面拿了钱。他肯定说了什么。"

"是的,我想他肯定接到命令消失了,远离这里。"

"他的确消失了。另一个人是谁,偷道奇公羊的那个?"

"我不知道,跟蒙格尔一起干的,我猜。我再说一次,我不认识这些人。我们只是花钱雇他们偷车。"杜博斯走回餐台,看着屏幕说,"放下一个录像。"

酋长敲了几个键盘,弗洛格店里的录像出现在屏幕上。杜博斯一边看着,一边厌恶愤恨地摇着头。他又看了一遍,不住地咒骂"蠢货,蠢货,蠢货。"

"看来你认识这些人,是吧?"

"是的。"

"这个鼻子破了的小子就是开道奇公羊撞人的,对吧?"

"该死,该死,该死。"

"我猜你的意思是说没错,没错,没错。你知道,沃恩,我真不喜欢你有事瞒着我。你们在我的地盘干这种事,竟然还不告诉我。我不想成为你的同伙,但是在很多方面我们都是拴在一起的。如果事情出了什么岔子,我必须得知道。"

杜博斯又走来走去,咬着指甲,努力让自己镇定下来,但又忍不住要爆发。"你想知道什么?"他气急败坏地说。

"这个鼻子流血的家伙是谁?你怎么能用这么蠢的人做事?他们大半夜停车来到乡村小店,不把车停在暗处,竟然直接停在大门口,巴不得自己被摄像头照下来。而且,你看吧,刚出了这么大的事,我们就找到你手下人的照片了。"

"是他们太蠢了,好吧!谁看过这个录像,第二个录像?"

"我，你，比利，弗洛格，皮克特警长还有格里特。"

"所以这件事不会泄露出去，对吧？"

"也许吧，但格里特让我很担心。他隐瞒了第一个录像，说他不知道。但是弗利的警察告诉比利，他上个星期就把录像送来了。格里特另有打算，现在他被撤职了，他很愤怒。如果他有两个录像的备份并且藏起来的话，我一点儿也不惊讶。我跟他谈过，但是他不配合。"

"他到底在干什么？"

"我必须把他开除，记得吗？做决定的时候你也在场。我们必须把他踢出去，这样才能控制调查。司法行为委员会已经察觉到了什么，他们也有所怀疑了。谁知道呢？他们也许会去找联邦政府，说服他们来盯着。格里特从来都跟我们不是一条心，他必须得走。"

"好吧，好吧，"杜博斯盯着一扇拉门，看向漆黑的暗处，"我们这么办，你安排跟格里特见个面，警告他这是在玩火。他要想离开的话，我们就要勒紧缰绳了。"

"我真不喜欢这种暗喻。"

杜博斯转身走向酋长，好像要打他一拳。他的眼睛冒着火光，怒气马上就要爆发。"我他妈管你喜不喜欢。我们不能因为格里特丢了工作心里难受就由着他胡来。跟他说他在跟谁打交道。他有老婆和三个孩子，即使没有那身可爱的警服，他的生活也能过得挺好，这时候讲良心对他来说就是玩火自焚。让他闭上他的臭嘴，把藏的东西交出来，然后别他妈站错了队，不然后果自负。明白了吗？"

"我不能伤害兄弟。"

"我没让你伤害他。你懂什么叫恐吓么，酋长？你只需要知道一切都得按照我的剧本走，这样我才会心情好。格里特也必须清楚这一点。如果我完蛋了，那么你也一样，其他人也都没好果子吃。但这种事不会发生，你的任务就是搞定格里特，让他闭上嘴，站在我们这边。按我说的做，一切就不会有问题。"

酋长伸手关上电脑，问："那皮克特警长呢？"

"这件事上他没有司法管辖权，而你有，他根本不用管。另外，我可以关照一下这位警长。你要做的，就是让格里特站在我们这边，还有确保不要让他们找到蒙格尔。敷衍一下弗利那边的几个小子，**我们**会安然度过这次小小的风浪的。"

"那鼻子受伤的那个小子呢？"

"明天中午他就在千里之外了，我亲自搞定他。"

23
失踪的普锐斯

莱茜回办公室正式上班了。虽然她的出现让人们重新打起了精神,但雨果的去世依然是大家心里无法弥补的伤口。她和盖斯马尔没有向任何人透露事故的细节,但是现在人们渐渐接受了一个事实,雨果的死不只是个悲惨的意外事故。一个小小的部门,一个雇员的神秘死亡令人心生不安。司法行为委员会里的人从来没有想过他们的工作会有这么危险。

虽然莱茜的行动还有些缓慢,头上还一直戴着围巾——很时尚,而且式样越来越多,不过人们还是很高兴莱茜在他们身边,对她的同事们来说是一种激励和鼓舞。她的体力愈发充足,工作时间也越来越长。

把投诉书交给克劳迪娅·麦克多万两天之后,莱茜正在办公桌前工作,突然接到了埃德加·基里布鲁的电话。他在电话里还是那么不可一世,一开始还挺客气:"你知道吗,斯托尔兹女士,我越看这份投诉书,越觉得骇人听闻。这份投诉书毫无根据,我很惊讶为什么司法行为委员会还要继续追查这个案子。"

"你已经说过了,"莱茜冷静地回答,"介意我把咱们的谈话录下来吗?"

"你随便,我才不在乎呢。"

莱茜按下了电话的录音键,然后问道:"好了,有什么能帮你的吗?"

"你可以撤销这个该死的投诉,这就是你能做的。还有你可以告诉格雷格·迈尔斯先生,我要告他诽谤罪,让他十年都甭想离开法庭,我会把他绑在审判席上好好地受审。"

"我会转告他的,而且我相信迈尔斯先生很清楚他的投诉构不成任何诽谤或恶意中伤,因为投诉书并没有被公开。"

"我们等着瞧。我决定不提起动议要求撤销投诉了,因为这只会引起人们更多的关注。委员会有五名成员,五个人都是巴洁州会、拍马屁的政客,要说保密的话,这五个人哪个都不可信,就像我不相信你们办公室里的人一样。这件事必须严格保密,一点消息也不能透露,听明白了吗,斯托尔兹女士?"

"这件事我们两天前在麦克多万法官的办公室里就谈过了。"

"那今天我就再说一遍。另外,我要知道更多关于案子调查的情况。毫无疑问,你们没有任何线索,所以恐怕你们会越来越失望,最终就会气急败坏,开始贸然联系所有认识我委托人的相关人士。而谣言就是这么传起来的,而且还是恶毒的流言,斯托尔兹女士,所以我不相信你,也不相信任何所谓谨慎处理这件案子的人。"

"你想得太多了,基里布鲁先生。我们每天都处理这样的案子,我们知道保密的重要性。而且,我们有规定,不能跟你讨论调查的事。"

"那好,我警告你,如果这件案子变成政治迫害,令我委托人的名誉受损,我会起诉你还有盖斯马尔先生,以及你们委员会里所有的人,告你们恶意诽谤。"

"随你便吧。我们会反诉你提起无理由的诉讼。"

"行,你行,我倒要看看你们这些人在法庭上的样子。我可是以法庭为家的,斯托尔兹女士,而你不是。"

"还有别的事吗,基里布鲁先生?"

"没有了,就这样。"

虽然她在电话里的声音很镇定,但是这通电话本身无疑让她心生不安。基里布鲁是个目中无人、什么都不怕的诉讼律师,最臭名昭著的就是他的无情碾压和摧毁战术。这样的起诉肯定被认为是毫无理由的，但是一想到要跟他唇枪舌剑一番就头皮发麻。有一点他说得很对，在陪审团面前，他肯定会赢得大批赞同票，而莱茜大概一票也得不着。她把电话录音放给迈克尔听，迈克尔听了直想笑，他曾经收到过不少像这样的恐吓电话，但莱茜没有。只要司法行为委员会坚守自己的职责，不越界，委员会的雇员们基本上会免于受到民事起诉。否则的话，他们就没法向嫌疑人递交投诉书了。

　　莱茜回到办公桌前，试着把注意力转到别的事情上。她又给警长办公室打了个电话，要找比利·卡佩尔。电话那边的人说他现在太忙没时间。一个小时后，她再次打过去，说他还在开会。莱茜给保险公司打电话，最后找到了合计她普锐斯损失的理赔员。理赔员说他们把她撞毁的车卖给了一家在巴拿马城附近的废车处理场，卖了一千块钱，通常全损的车都是这个价钱。他不知道这种车到了废车处理场会怎么处理，不过他觉得应该要么是被压碎了送到回收厂，要么是拆成零件卖给废品收购站。莱茜给废车处理场打了两次电话都没有得到任何消息。吃过午饭，她告诉迈克尔跟医生约好去检查，下午就不回来了。

　　不过，这只是个借口，她没去医院，而是去了巴拿马城，第一次独自开车前往。她严格按照限速规定行驶，告诉自己不要害怕过往的车辆，即使如此，还是让她的神经极度紧张。她的呼吸沉重，胃里像打了结一样难受，但她还是下定决心，要咬紧牙关开到那里，然后再开回来。到了废车处理场，她把车停在一个碎石停车场，夹在一辆拖车和一辆破旧的皮卡中间，然后问一个穿着油污衬衫的老头办公室在哪儿。那老头的胡子其实比他的衬衫还脏，他朝着一个墙壁满是凹陷的金属建筑点了一下头。大门正开着，她走向那座房子，走进屋里，里面有个长长的柜台，机修工可以在这儿买二手配件。墙上挂满了轮毂，让人眼前一亮，角落里挂着半裸女人的挂历。看见一个漂亮女人进来，人们都停下了手里的买卖。一个男人走过来，衬衫的铭牌上写着他的名字——波，他笑着说："哦，你好，小姐，有什么能为你效劳的吗？"

　　莱茜笑了，移步上前，说道："我想找我的车。三个星期前在塔帕科拉保留地被撞毁,被送到这儿来了。我想看看,拿回一些个人物品。"

波的笑容突然消失,说道:"哦,如果是被送到这里的话,那就不是你的车了。我想应该是被卖了。"

"是的,我问过我的保险公司,他们说车在这里了。"

波走到电脑屏幕前,问:"你有车辆识别码吗?"莱茜拿出了识别码的复印件。波输入了几个号,这时他的同伴弗雷德过来了。柜台另一头的两个机修工也目不转睛地盯着他们这边看。波和弗雷德皱起眉,嘴里念叨着什么,看起来很困惑。波说:"这边请。"然后离开了柜台。莱茜跟着他,穿过一个小小的走道,进入一个侧门。房子后面,视线被一个高高的围栏挡住,满眼都是破损的轿车、卡车和货车,足有好几百辆。远处,一个巨大而笨重的机器正在玉碎一辆被撞毁的汽车。波朝另一个男人挥挥手,然后走了过去。那个男人穿着白色衬衫,比波和弗雷德的衬衫干净得多,上面没有铭牌,看起来是管事的。波递给他一张表,说:"她在找那辆从印第安保留地送过来的普锐斯,说那是她的车。"

那个男人皱起眉,摇摇头说:"那辆车不在这儿。几天前有个人来,花现金把它买走了。用一辆平板拖车拉走了。"

莱茜立刻走过来问:"是谁买的?"

"不能说,女士,而且我也真的不知道。他好像没报名字,就说想要那辆车,然后立马给了现金。这种事很平常,这些家伙把破车买走,然后拆成零件卖。以前从来没见过这个人。"

"也没有记录吗?"

波听了哈哈大笑。他的老板也开始笑她的无知。这位老板说:"没有,女士。车一旦被卖,车牌也就无效了,没人关心这辆车怎么样了。这种买卖很少用现金交易。"

莱茜不知道下面要问什么了,她觉得他们说的是实话。她看着一辆辆被撞毁的车辆,明白再找也找不到什么了。

"对不起了,女士。"老板说完就走了。

维尔娜发来信息。上面写着:"要谈一谈吗?"

她们互相发了几条信息,于是约好了时间。

晚饭过后,莱茜来到哈齐家。维尔娜一个人带着孩子们。两个大的在厨房的餐桌上做作业,皮平和刚会走路的孩子都睡着了。维尔娜说雨果还活着的时候,房子里从来没有这么安静过。她们在露台喝着绿茶,看着黑夜里的萤火虫。维尔娜松了一口气,亲戚们终于都走了,不过她妈妈明天会回来帮她照看皮平。维尔娜疲惫极了,不过睡得比以前多了。她还是会梦见雨果跟她在一起,而且经常从梦中惊醒,不过她努力让自己回到现实中来。因为有四个孩子,她一直都没能好好大哭一场。

生活从不会停下它前行的脚步。

她说:"我今天收到了人寿保险的支票,所以压力小多了,至少现在是这样。"

"太好了,维尔娜。"

"今后这一年里,我们的日子还能过得去,但是我得找个工作。雨果一年六万年薪,但是我们一分钱也没存下来。我需要为以后的日子存点儿钱,给孩子们。"

她想要倾诉,但想找的倾诉对象不是家里的人。她从佛罗里达州立大学毕业,学的是公众健康。在她怀第一个孩子之前,她当过一年的社工。生了老三之后,她就放弃了就业的想法。她说:"我想工作。我当了太久的全职主妇了,我想换一种生活。雨果和我经常讨论这件事,我们做了决定,等皮平上了幼儿园我就回去工作。也许如果有了两份工资,我们就可以换一个大一点儿的房子,开始给孩子们存点儿钱。雨果很支持我,莱茜。他虽然是个自尊心那么强的人,也没有办法,只能选择支持我。不过他也根本不会因为有个上班的妻子,而威胁到他在这个家的地位的。"

莱茜一边听着,一边点头。维尔娜曾经说过想要工作已经说了十几次了。

维尔娜喝了一口茶,然后闭上眼睛。过了一会儿,她睁开眼睛,突然说:"你能相信吗?已经有人找我要钱了。有两个雨果的表亲一直在我眼前晃悠,想要借钱。我说不行,然后把他们打发走了,但是他们还会回来的。这些人怎么能干出这么缺德的事呢,莱茜?"

这样的问题莱茜没法回答。她只能说:"我不知道。"

维尔娜说："这些日子无数人给我意见和建议。甚至在葬礼前，大家就知道了我会得到十万块的人寿保险金，一些人像水蛭一样立马就准备吸我的血了。我讨厌死他们了，真的。不是我妈妈，也不是我姐姐，而是那些表亲，那些我和雨果好几年都没见过的、八竿子打不着的亲戚。"

"盖斯马尔说还有一些律师，他们正准备进行起诉。"

"我把他们也打发掉了。一个大嘴巴的人说我可以从被偷的卡车那里要求获得保险金，结果事实并非如此。如果车辆被偷，保险也无效了，至少就保险责任而言。好多人要在这上面打官司。一个人说要起诉丰田公司，因为气囊和安全带失灵，但是我不知道这是不是个好主意。有个问题，莱茜。你和雨果那天晚上开车去赌场的时候，安全带没问题吧？"

"其实不是的。他一直抱怨安全带系不上，以前从来没出现过这样的情况。他摆弄了好几次，有几次把安全扣插进去了，但还是有问题。"

"你认为是有人做了手脚吗？"

"是的，维尔娜。我敢肯定气囊设置被解除了，安全带也被弄坏了。"

"那么这个事故不是意外？"

"不，不是意外。我们是故意被一辆卡车撞的，那辆卡车比普锐斯重两倍。"

"但这是为什么呢？告诉我，莱茜，我得知道到底怎么回事。"

"我会把我知道的一切都告诉你，但是你必须保证不对任何人说。"

"莱茜，你知道我这个人的。"

"你有律师吗？"

"有，雨果在法学院的一个朋友一直在帮我处理法律上的事情。我很信任他。"

"很好，但是就连他也不能告诉，现在还不能。"

"求你了，告诉我吧。"

快十点了，罗德里克打开门，说："妈妈，皮平哭了。"

维尔娜立刻擦干脸上的泪水，说："哦，这孩子，真是不让人省心。"

维尔娜站起来正要走进屋里，莱茜说："我今晚留在这里，好吗？我会照顾皮平的，也许我们还能多聊会儿。"

"太感谢了,莱茜。我还有些问题想问你。"
"当然可以……"

24
联邦调查局

会议在联邦调查局塔拉哈西的办公室里进行,从司法行为委员会步行到这里只需要十分钟。主管是一个不苟言笑的名叫卢纳的男人,从他们围坐在他宽大的会议桌开始,他看起来就似乎对这次会议不怎么感兴趣,认为这并不是什么重要的事。他的左手边坐着一个相貌英俊而且彬彬有礼的特工,名叫帕切科,三十五六岁,手上没有婚戒,当莱茜跟他们打招呼问好的时候,那双眼睛像是要把她一口吞了一样。会议桌另一头是另一个特工,名叫哈恩,像是凑数来的。莱茜面对着卢纳和帕切科,盖斯马尔则坐在他的右边。

莱茜开始发言:"首先,感谢你们百忙之中跟我们见面。我们知道你们很忙,所以不会耽误你们很长时间。我们有时间限制吗?"

卢纳摇摇头说:"没有,我们洗耳恭听。"

"很好。昨天在电话里我向你们询问一个叫沃恩·杜博斯的人。我们想知道你们是否对他有些了解。"

帕切科拿出一页文件,说:"是的,不过了解不多。杜博斯没有犯罪记录,无论是州里还是联邦记录里,都没有。鲶鱼帮或者海岸帮,这个我们已经早有耳闻。我想你们知道这个帮派的来龙去脉。一个小帮派，有着传奇色彩的历史，但是佛罗里达没有任何记录。二十年前，一个叫邓肯的人在温特黑文被捕，逮捕时警方截获了一卡车大麻。美国缉毒局[①]怀疑他为一个犯罪组织卖命，很可能就是这个海岸帮，但是他们找不到任何线索，因为邓肯既不开口，也不接受协议。他被判了很多年，三年前被假释，自始至终一句话也没说。大概就是这样。至于这个叫沃恩·杜博斯的人，我们还没有发现任何线索。"

卢纳补充说："据我们目前所知，没有发现任何所谓海岸帮的踪影。这些日子我们一直在关注基地组织、毒品贩子这样的人。"

莱茜说："好吧。我们有个线人，他提供给我们的信息是否属实还有待确定。他以前是位律师，后来被定罪，他似乎知道被害人的尸体埋在哪里。当然，我说的不是字面上的意思。不过他确信杜博斯掌控着一个黑帮组织。这个线人是两个月前跟我们联系的。"

帕切科说："就是那个格雷格·迈尔斯吗？"

"是的，就是昨天我发来的投诉书上的名字。但这是他新改的名字，不是真名。根据迈尔斯所说，沃恩·杜博斯和他的兄弟多年前在南佛罗里达州一次毒品交易中被枪杀。他兄弟死了，杜博斯活下来了。没有这件事的记录吗？"

帕切科摇摇头说："没有。迈尔斯是怎么知道的？"

"我也不知道。他一直在躲藏，行踪诡秘。"

"他在躲谁？"卢纳问。

"不清楚，但不是在躲你们或是任何执法机构的人。他认罪的时候供出了一大批人，现在他感觉人身受到了威胁。"

帕切科说："他是被以联邦名义起诉[②]的吗？"

"是的，而且他是在联邦监狱服刑的。但是请不要浪费时间去找这个

[①] 美国缉毒局，简称DEA，是美国司法部下属的执法机构，主要任务是打击美国境内的非法毒品交易和使用。美国缉毒局不仅在国内对于《联邦列管物质法案》所列物品同联邦调查局享有共同管辖权，而且承担了在国外协调和追查美国毒品调查的任务。

[②] 在美国，被州起诉和被以联邦名义起诉区别很大。被以联邦名义起诉后，得到的判罚会重得多，最高甚至可以被判处死刑。

格雷格·迈尔斯，也许我以后会告诉你们，我们来这里并不是因为他。你们已经看到控告麦克多万法官的正式投诉书，经过我们的评估，认为这个案子有调查的价值。真正的情况要比投诉书里揭露得更深。根据迈尔斯所说，沃恩·杜博斯和荅帕科拉部落大约二十年前达成了约定，建造赌场，他们从赌场营业第一天起就私吞里面的钱——大量的现金，麦克多万法官也有份。"

"法官在收受现金？"卢纳问。

"是的，迈尔斯是这么说的。"

"可他们为什么要给她现金？"

"正式的投诉书是我们的证据文件 A，你们手里的是副本。我们还有证据文件 B。"盖斯马尔把一堆复印件推到桌子上。莱茜继续说："这份是对塔帕科拉的简要介绍，他们的地界获得了联邦政府的承认，还有他们为建造赌场所作的努力，其中涉及一桩命案，两人被谋杀，一个名叫朱尼尔·梅斯的人现在还被关在斯塔克监狱死囚区里。我建议你们花几分钟时间看一下这份文件。"

话还没说完，他们就已经看上了，一页一页地仔细看着。到目前为止，这件案子始终吸引着他们的目光。他们有条不紊地翻阅文件，帕切科看得更快一些。最后，哈恩一言不发默默地把文件从头到尾看完。气氛凝重，他们在心里衡量要说的每一句话。莱茜在记事本上写着无意义的注释，迈克尔则拿着手机在看邮件。

等他们都看完，莱茜说："我们的证据文件 C 是赌场建造的详细记录，包括建造收费公路，以及围绕赌场和收费公路之间的所有诉讼官司。因为有站在他这一边的法官，杜博斯能够打败所有挡住他财路的人，2000 年金钥匙赌场才最终得以开业。"盖斯马尔把证据文件 C 滑到他们眼前。

"你现在就让我们看吗？"卢纳问。

"是的。"

"好吧，我们看的时候你们要喝点儿咖啡吗？"

"那太好了，谢谢。"哈恩抬起头来，立刻起身去前台找接待员。不一会儿他拿来两杯咖啡，不是纸杯的，而是真正的马克杯。不过卢纳和帕切科都没注意,他们聚精会神地看着文件 C,无暇理会别的。

帕切科第一个看完,没有打扰他的上司,一边在空白处做记录,一边等着。卢纳放下手里的文件,说道:"有一个问题。这个在死囚区的朱尼尔·梅斯,我们是否可以质疑一下,也就是前面文件里提到的那个谋杀案可能不是他干的呢?"

迈克尔回答说:"说实话,我们也不清楚。但是格雷格·迈尔斯确信梅斯先生是被诬陷的,他是无辜的。"

莱茜补充道:"我到死囚区见过梅斯,他坚称自己是清白的。"

帕切科有些讥笑地说:"我觉得不只是他,死囚区的人都会说自己是清白的。"

几个人微微一笑,但都没有笑出声。卢纳看了一眼手表,又看了看盖斯马尔眼前的文件,问道:"你们带来了多少证据文件?"

"不太多。"

莱茜说:"在文件 D 里面,你们可以了解一下这位法官。"盖斯马尔把文件滑过去。"首先,你们会看到她在兔子快跑社区里的其中一套房子。"

帕切科看着照片说:"她没有在相机前摆造型,照片是谁拍的?"

"我们也不知道,"莱茜说,"格雷格·迈尔斯有一个线人,这个人的名字我们不清楚,因为就连迈尔斯自己也不知道。他们通过一个中间人带话。"

哈恩在另一头"哼"了一声,似乎是表示怀疑。

"这个案子有些复杂,不过越来越有眉目了,"莱茜瞥了一眼哈恩说,"回到文件上来。这里有些麦克多万法官的背景资料,不是很多,因为她一直很低调。她的犯罪同伙,或者说合伙人之一,是一个莫比尔城的房地产律师,名叫费丽斯·特班。她的照片是在当地律师协会名册里找到的。两个女人相识已久,关系非常亲密,喜欢时尚旅行,经常一起出游,花的钱要比她们赚的多得多。文件里记录了他们过去七年来所有旅行的情况。"

显然,三个人被这番话吸引住了,立刻埋头看了起来。房间里再次安静下来,只有几个人翻动文件的声音。

莱茜的咖啡杯已经空了。他们围在会议桌前已经谈了一个小时,她对这次会面目前的进展很满意。她和迈克尔不知道接下来会怎么样，他们设想接下来要讲的事情会很吸引人，但不知道听的人会有什么反应。现在他们成功吸引了联邦调查局的注意力，虽然这些特工们惜时如金，但是看起来现在却并不着急了。

卢纳在看着她："下一份文件。"

"下一份是文件E，是目前为止页数最少的文件，是我们接手这件案子的时间表。"她说着，盖斯马尔把文件发了出去。他们细致地读着。

帕切科问道："你们把投诉书交给麦克多万的时候，她有什么反应？"

"她十分镇定。"莱茜说，"当然，否认一切指控。"

迈克尔说："我觉得她看起来很害怕，但是我的两个同事不这么认为。我也不确定这是否重要。"

帕切科说："嗯，她雇了埃德加·基里布鲁，肯定是心里有鬼。"

哈恩逗趣地说："我的第一反应也是这样，都是一些不择手段的人。"

卢纳轻轻抬起一只手把他的话打断，然后问道："还有文件吗？"

莱茜回答："是的，最后一份。我相信你们听说了，我的同事雨果·哈齐在保留地遭遇车祸丧生了。"

他们难过地点点头。

"车祸发生的时候我正开着车。我戴着头巾是因为在医院里抢救的时候被剃光了头发。我头上和身上都满是伤口，缝了好几十针，还有脑震荡，不过很幸运，我活了下来。关于车祸我记得不太清楚了，但是记忆在慢慢恢复中。只是，我的朋友也是我的同事，当场死亡，他的死不是意外。我们确信他是被谋杀的。"盖斯马尔把文件F的副本滑过去，他们急切地拿起文件看起来。

文件里包括普锐斯和道奇公羊的照片、事故现场的照片、跟警长谈话的摘要记录、气囊和安全带失灵的事，还有手机和iPad的丢失……结论就是事故背后是有人指使的，也就是蓄意谋杀，那个人就是沃恩·杜博斯和他黑帮里的手下。她和雨果听信线人的话，被引到保留地的偏僻地方，然后中了埋伏。对方的目的就是要威胁恐吓他们，让他们知难而退，告诉他们已经做得太过火，惹祸上身了，杜博斯会使用各种阴谋手段保护自己的地盘。按照迈尔斯所说,他们没有理由怀疑他,没有任何政府机构审查过赌场、进行过审问,司法行为委员会是第一个,于是杜博斯立刻采取行动,提出了警告。他知道委员会的调查权力有限,而且认为委员会的人没有任何打击犯罪的能力,他以为吓唬一下他们就不敢再管了。

"哦,"帕切科放下文件说,"你们是不会手下留情的。"

"我们的朋友死了,"她说,"我们绝不会退出。"

迈克尔说:"但与此同时,我们没有那么多资源和权限去全面调查这件腐败案件,所以需要你们介入。"

卢纳第一次既没有一丝疲态,也没有挫败无力感。他说:"不知道。这可能是个很大的案子。"

如果卢纳表现得有些迟疑的话,那帕切科似乎已经跃跃欲试了。"这绝对是个超级大案。"他一边说着一边朝莱茜微微一笑。

"是的,"莱茜说,"而且对我们来说这个案子实在太大了。我们无法调查有组织的犯罪集团。我们的调查范围只限于行为不当的法官,他们违反职业道德,但很少触犯法律。我们从来没有遇到过像这样的案子。"

卢纳把桌上的一堆文件推开,双手交叉背在脑后,说道:"好吧,你们不是警察,但你们是调查员。过去的几个星期里你们就是以这个身份进行调查的。如果你是我们,斯托尔兹女士,你会怎么做?"

"我会从雨果·哈齐的谋杀开始调查。当然,也许有些感情因素在里面,但是调查谋杀肯定比查出上百个离岸公司的实际背景、追踪赃款来源容易得多。有人偷了卡车,也许还有另外一个人在开车,他们为犯罪组织卖命,受黑帮老大指使故意撞车。我倒是认为,这次谋杀是一份大礼。杜博斯做得有些过火,反应过度了,搬起石头反而会砸了自己的脚。他一辈子都生活在充满暴力和威胁恐吓的世界里,有时候那些手底下的人会不受控制。他感觉受到威胁,所以出于本能他会重拳出击。"

帕切科问:"你确定两部手机和你的 iPad 被拿走了?"

"毫无疑问。他们把东西拿走显然是要获取更多的信息。但是偷走东西本身也是一个警告,也许杜博斯想要给我们一个明显的暗示,他们在那儿,就在事发现场。"

"你知道他们在现场吗?"帕切科温和地问。

"是的,我想不起太多事,但是我记得有人在我的车周围晃悠,有人头上戴着个灯,灯光一下子照在我脸上。我记得他们踩着碎玻璃的脚步声,我想应该有两个人在我车前,但是后来我又昏迷了。"

"当然,肯定是。"帕切科说。

莱茜继续说:"这起交通事故会由塔帕科拉警方进行调查。警长已经被替换了,新上任的警长碰巧是酋长的儿子。我们怀疑他们作出了妥协,急着想要以单纯的交通事故为结论定案。"

"你是说酋长跟杜博斯是一伙的?"卢纳问。

"绝对是。酋长像国王一样统治部落,他什么都知道。侵吞现金这件事绝对少不了他。"

"回到那两部手机上来,"帕切科说,"你们确定他们从手机里查不到任何信息吗?"

迈克尔回答:"是的,手机是州政府配备的黑莓。手机上有,或者曾经有五位数的密码,但是输入密码之后还有加密屏障。我们的技术人员确认手机是安全的。"

"不过任何手机都能被入侵,"卢纳说,"如果他们破解了密码,会发现什么信息呢?"

"那绝对是极其危险的,"迈克尔说,"他们会得到电话记录,追踪到所有的手机号码,很可能会找到格雷格·迈尔斯。"

"我想迈尔斯先生还活得好好的吧?"卢纳问。

"哦,是的。"莱茜说,"他们不会找到他的。他两个星期前来到塔拉哈西,到我家来看看我怎么样了。他所有以前用过的手机都被扔到海里了,他有很多新的一次性手机。"

"那你的 iPad 呢?"帕切科问。

"里面什么也没有,对他们来说完全没用,都是私人的东西。"

卢纳推开自己的椅子,站了起来。他伸伸腿,说"哈恩。"

桌子另一头的哈恩摇摇头,一副要出谋划策的样子。也许他是个秘密武器,莱茜心想。他说:"我不知道。如果我们带着五六个特工突然介入的话,会发生什么呢？现金突然消失，流入了无数的海外账户。私吞现金的行径停下来了。印第安人惧怕杜博斯，人人都不敢开口。"

帕切科小声说："说得没错。"

莱茜说："我不会这么做的。我会悄悄进行调查，寻找卡车司机，假如走运抓住那个家伙的话。他知道这辈子都得在监狱里度过了，所以他想做交易，想老实交代。"

"证人保护吗？"帕切科问。

"那是你们的专长，我不清楚你们会怎么做。"

卢纳回到座位上，把眼前的那堆文件推得更远。他揉了揉眼睛，仿佛突然感到有些疲惫，于是说道："是这样，有一个问题。我们的上司在杰克逊维尔分部。我们得先向他提交建议，然后等他拍板决定。我们的任务就是评估这件案子所需要的人力和时间。老实说，我们经常是在浪费时间，因为目标总是在变化，根本不知道该从何查起。但是规定就是规定，这里毕竟是联邦政府，所以我们上面的头儿会审查我们提交的建议书。现在，他脑子里根本顾不到印第安赌场贪污贿赂的事，而且可能也不会太关注车祸背后隐藏了什么阴谋，因为这些日子里我们一直在忙着打击恐怖主义。我们花费大量的时间追踪潜伏的恐怖分子，还有那些痴迷于跟圣战分子聊天的美国 90 后，更不要说想要把原料组装成炸弹的国内脑残。所以，我要说的是，有很多糟糕的事情即将发生。我们人手本来就不够，而且经常感觉被敌人远远甩在后面，被人牵着鼻子走。我们永远不会忘记 911 时我们的情报滞后二十四小时的事。这就是我们的世界，这就是我们所面临和承受的压力。很抱歉我这么说。"

一时间大家都沉默不语。迈克尔打破了沉默，说道："我们可以理解，不过犯罪组织的罪行还在继续。"

卢纳脸上露出一丝笑意，说："当然。我认为对联邦调查局来说，这是件大案子，很值得调查，但是我不能确定我们的头儿会不会同意。"

"可以问一下你们的建议书打算怎么写吗？"莱茜问。

"当然可以，但是我现在无法回答你。我们这几天会研究一下，然后再向杰克逊维尔提交报告。"从卢纳的言行上看，他好像不想参与这个案子。

帕切科却显得很积极，早已准备好了要掏出警徽，查问相关证人。哈恩则掩饰得很好，看不出有什么想法。

莱茜收拾起文件，把它们整理好。会议已经结束。她说："非常感谢你们听我们介绍这个案子，也感谢你们百忙之中抽出空来接待我们。我们会继续跟进对这个案子的调查，等待你们的消息。"

帕切科送他们走出办公室，陪同他们乘坐电梯下楼，想尽可能多跟他们在一起。迈克尔在一旁仔细观察他。等迈克尔和莱茜坐上车，只有他们两个人的时候，他开口说："这个帕切科会在二十四小时内给你打电话的，而且要谈的事绝对跟赌场无关。"

"你说对了。"莱茜说。

"这次会议干得漂亮。"

25
消失的告发者重现

就像时钟的发条一样,前台接待员上午九点准时敲门,莱茜还没来得及回应,接待员就进门把早上收到的信件放到了她的办公桌上。她笑着表示感谢,随即挑拣出没用的垃圾信件,放在一边准备扔回垃圾箱里。还剩下六封专门寄给莱茜的信,其中五封信上面有回寄的地址,而第六封信看起来有些可疑,所以她先打开了这封信。信是手写的,上面写着:

致莱茜·斯托尔兹:我是威尔顿·梅斯。我给你打电话但是你的手机打不通。我想跟你谈谈,而且越快越好。我的电话号码是555-996-7702,我在城里,等着你来。

威尔顿

莱茜立刻用她办公桌上的电话拨打这个号码。威尔顿接了电话,他们简短地谈了几句。他在距离国会大厦三个街区外的双林酒店,给她寄信的前一天就住在那里了,想要当面见她,说有重要的消息要告诉她。莱茜说她这就赶过去,并且立刻把谈话的事告诉了盖斯马尔。他一直在过度地保护莱茜,看得很紧,让她很受不了。盖斯马尔同意了,因为在繁忙的市中心酒店里见面应该没有什么危险。他坚决要求只要是跟麦克多万的案子有关的出行或者面谈,都必须经过他的同意。莱茜同意了,但是听不听他的话就是另一回事了,不过现在她的确不像以前那样什么都不怕,不敢再冒险了。

按照约定,威尔顿在酒店门口和她见面,他们在大堂角落里的咖啡吧里找了个安静的位置。他这次到大城市来,穿得跟几个星期前他们在他家院子的树荫底下见面时一模一样,但对莱茜来说仿佛过了一年那么久。威尔顿从头到脚都穿着粗纹牛仔,脖子上和手腕上戴着骨珠,长长的头发向后束成马尾。莱茜知道他很爱他的哥哥。等着咖啡端上来的工夫,他对雨果的去世表示深深地遗憾和难过,他很喜欢这个年轻人。他问莱茜伤势怎么样了,说她看起来气色很好。

"你知道那场车祸的事吗?"她问,"你们那儿有什么传闻吗?"

即使在城市里,威尔顿说话还像在保留地里那样语速不紧不慢。这个男人永远都是那么镇定自若。"有很多闲言闲语。"他说。

女服务员端来咖啡,放在他们眼前——威尔顿点了深度烘焙咖啡,莱茜喝的是拿铁。静待了许久,莱茜说:"好吧,有什么事就说吧。"

"还记得一个叫托德·肖特的人吗?"

"可能吧,有些耳熟。跟我讲讲。"

"他是指证我哥哥的两个监狱告发者之一。在庭审前,狱警轮流把他们跟朱尼尔关在一起,每次一个人,然后一两天后再把他们从牢里提走。两个人都向陪审团撒谎说朱尼尔跟他们说他亲眼看到他老婆跟人通奸,并且把那个混蛋给杀了,而且盛怒之下,把她老婆也杀了。这是非常有力的证词,直接导致朱尼尔被定罪。"

莱茜喝了一口拿铁,点点头。她没什么要说的,也不愿打断威尔顿的思路。这次会面是他要求的。"然而,庭审不久之后,托德·肖特就消失了。另一个告发者,一个叫罗布雷斯的小阿飞也不见了。很多年过去,人们都认为这两个人被灭口了,也许跟杀死萨恩和艾琳的凶手是同一个人。如今,十五年过去,肖特又突然出现了,我们还见面谈过了舌。"

又是一阵停顿,莱茜喝了几口咖啡,刚要问:"你是要告诉我他跟你说什么了吗?"威尔顿装作若无其事地看了一眼四周,清了清嗓子,然后说:"三天前我见到了他,在保留地外。我一看见他就立刻想起以前的事,恨不得拿石头砸他的脸。但是我们是在公共场所见的面,一个小炸鸡店里。他一上来就跟我说抱歉什么的,一堆废话。他是个有毒瘾的流浪汉,有犯罪案底,生活走投无路。他不太熟悉罗布雷斯这个人,但是审判后不久他听到传闻这个小阿飞被杀死了,所以他立刻上飞机跑了。他去了加利福尼亚,在那里东躲西藏,隐姓埋名。实际上,这些年他洗心革面,日子过得还不错。现在,他得了癌症,就要死了,临死前良心发现,准备承认自己当初的罪行。"

"罪行是?"

"当年,他被关在斯特林监狱,再次被指控涉嫌贩卖毒品,罪名成立的话会被判很多年。他进过监狱,不想再回去了,所以对警察来说很容易就能上钩。他们跟他做了个交易,公诉人可以给他定一个极小的罪,在县监狱里服刑几个星期之后就可以释放出狱。他唯一要做的就是跟朱尼尔关在一个牢房里几天,然后在庭审时指证他。我当时就在审判庭里,亲眼目睹了一切。肖特是极其重要的证人,非常有可信度,陪审团听信了他的证词。"

他的证词无懈可击。谁不相信通奸这个理由呢?按照他所说,朱尼尔跟他说他回家早了,听到卧室里有动静,意识到发生了什么事,于是立刻拿起了手枪,踢开卧室的门,发现床上躺着他老婆和萨恩·莱兹科,于是一怒之下,他朝萨恩的头开了两枪,艾琳叫唤个没完,于是他给他老婆也来了一枪。然后,更让人觉得荒谬的是,他拿走了萨恩的钱包,逃离了现场。简直是胡说八道,可肖特就是这么对陪审团说的。说是盛怒之下,一时冲动,才杀了人。可朱尼尔却无能为力,他没办法为自己辩护。就像我曾经说过的,他的律师太差了。"

"肖特拿钱了吗?"

"两千美金,他当庭指证后,一个警察给他的。他在那个地方晃荡了几个星期,直到听说罗布雷斯被杀,于是立即逃跑了。"

莱茜的手机放在桌子上,按了静音。手机震动起来,她看了一眼。

"你怎么换手机号了?"威尔顿问。

"都是州政府给配的手机。原来的手机在发生撞车事故后被偷了,这个新手机换了个号码。"

"被谁偷的?"

"很可能就是蓄意制造车祸的人。那肖特现在想要做什么呢?"

"他想把他的事跟愿意听的人说。他说了谎,警察和公诉人都知道他在撒谎,他心里觉得很难受。"

"是条汉子。"莱茜喝了一口拿铁,然后看向忙碌的酒店大堂。没人在听,也没人在看,但这些日子里她总是忍不住观察和注意人群。"你瞧,威尔顿,这是个很大的突破,但这不是我的案子,对吧?朱尼尔的上诉由华盛顿那些律师们在处理,他很幸运,那些律师都很厉害。你应该坐下来跟他们谈,让他们来决定处理托德·肖特的事。"

"我给他们打了好几次电话,可他们都太忙了,说不上话。朱尼尔的最后上诉八天前被驳回了,我估计很快他就要被执行死刑了。他的律师们尽了全力,我们无路可走了。"

"你告诉朱尼尔了吗?"

"我明天去见他。他肯定想知道如果其中一个告发者认罪了会怎么样。他信任你,莱茜,我也是。"

"非常感谢你们的信任,但我不是刑事辩护律师,也不知道这跟十五年前的案子有没有关系。提出新证据是有权限的,可我不知道相关的法律。如果你们要寻求帮助,那你们找错人了。如果可以的话我会帮助你们的,但这超出了我的能力范围。"

"你能跟他在华盛顿的律师谈谈吗?我联系不上他们。"

"为什么朱尼尔不跟他们谈呢?"

"他说监狱里总是有人在监听,觉得电话被窃听了。而且他很长时间没见过华盛顿的律师了,他觉得案子看来没有希望,他们可能把他忘了。"

"我不同意这个说法。如果告发者出现,推翻当时的证词,并且发誓说警察和公诉人知道他在说谎,还给了他现金作为封口费,相信我,华盛顿的律师们一定会高兴死的。"

"你是说还有希望?"

"我不知道会怎么样,威尔顿。再说一次,这不在我的能力范围内。"

他笑了笑,没有说话。一个竞技表演队穿着整齐划一的靴子和宽檐帽列队走过大堂,每个人都拉着同样的行李箱,发出一阵沉闷而聒噪的声音。等这些人都走了,噪音也消失了,他问:"你见过莱曼·格里特了吗,上一任警长?"

"没有,听说他的位置换人了。为什么?"

"他是个好人。"

"我相信他是个好人。可为什么要提起这个人呢?"

"他可能知道些什么。"

"你知道他了解到什么了吗,威尔顿?别卖关子了。"

"不,我没有。他被酋长开除了,他们发生了争执。你们撞车事故发生后没几天他就被撤职了。传言满天飞,莱茜,部落里人心惶惶。一个黑人小伙儿和一个白人女孩半夜里在保留地挖掘什么情报,小伙儿不明不白地死了。"

"是因为死的是个黑人所以可疑吗?"

"那倒不是,我们不会以肤色看人。但你不得不承认,事情有些蹊跷。很长时间以来,人们都有一个共识,赌场背后有坏人搞鬼,跟我们的部落头领相互勾结。现在,终于有人要揭露背后的阴谋了。有人,也就是你和雨果,敢于出现在这里,开始调查盘问,可雨果马上就出了事故,而你也差点儿没了命。调查被新来的警长中断了,这个人完全不值得相信。有很多传闻和流言,莱茜。现在,托德不知道从哪儿冒出来,出现在人们的视线里,而且所说的话与当初完全不同。不管怎么样,这一切都太令人不安了。"

得等到联邦调查局介入才行,她心想。"你一定要跟我保持联系。"

"这要取决于你了。"

"我会给华盛顿的律师打电话的。"她说,"这是我至少可以做到的。"

"谢谢。"

"给朱尼尔带好。"

"你为什么不去看他呢?没什么人来看他,好像他人生就要走到尽头了似的。"

"我会去的。他知道雨果的事了吗？"

"是的，我告诉他了。"

"请转告他等我有空了会尽快去看他的。"

"他会很高兴的，莱茜。"

莱茜把会面的情况向迈克尔做了汇报，然后快速翻阅了一下朱尼尔的案子。她给华盛顿的律师事务所打了电话，最终把一个叫萨尔兹曼的律师从会议室里拉了出来。他的律师事务所里有一千名律师，而且经常做公益性的法律服务，赢得了很好的声誉。自从十五年前朱尼尔被定罪之后，他们就一直做他的代表律师。莱茜告诉他托德·肖特突然回来了，而且将不久于人世。萨尔兹曼一开始还不相信，肖特和罗布雷斯这么长时间都一直没有消息，现在突然出现了简直难以令人相信。莱茜承认她在这方面没有什么了解，问他这是否有些来不及了。

"哎，是来不及了，"萨尔兹曼说，"太晚了，但是我们绝不会放弃这个案子，直到最后一刻。只要有转机我就一定会抓住不放。"

当特工埃里·帕切科到司法行为委员会办公室来访时，一点儿也不令人感到惊讶。天色已晚，在电话里帕切科说他在附近几分钟就到。自从在卢纳的办公室会面之后已经过去四天。令他们惊讶的是，帕切科这四天里既没有打电话也没有发邮件给莱茜。

他们是在迈克尔的办公室见的面，坐在他凌乱的办公桌一头。他们很快察觉到帕切科的情绪跟上次明显不同，他的笑容不见了。他一见面就说："卢纳和我昨天去杰克逊维尔把这个案子提交给我们的上司。我们建议立刻展开调查，而且一致认为第一步应该查清雨果·哈齐的谋杀案。与此同时，应该开始追查这个黑帮犯罪集团一系列离岸公司的底细，查明资金来源。还应该对麦克多万法官、费丽斯·特班、卡佩尔首长以及比利·卡佩尔警长进行严密监视，甚至应该申请监控他们的手机和办公室。我们预计开始阶段需要五名特工协助，由我来负责案件的调查。但今天早上收到了上司的回复，建议被否决了，说我们现在人力不足，分配不出人来。我争取了一下，但是这个家伙打定主意铁了心，丝毫没有商量的余地。我问他下个月是否能派给我一两个人让我进行调查,他还是说不行。所以官方的回答是不同意。我很抱歉,我们尽了最大的努力,尽可能向上面争取,不过看来'争取'这个词用得并不恰当,力度还不够。"

迈克尔看上去十分镇定。莱茜却气得想骂人,但她还是说:"如果我们了解到更多的信息,是不是能有转机?"

"谁知道呢?"帕切科回答,明显能看出来他也非常恼火,"事情也可能往相反的方向逆转。佛罗里达是个人人都想进来的地方,一直以来都是如此。我们收到了大量的情报,许许多多的人打算非法潜入这个国家,他们来这里不是为了洗钱和盖房,而是组织了一批本土人要伺机发动圣战。寻找、监视并且阻止这些人远比贪污腐败要重要得多,虽然这个案子我们也很感兴趣,但是咱们开门见山地说,我个人是愿意加入的,如果有什么新进展的话,请一定告诉我。"

如果有什么进展的话。

等帕切科离开后,迈克尔和莱茜坐在办公桌前谈论了好一会儿。他们承认听到这个消息是很失望,不过很快就被抛到脑后了。没有了更多资源的协助,他们只能自己发掘资源。在这个时候,他们最主要的武器就是发传票传唤。凭借萨黛尔提供的众多备忘录资料,他们决定列出二十个左右麦克多万曾经审理过的案子。这些案子都明显偏袒和有利于布伦瑞克县各地房地产开发的各个企业,其中十一个案子涉及土地征收问题,促成了塔帕科拉收费公路的建成。

既然在发放传票的权力上有很大的自主性,所以他们决定要求麦克多万只提供其中一半的案件资料——要求她提供这些案件的所有记录,也就是跟她摊牌,让她知道他们已经有所怀疑。现在找她要资料,就是要看看她和她的顶尖律师团队愿不愿意交出来,然后如果有必要的话,再回过头来发掘更多的信息。他们必须遵守传票上的要求,这就会使基里布鲁和他的团队花费不少时间,对于以秒计算佣金的他们来说,这可是一笔不小的数目。

每个诉讼案件都存放在布伦瑞克县法院大楼秘书室里,萨黛尔很长时间以来都在检索大量案件记录的副本。他们现在有一套十分完备的全面索引和交叉参照系统,毫无疑问,司法行为委员会的摘要汇总信息远比基里布鲁提供的任何资料都条理清楚、信息完备。但是每个法官都保存着自己的办公文件,并不向外公开。所以他们拭目以待,要看看麦克多万是否会严格遵守传票上的要求。

莱茜为传票的事忙到天黑,忙得她都忘了联邦调查局的事。

26
中间人（2）

冈瑟回来了。莱茜星期六上午本来想睡个懒觉，但是计划全被打乱了，因为收到冈瑟的信息，他正要飞过来，下午三点左右到。虽然莱茜没什么事，但她还是婉转地说很忙。可冈瑟管不了那么多。他很想念他的小妹妹，也十分担心她。他一个劲儿地道歉，说没能早点回来看她，他知道莱茜需要他。

莱茜站在航站楼的落地窗前，看着一架架私人飞机起飞或降落。下午三点，冈瑟的飞机抵达了，莱茜看到航站楼附近有个小型的飞机停了下来，而冈瑟一个人走下飞机。他的飞行生涯颇有些波折，他有二十多年的飞行经验，但这期间被中断了至少两次，因为联邦航空局撤销了他的飞行许可证。因为他跟联邦航空局的人闹起了纠纷，还在飞行时与航空管制人员吵架。跟这些人闹，输的只有一个，那就是飞行员，于是冈瑟被下令禁飞了。最终，不知道用了什么办法，他现在重新拿到了飞行许可。

他拎着一个小旅行包，在莱茜看来这是个好迹象，跟厚厚的公文包一样，里面无疑装满了重要生意的文件。他在航站楼大厅里激动地拥抱莱茜，说她看起来好极了，他十分想念她，说得眼泪都要流下来了。莱茜只好勉强地说她也想念他。

他们走出航站楼时,莱茜说:"你又能开飞机了?'

"是啊,我这么优秀的人,航空局的那帮蠢家伙怎么能拦得住我。两个星期前我拿回了飞行许可证。"

"这飞机真可爱。"

"跟一个朋友借的。"

他们走向莱茜的车,她还是喜欢开紧凑型的福特车,不过冈瑟说这车太小了。

"这只是辆暂用车,"她说,"我还没决定买什么新车呢。"

冈瑟对车的事很在行,立刻开始给她讲解各种可以考虑的型号和牌子的车。他说:"如果有时间的话,我们应该去买车。"

"可以考虑。"莱茜回答。冈瑟现在开的车是一辆价格昂贵的梅赛德斯。他还开过不少车,光莱茜数得上来的就有玛莎拉蒂、悍马、保时捷、黑色路虎揽胜,还曾听他说过有辆劳斯莱斯。无论他在房地产业的成就如何,冈瑟在亚特兰大一直过着奢华气派的生活。如果考虑在预算范围内买辆车的话,她一定不会找他帮忙。

车在路上行驶,车水马龙,莱茜开车时紧张小心的样子一眼就能看出来。冈瑟问:"你还好吗?"

"凑合吧,不过我在慢慢适应了。"

"我从来没遭遇过那么严重的车祸,看来真正恢复得需要些时间。"

"很长一段时间。"

"你看起来真的很不错,莱茜,"他这句话已经说了三次了,"我喜欢你的发型。你考虑过继续留短发吗?"

"没有,想都没想过。"莱茜大笑着说。出院一个月后,她的头上长出了一层薄薄的纤细短发,比以前的头发颜色更深了一些,但她并不担心——至少头发长出来了。她现在已经摘去了头巾和帽子,丝毫不在乎别人的目光。

冈瑟想知道她调查受贿法官和赌场的最新进展,莱茜给他介绍了一些有关案子的背景。冈瑟会保密的,而且他回到亚特兰大也没人可以说。不过莱茜不能完全不顾及保密的规定,她承认想找联邦调查局帮忙参与调查,结果却碰了壁。

这可一下子打开了冈瑟的话匣子，等到了莱茜的公寓，他的话还没停下来。他责骂联邦政府这么大一个机构，这么多特工，却养了一帮没用的官僚，还制定了一堆毫无意义的愚蠢政策。他提到他和环保局、平等就业机会委员会以及国税局发生过的一些纠纷和口角，甚至还包括司法部，只是没提到具体的细节、有没有法律上的摩擦。莱茜也没问。联邦调查局，一个拥有上百万名特工、上亿美元资金的部门，怎么会拒绝追查这么明目张胆的贪污案呢？有人被谋杀了，联邦调查局竟然拒绝进行调查。他为此惊讶不已，甚至有些气愤。

进了屋，他把自己的旅行袋和公文包扔进客房，莱茜问他喝茶还是喝水。冈瑟说要喝无糖汽水——他十几年来一直在调养恢复期，而且早已不像一开始那样脆弱不堪了。以前他酗酒，到后来越喝越凶，人也变得越来越可怕。在家人的坚持下，他戒了两次酒，但都没有戒成，醉酒驾驶、离婚、破产一时间全找上门来。三十二岁时，冈瑟终于戒掉了酒精和毒品，信靠了神。他多年来始终滴酒不沾，还在一个青少年康复诊所里当志愿者。被问起从前的生活时，他能敞开心扉讲起自己曾经酗酒上瘾的经历。

对于冈瑟这个人，莱茜太了解了。他什么都敢说，心里藏不住话。为了避开更敏感的问题，她跟他说了在市中心酒店跟威尔顿·梅斯见面的事，连带着讲起了萨恩·莱兹科和艾琳·梅斯被杀的事，还有朱尼尔含冤入狱，等等。因为这些都不是莱茜负责的案子，而且有公开的记录，所以不需要保密。

冈瑟像大多数白人一样，认为把一个清白无辜的人关进监狱死囚区太荒谬了。当然，朱尼尔是有罪，但罪不至死。这也让他们谈到了令人气愤的刑事司法系统这一热门话题。莱茜整天跟法律打交道，她知道其中的缺陷和漏洞。而冈瑟从事的是房地产，整天思考的是赚钱，对其他的一切都不感兴趣。他承认自己很少看报，只是偶尔看一眼财经版，比如他就从来没听说过佐治亚州最近发生了两件极为引人关注的 DNA 免责案。其中一个案子里，一个男人因强奸和谋杀罪入狱二十九年，而凶手却另有其人。在冈瑟的印象里，监狱人满为患，是因为犯罪太猖獗了。

说到生意，他终于想起来有几个重要的电话要打。莱茜累了，需要歇一会儿，她指了指厨房外面的一个小露台，那里有个铁艺的小桌，他可以在那儿办公。

晚饭，他们选择在佛罗里达州立大学附近的泰餐馆吃。

他们被领到座位上，冈瑟突然从口袋掏出一个手机，说："我得发一封邮件，妹妹。"说着就在手机上打起字来。

莱茜皱眉看着他，等他发完邮件，她说："咱们这样吧，把所有的手机都放到桌上，设成静音，谁的手机先震动了，谁就请客。"

"反正也是我掏钱。"

"那是肯定的。"莱茜从包里拿出 iPhone 和司法行为委员会新配的黑莓手机。冈瑟把莱茜的手机和自己的摆在一块儿。

"那是什么？"他指着黑莓手机问。

"州政府发的。处理器跟车里被偷的那部一样。"

"是无法追踪的吗？"

"是的。我们的技术人员说绝对无法入侵系统。我觉得我们是安全的。"她又摸了摸裤子口袋，说："哦，差点忘了。"说着拿出一个预付费的一次性手机，是迈尔斯给她的。

"你有三部手机？"冈瑟问。

"这个不算，"她把一次性手机跟其他的手机放在一起，说，"这是迈尔斯用的手机。我清他每个月都得用几个这样的手机。"

"聪明的家伙。他上次跟你联系是什么时候？"

"几个星期前。他就是上次见面的时候把手机给我的。"

一位充满异国风情的亚洲女孩过来给他们点餐。冈瑟点了一杯茶，他建议莱茜来一杯红酒。这是个惯例，他们已经上百次这么做了。她无意要引他喝酒，但他很自信能经受住诱惑，并且引以为豪。而且，他也根本不喝红酒——平淡无味，而且装腔作势。莱茜要了一杯夏布利酒。他们决定先点一份脆炸春卷作为前菜。饮品端上来，两个人开始谈论起他们的母亲，安。突然，一部手机发出了声响。桌子上这么多手机，怎么也没想到发出震动的竟是它。

是迈尔斯打来的电话。莱茜叹了口气，迟疑了一下，然后说："我看我必须得接这个电话。"

"当然。这顿饭也你请吧。"

她慢慢打开手机，看了一下周围，然后轻声说："最好是有好消息告诉我。"

一个陌生的声音回答："我要找莱茜·斯托尔兹。"

莱茜又迟疑了一下，这个人不是格雷格·迈尔斯。"我是莱茜，你是哪位？"

"我们从未见过面，但是咱们俩都认识格雷格。我是中间人，跟鼹鼠单独联系的人。我们得谈谈。"

这太不可思议了，莱茜几乎喘不过气来，觉得快晕过去了。她的脸上肯定显出了惶恐的神色，冈瑟伸出手，温柔地扶住她的胳膊。"格雷格在哪儿？"她问。冈瑟眯起眼睛，十分担心地看着她。

"我不知道，这就是我要跟你谈的。我在城里，离你不远，最快什么时候能见面？"

"我在吃晚饭，我——"

"那就两个小时后吧，十点整，在议会大厦和老议会大楼之间有一个小广场，我十点整在广场门廊等你。"

"可以问一下，见面有危险吗？"

"只有我们两个，目前暂时没有危险。"

"好吧，但我要带我哥哥一起去，他喜欢玩枪，能带把枪以防万一吗？"

"不用，莱茜，我们是站在同一边的。"

"格雷格出什么事了吗？"

"我们待会儿再谈。"

"我没胃口了，半个小时后见。"

议会大厦灯火通明，几个行人在附近散步。毕竟是星期六的晚上，所有的州政府雇员都在享受周末的假期。老议会大楼门前有个孤独的身影，穿着短裤、运动鞋，戴着一个棒球帽，这样一副打扮不会吸引任何人的注意。他抽完最后一口烟，熄灭了烟蒂，走向他们。"你一定是莱茜吧。"他伸出手问道。

"我就是。这是我的哥哥，冈瑟。"

"我叫库雷，"大家握了握手，他说，"咱们边走边说吧。"他们漫无目的地走在通往众议院办公楼的广场上。

库雷说："我不知道你对我了解多少，应该不怎么多吧……"

"我连你的名字都不知道，"莱茜说，"出什么事了？"现在她终于明白格雷格出事了，否则，库雷是不会现身的，他们也永远不会见面。

库雷边走边轻声说："四天前，迈尔斯和他的女伴，卡丽塔，在基拉戈潜水。"

"我见过卡丽塔。"

"他们把船停靠在岸边，格雷格说他要去酒吧见个人。他走下码头，而卡丽塔则留在船上。但是他一直没有回来。几个小时后，卡丽塔开始担心起来。天快黑的时候，她看见两个陌生人正从远处打量他的船看，反正卡丽塔是这么认为的。港口很热闹，停靠了很多船，人们在船上开派对，那两个男人没停留多久就走了。晚上卡丽塔给我打电话，我们约好如果有紧急情况就给我打电话。不用说，她心急如焚，而且非常担心，不知道下一步该怎么做。格雷格很少上岸，即使上岸，他也知道什么时候回来。他们到各处买必需品，但是通常都是卡丽塔去买东西。他们也会冒险上岸看场电影，或者去餐厅吃个饭，但总是一起去。格雷格一直小心谨慎，一切都会计划好了再行动。"

他们走在杜瓦尔街，渐渐远离议会大厦，就像三个老朋友在炎热的夜晚出来散散步。

莱茜问道："他的手机呢？还有笔记本电脑，文件和资料记录？"

"有些东西还在船上，卡丽塔在看着。老实说，我不知道船上有什么东西。他不知道鼹鼠的身份。他和我要么单独见面，要么用一次性手机通话，非常小心不留下任何踪迹。但他是律师，对吧？所以，很有可能他会留下记录或者票据什么的。到现在，卡丽塔还待在船上等着，等格雷格回来，等我给她打电话告诉她该怎么办。但我不能冒险去那儿找她。"

"他们会认出你吗？"莱茜说。

"要猜猜那些人是谁吗？不，我觉得应该不会有人认出我，但是谁知道呢？我不能去找她。"

"卡丽塔不会开船吗？"冈瑟问。

"当然不会。她连开引擎和转弯都不会。况且，就算会开的话，让她去哪儿呢？"

莱茜看到一个长椅，说："我想坐一会儿。"她和冈瑟坐下来，冈瑟握住她的手。库雷又点了一支烟，看着来往的车辆。没有行人走近。

莱茜说："格雷格已经东躲西藏很多年了，如果有麻烦的话，肯定会引来不少仇人。会不会是过去的那些仇人找上他了？"

库雷吐出一口烟，说："我看不是。我们是在监狱认识的。我也曾经是个律师，直到后来他们逼我离开了律师界。所以，说白了我们就是两个被取消律师资格的人，一起在得克萨斯的联邦监狱里服过刑。从另一个犯人的嘴里，我听说了沃恩·杜博斯和印第安赌场的事，所以我一出监狱就回到了佛罗里达，开始四处打探。说来话长，但是我认识鼹鼠，于是制定计划，滚起了这个雪球。现在看来，这个计划太愚蠢了，我们都被害得不轻。你的同伴死了，迈尔斯失踪了，杳无音信，好像一帮人在拿着棍棒追着他，要把他置于死地。"

"你认为是杜博斯干的？"冈瑟说。

"我觉得是。当然格雷格有不少仇人，但那是很久以前的事了。我知道其中一些他在躲避的人。这些人都不是犯罪组织的成员，当然，也不是什么好东西，但绝不是那种会花好几年找他，要把他一枪崩头，然后一辈子都得亡命天涯的人。库比克，那个犯罪组织的头目还在监狱里服刑。现在格雷格在投诉书上签了自己的名字，威胁到了杜博斯的犯罪集团，所以啊，你们瞧，没过几天他就失踪了。这还有什么可说的吗？"

莱茜耸耸肩，谁知道呢。

"如果投诉方失踪了，迈尔斯提交的控告麦克多万的投诉书还能继续调查吗？"

莱茜想了想，说："我也不清楚。据我所知，以前从没发生过这样的情况。"

"你们确定还想继续跟进吗？"冈瑟问。库雷和莱茜都没有说话。库雷慢慢熄灭了烟，漫不经心地把烟头扔在人行道上，对于这种随意扔垃圾的行为，莱茜本想说些什么，可现在，这都不重要了。

"我们最先要做的是什么？"她问。

库雷说："卡丽塔不能再待在船上了。船上没多少食物和水，港务长也缠着她要靠港费。得想个办法去救她，拿到格雷格的东西——手机、文件等需要保护的东西。但是，再说一次，这太危险了。很可能有人在一旁监视，等着有人上钩。"

"我去吧。"冈瑟说。

"不行，"莱茜吓了一跳，说，"你不能搅进来。"

"听着，我有个小型飞机停在机场，两个小时就能飞到基拉戈。他们如果真在那儿的话，也不知道我是谁。卡丽塔提前知道我会找她，所以会做好准备。她会告诉我们船停靠在什么位置。所以我立刻上船，把她带出来，神不知鬼不觉，谁也不知道发生了什么。如果他们看到了，追踪我们到机场，他们再快也快不过飞机，追不着我们。我把她中途放下，她可以坐巴士去任何想去的地方。"

"要是有人袭击你怎么办？"库雷问。

"你也听我妹妹说了，先生，我喜欢枪，我会随身带把枪。我可不是轻易就能被吓倒的人。"

"我不知道这是不是个好主意，冈瑟。"莱茜说。而库雷却立刻同意了这个办法，只有莱茜还在犹豫。

"就这么办吧，妹妹，行吗？这样危险性最小，而且成功率最高。我要帮他们，并且保护你。"

27

格雷格失踪了

星期六的深夜，盖斯马尔否定了这个计划。他很生气，因为冈瑟又掺和进麦克多万的案子里来了。他训斥莱茜违反了职业操守和规定。莱茜据理力争，说他们正晚饭的时候，库雷打来电话，所以根本不可能瞒住她哥哥。而且，她和迈克尔都知道冈瑟的脾气，好打听而且打破砂锅问到底。她还提醒她的上司，她在医院昏迷的时候，好多事情都是迈克尔喝着咖啡亲口告诉冈瑟的。这不是平常接手的那种调查，特别情况应该特别处理。

更严峻的问题是迈尔斯的失踪，以及所引起的一系列棘手问题。莱茜坚持要星期日早上跟盖斯马尔在司法行为委员会见面，他的态度最终还是软化下来，但是坚决不让冈瑟掺和进来。所以她哥哥只能在车里等着，给一个银行经理打电话，把他从床上叫起来，在电话里对这个经理咆哮个不停。

盖斯马尔怒气消了，也终于能听得进去话了。莱茜把从中间人库雷那里听来的消息告诉他。库雷早上给卡丽塔打电话，一切都没什么变化，当然，还是没有迈尔斯的消息。卡丽塔在船上忙来忙去，仿佛什么事也没发生过一样，清洗甲板、擦洗窗户，尽力表现得跟平常一样，其实她什么也没干，只是观察着周围的动静。她现在既难过又恐惧，困在船上，无依无靠，她想回家，回到坦帕，但是身无分文，也不知道该怎么办。她看了一下迈尔斯的那些文件，可不知道哪些是有用的。床下面有个盒子，里面是"他法律方面的东西"，但是他把大部分的"文件"都放在了默特尔比奇的一个地方。船上还有两部手机和一个笔记本电脑。库雷向她保证说有人正在路上去救她，但是这么说只是为了安抚她。

莱茜认为如果没太大危险的话，他们有责任去救她——正是因为他们的调查，才直接导致她陷入了这样的困境。现在，除了他们没人能救她。她手里有文件资料、手机和一个笔记本电脑，如果不去救她，那些东西也会被人毁了的。冈瑟固然是个我行我素、不受控制的人，但难能可贵他愿意自掏腰包飞到那里救人，再飞回来。否则，开车去至少得十个小时，而时间从来不等人。

莱茜不止一次说："迈克尔，我绝不接受否定的回答。"

"为什么不能叫警察，向警察报告格雷格失踪了呢？"他说，"让他们去处理吧。她可以下船，想去哪儿去哪儿，回家也行。如果有坏人要图谋不轨的话，那就跟警察说好了。"

"库雷说那会把她吓到的。我也不知道为什么他会这么说，但如果那样，我们就没法再得到任何关于迈尔斯和他的船的消息了。也许她不想让警察介入，也许她是非法移民。"

"让她把文件以及所有有嫌疑的东西销毁，只留下她自己用的手机，其他的手机都扔掉。还有那个笔记本电脑也扔到海里。"

"不要以为坐在办公室里张张嘴发号施令就行了，迈克尔，我们不清楚她知道些什么。你这可是让她销毁证据啊。总之，不能让她这么做。她很害怕，也不知道该怎么办，我们得帮她。"

"如果她离开了，那船怎么办？"

"谁还管船怎么样？我想肯定会有人报警的。到时，他们就会认为有人失踪，他们会看着办的。我们自己的麻烦事就够多的了。"

"你不能去，莱茜。我不能冒险再让你受到伤害了。"

"好吧，那冈瑟自己可以应付。他可以去找卡丽塔，把她带下船。"

"你真的相信他吗？"

"是的。在某些情况下，他是十分值得信任的人。"

迈克尔真是犯难了，就怕出现另一个受害者。也许迈尔斯留下了什么重要的证据。委员会从来没有遇到过这样的事，也完全没有经验。那些真正的警察都干什么去了？他拿着纸杯，喝了一口杯里的咖啡，然后说："你知道吗，莱茜，如果这是杜博斯在背后搞的鬼，那就说明他们知道指控麦克多万的投诉书是一个查无所查的人签字提交的。游戏结束了，莱茜。没有投诉方的话，我们不能再继续调查了。"

"明天再考虑这个问题吧。现在我们得把卡丽塔救出来，并且把迈尔斯留在船上的东西拿回来。"

"一切都结束了，莱茜。"

"不，没有结束，我绝不接受否定的回答。"

"你已经说过了。"

"我有个主意，迈克尔，你和冈瑟一起去基拉戈把卡丽塔救出来。天气能见度很好，冈瑟说飞机能坐四个人，很快就能到。"

"我不喜欢小型飞机。"

"大飞机你也不喜欢坐啊，男人一点好不好，迈克尔。一眨眼就飞回来了，又不是犯法的事。很简单，直接飞到那儿，把卡丽塔带出来，中途把她放在什么地方，然后你们就回来。"

"难道让我跟冈瑟坐在小飞机里，忍受四个小时吗？"

"我知道，我知道，对你来说很辛苦，但是事关重要。"

"何必那么大费周折呢，莱茜，这个案子已经完了。"

"如果联邦调查局介入的话就案子就不会完。等他们发现关键证人失踪的时候，就会改变主意了。"

"听起来没什么希望了。"

"那是因为我们自己觉得没希望了。"

迈克尔深吸了一口气，沮丧地摇摇头说："我去不了。今天下午我岳母家有聚会，今天是她九十岁的生日。"

"那我去好了。我保证我们会平安回来的，就把它看成是一次周末小小的郊游。今天我休息，我想坐飞机去郊游，谁能拦我呢？"

"我可以同意你去，但是有一个条件，你不能接近那条船。如果有人在监视，那个人很可能会认出你来。没人见过冈瑟，但你跟他不一样。一定要拿到迈尔斯的那些文件资料、手机和笔记本电脑。卡丽塔认识你，所以跟你哥哥比起来，她更相信你，不是吗？总之，把她放在半路上，给她点儿钱打车或者坐巴士，告诉她一定要保密，不要跟任何人说起这件事。"

莱茜已经准备启程。她说："知道了，迈克尔。"

一个小时后，他们乘坐比奇男爵私人飞机从塔拉哈西机场起飞。冈瑟一时间激动不已，他坐在左侧的驾驶座上驾驶飞机，莱茜戴着耳机，坐在他旁边，聚精会神地听着空管员和飞行员之间的对话。他们一路向南飞行，很快就飞过了海湾。到九千英尺的时候，飞机平稳飞行，航速达到最大值每小时二百三十英里。活塞式引擎的喧闹噪声减小了一些，但机舱里的噪声比普通飞机要大得多，莱茜头一次体会到。

两个小时后，飞机开始下降，莱茜看到了海洋和许多岛屿。十一点四十分，飞机降落。冈瑟提前叫了一辆代用车开到航站楼。冈瑟开车，莱茜拿着地图给他寻航。库雷还在塔拉哈西，正在跟卡丽塔通话。他们到达基拉戈港口码头。库雷告诉冈瑟卡丽塔的船停靠在几号位置，好让他尽快找到她。港口一片繁忙景象，船员正准备出海，渔船满载着早上打捞来的海鲜，渐渐驶进港口。一艘潜水船刚刚靠岸，十几个潜水员正在卸下潜水的装备。当冈瑟沿着码头寻找卡丽塔时，莱茜正坐在车里看着周围的景色，欣赏来往的船只，打发时间。卡丽塔走下阴谋者号，努力保持微笑，装作什么事都没有的样子。她手里拿了三个袋子：一个背包，一个尼龙袋，看起来装的是衣服，还有一个是迈尔斯的橄榄绿斜肩挎包。冈瑟帮她拿了其中两个包，两人镇定自若地走向停车场。坐进车里，莱茜环视了整个码头，似乎没有人在监视他们。卡丽塔见到她很激动，因为她终于看到认识的人了。

冈瑟还是那么快人快语，他觉得既然连续五天都没什么人出现，看来造成迈尔斯失踪的人早就走了。如果他们找卡丽塔的话，或者搜查船只的话，也早该有所行动了。离开机场一个小时后，他们又回到了航站楼，快速登上飞机，一点一刻飞离了机场。莱茜给盖斯马尔打电话，但是没有人接——肯定是在岳母家聚会呢，她发了个短信，告诉他任务已经完成。

莱茜和卡丽塔坐在机舱后面，紧紧挨着。

遇到气流，飞机出现晃动，卡丽塔吓得哭起来。莱茜握住她的手，安慰她说现在安全了。卡丽塔想知道莱茜有没有迈尔斯的消息。可惜没有，一点儿消息都没有。那艘船会怎么样？莱茜说她也不清楚。他们的计划是向有关部门报告格雷格·迈尔斯失踪的消息，让他们自己处理。她问了问卡丽塔关于船的事：她在船上住了多久？这艘船是迈尔斯在哪儿买的或者租的？是直接付款还是找银行贷款？有人上过他们的船吗？

卡丽塔知道的也不多。她在船上住了大约一年多，但从没听说过这艘船是从哪儿来的。她说迈尔斯从来不跟她说他生意上的事。偶尔，他会上岸见什么人，但也总是一个小时之内就会回来。他这个人做事十分小心，疑心重重，从不会犯错误。这次失踪之前，他也只是上岸喝点东西，没什么特别的事，也不是去见什么人。没想到突然就不见了。

飞机平稳飞行，基拉戈消失在视野之中。卡丽塔停止了哭泣，平静下来。莱茜问能否把斜肩包和背包留给他们。卡丽塔说当然可以，她根本不会要迈尔斯的那些文件。她说迈尔斯很小心保护留在船上的东西，怕被坏人或者政府的人搜到。他给他在默特尔比奇的兄弟寄了很多次文件，每次只用邮政专递，从来不用转天速达快递。她也不清楚迈尔斯在船上留下了什么，但她肯定都是不重要的东西。

一个小时后，飞机降落在萨拉索塔。冈瑟提前叫了一辆出租车，莱茜给了卡丽塔一些钱，足够她回到坦帕的家。莱茜向她表示感谢，拥抱了她，然后说再见——她知道以后应该是不会再见到她了。

飞机再次起飞，冈瑟全神贯注驾驶飞机，莱茜打开了斜肩包。她拿出迈尔斯的笔记本电脑，启动之后，发现需要输入密码。她找到了一个预付费的手机，还有一些文件。一个文件夹里有船的登记资料，注册在巴拿马一家公司的名下，还有授权担保证明、操作手册，以及厚厚的一沓保险资料。另一个文件夹里全都是腐败的法官们受理的一些旧案记录，但是对麦克多万一字未提，也没提到塔帕科拉、库雷、鼹鼠和莱茜。背包里没什么东西,只有一个旧的新闻剪报册,关于拉姆齐·米克斯,也就是格雷格·迈尔斯的各种消息。显然,他把当前最新的资料都放在岸上某个地方了,她甚至怀疑他笔记本电脑里的证据资料可能已经被人销毁了。

飞机降落在塔拉哈西,莱茜希望冈瑟继续留在飞机上,立刻飞回亚特兰大。但是,想都不用想,冈瑟压根就没考虑过这个问题。他们开车回到莱茜的公寓,冈瑟早就把自己当成了司法行为委员会调查团队的一员了。他决定留下来再待几天,照看自己的妹妹。

莱茜再次给盖斯马尔打电话,报告最新的情况。他们约好星期六早就见面。

下午晚些时候,冈瑟一直都在莱茜厨房外的露台上溜达,给自己的合伙人、律师、会计和银行经理一个接一个地打电话。莱茜正在回复邮件,因为她意外地收到了联邦调查局特工埃里·帕切科的邮件。上面只有简短的一句话:"有时间一起喝点东西吗?"

她回信说:"非正式的,一个小时后,有时间吗?"

他回复说:"当然。"

但是她现在脑子里却都是案子。她请帕切科到她的公寓,提前说好她哥哥也在这儿,所以不止他们两个人。

七点半,帕切科穿着网球衫和短裤到了莱茜的家。莱茜给他倒了一杯啤酒,把他介绍给想对他严加盘问的冈瑟。这种有些像聚会一样的非正式见面只持续了五分钟左右,因为冈瑟实在忍不住脱口而出:"我们得谈谈迈尔斯的事。"

帕切科放下杯子,看着莱茜问道:"好吧,迈尔斯怎么了?"

"他失踪五天了,"莱茜说,"桌子上放着的是他的笔记本电脑,我们今天上午去基拉戈把它从船上取回来了。"

"说来话就长了。"冈瑟说。

帕切科看着他们两个人。他举起双手,摊开手掌,说:"咱们抛开那些条条框框的限制,好吗?有什么话就尽管说吧,然后我再决定该怎么办。"

莱茜讲起事情的来龙去脉,冈瑟在一旁听着,出奇的安静。

帕切科喝着第二杯啤酒,说:"那艘船需要保护起来,所以得通知警察。"

这里面没有联邦的事,至少现在还没有,所以我们没法插手。"

"但你们可以通知警察,对吧?"莱茜问,"我不能打电话,因为那样一来,他们会问我一大堆问题。我不能跟这个失踪案扯上一点儿关系。"

"你已经跟这个案子扯上关系了,你拿了他的电脑和文件。"

"但是这些东西和他的失踪没半点关系。"

"那可说不准。你也不知道电脑里有什么,也许里面有线索呢,有他失踪当天跟人见面的信息呢?"

"太对了,"冈瑟说,"我们把电脑给你,所有东西都给你,你把它们交给警察。如果是联邦调查局通知警察的话,它们会更重视的。"

"也许吧,"帕切科说,"有没有可能迈尔斯只是跑了?鉴于他以前的经历和他目前的处境,这不是不可能的。"

莱茜说:"当然有可能,我们也想过。也许他被什么吓跑了,也许他厌倦了船上的生活或那个女人,或者二者都有,所以决定跑了。他也可能是想放弃这个投诉案了。他来我家时说过打算放弃这个案子一走了之。他对雨果的事感到非常抱歉,也很自责,他说早知道这样,当初就不找我们了。他很可能销毁了文件资料,清除了电脑记录,然后跑路了。"

"你不是认真的吧……"冈瑟说。

"嗯,我确实不信会是这样。我跟库雷谈过,他不相信迈尔斯会再次跑路,隐藏起来。迈尔斯需要钱。他是个有前科的人,而且已经六十多岁,没有什么未来可言。因为受益于检举者法令,他大发了一笔横财。他深谙其中的门道,想再继续大赚一笔。他坚信麦克多万和杜博斯私吞了数千万美元,其中有不少还能追回来。我不知道他花多少钱买了那艘船,但是他非常以此为傲。他经常开着船在群岛转悠,偶尔上上岸,他喜欢这样的生活。他活得挺快乐,而且就要发财了。所以,是的,我并不觉得他会这么一走了之。"

帕切科说:"嗯,可他已经失踪五天,而且调查还没开始呢。这就难办了。"

"联邦调查局不能做点什么吗?"冈瑟问。

"不好说。当地警方必须先接手,如果有绑架或者类似的情况,他们会联系我们。但我估计八成不会。老实说，我甚至觉得迈尔斯活着的可能性都很小了。"

"发生的一切更让我们有理由去追查杜博斯了。"莱茜说。

"我同意，但是作决定的不是我。"

"到底还得死多少人你们才能出手呢？"冈瑟问。

"请允许我再重复一次，这不是我能决定的。莱茜可以证明，我一个星期之前就表示愿意加入了。"

冈瑟怒气冲冲地走出了房间，回到自己的露台。

"很抱歉。"莱茜说。

帕切科来到她的家，本来想着能和漂亮姑娘一起开心地喝点酒，却没想到会是这样的情况。他离开了莱茜的公寓，临走时带走了迈尔斯的斜肩包和背包，也不清楚下一步该怎么办。

28
新线索

星期一一大早莱茜就醒了,她想到了一个主意,可以甩掉她的哥哥——去死囚区。她自己去,因为司法行为委员会的规定是不能随意更改的,冈瑟不能跟她一起去。煮咖啡的时候,莱茜提前想好了说辞。出人意料的是,当冈瑟出现时,早已洗完了澡,换好了衣服。果然,他的一桩生意要谈崩了,必须赶紧回去。看来他确实很着急,早饭都来不及吃就跟莱茜匆匆出门上车了。在机场,莱茜再次向他表示感谢,冈瑟向她保证会很快回来。比奇飞机从机场起飞,莱茜笑了笑,终于松了一口气,很庆幸她没有在那架飞机里。

到了办公室,她去见迈克尔,把去基拉戈的详细情况汇报给了他。她描述了迈尔斯斜肩包和背包里装的东西,说这些东西还有迈尔斯的笔记本电脑都在联邦调查局手里了。

"你跟调查局的人见面了?"迈克尔恼怒地问。

"帕切科对我有意思,他昨天来我家喝了杯酒,结果事情一环套一环,在冈瑟的推波助澜下,我们就谈到了迈尔斯的事。帕切科同意联系警方,通知他们迈尔斯失踪了,他认为迈尔斯船上的东西最好还是由联邦调查局来保管。"

"拜托请告诉我你哥哥要离开这里了。"

"他已经离开了,今天早上走的。"

"谢天谢地。你一定要向我保证他能管好自己的大嘴巴。"

"别担心,亚特兰大没人关心这件事,况且他知道怎样做对我来说是最好的。放心吧。"

"放心?这是我们历史上最大的一个案件,现在眼看着就要玩完了。我猜你还没听到基里布鲁律师那边有什么消息吧。"

"没有,我觉得暂时不会有消息。离反馈期还有十八天,我敢打赌他们会不露声色,直到最后一刻。现在任何过激的言行都太草率,为时过早,而且无意当中就会露出他们的底牌。他们太狡猾了,不会现在就联系我们的。传票上个星期五发出去了,我相信他们此时正在密谋着呢。"

"我们能做的只有等着了。"

"我不能坐在这里干等着,迈克尔。我要去死囚区见朱尼尔·梅斯,我只是想告诉你我要去哪儿。"

"你成了朱尼尔·梅斯的代理律师了?"

"当然没有,不过我答应过他会去看他。他在华盛顿的律师今天下午要去跟他见面,他的首席律师萨尔兹曼请我过去。朱尼尔同意了,他对我印象挺好。"

"别陷得太深了啊。"

"萨尔兹曼很自信能暂缓死刑。如果告发者站出来推翻自己的证词,萨尔兹曼认为他们会停止处决,甚至也许会进行重新审判。"

"重新审判,十五年后吗?"

"大概是这样。"

"这事儿你也要介入吗?"

"我没说我要介入,我只是不想整天坐在办公室里。况且,朱尼尔·梅斯的冤假错案也是巨大阴谋的一部分。如果重新审理的话,也许会发现新的线索和证据。假如朱尼尔的案子能追查到杜博斯身上,那事情就迎刃而解了,所以我们必须盯住梅斯的案子,这对我们来说很重要。"

"那你一定要小心。"

"没有比死囚区更安全的地方了,迈克尔。"

"既然如此,那就去吧。"

莱茜关上她办公室的门,找出了一个厚厚的文件夹,里面都是萨黛尔提供的备忘录。她从一堆备忘录里抽出了一页,又看了一遍。标题是"萨恩·莱兹科和艾琳·梅斯谋杀案",上面写着:

朱尼尔和艾琳·梅斯和他们的三个孩子住在廷利路的一栋木结构房子里,距离塔帕科拉保留地大约两英里。(那时大约一半的塔帕科拉人住在部落保留地里,另有许多人分散在附近。约有80%的人居住在布伦瑞克县,不过还有一些人远在杰克逊维尔。) 1995年1月17日下午,三个孩子都在学校上课,萨恩·莱兹科去了梅斯家。莱兹科和朱尼尔·梅斯是朋友,他们是反对赌场建造的领导者。朱尼尔在佛罗里达默莱威尔给一个公司开卡车,当天他正在工作。如果萨恩和艾琳有奸情,那他去梅斯家的目的就不言自明了。如果他们没有奸情,就不知道为什么他们会在家里人都不在的时候见面了。不管怎样,下午四点,老大放学回家时,发现两个人赤身裸体死在了卧室里。法医证实死亡时间是在下午两点到三点之间。

众所周知,朱尼尔经常喝酒,送完货之后,他回到了默莱威尔的仓库,然后开着自己的卡车去了一个酒吧。他喝了两杯啤酒,跟一个男人扔了一会儿飞镖,此人身份不明,后来也一直没有找到。下午六点半左右,监控器显示他到了停车场,在他的车附近,神志不清,像是喝醉了。杀死两人的武器是一把未登记注册的史密斯威森3.8口径左轮手枪。这把枪是在朱尼尔卡车的车座底下找到的,同时还发现了萨恩的钱包。后来朱尼尔被送到了默莱威尔的医院,警察接到匿名举报,去了医院,告诉他萨恩和他妻子被杀的消息。在被押送到监狱之前,他整晚都在医院里。他被指控犯有两项谋杀罪,不允许参加他妻子的葬礼。他坚称自己是清白的,但没有人听他的。

审讯法庭被克劳迪娅·麦克多万法官从布伦瑞克县转移到了巴拿马城。在庭审时,梅斯提出了两个证明他不在案发现场的证人,这两个人是他当天下午送货时几个收货公司的工人。第一个证人证明案发当天下午两点到三点之间,他在距离犯罪现场三十公里外的地方;第二个证人证实他在十五英里外的地方。从庭审笔录上看,两个证人的证词都不够有力,公诉人列举了大量的事实,证明朱尼尔即使给两个公司送了货,也有充足的时间在下午两点到三点之间回到家里。但他究竟是怎么把送货的大卡车停在一个地方,换成自己的皮卡,开车回家,然后杀死两个人,再把卡车换回来的,一直是个未解之谜。

法庭非常听信两个监狱线人——托德·肖特和迪戈·罗布雷斯的证词。两个人都说他们在不同的时间分别跟朱尼尔关在一个牢房,他向他们炫耀逮到他老婆和一个男人睡在床上,然后把他们俩都开枪杀死了。这两个人的证词惊人的相似,他们对陪审团说朱尼尔对自己的所作所为感到很自豪,没有一丝悔恨和自责,而且不明白为什么自己会被起诉。(根据非可靠消息和当地人的传言,两个告发者在庭审后不久就无影无踪了。)

在朱尼尔卡车里发现的萨恩的钱包决定了这个案件的性质。根据佛罗里达法律,被判死刑有严格规定,当然杀人是一定会被判死刑的,其他可判死刑的罪行还有强奸、入户抢劫、绑架、等等。所以,由于朱尼尔偷了钱包,定刑便从一级谋杀罪升级成被判死刑的蓄意谋杀罪。

这个案子辩护的关键点就是在朱尼尔卡车里找到的手枪。佛罗里达州犯罪实验室的弹道专家检查了从尸体上拿出的子弹,证实杀人的武器是一把三点八口径的左轮手枪。

朱尼尔没有采纳律师的建议(朱尼尔的辩护律师是法庭指派的新手,这是他处理的第一个死刑案件),而是亲自站起来为自己辩护。他强烈否认自己跟他妻子和朋友的死有关,称自己是因为反对建造赌场而遭人栽赃陷害。他说有人在酒吧里往他的啤酒里下了药。他只喝了三杯啤酒,就眼前一黑昏过去了,不记得自己是怎么离开酒吧的。酒吧招待证实他至少喝了三杯啤酒,然后他帮着朱尼尔上了卡车就离开了。

从庭审笔录上看 朱尼尔在法庭上克制冷静,尊严得体,但是被律师们盘问了很久。

面对手枪、钱包等物证,还有两个告发者、辩护方的两个不够有效的不在场证人等人证,再加上被告人明显喝醉了酒,神志不清,什么都不记得了，陪审团有足够的证据和理由判定朱尼尔罪名成立。在定罪后的量刑阶段，朱尼尔的律师给他的兄弟威尔顿和一个表亲打了电话，两个人都说朱尼尔是个专一的好丈夫，也是个好父亲，绝不是酗酒无度的人，他也根本没有枪，好几年都没开过枪。

陪审团做出了判定死刑的裁决。

在为期八天的审判过程中，第一次主持审理蓄意谋杀重罪案件的麦克多万法官每次都明显地偏袒公诉方，只在同意转移审判地点这个问题上考虑到了朱尼尔·梅斯的人身权益。她对公诉方证人的证词态度很宽松，但是对辩护方的反对和异议却接连不断地予以否定和驳回。对于辩护方的证人，公诉方提出的每一个异议和反对，她都予以支持，判定反对有效。她在审判当中的处理方式在上诉期间受到了不断的质疑和抨击，甚至这些处理方式对她来说并不算新鲜了。然而，法庭依然继续维持原判。

开车到监狱两个半小时的路程中，莱茜一直在想着雨果。不到两个月前，他们还一起开车到过这座监狱，半路上两个人都困得不行，靠着咖啡提神。他们还说格雷格·迈尔斯太可疑，不靠谱，不相信他所谓的阴谋论，不过他们也承认感觉到了一丝危险的气息。

那时候的他们太天真幼稚了。

莱茜开车进入了布拉福德县，跟着牌子上的指示来到斯塔克，然后走进了监狱，半个小时才走到 Q 区。星期一的中午，没有别的律师在场，只有她一个人。她在小会见室里等了十五分钟，然后朱尼尔戴着手铐脚镣出现了。狱警取下了他的手铐和脚镣，他坐到塑料墙后的椅子上，拿起了话筒，微笑着说："谢谢你能来。"

"你好，朱尼尔。很高兴再次见到你。"

"你看起来很好，莱茜，尽管发生了那么多事。看来你的伤已经好了。"

"嗯，我的头发正在长长，这是最重要的。"

他不禁被逗笑了。他看起来更有生气，也更愿意交谈了。莱茜想他可能正在等华盛顿的律师前来，带给他令人期待的好消息。这么多年来，他第一次心里燃起了一丝希望。

"很遗憾，听说了你朋友雨果去世的消息，"他说，"我很喜欢这个年轻人。"

"谢谢。"莱茜真的不想谈起雨果,但现在有的是时间,他们什么都可以谈。她说雨果的家人正在努力地挺过难关,但以后的日子还很长,也很艰难。朱尼尔想要知道车祸的事情,什么时候并且怎么发生的,事故发生后了解到什么情况。他怀疑这不是单纯的意外事故,莱茜告诉他这的确不是意外。他不明白为什么"外面的人"竟然没有调查雨果的死因。莱茜字斟句酌,小心谨慎地给他解释——希望能有人对事故进行调查,但愿事情会往期望的方向进展。他们谈到了威尔顿、托德·肖特、华盛顿的律师,还有死囚区的生活。

他们说说停停,沉默了很长时间后,朱尼尔说:"昨天有个人来看我,没想到这个人竟然会来看我。"

"谁?"

"一个叫莱曼·格里特的人,听说过这个人吗?"

"是的,我们应该见过,不过我不记得了。听说他指挥救援队在车祸发生的现场进行救援,并且把我送到了医院。我去了他所在的警察局,想要跟他说声谢谢,但是他警长的职位被人替了。从时间上来看,有些可疑。"

朱尼尔笑了笑,倾身靠前,说:"一切都看着很可疑,莱茜。车轮在转动,你一定要小心。"

莱茜耸耸肩,继续跟他交谈。

朱尼尔说:"格里特是个好人。他支持建赌场,所以很久以前我们站在对立的阵营里。但我们是世交,我的父亲和他的叔叔在保留地外的棚屋里一起长大,他们俩就像亲兄弟一样。我不能说现在两家还很亲近,因为我们为赌场的事而产生了争执。但格里特是个有良知的人。他知道赌场黑幕的事。他一直都不喜欢酋长,现在更是厌恶和鄙视酋长和他的家人。现在酋长的儿子成了警长,那场车祸的调查随即终止了。一切真相都被掩盖起来,但我相信你一定会有所怀疑。格里特知道真相,他认为他有证据可以证明,所以他想跟尔谈谈。"

"跟我谈?"

"没错,他认为你值得信任。任何布伦瑞克县里的当地人他都不相信,因为他们都有参与到其中的嫌疑。也许你已经发现了,我们部落的人对外人戒心很强,特别是那些戴着徽章的人。但是格里特手里有证据。"

"什么证据?"

"他没有说,也不会说的。这个地方隔墙有耳,所以我们必须得小心。请你相信我,莱茜,格里特正在受到威胁和恐吓。他有老婆和三个孩子,酋长和他的同伙们可以轻而易举地威胁逼迫他们。整个部落都生活在恐惧的阴影中,人们连话都不敢说。更何况,因为有了赌场,他们这些年的日子也好过多了,何必把平静的水池搅浑呢?"

莱茜十分怀疑监狱方面是否在偷听死囚犯人和律师的谈话,但随即一想,她明白了朱尼尔跟格里特是在 Q 区的另一个地方见面的,因为格里特不是律师。

"他为什么觉得我可以相信?我们从来没见过面。"

"因为你不是警察,而且你是第一个来到保留区,向这里的人问话的人。你和哈齐先生。"

"好吧。那我怎么才能见到格里特?"

"威尔顿会安排的。"

"那谁来决定下一步该怎么做?"

"格里特和我一致同意由我来联系威尔顿,然后他会安排随后的事。前提是如果你愿意跟他谈的话。"

"当然,我很想跟他谈谈。"

"那我就捎话给威尔顿了。莱茜,你我心知肚明,事情一定要妥善安排,谨慎行事。现在大家都人心惶惶,他们都在盯着格里特,也许还有威尔顿。"

"那他们,不管是这些人是谁,知道托德·肖特回到城里了吗?"

"我觉得没有。我的律师们今天早上见了肖特,在一个远离保留地的地方。如果他履行承诺推翻自己的供词,那么用不了多久他们就会知道的。到那时,他就要遭殃了。"

"他们总不能一直杀人吧,朱尼尔。"

"他们杀了你的搭档哈齐先生,杀了萨恩和艾琳。他们可能还把另一个告密者迪戈·罗布雷斯灭了口,但愿他能安息。"

更不用说还有桂雷格·迈尔斯。

他继续说道:"他们急切地想要让佛罗里达州政府把我杀了。他们会不择手段达成目的,莱茜。千万要记住这一点。"

"我怎么能忘呢?"

萨尔兹曼和一个叫富勒的助手下午一点到了监狱。他们穿着卡其裤和休闲鞋,衣着很随意,与身着高级深色西装的华盛顿律师形象大相径庭。他们的律师事务所拥有一千多名律师,业务遍布世界各大洲。他们代表被定罪的杀人犯进行无偿的法律服务,赢得了外界的无数赞誉,令人刮目相看。莱茜在网上看了关于这个律师事务所的资料,惊讶于他们在反对死刑的斗争中投入的无限精力和不懈的努力。

他们与托德·肖特的见面非常顺利,收获颇丰。这个曾经的告密者给了他们一个时长两个小时的录像,在录像里他承认警察和公诉人跟他做了交易,让他做假证。作为交换,他们可以减轻他的量刑,并且给他一笔现金。萨尔兹曼认为肖特的话十分可信,而且他确实悔恨自责。尽管朱尼尔一直痛恨这个把他送进死囚监狱的人,还是因为这个人的回心转意而激动不已。

萨尔兹曼说他们会立刻向州法院进行申诉,要求定罪后免刑,并且请求缓期执行死刑。一旦申诉成功,他们就会跟佛罗里达总检察长办公室通力合作,如有必要,还会联系联邦法院。一连串的诉讼行动,让莱茜听得云里雾里,一头雾水。不过萨尔兹曼却身经百战,经验老到。他在人身保护权领域是一流的专家,身上所散发出的那种自信非常有感染力。他的目标是重新审理这个案子,不再受到克劳迪娅·麦克多万的无理干预和偏袒。

29
约会

星期二早上,莱茜口袋里的一次性手机突然震动起来。是中间人库雷打来的电话,他告诉莱茜依然没有格雷格·迈尔斯的消息,这一点儿也不令人感到惊讶。他还说他给莱茜寄了一个新的预付费手机,上午晚些时候就会寄到。等她收到新手机之后,就把现在手里的这部毁掉。

中午,她和埃里·帕切科特工在议会大楼附近的一个三明治店见面,一起吃午饭。喝下一碗汤之后,帕切科告诉莱茜,基拉戈警方已经把阴谋者号扣留了,现在船被安全地保护起来。他这一两天就会跟警方的人见面,当面把笔记本电脑、斜肩包和背包交给他们。毕竟这桩案子归当地警方调查,而不是他,不过联邦调查局答应会全力配合。警察询问了长期在码头待着的人,但目前为止,没人看到什么不同寻常的情况。由于没有照片,只有失踪人士的大概描述,更是连最起码的线索也没有,找到迈尔斯的几率微乎其微。

谈了几分钟的公事之后,帕切科说:"这汤还可以,一起吃晚饭怎么样?"

"正经点儿好不好?"莱茜说。

"哦，我觉得我们很正经啊，"他笑着说，"当然咱们是站在同一个队伍里的。从个人角度讲，我不想跟在政府部门工作的小丫头打交道，所以我们俩挺配的。"

"小丫头？"

"只是个称呼，没有任何恶意。我今天三十四了，我猜你大概也跟我差不多大。咱们俩都是单身，而且实话实说，我很高兴能在现实中遇到这么美丽而优秀的女性，而不是在某个社交网站上，让我很激动。你在网上交友吗？"

"有过两次，简直是糟透了。"

"嗯，我可以给你讲些有意思的事，绝不会让你感到无聊的。所以，一起吃晚饭怎么样？"

如果她说好，也只是因为眼前的这个男人长得帅，而且风度翩翩，让人着迷，虽然有点儿自大，不过她从没见过年轻却不高傲的调查局特工。不过她也不想是因为委员会孤立无援才答应的他。

"什么时候？"她问。

"不知道，今天晚上怎么样？"

"要是让联邦调查局有意无意地卷进了我的案子里怎么办，你的上司会不会很不高兴？"

"你也见过卢纳了。他总是一副不高兴的样子，喜欢整天摆着这副面孔。不过，不会的，我觉得这没什么冲突。而且，我还要再说一次，我们早晚会合作，并肩共事的。更何况，你已经把所有的事都告诉我们了，没有什么秘密了，不是吗？"

"还有很多秘密，只是我还不知道罢了。"

"那我也不会问的。那你的上司呢？"

"他本来就是个耳根子软的人。"

"我想也是。我有一种感觉，不管你出现在哪里，都会成为全场的焦点和主宰。一起吃晚饭，来一瓶上好的红酒，再点上几根蜡烛，怎么样？我七点来接你，当然如果你哥哥不在的话。"

"冈瑟已经走了。"

"很好,真是很好啊。"

"冈瑟可是非常保护他的小妹妹哦。"

"在这一点上我无法反驳。七点好吗?"

"七点半。找个环境好的地方,不过不要太奢华,别弄蜡烛什么的了。我们都是公务员,各付各的账吧。"

"好吧。"

他开了一辆最新款的越野车,不过只有在必要的场合才好好擦洗一番。他们一上来先谈论起车来。莱茜不想再开那辆代用车了,准备换一辆新车。她喜欢原来的那种混合型车,但是自从发生了车祸,她觉得应该换一辆更坚固结实点的车。他们一路向南行驶,远离市区。

"你喜欢凯郡菜①吗?"

"很喜欢。"

"去过强尼·雷私房菜吗?"

"没有,不过听说那个饭馆特别好。"

"那咱们就去那儿吧。"

莱茜很喜欢越野车,不过觉得有些太男性化了,她很好奇这辆车值多少钱。她曾经略微调查了一下,了解到目前一个特工的起薪是两千美元。埃里·帕切科在联邦调查局里工作了五年,所以他们俩的薪水应该差不多。他说过很喜欢莱茜的公寓,说他现在跟另一个特工一起住。联邦调查局特工经常调动工作地点,所以他一直犹豫要不要买套房子。

他们互相介绍了一下各自的背景情况,虽然两个人都从网上挖掘了对方的不少信息。帕切科在奥马哈市长大,在内布拉斯加上的大学和法学院。不上班的时候,他过着西部人特有的轻松闲适的生活,没有一丝虚荣造作,自命不凡。莱茜从威廉玛丽学院大学毕业,然后上了杜兰大学法学院。他们都在新奥尔良待过,帕切科进入联邦调查局的前两年是在那里工作的。两个人都不怎么留恋那里的生活,那里太潮湿,犯罪率也很高,现在说起来,却流露出一种怀念之情。等到他们把车停好,走进饭馆,莱茜在心里

---

① 美国南部路易斯安那州法式菜肴,主打菜是小龙虾。

给了这个男人很高的评价,觉得他在各个方面都很优秀。镇定,镇定,她告诉自己,男人最终总是会让人失望的。

他们坐在一个安静的角落里,然后打开了菜单。服务员走过来,莱茜说:"提醒一下,我们各自付账。"

"好的,但是我来买单。毕竟,是我邀请的你。"

"谢谢,但是我们各付各的。"于是这个话题就此结束。

他们决定先点一打生蚝,再来一瓶桑塞尔白葡萄酒。服务员走后,埃里说:"那你想谈点儿什么呢?"

他的率直逗得她轻轻一笑:"什么都行,只要不是案子的事。"

"那好。你选一个话题,然后我选一个。聊什么都行,只要跟赌场什么的无关就可以。"

"那范围可就广了。你先说吧,看看有什么有意思的话题。"

"好吧,我有一个问题。如果你不想谈的话,我很能理解——撞车并被气囊砸到是什么感觉?"

"我猜你还没经历过这样的事吧。"

"是的,目前还没有过。"

莱茜喝了一口水,深吸了一口气,说:"撞车的一瞬间,声音很大,突然间车里震动起来。一瞬间,坐在位子上一动也不能动。车里全黑了,什么也看不见,脑子里一片空白,眨眼间气囊就张开,还以每小时二百英里的速度砸在脸上,巨大的冲击力一下子就把我砸晕了。不过晕过去没多久我就醒过来了,因为我记得有人在我车边转悠。后来,我就完全失去意识了。气囊救了我的命,但是这滋味却不好受,一次就够了。"

"是啊,肯定是这样。你已经彻底痊愈了吗?"

"差不多吧。身上还是有些疼,不过每天都在好转。希望我的头发能长快点儿。"

"你留短发很漂亮。"

红酒来了。莱茜尝了尝,觉得可以。他们碰杯而饮。"该你了。"他说。

"什么?你已经问完气囊的问题了吗?"

"我只是好奇。我有个朋友开车的时候突然遇到一个行人,为了躲避行人于是急转弯,虽然没撞上路人,却撞上了电线杆,以一小时二十迈的速度。还好他没什么事,不过爆出的气囊把他砸得够呛,整整一个星期他都拿着冰袋敷在脸上。"

"是得敷冰袋。你为什么上法学院呢?"

"我父亲是奥马哈市的一名律师,所以我上法学院似乎是件自然而然的事。不像那些法学院的新生那样,我从没想过要改变世界,我只想找个好一点儿的工作。我父亲是个出色的律师,我跟着他实习了一年,不过很快就厌倦了,于是我决定离开内布拉斯加。"

"那为什么去了调查局呢?"

"因为刺激啊。不用过着朝九晚五的生活,每天坐在办公桌前混日子,而是忙着抓捕罪犯——大头目、小喽啰、狡猾的、愚蠢的——永远不会无聊。你呢?你是怎么想到要调查法官的?"

"这个嘛,这不是我上法学院以后一直梦寐以求的工作。我毕业的时候,就业市场疲软,再加上我也没奢望能进入大型律师事务所。当时他们正在招聘大量的女性毕业生,而且我们班里一半都是女生,可我不想每周工作一百个小时,连喘口气的时间都没有。我有不少朋友都过着这样的生活,太惨了。我父母正好退休,来到佛罗里达,我也来了,看到司法行为委员会的招聘启事就去应聘了。"

"你一面试就得到这份工作了,真了不起。"

生蚝被放在一大盘子冰块上被端了上来,他们停下来,开始享用美味,用新奥尔良的吃法,挤上一点柠檬汁,在鸡尾酒酱里加点山葵酱。帕切科直接拿起生蚝大口吃起来,而莱茜就着椒盐饼干吃。两种吃法都很美味。

帕切科说:"你昨天去见朱尼尔·梅斯了。"

"是的,第二次去见他。你去过死囚区吗?"

"没有,不过以后肯定会去的。有什么发现吗?"

"你是在套我的话吗?"

"习惯了,我骨子里就是这样,习惯了。"

"可能得到了点建议或者线索什么的,朱尼尔也许知道些什么。不过,我觉得他只是喜欢有人来看他。"

"看来你不打算告诉我什么了。"

"不,不过,也许吧。他的庭审记录你肯定看过吧,我们给你们的证据文件里有。"

"一字不漏,都看过。"

"那你还记得有两个监狱告密者庭审后不久就不见了吧。"

"托德·肖特和迪戈·罗布雷斯。"

她笑了,真厉害。"没错。多年来,一直有传闻说他们被灭口了,告密者通常都是这种下场。但其实其中一个是真被杀死了。而另一个却出人意料又回来了,就像死而复生一样,活生生地出现了。他得了癌症,将不久于世,想要悔过,说出真相。"

"这是天大的好消息,是吧?"

"也许吧。朱尼尔雇的华盛顿律师昨天去了斯塔克监狱,他们让我也一起去。他们很兴奋看到案子终于有了转机,首先,他们要延缓执行死刑,第二,他们要申请重新审理这个案子。"

"重新审理?已经过去多久了,十五年?"

"十五年了。在我看来,已经很长的时间了,不过那些人知道该怎么做。"

"但这不是你的案子,对吧?你不会参与朱尼尔上诉的案子。那么你去看他是另有原因。"

"是的。就像我说过的,他觉得可能知道些什么。"

埃里笑了笑,没说什么。显然她不愿告诉他。他们吃完了生蚝,讨论要吃什么主菜。帕切科决定再点一打生蚝。莱茜点了一碗秋葵汤。

"该谁了?"他问。

"我想该你了。"

"好吧,你还在调查其他什么有趣的案子吗?"

莱茜笑了笑,喝了口红酒,说:"嗯,在保密规定允许范围之内,而且不能提到名字。我们正在调查一个酗酒成瘾的法官,准备撤销他的职务。两个律师和两个诉讼当事人提出了投诉。这个可怜的家伙跟酒精做了很长时间的斗争,现在越陷越深——都中午了还不安排听证会,有时甚至完全就忘了。他的一个法庭书记员说,他把酒瓶藏在法官袍里,用咖啡杯盛酒。

待判决的案子都积压成山了,弄得人人都不高兴。真是可怜。"

"听起来这个案子不难。"

"扳倒一个法官不是那么容易的。他们喜欢自己的工作,要是脱去他们的长袍,他们不知道该去哪里。该我问了。你在忙什么案子?"

一个小时里,他们都在谈论关于战争的故事。帕切科的工作就是追踪潜伏的恐怖分子和贩毒者,这可比追查玩忽职守的法官刺激多了。不过他并不这么认为,反而对她的工作很感兴趣。红酒喝完,他们点了咖啡继续聊。

到了莱茜的公寓,帕切科很绅士地送她上楼,停在她公寓门外。"我们能商量点事儿吗?"他问。

"如果你想和我做爱的话,就免了吧。我浑身还疼着呢,没那个心情。"

"我想说的不是那种事。"

"这是你今天晚上说的第一个谎话吗?"

"也许是第二个。"他面对着莱茜,往前走了一步,离她更近了一些,说,"卢纳就快同意了,莱茜。迈尔斯的失踪引起了他的关注。我游说了他大半天,跟他说这个案子比我们想象的要大得多。我们需要一些其他的情报,还需要一些确凿的证据,卢纳就要准备加入了。"

"那你们杰克逊维尔的上司怎么说?"

"他很强硬,不过也是个有魄力的人。如果他跟我们一样看到这个案子的重要性的话,他会重新考虑。只要再给我们一些证据和信息就可以了。"

"我在尽力。"

"我知道。我等你的电话。"

"今天晚上过得很愉快。"

"我也是。"他在莱茜的脸颊上轻轻吻了一下,说了晚安,然后离开了。

30
案件切入点

威尔顿·梅斯说他在用公用电话给她打电话，声音听起来特别紧张，甚至有些颤抖，仿佛一边打电话一边在环顾四处。明天，莱曼·格里特要带他的妻子去巴拿马城看大夫，好像是什么专家。他想在医生的诊所里见莱茜，那里很安全，没有人会怀疑。威尔顿给她见面的具体信息，还问她是否认识格里特。她说不认识，因为她从来没见过他，不过她的上司见过，而且坚持要跟她一起去。威尔顿不确定格里特会不会同意，但可以到医生的诊所时再定。如果格里特不愿意这样，也不奇怪。

莱茜和迈克尔·盖斯马尔提前一个小时到了约定的地点。迈克尔待在车里，莱茜走进了医院的大楼。这是一个繁忙的综合性医院，共有四层楼，有许多医生。她在一楼转悠，看看医院导诊簿，在咖啡厅歇歇，然后坐电梯到了三楼。这是一个妇科诊疗区，里面有一群妇科医生，面积很大而且现代化的候诊室里坐满了妇女，只有两个有男士陪伴。莱茜回到车里等着，而迈克尔走进医院。去了同一个地方，然后又回来。他们都认为这个地方很安全——几十个病人从医院里进进出出，是个秘密见面的绝佳地点。下午一点四十五分，迈克尔点头示意一对正从车里走出来的夫妇，说："那个人就是格里特。"他大约身高一米八，挺瘦，但是挺着个啤酒肚。他的妻子留着一头深色长发，梳成了麻花辫，她的个头要矮多了，而且身材粗壮。

"看到了吗？"迈克尔问。

"看到了。"看见他们走进医院，莱茜立刻从车里出来，跟上前去。迈克尔坐在车里等着，心里念叨着别出什么事。他聚精会神地看着来往的人群，希望不会看到可疑的人出现。在医院里，莱茜又看了看医院导诊簿，等了几分钟时间，然后坐电梯到了三楼。她走进候诊室，看到格里特和他的妻子坐在远处的墙边，跟其他的人一样，看上去有些不自在。莱茜拿起一份杂志，在候诊室的另一头找了个位子坐下来。艾米·格里特盯着地面，好像在等着什么可怕的消息。莱曼随意地翻阅着《人物》杂志。莱茜不知道威尔顿是怎么跟格里特描述她的相貌的，不过他似乎没注意到她。接待台太忙了，没有注意到一个年轻的女孩没来。护士叫了一个病人的名字，病人慢慢走到服务台，一个忙碌的护士接待了她，然后走进了诊疗室。半个小时里，都是这样忙忙碌碌，看完病的一个一个出来，没看的一个一个进去。莱茜透过杂志看着格里特。一个小时后，格里特看了看表，显得有些焦急。最终，叫到了艾米·格里特的名字，她走向了接待台。她刚一消失在视线中，莱茜就站起来看着莱曼。莱曼迎上她的目光，莱茜轻轻点点头，离开了候诊室。她走到走廊的尽头，等了一会儿，然后格里特关上了身后的门，走向她。

莱茜伸出手轻声说："我是莱茜·斯托尔兹。"

他轻轻握了握手，笑了笑，本能地看了看四周，然后说："我是莱曼·格里特，你比上次我看到你时好多了。"

"我很好。谢谢你那天晚上救了我。"

"这是我的工作。现场太可怕了。很遗憾你的朋友没熬过来。"

"谢谢。"

他走到窗前，倚靠着窗户，面对走廊，看着走廊里的人。病人们来来往往，走向不同的诊室，但是没人注意他们。

"我们没有多少时间，长话短说，"他说，"我们保留地上的那些阴谋诡计，我一项都没有参与。我是个警察，一个老实人，而且还有一家老小要保护，所以你们的调查里绝对不能提到我的名字。我也不会到法庭上做证人，更不会指证任何人或者任何参与到犯罪活动里的罪犯。听明白了吗？"

"明白。不过你要知道以后会发生什么事不是我能控制的。我向你保证不提到你的名字，这是我唯一能做到的。"

他从牛仔裤的口袋里掏出了一个闪存盘，说："这里有两个录像。第一个是阿拉巴马州弗利警方提供的证据。很幸运有人拍到了偷车贼偷车的录像。第二个录像是车祸发生十五分钟后在斯特林城北部的一个乡村小店里拍到的，里面清晰地显示了开卡车撞你们的那个家伙。我还写了个备忘录，里面包括所有我了解到的信息。"

莱茜接过闪存盘。

格里特从另一个口袋里拿出一个塑料袋。"我认为这是一张纸巾，上面有血渍。这是车祸发生两天后，我在离事故现场四分之一英里远的地方找到的。我个人认为这个血渍是第二个录像里坐在副驾驶座上那个人的。如果我是你，我会立刻检测一下上面的DNA，但愿能找到一些线索。如果幸运的话，你会找到那个人的名字，应该就是录像里的那个人。"

莱茜接过塑料袋，说："你有副本吗？"

"是的，我还有剩下的一部分纸巾，没人会找到的。"

"我真不知道该说什么。"

"什么也不用说。做好你该做的事，把那些混蛋绳之以法，另外，不要透露我的名字。"

"我向你保证。"

"谢谢你，斯托尔兹女士。这次会面从未发生过。"他正要走，莱茜说："谢谢，希望你的妻子没事。"

"她很好，只是例行检查。她害怕医生，所以我陪她一起来了。"

迈克尔和莱茜两人都没想到在公文包里放个笔记本电脑——这样他们就可以把车停在一个快餐店旁空旷的停车场，买点咖啡，在角落里找个位子，看看录像。可惜，他们没带电脑，所以必须直接马不停蹄赶回去再看录像里到底拍到了什么。

"你怎么没问问他呢？"迈克尔有些生气地说。

"因为他赶时间，"她反击道，"他把东西交给我，说了他想说的话，然后就走了。"

"要是我就会问问。"

"你根本不知道你会做什么，别抱怨了。州执法局的局长是谁？"

"局长是格斯·兰伯特。他是新来的，我不认识他。"

"哦，那你认识谁？"

"一个老朋友。"迈克尔给这位老朋友打了两次电话，都没有人接。莱茜给总检察长办公室的一位朋友打电话，查到了塔拉哈西地区犯罪取证实验室主管的姓名和联系方式。主管很忙，不愿配合，答应明天给他们回电话。

等两个人都打完电话，迈克尔说："取证实验室不愿配合，除非州执法局介入。"

莱茜说："那我给格斯·兰伯特局长打电话吧，用美人计迷住他。"

美色在兰伯特局长的秘书面前完全不管用。她说上司在开会，他可是个大忙人。迈克尔的老朋友回电话了，问他出了什么事。迈克尔说自己正飞快地驶过零号州际公路，他们正在调查一个州政府雇员死亡的案子，有件十万火急的事要办。这位名叫阿伯特的朋友说他想起来了那个叫雨果·哈齐的人发生车祸死亡的事。迈克尔说："我们有充足的理由相信这绝对不是单纯的车祸，案子远比人们想象的复杂。部落里有人给我们提供了信息，我们现在手里有个血液样本需要检测，十分重要。你能联系到取证实验室吗？"

他们通电话的时候，莱茜用手机上网搜索。因为从来没接触过 DNA 检测，她对这个领域一无所知。她在科学网站上看到一篇文章，说现在法医鉴定人员两个小时之内就能检测出疑犯的 DNA，警方可以很快查找犯罪资料库，确认被拘留的人是否犯了罪，等等。可就在五年前，DNA 检测还得需要二十四小时甚至七十二小时才能出鉴定结果呢，疑犯早就被保释出狱，溜之大吉了。

迈克尔在电话里说："不，这不是公开的调查，不是当地警方的案子，也不是执法局负责。事故是在部落保留地发生的，所以由塔帕科拉警方负责。这就是问题所在。请你帮帮我,阿伯特,很快就好。"

迈克尔听着对方说话,然后说:"谢谢。"然后挂了电话。"他说他会试试,去见局长。"

快下午五点了,迈克尔和莱茜到达了塔拉哈西市郊的执法局地区犯罪取证实验室。艾伯特正在门口等他们,跟他一起的还有乔·华斯克兹博士,实验室的主管。简短的自我介绍之后,他们跟着华斯克兹博士走进了一个小会议室。莱茜把塑料密封袋放在华斯克兹博士面前的桌上,他看着塑料袋,却没有碰。

他问道:"你们对这个东西有什么了解吗?"

莱茜说:"知道的不多,我们也是不到两个小时前从一个秘密线人那里得到的。他认为这是一张纸巾,上面有血迹。"

"是谁进行处理的?"

"我们也不清楚,我们的线人说自己是执法的专业人士,我敢肯定证物没有受到破坏。"

"多久能出结果?"迈克尔问。

华斯克兹骄傲地笑了笑,说:"给我们两个小时的时间。"

"真是快得令人难以置信。"

"确实是。现在科技日新月异,我们预计两年之内,探员们在犯罪现场拿着一个手持的设备就可以当场检测血样和精液。这叫做 DNA 检测芯片。"

莱茜问:"检测结果录入州警方数据库里要多长时间?"

华斯克兹看向阿伯特,阿伯特耸耸肩说:"半个小时。"

他们在议会大楼附近一个经常去的中餐馆点了一些外卖。下午六点他们来到司法行为委员会,跟预想的一样,委员会里空无一人。他们没吃晚饭,而是直接去了迈克尔的办公室,打开台式电脑,插入闪存盘。他们看完录像,然后打印格里特写的两页备忘录,认真看完以后对备忘录里的内容逐一讨论,接着再反复看录像。看到杀人的武器——那辆卡车,甚至还有凶手——鼻子流血的小喽啰,莱茜几乎浑身僵住了。

每个录像里都有两个人,所以一共有四个不同的人出现在录像里。这会不会这是他们第一次亲眼见到杜博斯犯罪集团里的人？他们有杜博斯进入兔子快跑社区房子里的照片，但除此之外什么也没有。第二个录像，也就是出现在弗洛格商店里的司机，极为引人关注。他比录像里的其他三个人岁数更大，大概四十五岁左右，穿着高尔夫球衫和紧身卡其裤，比其他三个人着装更体面。他计划得不错，把以假乱真的佛罗里达牌照贴在卡车上。这个人会不会是团伙里的副手呢？是他一手策划和操纵这次撞车事件的吗？那个出现在现场、拿着灯在莱茜被撞的普锐斯旁转悠，眼睁睁看着雨果流血不止、奄奄一息，却只顾着找手机的人是他吗？像他这么精明的人，却犯了个愚蠢的错误，把车直接停在弗洛格商店的门前，被摄像机拍到了。不过埃里·帕切科说过不止一次，即使最聪明的罪犯也有犯傻的时候。

他们最后还是吃了点已经凉了的鸡肉炒面，但其实两个人都不怎么饿。差十分八点，迈克尔的手机响了，阿伯特激动不已地说："找到那个家伙了。"

与血样 DNA 匹配的人叫齐克·弗曼，二十三岁，有过两次涉毒前科，刚被假释。五年前首次被捕时，他的 DNA 被录入州警局资料库。阿伯特有三张照片，两张是被捕后在警局拍摄的不同角度的面部照片，一张是监狱档案里的照片。他正把这三张照片通过电子邮件发给迈克尔。

迈克尔感谢阿伯特，说欠了他一个人情，一个很大的人情。

莱茜站在打印机前，等着疑犯的照片被打印出来。迈克尔看着第二个录像，把画面定格，上面显示出两个嫌犯清晰的面孔。副驾驶座上的人，虽然鼻子流血，但跟齐克·弗曼非常相似。

埃里·帕切科喜出望外并且迫不及待地赶到莱茜的公寓，深夜里他们一起喝了点酒，只是莱茜的口气听起来一点也不浪漫。她说事情很紧急，其他的什么也没说。他们一起看录像和照片，一起看格里特的备忘录，讨论案子直到半夜，喝了整整一瓶红酒。

31
首战告捷

齐克·弗曼一直跟他的母亲一起住在佛罗里达米尔顿的小镇里,距离彭萨科拉不远。联邦调查局对他的家监视了两天,没看到他,也没看到他的1998尼桑车。他的假释官说他每个月都必须跟假释官见面,下一次是十月四号,他从来没缺席过,否则他的假释就会被撤销,重新被送回监狱。弗曼出狱后在打零工,十三个月来一直安分守己,没有惹麻烦。

果然,四号那天,弗曼走进了位于彭萨科拉市区的假释委员会,向他的假释官问好。假释官问他最近去哪儿了,他事先编好了一套说辞,说是帮朋友开卡车去了迈阿密——他稳稳地坐着,脸不红心不跳。假释官说有两个人要见他,打开门,特工埃里·帕切科和道格·哈恩走进来,介绍着自己的身份,假释官随即离开了房间。

"这到底是怎么回事?"弗曼问。看到联邦调查局的人突然出现,他吓得一哆嗦。

两位特工都没有坐下。帕切科说:"八月二十二日星期一的深夜,你身在塔帕科拉印第安保留地,在那里干了些什么?"

弗曼尽力让自己表现出惊讶不已的表情,但是看起来却像是要吓晕了。

他耸耸肩,露出一副目瞪口呆的面孔,说:"我搞不清你说的是什么。"

"你很清楚我们在说什么。你当时开着偷来的卡车,那辆车与一起撞车事故有关。你逃离了现场。想起来了吗?"

"你们弄错人了。"

"你真不打算承认么?"帕切科朝哈恩点点头,哈恩拿出了一副手铐。帕切科说:"站起来。你因涉嫌蓄意谋杀而被捕了。"

"你们开什么玩笑啊。"

"是啊,这就是个喜剧表演。站起来,把手放到背后。"他们给他戴上手铐,搜身时掏出了他的手机,把他押送出办公室,从侧门走出了大楼。他们把齐克推进汽车后座,开车到了四个街区外的联邦调查局办公楼。途中所有人都没有说话。

进入办公大楼,他们押着齐克上电梯到了六楼,穿过弯弯曲曲的走廊,进入一个小会议室。一个年轻的律师正等着他们,这位律师笑了笑,说:"弗曼先生,我是丽贝卡·韦伯,联邦助理检察官,请坐。"

特工哈恩摘下了齐克的手铐,说:"你可能得在这儿待上一会儿了。"他轻轻把弗曼按坐在椅子上,然后他们三个也坐下来。

"怎么回事?"弗曼问。虽然他只有二十三岁,却丝毫没有受惊慌张的神色。他不像一开始那样紧张,现在又镇定了下来。他少年老成,留着长头发,桀骜不驯,全身上下满是廉价的监狱文身。

帕切科给他宣读了米兰达权利[1],然后把米兰达权利的书面文件递给他。弗曼不紧不慢地看着,然后在页脚签字,承认理解上述内容。这种事他以前经历过。

帕切科说:"联邦将指控你犯有蓄意谋杀罪,你将面临死刑,注射致死。"

"我杀了谁了?"

"一位名叫雨果·哈齐的男性,当时他坐在另一辆车的副驾驶位置。不过我们不打算谈这个。我们知道你那天晚上在保留地,开着一辆偷来的卡车,一辆大型道奇公羊,我们也知道你故意开横插到道路中央,撞上一

---

[1] 犯罪嫌疑人保持沉默的权利。

辆丰田普锐斯。你逗留了一会儿,然后你的同伙开着另一辆卡车前来接应你,你们两人拿走了普锐斯里的两部手机和一个iPad。我们知道真相,所以你无可辩驳。"

弗曼依然沉着,面无表情。

帕切科继续说:"十五分钟后,你们离开了事发现场,你和你的同伙把车停在一个乡村小店,买了冰块、啤酒和外用酒精。想起来了吗?"

"没有。"

"我不这么认为。"帕切科从一个文件夹拿出一张照片,是弗洛格录像里的截图,然后把照片扔在弗曼眼前,"我猜这个鼻子破了的人就是你吧。"

弗曼看着照片,摇摇头说:"我想我需要律师。"

"我们一会儿会给你找个律师的。不过首先,我要告诉你这不是一般的审讯。我们不是来审问你的罪行的,因为我们知道发生了什么。你认罪也好,不认罪也罢,我们不在乎。因为我们手里有足够的证据,等着看你被定罪入狱就好了,所以还是让韦伯女士来告诉你为什么把你带到这里吧。"

弗曼不愿看她,她却直视着他说:"我们可以给你提供一个交易,齐克。一个对你很有好处的交易。我们知道卡车不是你偷的,不知道你是因为什么开车到保留地的深处,制造了车祸,然后逃离现场,致使一个男性被撞身亡这一系列的冒险行为,我们知道你在为别人卖命,某些凶狠狡猾的罪犯。他们可能给了你不少的现金,然后让你离开镇上躲起来。也许你为他们还做过别的什么坏事。不管怎么样,我们只关心这桩谋杀案,想知道是谁策划的这起谋杀。我们在追捕背后更大的罪犯,而你,齐克,只是个小卒,虽然是肇事凶手,不过在我们看来,只是个小喽啰。"

"什么交易?"齐克看着丽贝卡问。

"一个终身有效的交易。只要你愿意老实交代,我们就可以谈谈。你把知道的所有事都告诉我们,说出他们的名字、电话号码、背后的真相等等,所有的事情,我们就会撤销对你的指控,并且把你列入证人保护计划,在一个远离这里的地方,比如加利福尼亚,给你安排一个不错的住所,让你有新的名字和身份,给你新的工作和生活。你的过去会被人遗忘,就像小鸟一样重新获得自由。否则,你就要被押到死囚区,慢慢老去,生不如死,十年或者十五年后,上诉期满,就会被执行注射死刑。"

齐克终于垂下了肩膀,脑袋也耷拉了下来,愁眉不展。

韦伯继续说:"这份交易现在还可以签,但是过时不候。如果你拒绝,现在就可以离开这间屋子,不过从此再也呼吸不到自由的空气了。"

"我想我需要一个律师。"

"好的,你上次被捕的时候,有一个法庭指派的律师,名叫帕克·洛根,还记得他吗?"

"是的。"

"愿意让他做你的律师吗?"

"我想可以。"

"他正在楼下等着。你想和他谈谈吗?"

"啊,当然。"

哈恩离开了房间,几分钟后,带着帕克·洛根进来。洛根是彭萨科拉一个潦倒的退伍老兵。简短的自我介绍之后,他跟这位前委托人握了握手,然后坐在弗曼身旁,说:"好吧,怎么了?"

韦伯从一个文件夹里拿出几张文件说:"地方法院指派你作为弗曼先生的代表律师。这里是案件文书,以及刑事起诉书。"洛根接过文件开始看起来。他翻过一页说:"你们看起来很急啊。"

韦伯说:"分秒必争。"

洛根继续看文件,看完之后,他在文件上签字,然后把它递给弗曼,说:"在这里签字。"于是弗曼签上了他的名字。

韦伯又拿出一些文件,交给洛根。她说:"这里是交易书。刑事起诉书将被封存搁置,直到公诉人撤销对弗曼先生的起诉。"

"证人保护计划?"洛根问。

"没错。从今天开始生效。"

"好的,好的。我要跟我的委托人谈谈。"

韦伯、帕切科和哈恩起身走到门口,帕切科停下来,说道:"我需要你的手机,不允许打电话。"

这让洛根很气愤,随后又犹豫了一下。然后他拿出自己的手机交给帕切科。

一个小时后,洛根打开门,说他们准备好了。韦伯、帕切科和哈恩再次走进房间,然后坐下来。洛根现在已经脱下了外套,卷起了袖子,说:"首先,作为辩护律师,我必须要问一下政府有什么证据指控我的委托人。"

帕切科说:"我们不想在证据上争论不休,浪费时间,不过我们只能说在事发现场附近找到了血液样本,并且提取了上面的DNA,证明你的委托人当时就在现场。"

洛根耸耸肩,好像是说:"好吧。"不过,他又问:"嗯,那如果我的委托人离开这件屋子会怎么样呢,假设他接受这份交易的话?"

韦伯回答说:"如你所知,证人保护计划是由联邦法警负责的。他们会从这儿把他带走,带他离开佛罗里达,在远离这里的地方重新安排住所,一个不错的地方。"

"他很担心他的母亲和妹妹。"

"她们可以跟他一起走。证人保护通常是不会带整个家庭离开的。"

帕切科说:"我还要补充一下,联邦法警从未让一个证人受到伤害,而且已经保护了五千多名证人。通常他们保护的都是大型犯罪组织集团成员,势力覆盖全国,而不是像我们正在追查的这些当地的小喽啰。"

洛根一直在点头,再三考虑,最终看着他的委托人说:"作为你的律师,我建议你接受这笔交易。"

弗曼拿起笔说:"那就这么办吧。"

韦伯拿出小型摄象机安装在三脚架上。她把镜头对准弗曼,哈恩把一个录音机放在弗曼面前的桌上。当他和他的律师签完协议,帕切科拿出一张照片摆在他眼前:"这个人是谁?"

"克莱德·韦斯特贝。"

"很好,告诉我们所有关于克莱德·韦斯特贝的事情。我们现在是一边的,齐克,把一切都告诉我们。"

"韦斯特贝在沃尔顿堡海滩拥有两个酒店。我——"

"名字,齐克,酒店的名字。"

"蓝色城堡和破浪者酒店。两年前我在那里找到了一份工作,一个清理泳池、除草绿化的兼职,不记录入账,直接给现金。我偶尔能看见韦斯特贝,有人告诉我他就是酒店的老板。有一天,他在破浪者酒店的停车场把我拦住了,问我的犯罪前科。他说他们通常不会雇佣犯过罪的人,所以我最好老实点。他叫我劳改犯,我不喜欢别人这么叫我,但我没反驳。他那种人,我哪敢随便顶嘴。他的这两个酒店比其他酒店都高级,而且生意特别好。我喜欢这份工作,因为总是有好多女孩在泳池里,那画面可真火辣。"

"我们不是让你在这儿聊女孩的,"帕切科说,"在酒店工作的还有谁?我指的不是像你这样的勤杂工,是像经理、经理助理这样的人。"

弗曼摸了摸胡子,说出了几个人的名字,使劲想了想还有谁。哈恩不停地敲着电脑键盘。在塔拉哈西的联邦调查局办公室里,两个特工在监控器上看着弗曼,同时在笔记本电脑上搜索着。不一会儿,他们就了解到蓝色城堡和破浪者酒店的所有者是一个叫斯塔·斯的公司,注册地在伯利兹。通过交叉对照,他们查出这个公司在布伦瑞克县还拥有一个购物中心。杜博斯帝国的一小块版图终于浮出水面。

"这个韦斯特贝是什么样的人?"帕切科说。

"我真不太了解。我在那里工作了几个月之后,听传闻说他跟一些大人物有关系,那些人拥有大片土地,还有高尔夫球场,甚至还有不少酒吧和购物中心,但我也只是听说而已,都是传闻,没人证实过。就像你说的,我不过只是个勤杂工而已。"

"跟我们说说八月二十二号星期一发生的事。"

"好的,事发前一天,韦斯特贝找到我,说他有个活儿给我,可能会有点危险,而且嘴巴必须得严,他说会给我五千美元的现金作为报酬,问我感不感兴趣。我说当然,干吗不干呢。我是说,我真觉得我没有资格说不。我本就想拍这个人的马屁,再加上要是我拒绝他,把他惹怒的话,我的工作估摸着就保不住了。一个有前科的人要找工作哪有那么容易,你们也知道的啊。所以,星期一下午,我在蓝色城堡酒店等啊等啊,一直等到天快黑了,他带着我上了他的卡车,到了彭萨科拉。我们把车停在城东的一个酒吧,他让我在车里等着。他在酒吧里待了半个小时,出来时给我一辆卡车的钥匙,是辆道奇公羊,嗯,那辆车也停在酒吧外面。我注意到那辆卡车是阿拉巴马的牌照,但绝没想到车是偷来的。我上了卡车,跟着他到了赌场。我们把车停在赌场后面。他走进我车里,告诉我要怎么做,他说我们要制造一起车祸。我们开车沿着弯弯曲曲的道路进入保留地深处,他说那里就是要撞车的地方。我要去撞一辆小型本田车,然后从车里出来,他会开车到那儿把我接走。说实话,我那时候真想不干了,但是没有别的选择。我们回到赌场,他走进他自己的卡车。我们沿着同样的路回到保留地深处,在树林里等了很长时间。他围着我的卡车一边转悠,一边打电话,听起来特别紧张。最后,他跟我说开始行动,然后给了我一个黑色摩托车头盔、一副带衬垫的手套和一套护膝,骑山地自行车用的那种。我们看到远处有灯光,朝我们这边过来,他说就是那辆车。我开足了马力,把车开到路中间。卡车比那辆本田重两倍,他向我保证我会没事的。说实话,真是太吓人了。我感觉本田车开得并不快,大约速度是五十迈,然后在最后一刻闯到了路中间。气囊爆开,一下子砸到我脸上,把我砸蒙了,等我缓过神来,走出卡车,韦斯特贝正好赶来接应我。我摘下头盔、手套和护膝递给他。他发现我鼻子流血了,立刻走进卡车检查气囊,看看有没有血迹。结果没有。我的鼻子没破,一开始没流血,过了一会儿血才流出来的。我们走到那辆本田车那儿。那个女孩,就是司机,正要动,想开口说话,但伤势不轻。那个黑人被撞到挡风玻璃上,人都撞瘪了。一地的血。"

他的声音变得沙哑,咽了咽口水。

帕切科问:"卡车上有一瓶威士忌酒,你喝酒了吗?"

"没有,一滴酒都没沾。这是计划的一部分,我想是这样。"

"韦斯特贝有手电筒吗?"

"没有,他脑袋上戴着一个灯。他让我上卡车,他的卡车,我照着他的话上了车。他在本田车那里待了一两分钟。我当时有点儿头晕,好多事记不清了。一切发生得太快,而且我快吓死了。你们从来没有经历过两辆车迎头相撞吧?"

"应该没有。韦斯特贝回到他的卡车上,手里拿着什么东西了吗?"

"比如说？"

"比如两部手机和一个 ipad。"

他摇摇头说："不，我不记得见过，他匆匆忙忙的。他看着我，说什么血的事。他车里有一卷纸巾，给我撕了一些。我用纸巾擦了擦鼻子。"

帕切科看向洛根，说："我们找到了纸巾，上面有血迹。"

洛根说："他这不正交代着呢吗？"

"你身上别的地方受伤了吗？"帕切科又问。

"我的膝盖被撞了，疼得要命，除此之外，没有别的了。"

"所以然后你们开车跑了？"

"差不多是这样。韦斯特贝开车穿过一片空地。他很狡猾，把车灯都关了，我不知道要去哪儿。当我看到那个浑身是血的黑人之后，吓得不轻，还没缓过来呢。我记得当时我还在想五千块钱要少了，这活儿远不止这个数。总之，后来我们从一段碎石路上出来，他又亮起了车灯。他把车开上平坦的路面，加速，然后我们就离开了保留地。当时我问他'那两个被撞的人是谁'，他说'哪有人'，所以我就没敢再说什么。他说得找点冰块敷在我鼻子上，所以我们看到一个很晚还在开门的商店，就把车停在那儿了。我猜我就是在那里被拍到的。"

"你们离开商店以后呢？"

"我们开车回到了沃尔顿堡海滩的蓝色城堡酒店。他给我安排一个房间住了一晚上，给我拿来一件干净的 T 恤，让我把冰块敷脸上。他说如果有人问起，就说我跟人打了一架。所以我就是这么跟我妈妈说的。"

"他给你钱了吗？"

"给了，转天他把钱给我，让我把嘴闭上，不许跟任何人说。他说一旦被人发现，我就会被指控撞车逃逸，甚至比这罪名还大。我跟你们说，我真吓坏了，所以我一直没敢跟人说。害怕警察，也害怕韦斯特贝。过了几个星期，我觉着风声已经过了，我没事了。后来，有一天韦斯特贝在酒店里抓住我，让我开车立刻离开佛罗里达。他给我一千块钱，让我躲起来，过后他会给我打电话。"

"他打电话了吗？"

"打了一次，但是我没接。我不想再回来了，但我担心我妈妈，另外，我还得跟我的假释官见面，我不想缺席。所以今天我偷偷回到城里，本想今晚上去看我妈妈。"

大致叙述了经过之后，帕切科又回到事件的开始，问了一些更详细的问题。每一个细节都仔细推敲，反复研究，给证人施加压力，让他回忆起每个细节和涉及的每一个人。四个小时后，弗曼筋疲力尽，再次表示要离开这个镇子。帕切科最终同意了，两位联邦法警走进房间，带着齐克·弗曼离开了。他们开车把他送到密西西比州格尔夫波特的一个酒店，在那里他度过了新生活的第一个夜晚。

克莱德·韦斯特贝跟他的第二任妻子住在距离布伦瑞克县海滩不远的地方，豪华漂亮的房子，前面有个威严紧闭的大门。韦斯特贝今年四十七岁，没有犯罪前科。他持有佛罗里达驾照，美国护照，从未登记进行过投票，至少在佛罗里达没有。根据州就业记录，他是沃尔顿堡海滩破浪者酒店的经理。他有两部手机和两部座机，一个座机在办公室，另一个在家里。齐克离开佛罗里达三个小时之后，联邦调查局特工便开始对这四部电话进行监听了。

32
警觉的狐狸

早上的邮件和信件里，包括了埃德加·基里布鲁律师事务所寄来的三个厚厚的包裹。莱茜硬着头皮打开包裹，看到上面附着的一封信函。基里布鲁在信里用简要而且傲慢的语气说包裹里是"麦克多万法官对于莱茜'毫无意义的'传票的反馈"，在信里他正式要求撤销对他委托人的一切指控，终止调查。而且，他要求"司法行为委员会立即举行秘密的听证会"。

莱茜要求他提交麦克多万法官关于十起诉讼案的所有记录，包括官方记录和个人保存的资料。她看了看包裹里的东西，发现里面什么新的资料都没有。基里布鲁和他的助手仅仅是把庭审文件复印了一遍，然后胡乱地归总到一起。里面还有一些没收录在庭审文件里的资料，包括法官的口述记录和一些手写的笔记，但这些都没有显示出麦克多万的想法、目的或意见，完全体现不出她在偏袒某一方。不过，她审理的这十起案件都涉及匿名的离岸公司，并且都作出了对当地土地所有者和诉讼当事人不利的判决。

毫不意外，这些文件都杂乱无章，远不如萨黛尔很久以前整理的资料有条理。但是，莱茜别无选择，每份文件和记录都必须一一过目。她看完之后，向盖斯马尔作了汇报。

十月五号，这个月的第一个星期三，麦克多万法官比平时提前一个小时下班，开车到了兔子快跑社区每次都去的那套房子里，自从收到指控她收受房产贿赂的投诉书之后，这是她第二次来到这里。她把雷克萨斯车停在老地方，为另一辆车留出空，然后走进了房子。她的神色看起来镇定自若，没有流露出一丝紧张和慌乱，甚至没有左顾右盼，或者行色匆匆。

　　走进房子，她查看了一下院子的门和所有的窗户，然后走向地下室。几个月来，她一直在欣赏着自己的"资产"，她花了很长时间收集这些宝贝，现在她觉得值得拥有这些。现金和钻石放在防火且便携的保险箱里，上锁的金属柜里放着珠宝、稀有金币、古董银制酒杯和餐具器皿、限量签名初版名著、年代久远的水晶以及当代艺术家的小幅油画。所有这些都是用赌场私吞的现金购买的，从几十个不同的商人那里有计划地买入，巧妙地把钱洗清，谁也不会怀疑。她和费丽斯·特班已经违反了烦人的财务报告法律，这一计划的精髓就是要有耐心。购买少量精致而稀有的宝贝，随着时间的累积，收藏的宝贝就越来越多。寻找对路的卖家，避开那些好打听或者犹豫不决的商人，等到合适的时机，把这些宝贝转移到国外。

　　麦克多万非常喜爱她收藏的这些宝贝，但是十一年来她第一次感到恐慌。这些东西应该赶紧通过船运或者走私运送到安全的地方，因为现在她被控告了。

　　有人发现了她的房产，知道房产在一些匿名的公司名下。沃恩·杜博斯天性冷酷无情，但克劳迪娅·麦克多万却不是。虽然对金钱的贪欲无穷无尽，但终有厌倦的一天。她拥有的已经足够多了，她和费丽斯大可以随心所欲地环游世界，嘲笑那些愚蠢的印第安人。最重要的是，她可以跟杜博斯一刀两断，两不相见。

　　杜博斯来到麦克多万的房子，倒了一杯烈性伏特加酒，麦克多万喝着绿茶。他们坐在早餐臬旁，看着高尔夫球场。沙发上有两个皮包，一个里面装满了赃款，另一个是空的。

　　"跟我说说基里布鲁的情况。"简短的闲聊之后，杜博斯说。

　　"他把书面材料都归总交给他们了。他的时薪是五百美元，也许我会再给他加点儿钱。当然，他要求停止一切调查，他放话说要立即举行听证会，虽然是吓唬，但我想这样能拖延至少六个月。六个月后，我们会在哪儿呢，沃恩？"

"还在这儿啊，数着大把的钞票。一切都不会变，克劳迪娅，怎么你害怕了吗？"

"我当然害怕。这些人可不是傻子，我可以给他们看我买房子时的支票，每套不超过一万美元，但市值可不止这个价。我也可以给他们看银行本票的余额，不过大部分的钱都存在加勒比海一个秘密银行里了。"

"这几年你已经疯狂地花了不少钱，你银行的事他们管不着。"

"没花多少，沃恩，真的不多。那些花的钱都是通过离岸银行支付的。"

"他们绝对查不到的，克劳迪娅。我们不是讨论过好多次了吗？"

"我不知道，沃恩。要是我主动辞去职务怎么样？"

"辞职？"

"你考虑一下，沃恩。我可以以身体原因为借口，跟媒体随便敷衍一下，然后离职。基旦布鲁可以借机煽动，说司法行为委员会无权再调查我。因此，投诉也就撤销了。"

"投诉已经失效了。"

她倒吸一口气，然后喝了口茶，说："迈尔斯？"

"迈尔斯失踪了。"

她推开茶杯和茶碟，愤怒地说："我再也受不了了，沃恩，你又下黑手，这不是我的风格。"

"他自己逃跑的，好吗？我们还没抓到他，不过快了。"

两人都没说话，沉默了很久。克劳迪娅在数他这几年杀了多少人，而杜博斯则在考虑如果她真退休了，自己能额外赚多少钱。

"这个迈尔斯是谁？"她问道。

"一个彭萨科拉的律师，被吊销了律师资格，名叫拉姆齐·米克斯，在联邦监狱里服刑了一段时间，出狱后找到了联邦警察抓他前藏起来的一些钱，然后改名叫格雷格·迈尔斯，和他的墨西哥小妞住在一艘船上。"

"你怎么找到他的？"

"这不重要。重要的是如果没有他，司法行为委员会就没法继续调查了。

这个案子完了，克劳迪娅。虽然有些小惊险，不过已经结束．你安心好了。"

"不好说。我仔细研究过司法行为委员会的章程．没有硬性规定如果投诉方放弃就必须立刻撤销指控。"

她是律师，而杜博斯不是，他不会为这个跟她争论。"那你确定如果你退休的话，他们就不追查你了吗？"

"再说一次，我预测不出他们会做什么，他们的规程并不总是那么清晰明确的。但是，假如我不是法官了，他们凭什么还盯着我呢？"

"也许他们就不会盯着你了。"

克劳迪娅还不知道两个录像的事，也不知道沃恩一直在施加压力，甚至暴力手段阻止了案子的调查，她也不知道莱曼·格里特以及他可疑的行为。有很多事情她都不知道，因为在杜博斯的世界，知道的越多就越危险。即使备受信任的心腹也有可能倒戈，泄露秘密，而且她自己的麻烦事也不少了。

谈话又一次止住，陷入长时间的沉默。两个人似乎都不想说话，但脑子里却各自盘算着。杜博斯搅动着杯子里的冰块，终于开口："所以，还是那个问题，法官，迈尔斯是怎么发现房子的事的？从书面文件上他是不可能找到你的。有太多防火墙和对国外公司的法律保护，所以不可能查到这里。一定是有人告诉了迈尔斯，也就是说，有人泄露了消息。看看我周围的人，也看看你周围的人。我的人都是管理黑帮组织的人，所以口风绝对很紧，我们已经在这行很多年了，没有一个人敢走漏风声。那你的人呢，法官？"

"我们已经谈过这件事了。"

"那就再谈一次。会不会是费丽斯？她什么都知道。她的办公室安全吗？"

"费丽斯是我的犯罪同伙，沃恩。如果我有罪的话，她也一样。"

"我不是说她会招供。但是最近她身边有什么人吗？我知道她没有合伙人，只有一些打杂的，不过这些人可靠吗？"

"她对安全性很在意，任何敏感的东西都不会放在办公室里，也不会放家里。重要的东西都放在一个小办公室里，没人知道，一切都很安全。"

"那你的办公室呢？"

"我跟你说过了，沃恩。我只雇一个全职秘书，而且每十八个月左右就会更换，没有人能在我身边工作超过两年的，因为我不想让他们过得太自在，到处传话或者打听。偶尔，会有一些实习生在我这儿实习一年，但那些可怜的孩子都承受不住压力。我有一个法庭书记员跟了我很多年，我绝对相信她，可以用我的性命担保。"

"乔海伦。"

"乔海伦·胡珀。一个很可爱的女孩，工作很出色，但所有关于法庭的事都不掺和，始终离得远远的。"

"她做你的法庭书记员多久了？"

"七八年了。我们能共事那么久，就是因为她不多说话，需要她靠前时，她才会过来巴结我，其他时候，从来都不会碍我的眼。"

"你为什么这么信任她？"

"因为我了解她。为什么你这么信任你身边的手下呢？"

杜博斯没有理会她的问题，问道："她能进入你的办公室吗？"

"从没进过，任何人都不能进来。"

"完全信任是绝不可能的，法官。相反，你最信任的人往往会为了利益，在背后捅你一刀。"

"这你应该最清楚。"

"该死的，我当然清楚。好好看着她，知道吗？谁也别相信。"

"我谁也不相信，沃恩，尤其是你。"

"那就对了，我都不相信我自己。"

看到自己是如此的奸诈，他们本人也不由得苦笑起来。沃恩又去给自己倒了些伏特加，克劳迪娅喝了一口冰茶。沃恩倒完酒回来坐下，说："这样吧，咱们每周见一次面，每个星期三五点在这儿见面，盯着周围的情况。给我点时间考虑你退休的事情。"

"哦，我相信你会考虑退休这个计划的，你已经在数每个月多分的现金了。"

"没错，不过，在我看来，如果有个跟你一伙儿的法官，事情会办得更顺利一些。你把我宠坏了,克劳迪娅,我不确定能不能找到跟你一样容易受贿的法官。"

"但愿别找到。"

"怎么这几年你良心发现了吗?"

"不是,我只是厌倦工作了。今天我不得不把一个孩子从他母亲身边带走。这个母亲吸毒上瘾,形如枯槁,孩子跟着她会很危险。不过做这样的决定还是很艰难。这是我从这个女人身边夺走的第三个孩子了,六个小时的庭审之后,这女人像疯了一样歇斯底里,不停叫着孩子的名字,我不得不叫社工把孩子抱走。于是,当她正要被带走的时候,母亲在法庭上大声说:'嘿,没什么大不了的,我他妈的又怀孕了。'"

"这么赚公家钱真是太可怕了。"

"我真不想再干了。从印第安人那里私吞点儿钱要舒心多了。"

莱茜坐在瑜伽垫上,正费力地做前屈动作,这是基本的瑜伽动作,她练了好几年,不过自从车祸之后就一直没练了。双腿伴直并拢,身体向前够向双脚,她几乎就要碰到脚趾时,突然咖啡桌上的一次性电话响起来,是中间人库雷打来的。因为这几天一直盯着手机,坐立不安,于是她决定把它扔在一边不管。然而,铃声响起那一刻,她立刻忘掉了瑜伽,拿起手机。

"刚刚收到消息,莱茜,"他说,"没有迈尔斯的音讯。这不是我们想要的结果,很让人头疼。基拉戈的警察现在正在找他,但没有一丝线索。几天前某家银行收回了他的船。刚跟鼹鼠通了话,没有新的消息,只有今天我们的法官跟杜博斯见了面,因为是每个月分赃款的日子。"

"鼹鼠是怎么知道的?"莱茜问,这已经是老生常谈的问题了。

"也许有一天你可以自己问他,我也不知道。听着,莱茜,如果有坏人找到了迈尔斯,那他们也会找到我。我快吓死了,这几天一直东躲西藏,便宜的汽车旅馆一家一家地换,说实话,我已经筋疲力尽了。明天我要给你寄个包裹,里面还有一个一次性手机。那是鼹鼠的手机。我们每个月都会换。如果我发生什么不测,你就给那个手机打电话。"

"你不会出事的。"

"谢谢,不过你也不知道会发生什么。迈尔斯不也觉得自己很聪明吗?"

"没错,不过在投诉书上签字的人是他,那些家伙不知道你是谁。"

"我不知道还能相信什么。不管怎样,我要跑了。一定要小心,莱茜。"电话挂断了,莱茜呆呆地看着廉价的手机,她本以为能听到别的什么消息。

33
第二个重要突破

秋天渐渐临近，破浪者酒店已经为每年这个时候涌进来的加拿大人做好了准备。酒店大堂里很安静，游泳池和停车场空无一人。克莱德·韦斯特贝走进电梯要去三楼看看房间翻新的情况。电梯正要关门，一位穿着短裤和凉鞋的人走进来，按了六楼。电梯开始上行，这位客人说："有时间吗，韦斯特贝先生？"

克莱德·韦斯特贝打量着他，问道："您是这里的客人吗？"

"是的，住在海豚套房。我的名字叫埃里·帕切科，联邦调查局特工。"克莱德低头看着帕切科的凉鞋，而埃里则拿出了自己的工件。

"联邦调查局来我酒店干什么？"

"花大钱住个不错的套房啊。我们是来跟你谈谈的。"电梯停在三楼，不过克莱德没有走出去。没人进电梯，门又关上，电梯继续往上走。

"也许现在我有点儿忙。"

"我们也是。只问你几个问题而已。"

克莱德耸耸肩，电梯到了六楼，他走出来，跟着帕切科走到走廊尽头，看着他打开海豚套房的门。

"你喜欢我的酒店吗?"克莱德问。

"还行吧。客房服务太差了,今早在浴室里发现了蟑螂,还是个死的。"

套房里还有三个男人,都穿着短裤和凉鞋,另外还有一位年轻的女士,看起来准备要去打网球。那些男的都是联邦调查局特工,女的则是丽贝卡·韦伯,联邦助理检察官。

韦斯特贝环视了一下宽敞的房间,说:"哦,我真不喜欢这样,我想我可以命令你们离开我的酒店。"

帕切科说:"当然可以,我们很愿意离开,不过你就得跟我们一起走了,戴着手铐和脚镣,穿过酒店大堂,在你酒店客人和员工的注视之下,被押出酒店。我们甚至可以通知一下当地的记者和媒体。"

"我被捕了吗?"

"是的,蓄意谋杀罪。"

韦斯特贝的脸"刷"地一下白了,腿软了一下。他扶着椅子背,踉踉跄跄地坐下来。特工哈恩递给他一瓶水,他咕咚咕咚地大口喝下去,水顺着下巴流下来。他深呼吸着,看了看特工们的眼睛,绝望地想要呼救——如果是一个清白无辜的人早就应该抗议了。

最终,他颤颤巍巍地说:"这不可能,不可能的。"但事实就是这样,韦斯特贝的好日子完了,噩梦开始了。

丽贝卡·韦伯把几页文件扔在他腿上,说:"这是刑事起诉书,密封没动,昨天由塔拉哈西联邦大陪审团下达的。你被指控犯有蓄意谋杀罪,最高可被判处死刑。杀死雨果·哈齐是受雇谋杀,所以情节加重,构成谋杀罪,而且你花现金买来被偷的卡车是跨州犯罪。真是很不明智啊。"

"不是我干的,"他几乎在呜咽着说,"我发誓。"

"想要发誓尽管发吧,克莱德,发誓也帮不了你了。"帕切科假装同情地说。

"我要找律师。"

"可以。我们给你找一个,不过先看一些文件。咱们坐在桌子这边,好好聊聊吧。'那是个小圆桌,只有两把椅子。韦斯特贝坐了一把,帕切科坐在对面。哈恩和另外两名特工站在帕切科身后,尽管穿着高尔夫球衫,短裤和凉鞋,但看起来还是令人生畏。

帕切科说:"据我们所知,你没有犯罪记录,是吧?"

"是的。"

"那么,这是你第一次被捕,对吧?"

"是的,我想是的。"他吓得都蒙了,一脸呆滞,眼神在众人的脸上来回游移。

帕切科清晰而缓慢地给克莱德宣读米兰达权利,然后把书面的米兰达权利交给他。他一边读一边摇头,脸上终于有了一丝血色。帕切科递给他一支笔,他在文件最后签了名。

"我,我有权打个电话吗?"韦斯特贝问。

"当然,不过你要知道这三天来我们一直在监听你的电话。你至少有两部手机,如果你用其中的一部打电话,我们都会一字不漏听到的。"

"你们什么?"韦斯特贝难以置信地问。

韦伯女士拿出另外一份文件,放在桌上,说:"这是由联邦地方法院签署的窃听许可令。"

帕切科说:"好像你大部分的私人电话都用 iPhone,你的诺基亚手机是酒店付费的,用来谈公事,也用来跟你的女友塔米·詹姆斯约会,她以前是胡特餐厅的女招待。我想你太太并不知道这位塔米小姐。"

克莱德惊得下巴都快掉了,张口结舌,说不出话来。跟塔米的私情不会比指控谋杀还严重吧?也许吧,不过他的脑子已经懵了,对什么都没概念。

帕切科饶有兴趣地看着克莱德一脸呆滞的表情,继续说道:"顺便说一句,我们也得到许可对塔米的手机进行了监听,她也跟一个叫伯克的人睡觉,还有一个人叫沃尔特,也许还有别的一些人。不过你还是忘了塔米吧,因为你基本上就要告别软香在怀的日子了。"

韦斯特贝仿佛如鲠在喉,嗓子被什么东西卡住了一样,发出嗷嗷的声音。只有一个特工搞清了状况,他转身拿来一个塑料垃圾桶说:"给你。"被控告的嫌犯马上转过去开始大声干呕起来,脸憋得像猪肝一样紫红,大口喘着粗气,最后终于吐了出来。听着真让人恶心,大家都把头转到一边不去看他。就这样,他早上吃的早餐一点不剩都进了垃圾桶里,韦斯特贝吐完用手背擦擦嘴,依然耷拉着头,发出奇怪的啜泣声。一名特工递给他一条湿毛巾,他又擦了擦嘴。最终,他笔直地站起来,咬牙切齿,一副视死如归的样子。

垃圾桶里散发出一股恶臭,一名特工赶紧把它拿到卫生间里。

哈恩向前一步,得意洋洋地说:"而且,我们还有两年来这两部手机的所有通话记录。咱们谈话的时候,我们正在追踪通话的那些电话号码。这里面一定有沃恩·杜博斯。我们最终会找到他的号码的。"

韦斯特贝快要窒息了,瞪大了眼睛看着桌子对面的帕切科,最后终于开口:"我要找个律师。"

"你想找哪个律师?"

他的脑子一时僵住了。他闭上眼睛,使劲想律师的名字,哪个律师都行,只要能救他。有一个跟他打高尔夫球的房地产律师,一个跟他喝酒的受理破产案的律师,一个帮他打第一次离婚官司的离婚律师,还有一些其他的律师。最后,他说:"对了,加里·布林顿。"

帕切科耸耸肩说:"给他打电话,但愿他能上门服务。"

"我没有他的电话号码。"

"我有。"另一个特工看着笔记本电脑屏幕说。他快速念着电话号码,但是韦斯特贝的手抖得厉害。他试了三次,终于打通了电话。布林顿先生正在开会,但是韦斯特贝坚决要找他。他一边等着,一边看着帕切科,问道:"我能单独跟我的律师谈吗?"

帕切科说:"有什么关系呢?反正我们也在听。法官给了我们许可。"

"我求你们了。"

"当然可以,这是你的酒店嘛,去卧室吧。"帕切科把他带进卧室,但仍然留在那里没走。布林顿接起电话,听韦斯特贝向布林顿介绍自己真是特别好笑。看起来两个人没见过面,即使见过面,布林顿也不记得了。韦斯特贝想要跟他说明现在糟糕的处境,但是这位布林顿律师一个劲地问问题。韦斯特贝背对着帕切科,拼命想跟布林顿解释,但总被律师打断,一个整句都说不了。"不,是的,听着,他们现在就在这儿,联邦调查局,好多人，沃尔顿堡，酒店……是的，起诉书……联邦，不过……你在听我说吗？我需要你立刻来酒店。把手里的事情都放下……你的报酬？当然，多少钱……你开玩笑吧……是的，蓄意谋杀罪……一个调查局特工正盯着我呢，一字不漏都听着呢……好好……"

韦斯特贝转身面对帕切科说："律师说请你离开这个房间。"

"告诉他哪儿凉快哪儿待着去，我不会走的。"

韦斯特贝转过身说："他说让你哪儿凉快哪儿待着去。听着，赶紧过来给我出出主意，不然他们就把我五花大绑带走了，你要多少钱……什么，怎么这么多钱？知道了，我知道了。好吧，快点儿。"

韦斯特贝挂了电话，说："他说要一个小时才能到。"

"我们不急，克莱德。事实上，我们在这个套房住了两天了，虽然房价是淡季的价格，不过还是太贵。"他们回到客厅，哈恩和另外几个特工正忙着把两部摄像机分别安装在两个三脚架上。帕切科说："现在，克莱德，审讯还没开始，等你的律师来了，我们再审你。不过，为了安全起见，我们从现在开始要进行录像。不想有人指责我们违法米兰达法令，对吧？等布林顿先生来的这工夫，我们有几个视频要给你看，也许你会很感兴趣。"

韦斯特贝坐在桌旁，帕切科也是。两人中间放着一个笔记本电脑，哈恩敲了一下键盘，帕切科说："这是在阿拉巴马州弗利市一辆道奇公羊被偷的视频，这个人你应该认识，8月22号晚上，你在彭萨科拉东部的一个酒吧里跟他见面，给了他现金。而同时，年轻的小伙子齐克·弗曼正在你的卡车里等你，卡车上是假冒的佛罗里达牌照。你好好看看。"

韦斯特贝看着屏幕，眼睛都眯成了一条缝。

看完第二遍，他问："视频是谁拍的？"

帕切科举起双手，说："打住，你不问我们，我们也不问你，等你律师来了再说。只是给你看看，也许这些视频录像可以帮你一会儿做出正确的决定。"

哈恩给他播放第二个录像——弗洛格·弗里曼店里的录像。当克莱德看到自己把卡车停在店门口，走出卡车时，他的肩膀耷拉了下来。随后，他整个人都瘫了，呕吐不止，几乎昏厥，脸色苍白，虚弱无力，声音颤抖，就像化成了一摊烂泥。埃里感觉到下手的时候到了，虽然律师会制造不少麻烦，但他们经常这么做。

帕切科趁热打铁说："把车直接停在店门口真是太蠢了，被拍到照片了吧。"韦斯特贝挫败地点点头。

哈恩重放了一遍第二个录像，问："看清楚了吗？"

韦斯特贝点点头，跌坐回椅子上。埃里说："既然我们还有些时间，那就再看一个更长点的视频吧，你会觉得同样很精彩的。我们几天前跟你的同伙齐克·弗曼聊了聊，还记得齐克吧？"

"我不会回答你们任何问题的。"

"好吧。我们稍稍揍了他一顿,这孩子真害怕了,开始唱起歌来。我是说，他真的在唱歌，放音乐吧，哈恩。"齐克惊恐万状的脸出现在电脑屏幕上。他发誓会说出真相，然后交代了五十六分钟。克莱德紧张不安地听着，感觉自己的生命正一分一秒地渐渐逝去。

加里·布林顿来了，联邦调查局查了一下他的资料，并没什么特别之处。布林顿现年四十岁，上了两个广告，基本上就是个在街头卖力吆喝混口饭吃的人，梦想着接手像车祸赔偿这种赚钱的案子，实际上只能靠劳工赔偿案或者中级贩毒案这种利润不大的生意过活。他在广告上的形象是个衣着光鲜的年轻律师，身材健美，头发浓密，显然是为了广告宣传和自我营销拿作图软件修改过的。因为他本人与广告上的形象截然不同，穿着皱巴巴的西装，衬衫快被鼓起的肚子撑破了，头发乱糟糟的，稀疏而灰白。自我介绍之后，他带委托人走进卧室，关上门，在里面待了一个小时。

与此同时，帕切科叫客房服务送来了一盘三明治，突然闪过一个想法——可以把钱算在酒店老板的账上。不过他没这么做，因为接下来要发生的事比这更让韦斯特贝窘迫难堪。

韦斯特贝和布林顿回到客厅，看上去好像经过了一番激烈的争论。帕切科递上三明治和香蕉，布林顿每样各拿了一个，不过他的委托人没有胃口，吃不下去。

帕切科问："现在可以开始了吗？"

布林顿满嘴都是吃的，含糊不清地说："我给我的委托人建议过了，不回答任何问题。"

"很好。不过我们不是来审问的。"

"那你们到底要来干什么的？"

丽贝卡·韦伯正坐在一个小沙发上，在便笺簿上写着什么。她说："我们准备了一个认罪交易——承认犯有一级谋杀罪，指控会根据情况稍后进行。一级谋杀罪会判终身监禁甚至死刑，不过我们会提议减刑，而且会减不少年。"

"减到多少年？"布林顿问。

"初步看是二十年吧，不过看他表现如何了。你的委托人的表现决定了服刑的期限。"她说。

"卧底。线人。我们不知道渗透到内部是不是有这个必要，因为你的委托人已经是帮派成员了。我们在他身上装窃听器，录下他跟帮派内部某些人的谈话，诸如此类的事情。"丽贝卡·韦伯一气呵成地说道。韦斯特贝惊恐不安地看着她。

帕切科说："简单地说，布林顿先生，我们想让你的委托人供出海岸帮。"

"那他会得到什么作为回报呢？"

韦伯说："也许只需服刑五年。这是我们向法庭提出的建议，不过，你也知道，最后还是要由法官来定夺。"

帕切科说："五年刑期，然后列入证人保护计划，过上悠闲的生活。不然以后的十年就在死囚区里度过，然后等着被执行死刑。"

"不许威胁我的委托人。"布林顿气愤地说。

"这不是威胁，我是在许诺。他犯有蓄意谋杀罪，证据确凿，联邦检察院会很快做出判定。我们正给他提供一个私下的交易，包括韦斯特贝先生很有可能服刑五年后重获自由。"

"好吧，好吧，"布林顿吃完了一大口三明治说，"让我看看那些该死的视频。"

下午四点半左右，律师和他的委托人在卧室里又经过一番紧张的讨论之后，重新回到客厅。两名特工正在桌上玩纸牌，丽贝卡·韦伯在打电话，哈恩在沙发上打盹，帕切科让管家离开。他们答应布林顿先生如果必要的话，会面会持续到深夜。他们现在哪儿也不去，如果没能达成交易，他们马上就会给韦斯特贝先生戴上手铐押送到塔拉哈西，关进监狱。这将是他漫漫牢狱生涯的开始。如果他们现在不签协议的话，以后也不会再有这样的机会了。

布林顿的外套挂在了门把手上。他穿着红色背带裤，站在客厅中间对着政府的人说："我想我已经说服我的委托人同意了，这个案子的罪名太大，无罪判决的可能性微乎其微。毫无疑问，他希望被关进监狱的刑期越短越好，而且，他还愿意做卧底线人。"

韦斯特贝仿佛转眼间老了十岁，脸色苍白，不再像刚开始那样意气风发，倒像是风烛残年、毫无生气的老人。他不敢迎上人们的目光，脑子显然有些恍惚。特工们密切地观察他，最后一次律师和委托人在卧室里单独谈话之后，他们都对他有点担心——戴着窃听器跟沃恩·杜博斯共处一室需要很大的勇气和胆量，必须坦然自若，不让人产生怀疑。特工们一开始还欣赏他强硬的性格，这是他们所希望的，但没想到这人没多大工夫就蔫了。

哎，很多时候他们也是没办法，卧底线人不是任由他们挑选的，而且这些人向来摇摆不定。

布林顿说："所以你们的条件是什么？"

韦伯女士回答说："他会跟帮派中的其他人一起被指控犯有蓄意谋杀罪。指控会被暂且搁置，同时我们会看他配合的态度和表现。如果他协助我们把黑帮团伙端了，他首先要低头认罪，然后我们会极力游说法庭减轻量刑。如果他犯傻逃跑或者向帮派告密，我们会严惩不贷。"

"我也是这么想的。韦斯特贝先生，你看呢？"

克莱德举手投降，一脸苦笑："我还有别的选择吗？"

34
五表亲

到底沃恩·杜博斯是真名还是化名，一直无人知晓，至少克莱德·韦斯特贝不知道，因为他不是"五表亲"之一——真正统治黑帮的人。除杜博斯之外，其他四个人都没有使用杜博斯这个姓氏。沃恩的弟弟1990年在科勒尔盖布尔斯一桩毒品交易中被枪杀，他的名字叫纳什·基尼。而根据联邦调查局的调查，纳什·基尼1951年出生在路易斯安那州，没有兄弟。

克莱德承认他了解的大部分帮派历史和背景都是听说的，只言片语，并不可信。帮派里的人不会围坐在一起聊闲天，谈论过去辉煌的日子。他跟"五表亲"直接接触的时间其实并不多，加入帮派两年后才见到这五表亲，所以不确定他们是否有血缘关系。

沃恩·杜博斯没有住址、驾照、社保号、纳税人身份证号码、护照、银行账户和信用卡。联邦调查局也已经证实过了，因此得出一个结论——杜博斯是个化名，多年来一直小心翼翼地隐藏和保护着他。这个一直用化名的人从来没有提交过所得税申报记录。根据格雷格·迈尔斯所说，杜博斯结过婚，而且离婚不止一次。然而，联邦调查局也没有找到任何结婚登记或者离婚记录。

亨利·斯克里是他们需要调查的五表亲之一。他一直被叫做汉克，人们猜测他是沃恩的侄子，被枪杀的弟弟纳什的儿子。但如果纳什没有兄弟，那这个汉克又是谁呢？与原先的传闻就不符了。

汉克大约四十岁左右，是沃恩的司机、保镖、高尔夫球友、酒友，等等。所有杜博斯想要或者需要的东西都是记在汉克名下的。沃恩想要一辆新车，就派汉克用他的名字去买；沃恩想去维加斯玩一个星期，汉克就安排飞机、豪华轿车、酒店和女人，当然他也会跟着去，打理好各种细节。最重要的是，汉克负责把沃恩的命令传达给其他的人。沃恩不用手机，也不收发电子邮件，至少在非法的这些勾当上是这样。

克莱德交出了他的两部手机，告诉联邦调查局特工手机密码，他看见两名特工开始下载他手机上的数据。有两个号码是汉克·斯克里的，不过联邦调查局在这之前就查到了。

克莱德不知道沃恩现在住在哪里。沃恩总是搬来搬去，在佛罗里达狭长地带他建造了不少新的公寓和住宅，他在这个公寓住几个月，然后又搬到另一个公寓。而且克莱德也不知道沃恩是不是一个人住。

还有两个表亲，万斯和弗洛伊德·马顿，大概是杜博斯的亲戚。第五个人叫罗恩·斯金纳，据称也是沃恩的侄子。斯金纳住在巴拿马城附近的海岸，负责经营帮派投资的酒吧、酒类专营店、便利店和夜店，这些都是主要的洗钱场所；马顿兄弟经营帮派里的各类房地产买卖；汉克负责照看酒店、饭馆和游乐场。这是个组织严密并且井然有序的管理团队，所有重要的决定和命令都是沃恩下达的，一切都跟金钥匙赌场窃取的现金挂钩。五兄弟管理层下面一级的是经理，就是像克莱德这样看似经营合法生意的人。帮派组织里大约有十几个这样的经理，但是克莱德一个都没见过。毕竟，这可不是个其乐融融的家族企业——每年会组织公司年会，可以带着老婆孩子一家欢乐的大家庭。沃恩不想要大家相互接触，彼此知道太多的事情。十年前，克莱德在奥兰多的一家酒店工作，他听说沃尔顿堡海滩要招人，于是他搬到这里，因为他喜欢住在海边。一年后，他得到了蓝色城堡酒店经理助理的工作，无意间进入了海岸帮的犯罪组织，但是他当时并没有听说过这个海岸帮。他见到了汉克，得到汉克的赏识，很快被提升为经理,薪水也涨了不少。他拿的薪水丰厚,远远超出行业平均水平,他相信这在杜博斯帝国里是很平常的——用钱收买人心,替他卖命。克莱德管理酒店之后,表现很出色,汉克告诉他公司又买下了距离海边半英里的破浪者酒店。公司是个经过重组的商业集团,总部在伯利兹,克莱德将负责经营沃尔顿堡海滩的两个酒店。他的薪水再次涨了一倍,并且得到了新公司斯塔·斯5%的股份。他认为汉克和一切合伙人拥有另外95%的股份,不过不能确定。以后他就会知道这只是个阴谋。

有一天汉克带着百元面值的四万美元现金来找他,他的犯罪生涯由此开始。汉克说从酒店洗钱太难,因为几乎所有的交易都是用信用卡支付的。不过,每个酒店都有酒吧,很多客人还是愿意用现金付款,汉克详细地指示他怎么把黑钱循序渐进地加入每个酒吧的现金库里。他从没用过"洗钱"这个字眼,而是一直用另一个词叫"做假账"。从此之后,每个酒吧每天的现金收入都由克莱德亲自管理,别人不许插手。一段时间之后,他学会了怎么根据酒店客人的人数调整现金的数目。他甚至改进了洗钱的方法,在账面上总收入里做手脚,增加总收入的数额。假账看上去做得天衣无缝。彭萨科拉的会计师泰喜也销售额增加了,但从没有引起过任何怀疑。

克莱德把账记在一个笔记本上,绝不使用电脑,他看一眼就能告诉联邦调查局这九年里他从酒店和酒吧里洗了多少钱。他大概估算了一下,每年至少得有三万美元。这还只是冰山上的一角,洗钱更严重的地方是在酒吧、酒类专营店和脱衣舞夜店。

帮派渐渐把他吸收进来。在酒店当了两年经理之后,他被邀请去维加斯跟帮里的人一起旅行。他跟汉克和马顿兄弟一起乘坐私人飞机,到达目的地之后,一辆豪华轿车把他们送到一个宏伟气派的赌场,他们给克莱德在赌场里安排了一个单独的套房。所有的花销都由汉克承担——牛排晚餐、上等红酒、妖娆妩媚的妓女。一个星期六的晚上,汉克请他到一个顶楼套房跟沃恩一起喝酒。套房里只有沃恩·杜博斯和他的表亲们,以及克莱德·韦斯特贝,现在他是组织里备受信任的一员了。第二天,他和汉克在赌场的酒吧里喝咖啡,汉克给他立了几条规矩,都是些基本的规定,总结为几点:1. 让做什么就做什么; 2. 把嘴闭紧; 3. 除了他们几个人,谁也不要相信; 4. 睁大眼睛保持警惕,一定不要忘了你在违反法律;5. 不要告密,因为告密的代价对你和你的家人来说是致命的。他们要他绝对的忠诚,作为回报,克莱德会得到许许多多的钱。他愿意服从这些规矩。

经理级别的人还要去赌场,每个月至少两次。洗钱很简单。汉克给克莱德五千到一万美元左右的现金,让他用从赌场私吞的现金赌博,经由杜博斯,给到汉克,再到克莱德手里,现在又回到了赌场。拿着这些现金,克莱德作为赌客,换得一叠面值一百美元的筹码。他最喜欢的游戏是二十一点,玩好了能不赔不赚。他一般先买两千美元的筹码,玩上一个小时,然后歇一会儿。他不会带着筹码离开,而是告诉赌场的人"给他换成现金",把余额挂在他酒店的账上,他在酒店开户用的是假名字。每年,他都会把酒店账上的余额转到一个由汉克管理的银行账户上。去年,也就是2010年,克莱德把十四万七千美元的干净钱从赌场转移出来。

他几乎能够肯定五表亲和所有的经理们就是通过赌场筹码进行洗钱的。

回想起来,他不记得到底从什么时候开始下决心越界,触犯法律的。他完全按照老板的吩咐做事,而且似乎这么做没什么危害可言。他知道洗钱是违法的,不过对他来说太简单了——不可能被逮到,因为他们的账户根本无迹可查。另外,他也拿了不少酬劳,可以随心所欲地花钱,生活过得不错。当然,他是在为一个犯罪团伙工作,不过他觉得自己没犯什么大罪,只不过沾了点儿边而已。久而久之,犯罪成了他生活的全部,成了他生存的保障。他开车沿着布伦瑞克县的海岸行驶,看到新的高楼大厦拔地而起,看到标示牌上新的高尔夫球社区即将开启,突然感到一丝骄傲和自豪,因为杜博斯风头正盛。假如联邦的人有所行动,也肯定是要钓大鱼,比如五表亲那样的大人物,而不会关注像他这样的小鱼。

而且也没有在看,没有人管。几年之后,他觉得一切都是自然而然的了。

所以当汉克打来电话说他们有麻烦了的时候,克莱德觉得很震惊——麦克多万法官,他从来没见过的一个人,被人盯上了。克莱德住在另一个司法管辖区,所以没听说过她这个人。他也不知道在杜博斯的团伙里,她扮演着什么角色,不过连汉克都警觉起来,这个人的作用肯定很重要。汉克几乎不怎么谈他的叔叔，而现在竟然说沃恩很担心。一定得出手干预。

汉克来到破浪者酒店，到克莱德的办公室找他。他们坐在泳池旁的桌子旁喝咖啡，汉克告诉他沃恩需要找人帮忙，于是选中了克莱德，指定克莱德·韦斯特贝为他干一件见不得人的活儿，因为没人会怀疑他。他一直没提谋杀这个字眼，说只是吓唬一下，当然是最暴力性质的威胁——制造一起撞车事件，在部落保留地上，时间是夜里。显然，克莱德不想干，但拒绝是不可能的。所以他壮着胆子从容答应，好像只是件平常不过的事——对这五个人来说，一切事情都再平常不过。

汉克同意让齐克·弗曼做他的傀儡助手，他是个合适的人选。汉克弄来了一辆偷来的卡车，又给克莱德的卡车弄了个假的佛罗里达牌照。但克莱德对于这些安排都一无所知。这就是黑帮典型的作风：知道的人越少越好，这样就不会走漏消息。一切都进行得有条不紊，汉克在背后通过电话指挥撞车的地点和时间。克莱德不知道伪装成线人、引诱莱茜和雨果到保留地的男人是谁。撞车之后，克莱德立即开车到现场，把车停在道奇公羊后面，告诉齐克离开普锐斯，到他的卡车上去。看到齐克的鼻子流血了，克莱德赶紧检查道奇卡车里的气囊，没有发现血迹。雨果被撞得血肉模糊，整个人贴在挡风玻璃上，呻吟抽搐，血流不止。他的手机在他牛仔裤的右后口袋里。克莱德发现他座椅的安全带没有系上，但没注意副驾驶座的气囊是不是打开了。

不，他完全不知道有人在安全带和气囊上做了手脚。不，他只是拿走了雨果的手机，一下都没有碰雨果。他戴着橡胶手套，害怕靠近那个呼呼冒血、挣扎呻吟的男人。韦斯特贝承认当时特别害怕，但是有人给他下了命令他不得不做。莱茜的手机和iPad在车后左侧的地上，但是后门被撞得挤成一团，他设法打开了雨果身后的车门，拿走了手机和iPad。莱茜身上在流血，含含糊糊地说着什么，想要挪动。

克莱德面无表情地叙述着，即使自责懊悔，也不愿意表现出来。不过，中途他去了一下卫生间。此刻是下午将近六点。

他和齐克开车走上泥泞的小路，逃离现场，这条路是他和汉克前一天发现的。他记得齐克把什么东西顺着车窗扔出去了，帕切科给他看了纸巾上的血迹。他也无法解释为什么把车停在弗洛格商店的门前，唯一的理由就是他不确定商店是否还在开门，再加上那个地方这么偏僻——怎么可能会有摄像头呢？现在想起来，他真是太蠢了。他和齐克离开布伦瑞克县后，一起喝了点儿啤酒。他们把车停在十号州际公路一个休息区里，等着汉克。克莱德给他一个购物袋，里面装着两部手机和一个iPad。他们从那里回到了沃尔顿堡海滩，到了蓝色城堡酒店，给齐克在酒店找个房间住了一晚。第二天，克莱德带齐克去看大夫，照了个X光，显示鼻子没有骨折。他给了齐克五千块钱现金，觉得事情已经完了。克莱德整个上午都在看新闻，听说雨果·哈齐死亡的消息时惊呆了。大概一个星期后，汉克来到他的办公室，怒气冲冲，因为录像的事大发雷霆。他说沃恩很生气，要把事情压下来。他们叫齐克赶紧离开镇子，让他躲得远远的，等他们进一步的通知。

克莱德在车祸发生前很久都没见过沃恩了，现在他真不想去见他。克莱德一直提心吊胆，睡觉都不踏实，不过车祸的事情看来是平稳过去了，没想到还是败露了。现在，他的整个世界都坍塌了。

哈恩又点了一些三明治和水果，他们把吃的递给韦斯特贝和布林顿，然后走进了卧室。晚上八点，韦斯特贝说他老婆会着急的，他给他妻子打了个电话，说他还有些工作要做。

他们吃东西的时候，埃里·帕切科和丽贝卡·韦伯联手进行下一轮审讯。等审讯结束已经晚上快十点了，克莱德·韦斯特贝已经在录像机前坐了六个多小时，交代出大量的信息足够起诉和逮捕杜博斯和他的那些亲戚。在塔拉哈西，另一组特工全程监视和监听对克莱德的审讯，并且已经布下了天罗地网。

克莱德离开破浪者酒店时，是个自由身，没有戴手铐和脚镣。但是他的魂儿却留在了海豚套房，所说的一切都记录在案，并且录像为证，留作以后法庭审判的证据。他还有几天，也许几个星期的自由，然后将在一次高调的警方突袭之中被抓捕。妻儿老小惊慌失措；被捕的消息会成为报纸的头版头条；亲戚朋友会发疯似的打来电话。克莱德，作为犯罪团伙的一员，将被指控犯有蓄意谋杀罪。

他开着车漫无目的地绕着德斯坦转悠，脑子里突然想到了前女友塔米。

这个贱人，跟镇上一半的男人都上过床，甚至包括那个令人恶心的小人沃尔特。也许他老婆永远也不会知道的，但现在他该怎么跟他老婆说呢？因为害怕戴着手铐脚镣被押走，他该把一切都告诉她，还是等警方突袭之后再说？

该死的，他怎么知道该怎么办呢？他这辈子算是完了。

他越开车越绝望，与其听杜博斯的命令、干那种阴险卑鄙的撞车的事，还不如一枪爆头把自己解决算了，一了百了，或者从高高的桥上跳下去，或者喝药自杀也行。现在联邦调查局把他招的供词全都录下来了。

35
杀手德尔加多

沃恩那些最见不得人的事都是由一个叫德尔加多的老杀手干的。在沃恩的犯罪帝国里,这个德尔加多是真有其人还是另一个富有传奇色彩的传闻就不得而知了。

平日里,德尔加多经营着一个酒吧,虽是沃恩的商业集团里众多摇钱树和洗钱地点之一,但在犯罪团伙里,他真正的价值是干见不得光的活儿。他在武器、机械和电子方面有令人惊叹的技术。他曾经把萨恩·莱兹科带到朱尼尔·梅斯的家,异常冷静地把他和艾琳开枪打死在卧室里,然后消失得无影无踪。一个小时后,他就突然出现在朱尼尔所在的酒吧里,递给朱尼尔一杯酒。

朱尼尔的审判之后,德尔加多抓住了第一个告发者,迪戈·罗布尔斯——半夜乘坐一条小船,把脚上套着脚镣的罗布尔斯扔进了海湾里。第二个告发者,托德·肖特——德尔加多正举着猎鹿枪在瞄准他——五秒之后他一进入射击范围,就会被一枪爆头,子弹会射中托德的左耳,而且根本来不及听见枪声。但没想到另一个人的头突然出现在射程里,把托德挡住了,于是他才能活到今天。托德机警地嗅到危险,逃跑了,后来在俄克拉荷马又差点被德尔加多抓到。

沃恩这辈子最大的错误就是选中了克莱德·韦斯特贝去除掉雨果,而不是德尔加多。他选了一个外行,而不是专业的人。他的理由很站得住脚——没人会怀疑克莱德;不需要用到枪;相对而言,方法很简单;沃恩想要克莱德在帮派里地位更巩固一些。他看中克莱德身上的潜力和天赋,所以克莱德必须表现出更深的忠诚来。让克莱德参与到更严重的罪行之中,他就会一辈子为沃恩卖命。不过,真正让沃恩做出这些选择的决定性因素则是因为德尔加多当时突然犯了肾结石——他偷偷潜入裘茜的车,把副驾驶座的气囊和安全带做完手脚,没过几个小时,肾结石就犯了,疼得他虚弱无力,不得不在医院里躺了三天。由于德尔加多突然发病,而且情况紧急,沃恩只得指示汉克去找克莱德,让他去实施计划。

德尔加多生活在一个阴暗的世界,随时留意周围的监控摄像机,所以绝不会让自己在弗洛格的商店被拍到。

不过现在,他的肾结石已经好了,他又回来了。他开着一辆红色小卡车,上面写着"布兰病虫害防治"几个字。距离海湾北部五英里有一个高尔夫球场,球场旁有个小房子,他把车停在房子前的车道上。这里是一个封闭的社区,大门紧锁,不过德尔加多知道大门的密码。这个地方是由一个在巴哈马注册的公司兴建的,一个在尼维斯岛的公司空股这家巴哈马的公司,追根溯源,背后的所有者就是沃恩·杜博斯。这栋房子的主人是位法官书记员,她此刻正在法院工作,她负责为麦克多万法官记录重要事项,这栋房子就是在麦克多万法官的最初建议下购买的。

德尔加多穿着一套很可爱的制服,红色衬衫搭配同样颜色的帽子,手里拿着一个笨重的喷雾罐,好像要把佛罗里达狭长地带附近所有的害虫都消灭了似的。他按了门铃,但是家里没人。他动作灵活地用一把细改锥伸进门锁里,拨开里面的锁栓,然后拧开了门把手,手法娴熟,一气呵成,就跟用钥匙开门一样快。他把门关上,等着报警器响起警报声。没过几秒报警声响起,不过不出三十秒,所有警报声都会停止。他走到门后的报警器面板前,冷静地输入五位数的密码,这是他黑进安保公司的网站窃取的密码。德尔加多松了一口气,终于安静下来了。假如密码无效的话,他就得直接开车走人了。

他戴上一副紧实的橡胶手套，检查前后门是否都锁上了。现在，他可以放心大胆地干了。房子里有两间卧室。大一点的卧室显然是主人用的，小卧室里有一套廉价的双层床。德尔加多知道这个女人是一个人住，四十三岁，离异，没有孩子。他翻遍了两个柜子里的抽屉，除了衣服，里面什么也没有。衣柜和两个卫生间里也什么也没找到。在狭小而凌乱的办公区里，他看到一个台式电脑，低矮的文件柜上有一台打印机。他有条不紊地翻找每一个抽屉、每一个文件夹，翻阅每一份文件。

有个人在她家里！乔海伦·胡珀查看着她的 iPhone。手机上的家庭安全应用软件警告她九点四十四分安保系统密码被解除了，也就是两分钟前。她再次操作手机，看到了视频。屋顶吊扇上安装了隐藏的摄像机，当男人匆匆走向后院时，被拍下了照片。白人，男性，四十多岁，穿着可笑的红色衬衫和鸭舌帽——是故意乔装打扮的。隐藏摄像机安在她床上的通风口上，当男人进入她的卧室，又被拍了下来，他正仔细地翻查她的抽屉，到处找东西。

她吓得直冒冷汗，但还尽力保持着镇定。她正坐在斯特林的法庭里，离麦克多万法官不到二十英尺的地方，等着气势汹汹的律师和陪审团进来，做出最后的裁决。谢天谢地，今天不需要陪审团，法官只聆听律师的诉求。在乔海伦面前的三脚架上有一个速记器，她的桌子上放着一个笔记本、几页纸和她的 iPhone 手机，她时不时地瞄几眼手机，装作若无其事的样子。那个男人翻腾完她的内衣，关上上一层的抽屉，准备翻找下面一层。

一个律师开始陈述，乔海伦准备记录。这是个小案子的无聊听审，要是她遗漏了什么没有记录，她可以随后查看一下当庭的录音。她心里已经慌了神，惊慌恐惧，但是她仍然看着律师，盯着他一张一合的嘴唇，极力保持精神集中。手机上的安保应用软件会记录下她家里四个隐藏摄像机的所有视频录像，所以她中午吃饭的时候可以回看一下。

冷静，镇定，一分钟记录二百个令人费解的法律术语，装作无精打采的样子。八年来,她一直负责进行庭审记录,这么多年从未出现失误和纰漏，已经熟练到即使睡着了也能一字不漏都记下来。现在，她想睡也睡不着了。

终于出事了。上个星期,这位大法官突然对她的态度有了明显的改变。虽然谈不上多温和,但麦克多万一直对乔海伦很友好,而且保持着很好的工作关系,她们喜欢彼此之间的关系,经常谈论和嘲笑法庭上发生的一些事情。两人并不是好朋友,因为克劳迪娅不喜欢跟别人走得太近,她的心思只花在费丽斯·特班身上,乔海伦知道这个人,但只闻其名,没见过其人。

自从司法行为委员会到访并交给她投诉书之后,克劳迪娅就变了一个人。她变得急躁,有些冷漠,好像总是心烦意乱、焦虑不安。以前,她一直从容镇定,从不表露出自己的情绪,可是最近,特别是过去的几周里,她突然不怎么搭理乔海伦了,甚至在躲着她,同时又用虚伪的笑容和违心的赞赏掩饰她的情绪。八年来,这两个女人几乎每天都在同一间屋子里共事,乔海伦知道事情发生了变化。

警报是怎么回事?这是个新的安保系统,每扇窗户和每扇门上都有监控,是库雷两个月前给她安装的。能通过这个安保系统,说明这个穿红衬衫和鸭舌帽的男人是个专业高手。

正在讲话的律师停下来找资料,乔海伦趁机看了一眼手机。闯入她房子的人正在翻腾她的衣柜。她该报警抓他吗,还是应该打电话给小区的保安?不行,一打电话就会暴露行踪,这些日子似乎大部分的线索都引向了乔海伦身上。

两个律师突然同时辩论起来,每天她都遇到这样的情况,不过她能熟练而机敏地把两个人说的话同时记录下来,而且一字不差。她最忌讳的就是三个律师同时吵起来。只要看一眼坐在审判席上的麦克多万法官,她就能领会,然后叫他们安静下来。他们经常用一些表情或者手势等小动作进行沟通,但是今天乔海伦不敢看向她的上司。

闯入者不会找到任何罪证。她不会愚蠢到把证据记录放在这么容易找到的地方。她把记录放在别的地方锁起来了,非常安全。但是下一步他们会怎么做?他们已经杀死了一个男人,给司法行为委员会制造了威胁和阻碍。显而易见,他们已经追查到了格雷格·迈尔斯,把他灭口了。现在,库雷,她的朋友、知己、替她出面的人,以及共谋者,要么躲起来了,要么已经跑了,他吓得要死,简直快要精神崩溃了。他跟乔海伦保证,说她很安全，她的身份从没有向任何人透露过，但是从上个星期开始，一切都成了空话。

法官大人宣布休庭十分钟，乔海伦镇定自若地穿过大厅走进她的小办公室里。她锁上门，实时监控闯入她家里的人。那个男人还在她的家里，现在正在翻腾厨房里的抽屉，他小心翼翼地挪开锅碗瓢盆，然后再原封不动放回去。这个人不是小偷，不会留下任何踪迹，因为他戴着手套。最后，他一路走到乔海伦家里的办公室，找把椅子坐下，环视四周，开始翻抽屉里的文件，有条不紊，不紧不慢。

他是沃恩·杜博斯的人。他们现在已经怀疑她了。

埃里·帕切科特工中午来到司法行为委员会告诉他们最新的进展。他们在盖斯马尔的办公室里见面，桌子上堆满了其他一些悬而未决的案件资料。埃里说起他们成功抓到克莱德·韦斯特贝，并且韦斯特贝接受协议做内应揭发杜博斯的团伙时，并没有得意洋洋、沾沾自喜，不过显然对他们行动的成果感到很骄傲。而且，好戏还在后头。

联邦法院已经批准他们可以进行窃听和监视，他们的技术团队正在对十几个电话号码进行监听。联邦调查局已经找到了万斯和弗洛伊德·马顿兄弟、罗恩·斯金纳和汉克·斯克里，也就是五表亲里四个人的住址。他们的老大杜博斯先生，目前住在迷迭香海滩的一个海边别墅里。昨天晚上，汉克开车载着沃恩到了巴拿马城附近的一个豪华餐厅，他们在那里跟一个人见面，这个人恰好是布伦瑞克县的县长。会面的目的还不清楚，联邦调查局当时并没有在监听。

杜博斯依然是个谜团。他们现在一致认为杜博斯这个名字是假的，过去三四十年里，他一直用假冒的名字做了许许多多惊天动地、骇人听闻的事。至于他家族里的那些人，都有着不可告人的背景和历史。鉴于他们上一辈人的品行，很难弄清这几个表亲里参与犯罪活动的程度。不过，这个问题只有查明沃恩的真实身份之后再说。

克莱德交代了其他七个经理的名字。到目前为止，联邦调查局已经确认将近三十个经营场所，包括酒吧、餐厅、酒店、购物中心、夜总会、酒类专营店、便利店、住宅小区和高尔夫球场等，均由这八个经理负责运营，克莱德也在其中。每个经营场所都属于不同的离岸公司，大部分公司注册地点在伯利兹、巴拿马或者开曼群岛。

他们的调查进展神速，几乎每个小时都有新的发现。他们杰克逊维尔的上司不断加派给塔拉哈西分部所需的一切人力和物力。帕切科的主管卢纳也放下了手里的一切事情，专心负责指挥调遣这个案子。联邦检察官办公室甚至也派出了四名律师密切协助联邦调查局。

帕切科越讲越兴奋，脑子里全是这个案子。他们每天二十个小时都扑在这个案子上，他似乎对莱茜已经不怎么上心了，至少在公事之外是这样。等他走了，盖斯马尔问莱茜："你们最近经常见面吗？"

"刚才不是见到了吗？"

"你知道我的意思。"

"我们吃过一次午饭、两次晚饭，两次晚上一起喝酒。我觉得我喜欢他，但是我们的关系真的进展很慢。"

"你总是这么慢热吗？"

"是的。有问题吗？"

"有点，你们的职业有些敏感。"

"我和他谈过这件事。我们是站在同一个立场，但却不在同一个部门。联邦调查局有规定，不能跟同一个地方的特工谈恋爱。不过这个规定里并不包括我。你想要我主动出击吗？"

"如果我是这个意思呢？"

"你是头儿，我听你的。反正他就在这儿，哪儿也不会去。"

"我不是命令你。我是觉得你跟他挺合适，不过你说话的时候要小心。你放心他不会把一切都告诉我们的。"

"当然，不过他知道的事情比我们多多了。"

36
吹口哨的人

在慢慢开车回家的路上,乔海伦仔细琢磨着自己该怎么办,可惜想出的几条路都不可行。她不能就这么跑了,至少她得进屋去看看有什么东西不见了,虽然从录像里看,闯入她家的人什么也没拿走。这个男人在她房子里待了九十三分钟,如果是每月维修人员的话,时间也太长点。他来去都没用钥匙,却知道她屋子里防盗报警系统的密码。假如他凌晨两点又回来,有什么能阻挡他进门呢?如果她离开,又该去哪儿呢?

她突然感到一阵心痛苦楚,心里咒骂起库雷。他们俩联手合谋了这个计划,本来想互相配合做件好事,又顺带捞一笔钱,谁成想事到如今,那家伙受不了先跑了,在杜博斯找到他之前自己先溜了,把她一个手无缚鸡之力的女人孤零零留在这里,而且手无寸铁,势单力薄。她惊慌不已,不知道该怎么办才好。

泊车牌上的磁力贴触动门禁装置,小区大门自动打开。桑迪山庄,五十八号。她把车停在自己家的车道,看着自己的房子,现在一切都变了。时候到了,不是吗?是走是留,还是找个地方藏身?她哪知道呢?在这个紧要关头,要是能有个朋友来保护她就好了。

乔海伦抓起钱包，走出车外，来到门前。她打开门锁，但是没有开门进去。她看到街对面的阿姆斯特朗先生正在他自己的车库前干活。于是乔海伦走过去，说她家的门锁被人弄开了，她很害怕，问他能不能过去看看。乔海伦说她本不想打扰他，也许是自己大惊小怪，反应过度了，但这年头女孩再怎么小心也不为过，不是吗？阿姆斯特朗先生是个热心善良的人，已经退休，也没什么事干，他说当然可以。他们一起走进屋里，乔海伦关上了防盗报警器。她在房子里各处巡视，阿姆斯特朗先生则站在一边叨唠着，说他老婆最近得了带状疱疹，乔海伦一边挨个房间检查着，一边随口跟他搭话。她翻了翻衣柜，又看了看床下，还有浴室和食物储藏室，能藏人的地方都找遍了。她知道家里没人，但还是不放心要找一遍，至少得检查一通，她才能决定要不要留下来。

乔海伦向阿姆斯特朗先生表示感谢，给了他一杯无糖苏打水。他总算找到个人可以跟他聊天了，聊了一个多小时，人还没走。不过，反正乔海伦也不想一个人待着。等阿姆斯特朗先生终于走了，乔海伦坐在屋子里，整理思绪，琢磨该怎么办。阁楼屋顶上的木板突然"砰"一声发出声响。她吓得跳起来，心脏怦怦直跳，呼吸急促，细听楼上的动静。难道是有人来了？但是什么声音也没有，一片安静。她下定决心要离开，于是立刻换上了牛仔裤。该带什么东西走呢？要是他们在监视她，看着她带行李走的话，意图就太明显了。她可以等到天黑再走，悄悄带一个或者两个书包放进车里，但是她又不想留在这房子里等到天黑。她拿起最大的手包，往里面装了些化妆品和内衣，在购物纸袋里放了一个空的健身包和两套衣服。这地方有不少商店，需要什么东西都可以到时再买。

乔海伦开车离开，朝阿姆斯特朗先生挥挥手，不知道什么时候才能再回来。

她开车一路向南驶向海边，到九十八号高速公路后便向西行驶，穿过海边的居住区，顺着蜿蜒曲折的海岸线，沿着海岸边的公路一路前行。她一边开车，一边观察身后的车辆，但是很快就不向后看了。如果他们要跟踪她走遍全国，她能阻止得了吗？她在德斯坦给车加满了油，然后继续走，很快就沿着小路绕过了彭萨科拉。她进入了阿拉巴马州，向东行驶，绕了一个大圈，回到了十号州际公路。傍晚，她开车来到一个汽车旅馆，付现金要了一个房间。

乔海伦从没有跟格雷格·迈尔斯见过面，说过话。她只知道他的名字，而迈尔斯对她也是一无所知。通过库雷，她收到了迈尔斯控告她上司的投诉书。他愿意冒险为了分得一份钱而揭发法官的贪污腐败，只是他们三个人——迈尔斯、库雷和乔海伦，都不知道政府会给举报人多少金额的回报。迈尔斯，是律师和原告，替他们出面，提出举报索赔。库雷，曾经是律师，负责在迈尔斯和乔海伦之间传话，使计划进行得更安全，对迈尔斯也是一种保护。她负责剩下的事情。这个安排细致缜密，而且从理论上来看，很完美，天衣无缝。

可现在，迈尔斯可能已经死了。库雷快要崩溃，于是逃跑了。而乔海伦·胡珀藏身在一个破汽车旅馆里，手里拿着一个一次性手机，里面只有一个电话号码可打。除此之外，没人可以帮她了。晚上将近十点，她终于拨通了电话，说道："斯托尔兹女士，我的名字叫乔海伦·胡珀，库雷给了我你的电话号码。你还记得他吗？"

"是的。"

"这个电话是他给你的吗？"

"是的，你就是那个秘密线人吗？"

"就是我。我就是鼹鼠，情报来源和秘密线人。实际上，库雷说迈尔斯更喜欢叫我吹口哨的人，因为我要对麦克多万法官吹个口哨[①]。你对我有了解吗？"

"一无所知，我甚至都不知道你是个女人。为什么要打电话给我？"

"因为库雷给我你的号码，说你也有一部一次性手机，如果情况危险或者受到威胁的话，就给你打电话。现在，我害怕极了。"

"库雷在哪儿？"

"不知道。他吓得不行，逃跑了，他说要在杜博斯找到他之前离开这个国家。杜博斯找到迈尔斯了，这你也知道。我不知道该找谁说了。"

---

① 这是本文第一次出现"吹口哨的人"，可以理解为体育比赛中对犯规队员吹口哨的裁判。

"好,你跟我说吧。你是怎么认识麦克多万法官的?"

"我这八年来一直是麦克多万法官的法庭书记官,但这件事以后再谈吧。今天我们俩在法庭上审案的时候,一个男人闯进我家,把家里的每个地方都翻查了一通。我知道这件事,是因为我在家里装了隐形摄像机,而且手机上有应用软件,可以实时监控摄像机。他从我家里什么也没拿走,因为这个人不是小偷。我从不把敏感的东西放在家里,所以他什么也没找到。库雷和我几年前策划了这个有些冒险的计划,我们一直很小心翼翼。所以,库雷在我家里加装了安保系统,给了我一次性手机,离线存储记录设备,以及很多其他的保护措施。"

"还有谁住在你家里?"

"没有了,我是单身,离异,没有孩子。"

"知道闯入你家的人是谁吗?"

"不知道,不过如果见到的话,我能认出他来,不过,我怀疑以后不会见到这个人了。我敢肯定他是杜博斯手底下的人,有些手段,我怀疑他们正在抓我。我给库雷和迈尔斯的那些关于克劳迪娅的信息只有有限的几个人知道,我也是其中之一。我对你朋友的不幸感到很难过。"

"谢谢。"

"我是说真的。要不是我决心要检举法官,他也不会死。"

"为什么你要检举法官?"

"这又说来话长了,咱们以后再说吧。现在,我需要一些建议,不知道该找谁帮忙了。我现在藏在一个汽车旅馆里,因为我今晚不能留在家里。可我不知道明天该怎么办。如果明天我不去上班的话,就会暴露身份,引起他们的警觉。八年来,我从来没旷过工,而且现在克劳迪娅已经对我产生怀疑了。可如果我去上班的话,就回到了她的眼皮底下,太危险了,我会很不安。要是他们决心要除掉我怎么办?我就像被围捕的猎物,要么逃走要么被打死。你清楚这条路有多危险。"

"打电话请病假,就说得了急性肠胃炎,这种常见病人人都会得。"

乔海伦笑了。这么简单,她怎么没想到呢?也许是因为她吓懵了,脑子不清醒了。"也许吧,那我明天该做什么呢?"

"继续走。"

"库雷在克劳迪娅的车里安装了追踪器,你知道吗?他花了三百块钱买追踪器,不到一分钟就装上了。他说这很简单,小菜一碟。你知道这件事吗?"

"我们知道她被跟踪了,是的。不过不知道是谁跟踪,并且怎么跟踪的。"

"我的意思是追踪一个人很容易,所以继续到处走也不是办法。他们可以在我车上动手脚,或者窃取我手机里的信息,谁知道还有什么别的招呢?杜博斯有的是钱,什么事都干得出来。我现在真是走投无路了,斯托尔兹女士。"

"叫我莱茜就行。汽车旅馆里有酒吧吗?"

"我想应该有。"

"去酒吧里待着,直到关门。如果有个长得又帅身材又好的小帅哥看上你,就把他带回你的旅馆房间里过夜。假如没那么好的运气,就开车找个二十四小时营业的餐馆,或者卡车休息站,在里面耗几个小时。要是汽车旅馆里有夜间招待,就跟这个人在大堂里闲聊直到天亮,等天亮再给我打电话。"

"可以,这个我能做到。"

"一定要跟别的人待在一起。"

"谢谢你,莱茜。"

37
卧底行动

按照指示，克莱德在距离巴拿马城以西两英里，距离海湾以北一英里的一处规模庞大的建筑工地见到了汉克·斯克里。巨大的牌子上写着"馨林锦苑即将盛大开盘，精心打造纯熟社区，阔景舒居，配有顶级高端购物中心，千亩高尔夫球场，紧邻翡翠海岸，驱车几分钟即可到达"等广告语。远处的无数推土机几乎把一片树林都快要铲平了。近处，工地的工人们正忙着铺砖垒石，开沟挖渠。主道附近，一座座住宅正拔地而起。

克莱德把车停好，然后坐进了汉克的黑色梅赛德斯越野车里。只有少数几条道路刚刚被铺好，他们开车沿着其中一条路缓缓而行，尘土飞扬的工地上杂乱地停着十几辆承包商的卡车和货车，黑色的梅赛德斯穿梭在这些卡车和货车中间，数百个工人在工地上热火朝天地干活。道路尽头，一座座房子即将建成完工，每条道路尽头都有三座设计新颖独特的房子，对买家来说很有吸引力。汉克把车停在其中一条车道上，两人走进屋里。车库门开着，房子里空无一人，也没有任何家具。"跟我来。"汉克说。他们走上了楼梯。

沃恩·杜博斯正在空旷的主卧室里等着他们。他站在窗前眺望远处，像是在赞叹又一片荒芜的土地被开发成奢华高端的社区。几个人互相握手寒暄,沃恩微笑着,看来心情不错。克莱德已经一年多没看见他了,他一点儿都没有变,还是身材高瘦,漂亮的古铜色皮肤,穿着高尔夫球衫和卡其裤,俨然一个生活富裕悠闲、精神矍铄的退休老人。

沃恩说:"好了,你有什么想说的吗?"

窃听器装在了克莱德左手腕的天美时手表里,这三年来,他一直戴着这块手表。克莱德没注意汉克和沃恩戴着的手表,他几乎能肯定他们都没对他手腕上的表产生怀疑。男人对这些东西不感兴趣,不过帕切科和联邦调查局的技术人员却十分谨慎小心,不敢有任何纰漏和闪失。手表的皮质表带勒得很紧,因为表盘背面有一个小型振动器。当监听的货车进入范围内,表盘就会发出震动,克莱德就知道他们在监听了。

有一辆伪装成联邦快递的送货车,此刻停在了隔壁房子的门前。穿着联邦快递工作服的司机走出货车,打开车前的引擎盖,装成车出现故障的样子。车后坐着的是联邦调查局特工——埃里·帕切科和三个拿着装备的技术人员。当他们距离天美时手表二百英尺的距离内时,技术人员按下一个按钮,手表发出震动。卧室里,手表上的麦克风就可以捕捉到三十英尺之外的任何细微声音。

前一天,埃里·帕切科和另外两个特工花了四个小时帮克莱德排演自己的角色,现在是时候大显身手了。只要挖出沃恩·杜博斯的罪证,他克莱德·韦斯特贝就可以只坐几年牢就出来了,然后重获自由。

克莱德说:"有两件事,沃恩。我找不到齐克·弗曼了。两个星期前我告诉他离开这里,每隔两天给我打个电话。我们通了几次电话,然后他的手机就打不通了。我想这小子八成是吓得跑路了。"

沃恩看了看汉克,耸耸肩,然后又看向克莱德,说:"我已经知道这件事了。"

克莱德的心里翻江倒海,为了能让联邦调查局听得更清楚些,他鼓起勇气,慢慢走近杜博斯,继续说:"其实,沃恩,这都是我的错,我愿意承担责任。是我犯了一个愚蠢的错误,可谁知道会发生这样的事呢。"

沃恩又看了看汉克,说:"我想我已经说过了,这件事就过去了,我既往不咎。"他看着克莱德说:"当然,你犯的错是很蠢,但事情已经过去,我不再追究了,而且看来事情还在控制范围内。你做好你自己的事就行了,管理好酒店,以后这种脏活我会派别人去干。"

"谢谢,沃恩,"克莱德说,"还有一件事。我想跟你商量一下,能不能让我离开镇子,到外边待一年。我觉得如果出去躲躲,避避风头,会更好一些,等风声过了,我再回来。你看,沃恩,我老婆和我这些日子闹得很凶,说实话,我正好可以趁这个机会离她远点儿。我们吵得没完没了,不过我要是离开一段时间,也许她会冷静下来。"

"也许是个不错的主意,我会考虑的。"

"我是说,摄像机把我录下来了,要是警察突然来我办公室审问我,那我也不知道会怎么办。这让我很不安,沃恩,所以我宁愿现在就走。我手下的人都不错,我会每个星期回来看看,保证会把酒店管好的。"

"我说了,我会考虑的。"

"好的。"克莱德耸耸肩,好像没别的可说了。他向门口走去,走到门口停下来,转身看了看沃恩——这演技能拿奥斯卡奖了。

"那个,沃恩,我只想告诉你,我很喜欢我的工作,而且能成为你组织里的一员,我感到很骄傲,不过,呃,既然你提到'脏活',我……"他的声音开始变得沙哑而微弱,"那个,沃恩,我不是不想干那种活儿,你知道我的意思吗?我真不知道那个男的要死了,我不知道事情都是事先安排好的。有人在安全带和气囊上动了手脚,那个可怜的家伙直接给撞飞在挡风玻璃上了。你真应该看看他,沃恩,他脸上满是伤口,比鬼还吓人,血呼呼地流,满处都是血,身子还抖动着。他当时在看着我,沃恩。他看着我说:'救我,救救我!'我晚上经常做噩梦梦见他,沃恩,我就这么把他扔在那儿了。我当时都吓懵了,不知道自己在干什么。当时应该有人告诉我一声到底是怎么回事,沃恩。"

"我们让你去干个活儿这句话还不够吗?"沃恩低声咆哮着,走向前靠近了几步。

"可我不知道这活儿还牵扯到杀人啊。"

"这叫威胁恐吓,克莱德。这就是这个游戏的名字,也是我办事的手段。要不是用威胁恐吓的办法,我也不会有今天,而你也不会管理我的酒店,赚着大把大把的钱。在这种情况下,你就得逼那些人站队,有时候这些人什么都不懂,就得威胁恐吓一下。要是你不想干,那没关系。看来我看错你了,还以为你有些胆量呢。"

"我也觉得我挺有胆量,不过看着那个家伙血流不止、奄奄一息的样子,胆量就没了。"

"那你胆量还得再大点儿。"

"你看过有人流血过多而死吗,沃恩?"

"见过。"沃恩骄傲地说。

"真是个愚蠢的问题。"

"还有别的事吗?"沃恩看了一眼汉克,似乎是在说:"把这小子从这儿带出去。"

克莱德举起双手表示降服,转过身去,说:"好的,好的,不过我真想离开这里一年,远离这里的一切,求你了,沃恩。"

"我会考虑的。"

货车里,埃里·帕切科摘下耳机,对技术人员笑了笑。他小声对自己说:"太好了。'这叫威胁恐吓,克莱德。这就是游戏的名字,也是我做事的手段。'"

联邦快递的人好像突然找到办法,修好了车。正好在克莱德和汉克离开样板房的时候,把车开走了。克莱德注意到了那辆车,但他也没想到里面坐着的正是联邦调查局的特工。

汉克看着车在像迷宫一样的建筑工地里穿行,路上一句话也没说。道路被一辆装满砖块的卡车挡住了,在他们前面有一辆联邦快递的车在那儿等着。汉克手指敲击着方向盘,说:"怪了,联邦快递的车来这儿做什么?还没人搬进来呢。"

克莱德说:"送快递的人哪儿都有。"

天美时表又震动起来。帕切科就在附近,而且告诉他:"继续说话。"

克莱德说:"呃,汉克,你觉得我是不是不该跟沃恩说那些话,关于我不想干脏活儿的那些话?"

"是不该说,沃恩不喜欢软弱的人,你不应该说那些话的。你想跟他见面，就是想求他让你走，那也没什么。不过，这种小事用不着跟沃恩说。"

"我只是想说清楚，我是同意去帮他办事，但没想去杀人。"

"是，是没告诉你去杀人，不过沃恩认为他在你身上看到了潜力，我也是。看来我们错了。"

"什么潜力？你们觉得看到了我什么潜力？"

"一个愿意让自己的双手沾满鲜血的男人。"

"你手上沾满鲜血了吗？"

"你为什么不把嘴闭上，克莱德？你今天说的话已经够多的了。"

你也是，埃里心想，不禁又笑了笑。

克莱德开车离开馨林锦苑，按照指示回到了沃尔顿堡海滩的破浪者酒店。他跟他的秘书打了个招呼，打了电话，然后离开了。他从装卸通道附近的后门走出酒店，闪进一辆灰色SUV车的后座，两个联邦调查局的特工坐在前排。他们离开破浪者酒店，司机扭过头说："干得好。帕切科说你真是太棒了，这下杜博斯绝对跑不了了。"

克莱德没有说话。他不想说，也不想被称赞。他觉得自己就像啃食自己同伴的蛆虫，他知道事态会越来越糟。他不敢想象有一天会走进坐满了人的法庭，在陪审团面前，当庭陈述杀死雨果·哈齐的经过，而沃恩·杜博斯则坐在被告席上盯着他。

他摘下手表，把它交给了前排坐着的特工。他说："我要睡一觉，到了塔拉哈西再叫醒我吧。"

直到星期五上午九点，莱茜还没乔海伦的消息，给她前一晚上用的手机打电话也打不通。莱茜把情况简要地向盖斯马尔作了汇报，两人都很着急。莱茜用办公室的座机给斯特林巡回法庭办公室打了个电话，问了一下相关人员，被告知麦克多万法官上午不在法院。她可能在埃科曼镇开庭审理案件，因为乔海伦有可能去埃科曼法庭了，所以莱茜又给埃科曼的法院办公室打电话，接电话的女孩说法官是在法院里，不过不在去庭，今天没有庭审。

几番查询无果后，莱茜没有办法，只能坐在办公室里干等。她给冈瑟回了个电话，两个人开心地聊了一会儿。他周末没什么安排，除了一些"悬而未决的几笔生意以外",而且他说也许周六晚上会飞过来一起吃饭,莱茜答应稍后会给他回电话。

早上阳光明媚,乔海伦起床发现库雷最后一次给她的一次性手机没电了,她把充电器落在家里了。她用自己的手机给克劳迪娅打电话,谎称自己胃不舒服。克劳迪娅似乎是相信了她的话,简短地表示了一下同情和慰问。幸运的是,当天没有庭审,不需要法庭书记员。但是今天也不能休息,永远都有一大堆积压庭审笔录等着乔海伦去准备。

她必须得拿到充电器,所以无法避免地要回家一趟。夜里她走进了酒吧,酒吧里唯一有可能做她床伴的是一个四十多岁的卡车司机,留着稀疏蓬乱的胡子,走起路来大肚子直颤悠。卡车司机要请她喝一杯,她同意了,不过她可绝不想再有进一步的发展。

乔海伦上午九点退房离开汽车旅馆,开车朝着海滩的方向而去,汽车行驶了一个小时先向南再转东。沿途中,她一遍又一遍提醒自己留心看看后视镜,但还远达不到间谍的水准。她把车停在自己家门前的车道上,心里直打鼓,告诉自己决不能再住在这房子里了,一个意图不良的男人把这里的每一寸地方都摸遍查遍了。即使她换个锁,再加装一套安保系统,也无法安心住下去。阿姆斯特朗先生在自己家的门廊前除草,显然是想找机会再跟她搭讪。乔海伦露出迷人的笑容,说道:"进来喝一杯吧。"乔海伦输入安保系统的密码,阿姆斯特朗先生随后走进屋子。她走向卧室,一路查看每一个房间,同时不停地跟阿姆斯特朗先生搭话,询问阿姆斯特朗太太带状疱疹怎么样了。她找到了充电器,就在浴室的浴柜上。她把一次性手机充上电,然后回到了客厅。

"你昨晚在哪儿过夜的?"他问。他和他的太太就爱打听别人的事,也不管别人乐不乐意。他们俩经常站在路边观察周围的人,每家每户的事都想知道。

"去我姐姐家了。"乔海伦回答。她知道接下来一连串的问题又来了。

"她住在哪儿?"

"彭萨科拉。"

既然房子暂时安全,乔海伦说:"突然想到个主意,咱们去跟格洛丽亚喝点儿东西吧。"

"哦,她一定很高兴。"

他们坐在阿姆斯特朗后院门廊阴凉处,用吸管喝着饮料。还好,格洛丽亚的带状疱疹长在后腰上,得把衣服撩起来才能看见。乔海伦没有去看。

"你家的下水道堵了吗?"阿姆斯特朗先生问。

"没有吧,怎么了?"

"水管工今天上午九点多来了。"水管工?乔海伦怕吓坏他们,决定不告诉他们实情。于是她说:"有点儿漏水,不过他应该星期一来才对。"

"真是个粗鲁的家伙,我跟你说,我要是你的话,绝不会相信他。"

"为什么?"

"是这样,我看见他走到门前按了门铃。然后他开始摆弄那个门,甚至从口袋里掏出了个像刀片一样的东西,就像小偷撬门似的。希望你不要介意,不过我朝他喊了一声,然后走过去,问他在干什么。他把刀片一类的东西塞进后口袋里,装作什么事都没发生的样子。我说你不在家,他嘴里嘟囔着说过会儿再回来,然后迫不及待地就走了。要是我,就会再找一个水管工。我发誓,这个家伙鬼鬼祟祟的,很可疑。"

"这年头真是谁也不能相信。"乔海伦说,然后把话题转回到带状疱疹上,聊起这个来,格洛丽亚可以滔滔不绝地说好久。阿姆斯特朗太太说着自己的带状疱疹,又饶有兴致地聊起有趣的陈年旧事,乔海伦脑子里在不停地思索着。

突然,格洛丽亚问她丈夫:"你告诉她昨天那个除虫的家伙没有?"

"没有,我忘了。我昨天正在上高尔夫球课,格洛丽亚发誓看见有个除虫的家伙在你家里待了至少有一个小时。"

她还是不打算惊扰他们,然后引发出一连串的问题。于是乔海伦说:"哦,那是弗兰迪,一个新手,他有钥匙。"

"怪不得那么磨蹭呢。"格洛丽亚说。

乔海伦找了个借口,结束了这次谈话。她说要去给水管公司打电话,向他们投诉。她跟他们告别,然后走到街对面。她径直走到浴室,拿起充好电的手机,给莱茜打电话,告诉她发生的这些事情。

38
庭审

10月14日星期五下午一点,法院召集联邦大陪审团进行庭审。这次的陪审团是四个月前组织起来的,共有二十三名成员,均为已登记的选民,并且是来自佛罗里达北部地区六个县的资质合格居民。做陪审员要求很高,而且工作很严苛,特别是对于那些并不十分自愿的公民来说。因为报酬很低,一天只有四十美元,而且个人食宿和差旅费用不包括在内。然而,这项工作十分重要,而且有时候很刺激,特别是联邦调查局和联邦检察官办公室追踪调查有组织的犯罪团伙这种案子。

通知下达的有限时间内能够应召出席的陪审员有十七名,由于法定人数达到十六人即可,所以他们立刻决定开庭审理。鉴于调查进展神速,而且指控富有的白人男性犯有蓄意谋杀罪的可能性很低,所以此案由一位联邦检察官全权负责。这位检察官名叫宝拉·加洛维,由奥巴马总统亲自任命,是一位资深的检察官。她的首席助理是丽贝卡·韦伯,除了埃里·帕切科以外,没人比她更了解这个案子。而埃里·帕切科则是本案的第一证人。

由于他们已经指控了齐克·弗曼和克莱德·韦斯特贝,大陪审团已经知道雨果·哈齐的死因和背后的真相,埃里就简要地重述了一下案情,回答了几个问题。加洛维女士出人意料传唤了她的下一个证人，即司机本人。

处于联邦证人保护计划中的齐克·弗曼出现在法庭，并且发誓说出实情，他的认罪协议和下落和去向将不会被提及。他说出了自己犯罪的经过，大陪审团成员都全神贯注地听着。因为他们已经指控了齐克，似乎很满意曾经做出的决定，并且听到他更详细地讲述了8月22号事件的经过。他们问了很多问题，齐克都一一回答了，表现良好。他很放松，而且表达了自己的悔恨之意，证词十分可信。加洛维、韦伯、帕切科和其他几个联邦调查局特工仔细观察着他。不久之后的某一天，他将会在法庭上跟五表亲对簿公堂，那几个人的律师会使出各种手段对付他，给他施加各种压力。

下一个证人是克莱德·韦斯特贝，不到一个星期前也是这个联邦大陪审团起诉他犯有谋杀罪，现在，站在相同的大陪审团面前，克莱德显得很平静。他经过了第一个巨大的考验，那就是戴着窃听器面对面跟黑帮的老大谈话，套出能指证他有罪的证据。头一个小时，克莱德供出自己在撞车事件中充当的角色和作用，接下来的两个小时，他介绍了杜博斯的犯罪集团和他在其中担任的职位和负责的工作。他完全不知道侵吞赌场现金的事，不过大陪审团对他通过玩二十一点洗钱的描述很感兴趣。

其中一位来自阿巴立契科拉——名叫克拉夫特的陪审员先生说他也很喜欢玩二十一点，他经常去金钥匙赌场玩。他也对洗钱的手段很感兴趣，问了很多这方面的问题。加洛维女士建议结束这个话题，让证人继续陈述。

克莱德的证词终于讲述完毕，足足用了五个小时。加洛维女士向陪审员们说明了相关的联邦法律。事实上被偷的卡车跨越了州界，也就是说杀人凶器被用于了跨州作案。齐克为了五千美元的报酬而进行犯罪，属于雇佣杀人，因而可判处死刑。此案涉及有组织犯罪的黑帮团伙，团伙中的一人或多人犯罪行凶，使整个黑帮组织从中获益，因此黑帮组织的所有成员均应受到起诉。

晚上将近八点，大陪审团进行全体投票，一致裁定起诉沃恩·杜博斯、汉克·斯克里、弗洛尹德·马顿、万斯·马顿和罗恩·斯金纳杀害雨果·哈齐，犯有蓄意谋杀罪；致使莱茜·斯托尔兹受伤严重，犯有故意严重伤害罪。克莱德·韦斯特贝也被列为被告，不过之后将被撤销。根据他的认罪协议，他将被撤销蓄意谋杀罪的指控，改为一级谋杀罪。对杜博斯和其他几个人来说，肯定会认为克莱德是共犯，是他们其中的一员，但是过一阵他们就会知道克莱德已经跟政府签了认罪协议。

莱茜站在灶台前，把最后的一些配料和新鲜的贻贝放进锅里，海鲜汤即将大功告成，这是一种意大利的海鲜炖汤，里面包括扇贝、蛤蜊、鲜虾和鳕鱼。餐桌已经摆好，点上蜡烛，桑塞尔白葡萄酒也已经冰上了。十分钟前，埃里刚走出联邦大楼就给莱茜打了电话。莱茜开门，给了他深情一吻。他们热情地拥吻，不过除此之外并没有更进一步，至少是在身体上。他们毫无疑问已经完全肯定和接受了对方，但不知道未来将会怎样。莱茜无论在情感上还是身体上都没有做好走向下一步的准备，而帕切科也没有给她任何压力。他好像很喜欢莱茜，愿意等着她。

帕切科脱下外套，摘下领带，莱茜给他倒了点葡萄酒。整整十八天，每天都是二十个小时紧张地工作，忙个不停，帕切科累得不行。虽然大陪审团的诉讼议程必须严格保密，但他知道可以信任莱茜，不用瞒着她，毕竟他们是站在同一个阵营的，明白这件事的机密性。

起诉书已经写好暂时封存，但是很快就会在联邦调查局围捕黑帮的时候出示给他们。他不知道具体什么时候进行围捕，不过就快了。

宝拉·加洛维和联邦调查局决定先针对其中两项起诉进行围捕行动。第一项最紧急也最重要，而且最容易。因为有了齐克·弗曼和克莱德·韦斯特贝的证词，谋杀案已经调查清楚，而且证据确凿。假设杜博斯和他的手下们对于即将发生的事情毫无察觉，那么他们不日即将被捕入狱，而且不得保释。同时，联邦调查局会突袭他们的住所和办公室，并且二十多年来与杜博斯狼狈为奸的那些同伙也一个也跑不掉，包括克劳迪娅·麦克多万、费丽斯·特班、卡佩尔酋长、比利·卡佩尔以及比洛克西的律师们。所有经查实与犯罪团伙有关的生意和公司也都将成为这次突袭行动的目标，多数经营场所将暂时关闭。大批联邦调查局特工将带着搜查证涌入赌场进行搜捕和调查。联邦检察官正在说服联邦法官无限期关闭赌场。第二项指控是诈骗罪，他们将开展一系列的抓捕和搜查行动，首当其冲就是麦克多万法官，紧随其后的是酋长。

莱茜说:"迈尔斯喜欢称其为《反侵蚀法》集束炸弹,他就是因为违法《反侵蚀法》被抓到并且判刑的。"

"真是个很贴切的词,这可是一波强烈的集束炸弹。当杜博斯在牢房里心急火燎地想出路,纳闷自己怎么会被起诉谋杀的时候,我们会给他送上一份集束小礼物。"

"他至少得需要十个律师了。"

"没错,不过他雇不了那么多律师了,因为他所有的账户都被冻结了。"

"迈尔斯,迈尔斯,不知道他到底在哪儿呢。我真挺喜欢这个家伙的。"

"是啊,不知道尔能不能再见到他了。"

"知道他发生什么事了吗?"

"不知道。基拉戈警方那边没有任何发现,杳无音信。如果是杜博斯在背后搞鬼,也许我们永远也查不到真相了,除非他手下的打手能出来作证。"

莱茜又给帕切科倒了些红酒。大陪审团明天继续出席审理,如果必要的话,星期六和星期日也不休息。显然事情很紧急:如果调查旷日持久的话,证人就会很长时间之后才会被传唤到大陪审团面前,这期间很可能会有消息泄露或者告密的情况出现。那些犯罪团伙的人有的是手段和方法从警察眼皮底下逃跑,消失得无影无踪。一旦团伙的五个头领因谋杀罪被捕,他们手下的那些经理、小弟、司机、保镖以及通风报信的人都会望风而逃。经过为期八天高强度的全天候窃听,联邦调查局已经列出了一份长长的疑似黑帮成员名单,目前至少有二十九名。

"所以你们先主动出击,把人抓到再挨个审讯。"莱茜说。

"差不多是这个意思。不过记住一点,我们随时都可以修改起诉书,既可以增加对某个人的起诉,也可以撤销对某个人的起诉。这是个工程浩大的调查,需要花很长时间才能把所有情况全部查清。不过我们计划大举进攻,对这个犯罪团伙进行全面打击,先把人都抓起来,以防他们要花招,篡改证据。我饿死了。"

"你吃午饭了吗?"

"没有。开车路过汽车餐厅时买了个油腻腻的汉堡吃。"

帕切科搅拌着沙拉,莱茜盛了两碗意式海鲜汤。"这是番茄酱,我觉得搭配红色比较好。你觉得呢?"

"我喜欢红色。"

"很好。把那瓶巴罗洛红酒打开。"

莱茜从烤箱里拿出黄油法棍面包,端上沙拉。他们面对面坐在餐桌两端,喝着红酒。帕切科说:"味道真香啊。谢谢你等我来。"

"我不想一个人吃饭。"

"你经常做饭吗?"

"不,没有必要。有个问题要问你。"

"没问题,尽管问。"

"调查到了这个阶段,那个秘密线人怎么办?"

"哪个线人?"

"鼹鼠,就是麦克多万身边的那个人,不断把详细的情报和信息提供给库雷,然后库雷再把情报交给迈尔斯。"

埃里嘴里嚼着大口的沙拉,看着莱茜的脸,说:"他现在还不重要,不过以后我们会需要他出来作证。"

"是女字旁的她,昨天她给我打了个电话,她害怕极了。有人闯进了她的家里,把家里的东西都翻遍了。她每天都能见到麦克多万,觉得麦克多万法官已经对她有所怀疑了。"

"她是谁?"

"我发誓不泄露她的身份,至少现在不能说,以后会告诉你的。她很害怕,而且不知所措,不知道该相信谁。"

"她最终会成为非常重要的证人。"

"我不敢肯定她会不会站出来。"

"也许她没有别的选择。"

"可你们不能逼她出庭作证。"

"不,我们不会那样做的,不过有的是办法说服她。这个炖汤太好喝了。"他拿了一块面包沾着浓汤,一口塞进嘴里。

"很高兴你喜欢喝。你们明天还继续工作吗?"

"嗯，是的。大陪审团上午九点出席庭审，我八点就得到，应该又是漫长的一天。星期日也是。"

"你们这些调查局的人总是这么忙吗？"

"不，我们很少能碰到这么大的案子，大伙儿像打了兴奋剂一样干劲十足。就像今天上午一样，我和另外三个技术人员坐在货车的后座，顶着四五十度的高温，监听韦斯特贝和杜博斯见面时的谈话，激动得热血沸腾。太刺激了，这就是我喜欢这份工作的原因。"

"你能跟我透露点儿吗？"

埃里环视了一下厨房，好像有人在暗处监视一样，然后小声说："你想知道什么？"

"所有的事。杜博斯说什么了？"

"令人意外的惊喜。"

39

鼹鼠、中间人和格雷格

　　星期六，莱茜一觉睡到了七点，对她来说，已经很晚了，但她还没完全睡醒。然而，她的狗，弗兰基，却一大早就醒了，在她身上闻来闻去，不让她继续睡觉，因为它想撒尿。莱茜终于起来把它放了出去，然后去拿咖啡豆煮咖啡。咖啡煮开了，iPhone 手机突然响起。七点零二分，是埃里·帕切科。

　　"昨天的晚餐很好吃，"他说，"睡得好吗？"

　　"很好，你呢？"

　　"没有，事情太多了，没怎么睡觉。听着，我想起昨晚咱们聊天时谈到的一件事，可能现在有麻烦了。但愿你昨晚提到的那个秘密线人不是法庭的书记员。"

　　"怎么了？"

　　"因为如果她是麦克多万的书记员的话，那她就有危险了。我们现在监听了很多电话，我不能详细告诉你，因为好多都是代码暗语什么的，不过看来好像帮派老大下已经下令要除掉她了。"

　　"她就是那个秘密线人，埃里。迈尔斯管她叫吹口哨的人。"

"糟了,他们在找她。你知道她在哪儿吗?"

"不知道。"

"能联系上她吗?"

"我试试吧。"

"跟她联系,然后给我回电话。"

莱茜把狗关进屋里,然后给自己倒了一杯咖啡。她拿起一次性手机,拨打乔海伦的电话号码。铃响五声之后,一个战战兢兢的声音传来:"是莱茜吗?"

"是的,你在哪儿?"

等了很长时间之后,对方才说:"不会有人在窃听吧?"

"没人在听。没人知道这个号码。你在哪儿?"

"巴拿马城海滩,一个小旅馆里,用现金付的房钱。我正在看着大海。"

"我刚跟联邦调查局的人通了话。他们今天早上窃听到一段对话,他们认为你有危险。"

"我这两天一直在跟你说我有危险。"

"待在你的房间里,我这就给联邦调查局打电话。"

"不!别给他们打电话,莱茜。库雷跟我说千万别相信联邦调查局。别打电话。"

莱茜咬了咬嘴唇,低头看着弗兰基,他现在急着想吃早饭了。"你得相信他们,乔海伦。你有生命危险。"电话断了。莱茜又打了两次,但没有人接。她快速喂完狗,然后换上牛仔装,离开公寓。她开着全新闪亮的马自达掀背车,这是她四天前刚买的,还在适应阶段。她给埃里打电话,告诉他事情的进展。他说现在很忙,正在法庭上,但是有什么消息立刻通知他。拨打了第五次电话,乔海伦终于接通了。她听起来很害怕,拒绝告诉莱茜旅馆的名字。莱茜知道巴拿马城海滩在川流不息的九十八号公路上,海岸边有数十家小旅店鳞次栉比,马路对面还有不少快餐店和卖 T 恤的商店。

"刚才为什么挂断电话?"莱茜问。

"我不知道。我害怕极了,担心有人窃听。"

"电话很安全。把门锁好,如果看到有可疑情况,立刻给前台或者警察打电话。我正在路上。"

"你什么?"

"我正往你那儿去找你,乔海伦。等着我,我一个小时左右就到。"

德尔加多在西湾旅馆三楼订了一个房间。乔海伦住在隔壁的海神旅馆。这两个都是低端的汽车旅馆,住在这里的人一半都是从北边过来的游客,在夏天旅游旺季过后,找打折减价的房间。乔海伦住在二楼,门口是一条狭窄的走道,楼梯离这儿不远。栏杆上晾着海滩浴巾和泳衣,但是她一直没出去游泳。要是出来游泳的话,德尔加多就好下手了。

他在一百码之外盯着乔海伦房间的门和窗户。她把窗帘全都拉上了,遮得严严实实,这倒救了她的小命。他拿着狙击步枪,只要窗户露出个小缝就能开枪射击,不过到现在他还没逮到机会,所以他耐心地等着。星期六早上,随着时间一分一秒地过去,他想着干脆直接走过去,按她房间的门铃,然后说:"不好意思,女士,走错房间了。"然后立刻把门踢开闯进去,一枪就完事了。不过问题是这样一来,她就会惊声尖叫,或大声叫喊,引起周围人的注意,所以太冒险了。假如乔海伦离开房间,他就会在后面跟着,等待时机。不过他想得还是太简单了,海滩景区街道旁的汽车旅馆和咖啡馆人头攒动,热闹非凡。周围人太多了,他不喜欢这样的环境。

德尔加多焦急地等着,纳闷她为什么要躲起来。要是不害怕或者心里没鬼干吗要躲起来呢?发生了什么事把她吓得直逃跑,而且还花现金找这么便宜的旅馆住呢?她的家离这儿开车不到一个小时,而且比这个破地方舒服多了。也许他的可疑行径被邻居发现了,就是在星期四伪装成除虫公司的人到乔海伦家,在那个时候被发现了。也许她家街对面那个烦人的家伙告诉乔海伦星期五上午见到一个笨手笨脚又可疑的水管工来她家了。她知道自己干了什么亏心事,所以现在敏感多疑、胆小怕事了。

德尔加多怀疑她在跟一个男人幽会,一个秘密情人什么的,不过还没看出这样的迹象。她一直一个人待在房间里,无聊地打发时间,无所事事。她在等什么呢?反正肯定想的不是男人。一般人都会到海滩上走走,或者下海游游泳。跟别人一样多好，给他创造点机会好下手啊。可惜到现在为止，她房间的门一直没有开，她哪儿也没去。

帕切科说："我希望你这么做，莱茜。你不知道自己在干什么。"

"没事，放心吧。"

"让当地警察去处理吧。问她住在哪儿，然后给警察打电话。"

"她不告诉我旅馆的名字，也不让我告诉警察。她害怕极了，吓得失去了理智，埃里。她都不怎么跟我说话了。"

"我可以找两个在巴拿马城分部的特工，让他们去找她。"

"不行，她害怕联邦调查局的人。"

"都小命不保了，还这么固执，真是愚蠢到家了。可是你不知道她住在哪儿，怎么找她？"

"但愿等我到那儿以后她会告诉我。"

"好吧，好吧。我得回法庭了，一个小时后给我打电话。"

"好的。"

她想着给盖斯马尔打电话，告诉他发生了什么，但今天是星期六，她不想打扰别人的休息。其实盖斯马尔命令她这些日子如果要有事急需外出的话，必须把要去什么地方告诉他，但是盖斯马尔对她的保护有些过度了。今天她放假，所以不想跟他汇报。而且哪会有什么危险呢？如果她找到了乔海伦，就开车把她带回来，给她找个安全的地方。

乔海伦知道德尔加多就在隔壁的西湾旅馆，正在盯着她，伺机开枪射击。他并没有自己想象得那么聪明。他完全不知道乔海伦已经在她家的小型摄像机里看见他了，在视频里看到他挨个房间翻她的东西，玩赏她的内衣，翻看她的文件。他的脸已经被摄像机拍下来了，一个身材高大的男人，身高至少一米八五，手臂粗壮，腰部很细，有点儿跛脚，身子向左侧倾斜。黎明时候，乔海伦看见他背着个形状奇怪的包穿过旅馆的停车场。即使没穿着可爱的除虫工作服，她也能认出这个人来。

她给库雷打电话但是没有回应。真是个胆小怕事的小人、骗子、懦夫，自己跑了，把她孤零零扔在这里。她知道一门心思等着同伴来救她简直是浪费时间，不过她心里还是很难受。她想过给莱茜打电话，但是她远在塔拉哈西呢。况且，就算她知道了，又能怎么样呢？所以乔海伦等着，打算理清头绪，好好想想。一旦有人来敲门，她就准备好立刻打 911 报警。

九点五十分，一次性手机响起，她立刻抓起手机，尽量镇定地说："你好，莱茜。"

"我在景区街道上，你在哪儿？"

"海神汽车旅馆，街对面是麦当劳。你开的是什么车？"

"红色马自达掀背车。"

"好的，我这就去前厅等你，快点儿来。"

乔海伦走出门外，轻轻把门关上。她迈着尽量不表现出慌乱的脚步，顺着楼梯下到了一楼。穿过庭院，走到游泳池边，那里有一对老夫妇正在抹防晒霜。她在前台跟旅馆服务生打招呼，然后站在窗前看着隔壁的旅馆。

几分钟过去了，旅馆服务生问她有什么需要。当然了，来把冲锋枪行吗。"不需要什么，谢谢。"她说。她突然看到一辆闪亮的红色掀背车从大路转到了旅馆的停车场，于是立即从大厅侧门出去，去找莱茜。她打开车门，瞥了一眼西湾旅馆。德尔加多正一边看着乔海伦，一边沿着三楼的走廊跑下去，不过他根本不可能追上她们了。

"我想你就是乔海伦·胡珀了。"莱茜关上车门说。

"是的，很高兴见到你。他正追过来，赶紧离开这儿吧。"

他们开车上了九十八号公路，然后一路向东。乔海伦转头看着身后的车辆。莱茜问："那个男人是谁？"

"不知道他的名字。我们从来没见过，我也不想见这个人。赶快甩掉他吧。"

莱茜在车辆拥挤的红绿灯处紧急往左拐，然后下一个路口向右拐。没有人在后面追赶的迹象。乔海伦在手机里搜到了街道的地图，指挥莱茜开着车在巴拿马城海滩里穿梭，向北行驶，远离海岸。堵车的情况减缓，红绿灯也少了。莱茜驾车飞奔，不惧怕任何警察，因为现在她们巴不得警察过来。看着地图，她们沿着县级公路和州际高速时而左转，时而右拐。

两个人都时不时观察身后的车辆，几乎没怎么说话。一个小时后，她们穿过了十号州际公路，半个小时后，看到一个标示牌，上面写着"欢迎来到佐治亚州"。

"我们要去哪儿？"乔海伦说。

"瓦尔多斯塔。"

"谁说要去那儿的？"

"我觉得没人会以为我们去那儿。你去过吗？"

"没有。你呢？"

"也没有。"

"你本人看上去跟网站上的照片不一样，就是司法行为委员会网站上的照片。"

"我那个时候头发是扎起来的。"莱茜说。她把车慢慢减到一个正常的速度。在班布里奇镇里，她们停车去了一个快餐店，去了趟洗手间，然后决定在店里吃点东西，随时观察来往的车辆，确定没人跟踪她们。不过即使这样，也不能放松警惕。她们坐在靠窗户的位置吃着汉堡和薯条，同时留心观察每个过往的车辆。

莱茜说："我有一大堆问题要问你。"

"我不确定能不能回答得了这么多问题，不过可以问一些简要的。"

"姓名、籍贯、家庭，等等，一些基本的情况。"

"四十三岁，1968年在彭萨科拉出生，母亲生我的时候只有十六岁，有一部分印第安血统，不太多，只有很小一部分。父亲是个到处寻花问柳的色鬼，跟我妈只是露水情人，我从来没见过他。我结过两次婚，现在不考虑再进入婚姻了。你呢，莱茜？"

"单身，没结过婚。"

两个人都饿极了，狼吞虎咽，大口地吃着。莱茜问："印第安人的事情，是真的吗？"

"是的，千真万确。我是由祖母带大的，她是个慈祥善良的女人，有一半的印第安人血统。祖父并没有什么特殊的血统，所以我妈妈有四分之一的印第安人血统。她说我父亲是半个印第安人，但是无法证明，因为他早就走了。我花了好几年找他，并不是想念他或者感情上的什么原因，只是单纯为了钱。如果他是半个印第安人，有一半印第安人血统，那我就有八分之一的印第安人血统了。"

"塔帕科拉,是吗?"

"当然,如果有八分之一印第安人血统,就能'登记注册'成为塔帕科拉部落成员。一个很厉害的词,不是吗?一般罪犯或者性侵者才会在政府登记留名。我因为血统继承问题跟部落产生了争执,因为没有足够的证据证明我的血统。但是,因为血统和基因,我拥有一双淡褐色的眼睛和浅色的头发,所以我不喜欢自己身上的这种矛盾。总是,负责种族鉴定的那些人最终给我下了裁定,拒绝让我成为部落成员,不承认我是部落中的一员。"

"那就没有分红了。"

"没有分红。那些没多少印第安血统的倒通过审核,靠着赌场,日子过得挺美,而我却被赶出去了。"

"我没见过多少塔帕科拉人,不过你看着跟他们不太像。"乔海伦比莱茜高三四公分,身材纤瘦,穿着紧身的牛仔裤和紧身衬衫,看上去身材很好。大大的淡褐色眼睛即使在惊恐害怕的时候,也闪闪发亮。她的脸上完全没有皱纹,也看不出岁月的痕迹,虽然没有化妆,却依然很好看。

"谢谢。我的容貌并没给我带来任何好运,只有麻烦和困扰。"

莱茜把最后一口吉士汉堡塞进嘴里,然后说:"咱们走吧。"

她开车沿八十四号公路向东行驶。看了一眼身后的路,没有车跟在后面,于是她继续保持最高车速,一边开车,一边听乔海伦讲述她的故事。

果然,库雷不是真名,乔海伦也从来没有跟人透露过。他们是二十多年前认识的,当时乔海伦的第一段婚姻已经破裂。库雷在德斯坦有一家小律师事务所,是一名名声不错的离婚律师。乔海伦的第一任丈夫是个酗酒成性的酒鬼,而且对乔海伦经常施暴。有一次乔海伦和她的丈夫在库雷的办公室里起了争执,库雷奋身而起保护乔海伦,赢得了她的极大好感。她当时正在库雷的办公室跟他讨论事情,突然她丈夫闯进来,喝多了酒,寻衅闹事。库雷拿出一把枪来把乔海伦的丈夫赶跑了。离婚进行得很顺利,乔海伦的前夫不再找她麻烦了。不久之后,库雷自己也离婚了,给乔海伦打电话问她最近怎么样。他们断断续续交往了几年,不过两个人都不愿向对方承认。于是库雷跟别人结了婚，经历了又一段糟糕的婚姻，而乔海伦也犯了跟他同样的错误。在库雷受理了她的第二次离婚官司后，他们又开始了约会交往。

库雷是个不错的律师，如果他离阴暗的东西远点的话，肯定能比现在混得更好。他喜欢接手肮脏的离婚官司以及涉及毒品交易和摩托党一类的刑事案件。他跟佛罗里达狭长地带那些开脱衣舞俱乐部和酒吧的奸佞恶徒交往密切，成天鬼混，所以他的人生轨迹无法避免地会与沃恩·杜博斯有交集。他们从没一起做过生意，库雷曾经不止一次跟乔海伦说他从没见过杜博斯，但很明显，他嫉妒他有那么庞大的一个黑帮组织。十五年前，库雷听到传闻，海岸帮要跟印第安人勾结，提出要开赌场。他本想采取些行动，但是联邦政府指控他逃税，所以才不得不作罢。他被判定有罪，被吊销了律师资格，关进了监狱。就是在监狱里，他认识了拉姆齐·米克斯，另一个堕落的律师，以及未来的犯罪同伙。

乔海伦不知道格雷格·迈尔斯这个名字，直到她看到起诉克劳迪娅·麦克多万的投诉书上写着这个名字。库雷和乔海伦很害怕，不敢签署投诉书，控告自己的上司有违法行为。是库雷想的主意，让第三人去做这件事，一个愿意为此而冒险的人。

乔海伦对迈尔斯这个人很好奇，所以莱茜给她讲了迈尔斯的事情：他们在圣奥古斯丁一艘停在码头的船上跟他第一次见面；他可爱的墨西哥裔朋友卡丽塔；他们在相同的地方第二次见面；第三次见面是在墨西哥海滩，他们一起吃了午饭；莱茜出车祸出院回家后，他突然来访；然后他在基拉戈神秘失踪；他们救出了留在船上的卡丽塔。根据她在联邦调查局的朋友所说，迈尔斯失踪的调查毫无进展。莱茜想知道他们在躲谁，她问那个在汽车旅馆监视她的人是谁。乔海伦说不知道他的名字，但在录像里见过他。莱茜把车停在开罗城附近的一个乡村小店门口，拿着乔海伦的 iPhone 手机看里面的录像——一个男人正在搜查乔海伦的家。乔海伦解释说库雷是个电子设备方面的高手，在她家里安装了好几个摄像头。他就是在克劳迪娅的劳斯莱斯车后面的保险杠上安装了卫星定位监视器的人。另外，也是他在克劳迪娅的房子对面租了房，拍下了她和沃恩每个月的第一个星期三见面的照片和录像。

库雷怎么样了？乔海伦也不知道，但是她很生气。这一切都是他的主意，他知道很多关于沃恩·杜博斯和赌场的事。他和乔海伦曾经关系暧昧，断断续续交往了很多年。乔海伦对部落的愤恨不满成了他捕食的目标。八年前听说麦克多万辞退了她的书记员，于是他说服乔海伦去应聘这个职位。等到乔海伦成功入职，成为州政府雇员，他们就可以在举报者法令的保护下恢复原来的生活。他了解法律，深挖研究有关案件、条例和法案，终于能够肯定麦克多万已经被沃恩收买。他调查布伦瑞克县的经济发展，想要追踪那些扑朔迷离的离岸公司。他招募格雷格·迈尔斯替他们抛头露面打头阵。他很聪明，从不向迈尔斯透露乔海伦的身份。这个计划他已经策划了很多年，并且有条不紊、循序渐进地将其一步步推进，当时看来，这个计划确实很完美，天衣无缝。

然而现在，雨果·哈齐死了，迈尔斯即使没死，也找不到人了。库雷直接跑路，把她一个人扔下不管了。她有多恨麦克多万，就有多恨库雷。她在心里懊悔了千万次，早知道是今天这个样子，当初就绝不会同意帮库雷把麦克多万扳倒。

乔海伦推测假如杜博斯抓住了迈尔斯，一定会使出一切手段逼他开口，而且用不了多久。到那时，库雷就成了下一个目标。迟早他们会怀疑到她就是秘密提供情报的眼线，而且没人能保护她。

在被捕入狱之前，库雷是个天不怕地不怕的主儿，拿着枪跟一帮小混混们成天游手好闲混在一起。但是三年的铁窗生涯使他整个人都变了，他失去了当年的桀骜之气，同时还变得胆小怕事。他出狱以后，身无分文，急需用钱。由于被吊销了律师资格而且有犯罪前科，可以挣钱的道寥寥无几，暗中检举告密是一项合理合法的敲诈，对他来说是最好的选择。

40
—
宁静时刻

他们顺利找到了瓦尔多斯塔地区机场的航站楼。莱茜锁好车,又看了看周围,发现没有可疑的人出现。冈瑟在机场里跟前台的女孩在搭讪,看到莱茜,他热情地拥抱了她,好像很多年没见了似的。莱茜没有把冈瑟介绍给乔海伦,因为她不想让乔海伦知道她哥哥的名字。

"没有行李。"他说。

"还好我们随身带着包,"莱茜说,"咱们走吧。"他们快步来到航站楼,穿过停机坪上停着的几架小型飞机,站在冈瑟的私人飞机前。还是那架比奇男爵,冈瑟曾经开着它去救卡丽塔。他再次强调这架飞机是他朋友的。在随后的途中,她们就会知道冈瑟的确有几个很好的朋友。上飞机之前,莱茜给埃里·帕切科打了个电话,通报最新的情况。他立刻接了电话,说法庭还在审理过程中,所有人都在尽职尽责地工作着。他问莱茜现在究竟在哪儿,莱茜说她们很安全,正要准备起飞,过一会儿再打电话。

冈瑟给她们系上安全带,然后坐到驾驶座上。机舱旦就像桑拿房一样,他们一坐进去,立马热得浑身都湿透了。冈瑟开启飞机的两个引擎,机身整个都颤动起来。飞机开始滑行,冈瑟打开窗户,露出一条缝,清凉的微风吹散了闷热的空气。周围没有别的飞机，他可以随时起飞。冈瑟拉开控制杆，飞机突然向前倒去，乔海伦紧张地闭上眼睛，抓住莱茜的胳膊。

谢天谢地，虽然已经是十月了，天气依然又热又闷，不过能见度还很好。确切地说是 10 月 15 号，雨果去世已经快两个月了。

飞机上升到五千尺的高空，乔海伦慢慢放松下来。空调也开了，机舱里很舒服。飞机的两个引擎发出隆隆的轰鸣声，让人没法说话，不过乔海伦还是忍不住说：'只是很好奇，我们这是要去哪儿？'

莱茜回答说：'不知道，他不告诉我。'

"好吧。"

比奇男爵上升到八千英尺高空的时候开始平稳飞行，震耳欲聋的轰鸣声也渐渐减弱，变成嗡嗡的杂音。乔海伦在逃跑的过程中，整整两个晚上都是在廉价的汽车旅馆里度过的，糟糕的环境再加上担惊受怕，导致她现在已经累得不行了，脑袋耷拉着，直垂到胸口，显然是睡着了。莱茜没事可做，也打了个盹。

等莱茜醒来，已经是一个小时之后了，冈瑟递给她一副耳机，她调整了一下麦克风，说："你好。"冈瑟点点头，眼睛一直看着前方，盯着仪表盘。他说："你怎么样，妹妹？"

"很好，冈瑟。谢谢你。"

"她还好吗？"

"看起来睡得不省人事了，这两天熬得很辛苦。等飞机降落了我再详细跟你说吧。"

"随时都可以。很高兴能帮上你的忙。"

"我们要去哪儿？"

"山上。我有个朋友在那儿有个小屋，没人会找到的。你一定会很喜欢。"

一个半小时之后，冈瑟慢慢减小油门，飞机开始缓缓下降。下面的景色跟几个小时前她们开车从佛罗里达逃到瓦尔多斯塔时的一路平地完全不同——目光所及之处全都是幽暗的山脊，峰峦起伏，连绵的山峰笼罩在一片红橙黄相间的光晕之中。飞机靠近山脉，冈瑟调整飞机位置，准备降落。莱茜碰了碰乔海伦的胳膊，把她叫醒。飞机跑道修建在一个山谷里，周围尽是秀丽的山峦。飞机漂亮地触地降落，滑行到一个小型的停机坪，从另外四架飞机旁滑过，那四架都是小型塞纳斯飞机。

冈瑟关闭引擎，说："欢迎来到北卡罗来纳富兰克林梅肯县机场。"他走出驾驶室，打开机舱门，扶两位女士下飞机。他们走到航站楼，冈瑟说："待会儿我们会见到一个叫鲁斯提的人，是个当地人，他会夸我们进县里，开车大约三十分钟，一直下去就到了。他看守着这附近的小屋。"

"你跟我们一起吗？"莱茜问。

"当然，我不会离开你的，妹妹。这儿的天气怎么样？我们是在两千英尺的山上。"

鲁斯提看起来简直像只熊，浓密的胡子，毛茸茸的胸口，咧着一张大嘴一脸憨笑，还朝着两位迷人的女士微微抛了个媚眼。他开着一辆福特探路者，整个人看起来就像一辈子在山里生活的人。他们离开机场后，鲁斯提问："我们要在镇上停一下吗？"

莱茜说："可能得买个牙刷。"

他把车停在一个小杂货店外的停车场上。"小屋里有吃的喝的吗？"冈瑟问。

"有威士忌、啤酒、爆米花。要是有什么需要，最好现在买点儿。"

"我们大概要待多久？"乔海伦问。她一路上都没怎么说话，好像是换了陌生的环境还有点没缓过神来。

"两三天吧，"莱茜说，"谁知道呢？"

他们买了一些洗漱用品、鸡蛋、面包、带包装的熟食和奶酪。在小镇边界，鲁斯提开车转到了一条碎石小路上，从这里开始后面就没有柏油路了。他开车翻过了一座山，这只是众多山峦的第一座山。莱茜发现她的耳朵开始耳鸣了。鲁斯提一路上话说个不停，开车飞驰，越过一座座山，穿过一座座桥，桥下就是湍急的河流。聊天中，才了解到，原来冈瑟一个月前刚来过这里，跟他的妻子一起来这儿避暑。两个男人兴致勃勃地聊天，两位女士坐在后排安静地听着。碎石路到了尽头，前面是一条狭窄的土路。最后一段上山的路笔直而且有些惊险，当他们到达山顶时，一个波光粼粼、碧波荡漾的小湖展现在他们眼前。小屋就悠然伫立在宁静的湖边。

鲁斯提帮他们把买的东西都卸下车，搬进小屋里，带他们参观了一下小屋。他们刚到的时候，莱茜还以为这里不过是个乡下的简陋小棚屋，屋外还有外接的水管，不过她的确是大错特错了。小屋很别致，是个 A 字型的结构，一共有三层，还有露台和门廊，小屋外的湖边有一个小码头，河里停着一条小船。小屋内部时尚的装饰和设施，比她塔拉哈西的公寓还高档。车库里停着一辆崭新的牧羊人吉普。冈瑟说小屋的主人是他的朋友，开了不少酒店赚了大钱，为了躲避亚特兰大闷热的酷暑才修建了这个地方。

　　鲁斯提跟他们告别，告诉他们如果有什么需要，尽管给他打电话。手机信号很好，他们三个人都有电话要打。莱茜给她的公寓管理员打电话，让他叫她的邻居西蒙帮忙照看她的狗弗兰基。她打电话给帕切科，告诉他现在他们藏身在山里，目前十分安全。乔海伦给阿姆斯特朗先生打电话，请他帮忙看着点她的房子，反正他和格洛丽亚一天十五六个小时都在盯着别人。冈瑟，当然，有几笔生意要谈，又在电话里大吼大叫。

　　渐渐地，他们都放松下来。刚刚远离佛罗里达的烈日炎炎，酷热难耐，他们惊讶并且沉浸在这里清新凉爽的空气中。门廊上一个旧温度计上显示温度是十八度。小屋建在海拔四千一百英尺的山上，除了空调，这里应有尽有。

　　下午晚些时候，夕阳西下，落入群山之后。冈瑟沿着门廊一路拿着手机打电话。莱茜和乔海伦坐在码头的一端，旁边有一条小钓鱼船。喝着清凉的罐装啤酒，莱茜说："跟我说说克劳迪娅·麦克多万吧。"

　　"说来话长，从哪儿谈起呢？"

　　"从头谈起，为什么她会雇用你，而且还把你留在身边长达八年？"

　　"啊，其实我很擅长做现在的工作。自从我第一次离婚后，我就决心要成为一名法庭书记员，而且我工作非常努力。我训练有素，与最优秀的人共事，而且与时俱进，跟得上日新月异的先进科技。当库雷发现克劳迪娅需要一个新人时，他把我推上去，应聘这个职位。我得到了这个工作，而他的大计划也从此开始实施，因为他在内部有了眼线。法庭书记员什么都知道，莱茜，我刚开始工作的时候，就已经怀疑克劳迪娅了，幸好她完全没有察觉，计划进行得非常顺利。我发现了一些很蹊跷的事情，她的衣着装束价格昂贵，但她一直暗暗隐瞒，不特意显露出来。如果是审理比较大的案件，听审的人很多，她就会穿得很朴素。但是，如果不忙的时候，没有庭审，只是在办公室处理一些事情，她就会衣着光鲜。她忍不住奢华时尚的诱惑，她喜爱有设计感的东西，身上的珠宝首饰总是换着花样地戴，无数的钻石和宝石，但我不敢肯定别人是不是也注意到了，特别是在斯特林这样的地方。她花了大把的钱买衣服和珠宝首饰，你绝想不到一个领政府薪水的人能买得起这么昂贵的东西。她每两年就会换新的秘书，因为不想有人跟她走得太近。她这个人冷漠孤傲，与人疏远，待人严苛，但她从来没有怀疑过我，因为我一直跟她保持距离。或者她是这么认为的。有一天，我们正在法庭上审理案子，我偷偷拿了她的一串钥匙。库雷连忙赶到法院，我把钥匙给了他，他复制了整串钥匙。克劳迪娅发了疯似的找钥匙，结果在垃圾桶旁边找到了，完全不知道钥匙已经被复制了。有一次库雷进入了她的办公室，在里面忙活了一天。他窃听了克劳迪娅的手机，花钱雇了个黑客黑进她的电脑。这就是为什么我们能得到这么多的信息。麦克多万很小心谨慎，特别是在对费丽斯·特班的事情上。她用费丽斯的台式电脑处理公务，用一个笔记本电脑处理私事。不过她还有另一个笔记本电脑，用来进行很多秘密的事情。库雷没有告诉迈尔斯这些，主要还是因为他怕如果迈尔斯出什么事，那么整个计划就泡汤了。他给迈尔斯足够的情报，说服他，也说服你们开始进行调查。"她抿了一口啤酒说。两个人看着湖水上泛起的涟漪，湖里的鱼正游上来捕食。

"她的衣着和珠宝首饰引起了我的注意，但突然我们发现她和费丽斯·特班乘坐私人飞机到处旅游——纽约、新奥尔良、加勒比海——于是我们知道这些钱肯定大有来处。这些私人飞机都是费丽斯预定的，没有一次用克劳迪娅的名字。然后我们查到了她在新泽西有套公寓，在新加坡有套房子，在巴巴多斯有座别墅等很多房产，我没办法都一一记清。这些房产都隐藏得很好，至少她们是这么想的。可她们万万没想到的是，库雷一直在监视她们。"

"为什么他不直接去找联邦调查局，而把我们牵扯进来呢？"

"他跟迈尔斯谈过这个问题，但是他们两个人都不相信联邦政府的人，特别是迈尔斯。而且,他说要是有联邦调查局进来,他就不管了。我觉得是因为当年迈尔斯破产的时候,联邦政府的人把他弄得倾家荡产、身无分文,所以他很忌惮他们。由于州警对印第安部落没有司法管辖权,他们最终计划让司法行为委员会进行调查。他们知道你们的权力有限,但是总得有人开始进行调查。没人能预见到计划会如何展开,但没人愿意看到有人会因为这个计划而被人害死。"

莱茜口袋里的手机震动起来,是帕切科。她说:"我得接个电话。"

"当然可以。"

她走回小屋,轻声说:"是我。"

"你在哪儿?"

"北卡罗莱纳的深山里。冈瑟开飞机带我们上来的,他是我们的保镖,算是吧。"

"所以他还是掺和进来了?"

"哦,是的。他真的很棒。"

"什么时候?"

"现在正在开会做出最后决定。一有消息我会立刻通知你。"

"小心点儿。"

"小心?这多让人激动啊。我觉得我们一整夜都得兴奋得睡不着觉了。"

黄昏时分,他们在湖边的石坑里搭起篝火,裹着毯子坐着旧藤椅围在一起。冈瑟找到了一瓶红酒,他觉得莱茜天生适合喝酒。莱茜喝了一些,乔海伦也只喝了一点儿。冈瑟戒酒多年,他喝的是低卡咖啡,负责看着火。

乔海伦想知道那场导致雨果死亡可怕的撞车事件来龙去脉,于是莱茜作为当事人,给她讲了当时的亲身经历和亲眼看到的景象。冈瑟想了解一下库雷这个人,以及他跟踪麦克多万的惊人壮举。乔海伦给他讲了一个小时库雷的事。莱茜问她哥哥经历了三次破产,是靠什么挺过来的,而且现在居然还在做生意。冈瑟给她讲了一整晚自己波澜壮阔的人生经历。他们坐在篝火旁边,吃着火腿奶酪三明治,当然用的是白面包,说说笑笑一直到深夜。

41

围捕行动

  第一次逮捕行动简直就是天赐的良机。

  沃恩拥有七个高尔夫球场,其中最喜欢的就是连绵山丘高尔夫球场,是一个坐落在布伦瑞克县最南端的高级会员俱乐部,放眼望去,风景如画,海湾的壮丽景色尽收眼底,而且对会员的隐私保密极为严格,深受热衷于高尔夫球的人士欢迎。对于沃恩这个处处提防、事事谨慎的人来说,至少每个星期需要给自己一个放纵享乐的时间。每星期日上午八点,他和他的密友们都聚在连绵沙丘俱乐部会所里一起吃早饭,喝血腥玛丽。气氛总是很轻松惬意,自由开放,甚至纵情喧闹。对于六七十岁的人来说,这就是个放纵享乐的聚会,没有女人在场。他们打算在景色宜人的高尔夫球场,花五个多小时的时间打打球,喝点儿啤酒,抽点儿上好的雪茄,每个球洞都打打赌看谁赢,随心所欲地逗个乐,说点儿粗俗的笑话,想笑就笑,想骂就骂,不受球童或者其他打高尔夫球的人打扰。他们每次都九点准时开球。杜博斯每次都开球半个小时前封锁球场,然后开球半个小时后再开场。他讨厌一群人挤在高尔夫球场上,有一次他在开球区赶走了一个新手,那个新手一行四个人,在他们前面磨磨蹭蹭,说让他们再等五分钟。

马顿兄弟，就是万斯和弗洛伊德，在一起时总是吵嘴，因此不得不把他俩分开。沃恩总是跟弗洛伊德一组，罗恩·斯金纳总是跟万斯一组。10月16号星期日，五表亲中的四人九点钟准时开球，丝毫没有察觉到将会发生什么事情。他们这辈子最后一轮高尔夫球比赛开始了。

五表亲中的第五个人，汉克·斯克里，在会所里跟他的老板分开，按计划五个小时后再来接他。汉克不喜欢打高尔夫，通常，星期日上午都会跟他老婆和孩子去游泳。他正在开车回家的路上，脑子里想着生意上的事，在限速下平稳地开着车，突然在九十八号高速公路上被一个佛罗里达州警拦了下来。他对警察很不客气，说自己又没触犯什么交通法规，凭什么拦他。警察说他因涉嫌犯有谋杀罪被捕。于是，他立即被戴上冰冷的手铐，被押进了警车后座。

连绵沙丘球场的第四球洞是一个五杆长洞，右狗腿洞，球道向右弯。站在发球台上，看不到果岭，因为是在球场的边缘，紧挨着一条公共街道，街边被高耸的树木和绿植遮住。埃里·帕切科带着他的小队就在这里监视并且等着他们。两辆高尔夫球车沿着车道一路飞驰，停在果岭边的沙地，特工们在车里待着，看着沃恩、弗洛伊德、万斯和沃恩拿着推杆走到果岭。几个人抽着雪茄，正说说笑笑，突然十几个穿着深色西装的男人不知道从哪儿闪出来的，出现在他们眼前，跟他们说游戏已经结束了。他们惊呆地站在果岭上，被戴上手铐，押着穿过树丛，突然被带走。他们的手机和钱包都被没收，球杆、钥匙、冰啤酒则留在了高尔夫球车上。果岭绿地上散落着雪茄烟头、几个高尔夫球和推杆。

还得有半个小时下一拨打高尔夫球的人才会来。几个打高尔夫球的人失踪，一定会让俱乐部的人头疼不已，不过得过二十四个小时才能向警察报告失踪。

几个黑帮大佬被分别押进不同的车里。埃里·帕切科跟沃恩·杜博斯一起坐在汽车后排。几分钟之后，沃恩突然说道："该死的，我正打得兴起呢，这轮打得出奇得好，三洞过后低于标准杆一杆。"

"很高兴你能乐在其中。"埃里说。

"方便告诉我一下为什么逮捕我们吗？"

"蓄意谋杀。"

"被害人是谁？"

"那可就多了，不是吗，沃恩？雨果·哈齐。"

他听了之后很镇定，没有再说一句话。另外几个人，汉克·斯克里，马顿兄弟和罗恩·斯金纳，也都沉默不语，一路被押往监狱。

几个人一被戴上手铐，没收手机，联邦调查局的特工们就立刻突击搜查他们的住所、办公室，把电脑、手机、支票簿、整个文件柜，以及任何有可能成为证据或线索的东西都搬走。马顿兄弟和罗恩·斯金纳表面上看经营的是合法生意，有助理和秘书，但由于是星期日，办公室里没人，所以没人会出来干扰特工们。汉克·斯克里把私人的东西放在自己家的地下室里，惊慌不已的妻子和孩子看着神情严肃的特工把东西搬走，放进租来的卡车里。沃恩·杜博斯没有任何私人物品，他的房子里也没有任何与案子有关的东西。

按了手印，照了照片之后，这几个被起诉的被告人被分别关进不同的牢房。事实上，他们这五个人几个月之内是见不到彼此了。

监狱给了沃恩一份不新鲜的三明治作为午饭，他不吃。然后他被带到了审讯室，埃里·帕切科和道格·哈恩正等着他。他说不喝咖啡，也不要水，他要找律师。帕切科给他读了米兰达权利，但是他拒绝在权利确认书上签字，并且再一次要求找律师，说他有权打电话叫律师。

"这不是审讯，杰克，"埃里冷冷地说，"这只是一次会谈，现在我们知道了你的真名，还有了你的指纹。我们查了一下，发现你于1972年因蓄意杀人而恶意攻击罪被捕。那时你名叫杰克·亨德森，一群乡下小子组成的帮派里的一员，你们主要贩卖毒品、组织卖淫和赌博。你在路易斯安那州斯莱德尔被捕判刑，但你不想被关在监狱里，所以逃跑了。于是你抛弃了原来的名字，变成了沃恩·杜博斯。这四十年来，你的确做得不错，把自己隐藏得很好。不过，一切都结束了，杰克。"

"我要找律师。"

"当然可以，我们会给你派律师的，杰克。不过不是你脑海里想到的那些油嘴滑舌、耍嘴皮子的人。那些家伙们要价太高，得花不少钱，等到明天上午九点,你就会跟你在监狱里上吊自杀的父亲一样,一无所有。你所有的银行账户都将被冻结,杰克。所有的钱都拿不出来了。"

"给我一个律师。"

克莱德·韦斯特贝被非强迫性地秘密逮捕了。星期日早上,他接到了一个联邦调查局特工打来的电话,通知他时候到了。克莱德告诉他的妻子酒店里出了点事,然后离开了家。他开车到了一个购物中心空旷的停车场,把车停在一辆黑色雪佛兰太浩旁边。他把车钥匙扔在地上,从车里走出来,被戴上了手铐,坐在太浩车后座。他没告诉他妻子自己将会怎样,他没勇气开口跟她说。

拿着他办公室的钥匙,两组特工搜查了他管理的两家酒店的办公室,这两家酒店的所有者都是名为斯塔·斯的离岸公司。

等到星期一,所有的酒店客人都将被告知离开酒店,所有的酒店预定将被取消。酒店将被无限期关闭。

五表亲终于被允许使用手机打电话,被逮捕的消息很快泄露了出去,然后就像野火一样,传遍整个黑帮。跑还是不跑——为帮派卖命的经理们惶恐不安地问自己。只是他们还没来得及作决定,大部分人就已经被捕了,联邦调查局立即搜查了他们的办公室。

在比洛克西市,一个名叫斯达威西的律师正跟妻子一同走进一座天主教堂做周日弥撒,两名特工走来,找斯达威西单独谈谈。特工告知他和他的合伙人被指控触犯了《反侵蚀法》法案,将被依法逮捕,请他主动交出办公室的钥匙,否则联邦调查局会强行踢开办公室的门进行搜查。斯达威西跟妻子吻别,不敢看周围教友们惊讶的目光,泪流满面地跟着特工前往自己的办公室。

在金钥匙赌场,四名特工找到了当班的赌场经理,通知他赌场即将关闭。他们向赌场里的人宣布这一通知,叫大家全部出去。另一名特工打电话给卡佩尔酋长,叫他来赌场,有急事要找他。酋长二十分钟后赶来赌场,立刻被逮捕。一个联邦法警小队协助疏导情绪愤怒不满的赌客离开赌场,走进停车场。那些住在两个酒店里的客人也被通知立刻收拾行李离开。比利·卡佩尔匆匆赶来,也立刻被戴上了手铐,一同被捕的还有亚当·霍恩和另外三个赌场经理。赌客、游客和赌场员工乱作一团，法警负责维持秩序，疏导交通。被捕的几个人不舍离去，不过他们知道这里的一切都将关闭，从此大门就永远锁上了。

星期日下午三点左右，费丽斯·特班正在阳台上一边喝着冰茶，一边看书。她的手机响起，是未知来电。她说了一句"你好"，一个陌生的声音说："你和你的朋友麦克多万已被起诉，另外还有沃恩·杜博斯以及其他上百个犯罪同伙。联邦调查局正在海岸一带突袭搜查他们的办公室，下一个就是你。"这个人用的是一次性手机，但是联邦调查局知道这个人。她立刻打电话给克劳迪娅，她还什么都不知道。克劳迪娅给联络人汉克·斯克里打电话，但是没有人接。两个女人上网查找消息，但是也没有任何发现。费丽斯建议两人先躲到一个安全的地方，于是联系莫比尔的飞机包租公司。有一架飞机可用，俩个小时后可以起飞。

按照指示，飞机租赁公司打电话通知了联邦调查局。费丽斯匆忙前往位于机场附近的一个郊区高档购物中心，里面有她的一个秘密办公室。她走进去时身上除了钥匙什么也没带，出来的时候拿着两个大大的普拉达袋子。费丽斯开车前往莫比尔机场航站楼，特工一直在她身后跟踪。

飞机租赁公司告诉联邦调查局他们这位老客户要先去己拿马城接一位乘客，然后两个人一同前往最终的目的地巴巴多斯。调查司联合联邦航空局指示飞机租赁公司继续跟进。四点五十分，里尔 60 飞机从莫比尔起飞，二十分钟后飞到了巴拿马城。

与此同时，麦克多瓦法官火速赶到她最爱的兔子快跑小区的房子里，拿了几件东西，装在一个大大的手包里，然后飞奔到机场。她于五点十五分赶到机场，里尔飞机正好降落滑行停下来，她立即跑过去。机长向她问好，欢迎她乘坐飞机，然后走进航站楼办理签字登记等手续。十五分钟后，副机长通知克劳迪娅和费丽斯海湾附近天气异常，他们得延迟飞行。

"你就不能绕过去吗？"费丽斯吼道。

"很抱歉。"

两辆黑色越野车从飞机后侧出现，停在左翼前面。克劳迪娅最先看到他们，小声说道："哦，该死的。"

两位女士都被戴上手铐，随即被押走。特工们搜查机舱，两个女人都没有拿什么衣物，相反，却把能带的贵重物品都带上了——钻石、宝石、稀有金币，还有大量现金。几个月后，这些将被收入物品清单，估值会达到四百二十万美元。当被问道他们计划怎么把这些东西带出巴巴多斯海关时，她们没有回答。

　　特工在搜查麦克多万在兔子快跑小区的房子时，发现了更多的贵重物品——特工们终于找到了她的保险室。看着无数的现金、珠宝、艺术品、稀有书籍、名贵手表和古董，大家惊得目瞪口呆。不过，从另一方面来说，在她家里搜查，并没有找到什么对案子有价值的东西。在克劳迪娅的办公室里，特工们按照惯例查抄了她的电脑、手机和所有文件。费丽斯·特班办公室里的电脑显然是用来处理公事的，然而，她秘密办公室的两个笔记本电脑里面全是银行账户、汇款信息、财务记录、房地产记录以及和多个国家律师的来往信函，这些国家都是有名的避税天堂。

　　一系列地毯式的围捕行动就像龙卷风一样席卷了整个佛罗里达狭长地带。截至星期日黄昏时分，已有二十一名男性和两名女性因罪被捕，被指控犯有敲诈勒索罪，而且随着调查的深入，罪名还会越来越多。另外，还要再加上一个被捕的人——德尔加多，他正在健身房举杠铃时，被两名特工逮捕。表面上他在一个酒吧里工作，这个酒吧是由他人拥有的公司所有，他平时负责洗钱。光这一项罪名就够他蹲不少年监狱的，更不用说其他更严重的罪行了。

42
完美落幕

星期日晚上六点，有线新闻台报道了这一重大案件的消息，而且看起来并没有预先作准备。因为大家都对这一案件毫不知晓，甚至那些被告人也都没听说过，所以几乎没有对于此事的新闻报道。但是有两件事使这一情况发生了戏剧性的改变：一个是赌场被关闭的消息，另一个是不知姓名的调查者发现了"海岸帮"的存在。后一个消息更加劲爆，立刻引起了轰动，很快就有大批媒体记者赶到金钥匙赌场紧闭的大门前进行现场报道。

莱茜和乔海伦聚精会神地看着电视里的新闻报道，简直难以置信。阴谋罪行被揭露，犯罪团伙被一举捣毁，贪污腐败被曝光于天下，罪犯被缉之以法，正义得到了伸张。真是想都不敢想，他们竟然放出了这么令人震惊的消息。这一路以来，失去了太多东西，所以很难产生骄傲和自豪感，至少此时此刻是这样。另一个"震惊的消息"接踵而来，克劳迪娅·麦克多万法官出现在镜头里，乔海伦惊愕地捂着嘴，开始哭泣。记者报道说麦克多万法官和她的律师企图乘坐私人飞机逃离美国时在机场被捕。报道大约只说对了一半事实，另一半缺乏真实性，是记者自己激动之下臆想出来的。

"这是喜极而泣吗？"莱茜问。

"也许吧，我不知道。不过我敢肯定我是很高兴，只是有些难以置信。"

"的确是这样。几个月前我还没听说过这些人，也对赌场没什么印象呢。"

"什么时候能回家？"

"不清楚。等我问问联邦调查局的人再说吧。"

冈瑟开着吉普车去城里买牛肉和木炭，此时正站在门廊，在烤炉前烤着肋眼牛排，用小火烤着土豆。他不时走进屋看看电视里最新的新闻，但是天黑以后，一直是同样的新闻连续滚动播放。他激动得一次又一次说："祝贺你们，姑娘们，你们扳倒了美国历史上最贪污腐败的法官。干杯吧！"

但是她们俩却无心庆祝。乔海伦几乎能肯定可以保住自己的工作，虽然接替麦克多万的法官有权力聘用新的法庭书记员。也许她在想根据检举人法令索要奖励的问题，不过她从来没有提过。此时此刻，这个问题似乎有些太过复杂，而且浪费心力，再加上她的律师跑了——只有他知道怎么利用这个法令。

晚饭前，莱茜给盖斯马尔打电话，两人相互讨论，交换了一下意见。她给维尔娜打电话，告诉他警方抓到了杀死雨果的凶手。她又打电话给埃里·帕切科，但是没有人接。他们俩一整天都没通话了，她倒是能够理解，帕切科现在肯定忙得够呛。

星期一上午九点，联邦检察官宝拉·加洛维站在塔拉哈西联邦法官面前，要求法官做出一系列裁决，立刻关闭三十七个经营场所。其中大部分都在布伦瑞克县，但是遍及整个狭长地带。这些经营场所包括酒吧、酒类专营店、饭馆、脱衣舞俱乐部、酒店、便利店、购物中心、游乐场、高尔夫球场以及在建中的三个住宅开发项目。

犯罪团伙的触角已经伸到了几个住宅小区，比如兔子快跑小区，但是因为大部分的房子已经售出给个人，所以这些住宅区会被保留下来。加洛维女士向法官提供了一份名单，名单中有八十四个银行账户，要求这些账户立刻被冻结。其中大部分是企业账户，有一些是个人账户。比如，汉克·斯克里在银行里有一个二十万元的低收益定期存款，在一个联名支票账户上有四万美元。这两个账户都被与加洛维女士共事的另一名资深大法官冻结。因为本诉讼案性质严重,所以没有人对于加洛维女士的要求提出反对意见。她提出委派塔拉哈西大型律师事务所的专门律师作为涉讼财产管理人承接所有本案所涉及公司的资产管理。

涉讼财产管理人的责任范围很广。他要承担所有这些公司的法律事务,调查局已经查出他们资金的来源,这些资金有的是全部,有的是一部分来源于犯罪活动所取得的收益,现在可以确切地说是来源于"杜博斯犯罪集团"。涉讼财产管理人需要追查每一个公司和企业的源头,以及每一笔业务的资金来源和去向,重新恢复准确的账目记录。在法务会计师的协助下,他要尽其所能将所有企业错综复杂的资金流向梳理清楚,并且追踪源头直指向犯罪集团。他还要与联邦调查局一起合作调查杜博斯建立的一系列离岸公司,查清每一个离岸公司的资产情况。最重要的是,涉讼财产管理人要处理没收的资金和财产或者售出所有涉及杜博斯犯罪集团有关的财产。

两个小时后,加洛维女士召开了一个精心准备的记者招待会,这是所有联邦检察官们梦寐以求的时刻。她面对着一大群记者,对着密密麻麻的麦克风进行讲话。站在她身后的是她的助手们,包括丽贝卡·韦伯和几个联邦调查局特工。在她右边,有一个巨大的屏幕,上面显示的是五表亲和克莱德·韦斯特贝被放大的入狱照片。加洛维女士向媒体介绍这几个人被指控谋杀,已经被警方逮捕,是的,她计划寻求将其判处死刑。在提问的最后,她将话题从谋杀指控转移到《反侵蚀法》指控上。围捕还在继续,但是三十六名被告中的二十四名嫌犯已经被捕。联邦调查局和她的办公室还在进行初步调查中,还有许多内幕和背景以待揭露查清。杜博斯集团的犯罪活动范围很广,而且组织严密。

当她允许记者发问时,收到了记者们连珠炮一样的发问。

到了星期一中午,莱茜他们在山上已经待腻了,看腻了电视新闻,厌倦了吃了就睡睡醒就吃的日子,小屋里的那些旧书也看不下去了,讨厌天天坐在甲板上,欣赏初秋的斑斓的景色。虽然风光依旧美丽,可惜再美的景色天天看也会看腻。冈瑟的兄弟想要回飞机,莱茜还有工作要做,而乔海伦想回到布伦瑞克县的法院看看是否真的再也不用看到克劳迪娅·麦克多万那张脸了。她等不及要跟别人打听消息了。

最重要的是,埃里认为乔海伦已经没有人身危险了。杜博斯自己的事就够让他头疼的了,根本没工夫顾及一个泄密的法庭书记员。而且所有的主要头目都被关进了监狱,没收了手机,他也没办法再对乔海伦下手了。埃里还说联邦调查局会继续暗中保护乔海伦两个星期。

鲁斯提下午两点来接他们,下山的路可比上山惊险多了。等他们到了富兰克林,就连冈瑟也一路颠簸得想吐了。他们谢过鲁斯提,客套地说以后一定会再来看他,然后驾驶私人飞机离开了。

莱茜想直接飞回家,但这是不可能的。她把自己新买的掀背车留在了瓦尔多斯塔,所以没办法只能先去那里取车。飞行很颠簸,冈瑟想避开风暴,找到一个平稳的飞行高度,可惜试了半天也不行。等飞机降落时,莱茜和乔海伦都快晃晕了,喘不上气来。两个人终于高高兴兴地坐进了车里。她们拥抱冈瑟,感谢他的帮助,跟他告别。看着冈瑟驾驶飞机起飞了,她们才驱车离开镇子。塔拉哈西在瓦尔多斯塔和巴拿马城的中间,可乔海伦还得去巴拿马城,因为她把自己的车留在了海神汽车旅馆的停车场。

因为路程太远,莱茜想到了一个更好的主意。她们要在塔拉哈西住一晚,住在她家里,请埃里过来吃晚饭。吃点儿意大利面,喝点儿上好的红酒之后,她们会听埃里讲讲这三天里发生的事情。她们会问他一些想要知道的细节,比如是谁抓捕的杜博斯,被捕时他说了什么,说说克劳迪娅还有她企图逃跑的经过,其他那些被告人是谁,他们在哪儿,威胁乔海伦的是谁……一路上,她们已经想了好几十个问题。

莱茜给埃里打电话,请他来吃晚饭。额外的奖励是乔海伦·胡珀也来一起吃晚饭。

"那么我就要见到那个吹口哨的人了?"他问。

"亲眼见到。"

"简直等不及了。"

尾声

围捕和突袭行动结束几天之后，破案的消息成了佛罗里达以及美国整个东南部各大报纸媒体的头条。记者们从四面八方纷至沓来，到处挖掘消息、追踪线索，打听最新的进展。大门紧锁的金钥匙赌场成了电视记者们最喜欢的背景幕布。记者们在维尔娜家车道上驻扎，直到被人赶走。于是他们退到了她家前面的街道上，堵住了交通，结果两名记者被捕。后来他们发现维尔娜确实没什么可说的，于是失去了兴趣，纷纷开车离去。宝拉·加洛维，联邦检察官，每天召开例会，几乎没有透露任何最新消息。埃里·帕切科，作为联邦调查局的官方发言人，拒绝发表言论。记者们在麦克多万在斯特林的房子外面拍摄了两天，在布伦瑞克县法院大楼逗留了几天。他们还在费丽斯·特班被关闭的办公室以及比洛克西的律师事务所外面拍摄采访。渐渐的，案子的消息从头版头条变成了第二版新闻。

人们把关注的目光投向了联邦调查局和联邦检察官办公室，几乎没有人理会司法行为委员会。确实，这个小小的机构经历了一番暴风骤雨的冲击，却没有引起任何人的关注。莱茜和盖斯马尔收到了记者打来的几个电话，之后没有人再打过电话来。跟其他人一样，他们一直关注新闻报道，而且惊讶于媒体的各种误传和错误的消息。在委员会看来,这个案子已经结束了。他们的调查目标已经被关进监狱,而且很快就会辞职。

然而结束这个案子,并不是那么容易的,至少对莱茜来说。她对这个案子投入了太多的感情,把这个案子结了,再接手下一个,不是那么简单的。她职业生涯中最大的一起案子已经结束,但是她还得再过好几个月才能从这个案子里走出来。她和帕切科经常在一起,发现他们除了谈这个案子几乎没办法谈别的事情。

麦克多万和杜博斯的帮派被捕两个星期后,一天下午,莱茜回到自己的公寓。正要从车里出来时,她突然看到一个男人坐在公寓前的台阶上等人。莱茜打电话给她的邻居西蒙,让他看一下外面。莱茜走向公寓,西蒙走出来盯着外面的动静。

那个男人穿着白色的高尔夫球衫和一条卡其裤,戴着一个棒球帽,帽檐拉得很低,几乎挡住了他的眼睛。他的头发很短,染成了乌黑色。莱茜走近这个男人,他笑了笑说:"你好,莱茜。"

是格雷格·迈尔斯。

莱茜朝西蒙挥挥手,两人走进公寓。

她关上房门,说道:"我以为你已经死了。"

迈尔斯大笑,说:"差不多吧。我真得来一瓶啤酒。"

"我也想喝。"

她打开两瓶啤酒,两个人坐在厨房的餐桌旁。莱茜说:"我想你还没去见卡丽塔吧。"

迈尔斯又大笑起来,说:"昨晚跟她在一起,她很好。谢谢你救了她。"

"谢谢?拜托,迈尔斯,快跟我说说。"

"你想知道什么?"

"所有的事。为什么你要玩失踪?"

"说来话长。"

"我看也是。快说说吧。"

迈尔斯做好准备,准备好讲述自己的神秘经历。他喝了一大口啤酒,用手背擦了擦嘴,动作还像以前一样粗犷,莱茜以前见过。迈尔斯开始叙述自己的故事："为什么我要消失？其实有两个原因。首先，这是一直以来策划好的一个后手。我知道联邦调查局不愿意主动介入，从事态发展来看，我的猜测是对的。如果我消失了，那你们和联邦调查局就会相信杜博斯已经找到我了。我的失踪就成了另一宗谋杀案，这就会引起他们的重新关注。我不想调查局参与进来，但是我们，我们所有人，很快意识到如果没有他们的介入，案子就会陷入僵局。我说得没错吧？"

"也许吧。你的失踪的确为这个案子加入了更神秘的色彩，不过却并没有改变联邦调查局的决定。"

"那是什么让他们改变主意了呢？"

"DNA。我们在车祸现场发现了血样，通过血样上的DNA找到了卡车司机。查到司机的身份之后，他们找到了这个案子的突破口。他们察觉到一场巨大的成功近在咫尺，于是拿着冲锋枪就冲过来了，这只是打个比方。"

"你们是怎么得到血样的？"

"我待会儿再告诉你。你说有两个原因，另一个原因呢？"

"哦，对，第二原因比第一个更重要。有一天早上，我正在基拉戈码头的船上，脑子里一边想事，一边摆弄引擎，突然口袋里的一次性手机响了。我打开手机说，你好，电话里传来一个声音说：'迈尔斯？'我以为说话的人是库雷，但转念一想不是他。我挂断手机，用另一部手机打给库雷，他说他刚才没给我打电话。我就知道有人发现了我的行踪，这个人就是沃恩·杜博斯。我走到船舱，把笔记本电脑里的东西都删除，口袋里塞了些现金，我告诉卡丽塔我上岸去买点儿冰块。我在码头转悠了半个小时，观察周围的动静，最后雇了个当地人开车带我去霍姆斯特德。我从那里坐飞机飞到迈阿密，然后隐姓埋名躲了起来。真是千钧一发，死里逃生，把我吓死了。"

"为什么把卡丽苔一个人留在船上呢？"

他又喝了一大口啤酒，说："我知道他们不会伤害她的。他们也许会威胁吓唬她，但我想她一定会没事的。这的确很冒险。我必须得让她、库雷、你，也许还有联邦调查局相信我是另一个受害者。人们被逼迫恐吓下，终究会泄露秘密,就连卡丽塔和库雷也是一样,所以他们必须对我失踪的事一无所知,这是最重要的。"

"你可以逃跑啊,库雷就逃跑了。你们竟然都把柔弱的女人留下来,孤零零面对危险。"

"好吧,看起来是这样的,但是事情比你们想象的复杂得多。我要么逃走,要么就得挨枪子儿。库雷逃跑是另有原因的。我消失以后,他觉得我可能把他供出来了,他吓坏了,所以躲了起来。"

"而现在,你们回来是为了拿钱吧。"

"该死的,你说得没错。记住,莱茜,如果没有我们,这一切都不会发生。库雷是指挥,花了很长时间把事情预先计划和安排好。他真是幕后的智囊和天才。他找到乔海伦,一直跟她配合得天衣无缝,当然,直到他吓得逃跑了。至于我呢,我冒着生命危险签了投诉书,而且也为此付出了一些小小的代价。"

"乔海伦也是。"

"而她也会得到她应有的回报的,相信我。对我们三个来说,这些已经足够了。"

"库雷跟乔海伦和好如初了吗?"

"这么说吧,他们还在沟通。他们俩已经睡在一起二十年了,藕断丝连的,他们彼此之间很了解。"

莱茜叹了口气,摇摇头。她一口啤酒还没喝,而迈尔斯的啤酒已经喝完了。她走到冰箱又拿了一瓶啤酒,然后走到窗前。

迈尔斯说:"你应该这样看,莱茜。库雷、乔海伦和我策划了一个完美的计划,打算扳倒杜博斯和麦克多万。可没想到事情出了岔子。你的搭档被杀,而你也受了伤。我们很幸运,没有人再受到伤害。早知道会发生这样的悲剧,当初我们绝对不会这么干的。但是事情已经发生,坏人也得到了应有的下场,而我们三个还活得好好的。我们是在做好事,而且最终会皆大欢喜,得到应有的回报。"

"我敢肯定你已经看过报纸了。"

"一字不漏。"

"那你也看到埃里·帕切科这个名字了吧?"

"哦,是的。看起来是个蛮厉害的特工。"

"嗯,我们俩在交往,我觉得他一定想要听听这个故事。"

"把他叫来吧。我又没做什么亏心事,很想跟他谈谈。"

联邦调查局对杜博斯犯罪集团的调查又持续了十四个月,又添加了六项指控。共有三十九名嫌犯被捕,所有人都被认定有逃窜可能,因此均不得保释。其中半数都是次级疑犯,为犯罪集团所属的企业做事,但是对于洗钱以及从金钥匙赌场私吞现金的事毫不知情。由于他们的账户都被冻结,人身自由受到限制,在法庭指定律师的建议下,当宝拉·加洛维提出认罪辩诉协议时,他们都争相同意,表示认罪,将一切罪行供认不讳,以求减刑。沃恩·杜博斯被捕六个月后,十几名共同被告都已经认罪伏法,并且指认了他们老大的罪行。因为政府的大力打击,罪犯们脖子上的绳索越套越紧,不过他们依然牙关紧咬。十一个经理(当然不包括克莱德·韦斯特贝)以及五表亲没有一个人松口,主动认罪。

不过在犯罪集团之外找到了突破口。加文·普林斯,一个自佛罗里达州立大学毕业颇有名望的塔帕科拉族人,知道自己一进监狱就前途无望了,同意认罪以求缓刑。他曾经是赌场的二把手,绝大部分赌场内部的黑幕他都知道。他的律师说服宝拉·加洛维说普林斯不是罪犯,如果达成协议的话,他可以对案子的调查提供极大的帮助。

根据普林斯所说,每一张赌桌——二十一点、轮盘、扑克和掷骰子,上面都有一个现金盒子,庄家不能开启。90%的钱都是以现金的形式由庄家接收,当着玩家和摄像机的面,把钱放进赌桌上的现金盒子里,然后把钱换成筹码。二十一点赌桌上收的现金最多,轮盘赌桌收到的现金最少。赌场从不关闭,即使在圣诞节时,也顾客盈门。赌客最少的时候是凌晨五点,每天那个时候,会有全副武装的保安把现金盒子里的钱拿出来,放在一个推车里,然后在赌桌上换上空的盒子。现金被送到一个坚固而密闭的房间——也就是所谓的"点钞室",四名专业的点钞员,即"点钞组",打开每个盒子进行点钞。每个点钞员身后都站着一名保安,并且都有一台摄像机直接对着点钞员。每个现金盒子都被点数四次。通常一共有六十个现金盒子。普林斯的任务就是每天凌晨把 BJ-17 号盒子从现金收益最多的一个二十一点赌桌上拿走。方法很简单，就是在推车还没有被推进点钞室之前，把盒子从推车上拿走。他从来没有漏过口风。保安们都看向别处。一切跟平常一样。普林斯拿着 BJ-17 号盒子走到一个没有摄像头的小屋，然后把现金盒子放进一个上锁的抽屉里。据他所知，除了他以外，只有一把开抽屉的钥匙，那把钥匙在酋长手里，他每天都会去赌场，然后把现金从赌场带出去。

平均每天从二十一点赌桌收到的现金约有两万一千美元，不过 BJ-17 号盒子里的现金比别的二十一点赌桌更多。普林斯估计那个盒子每年总共能收至少八百万美元，只不过所有的钱都被拿走，而且下落不明。

监视 BJ-17 号盒子所在赌桌的录像带每三天就会被秘密删除，以防有人怀疑，查找录像，不过从来没人问过。究竟是谁进来把录像带删除的呢？肯定是部落保留地里的人。

有三个人负责把现金盒子偷偷放进酋长的小抽屉里，普林斯是三人中的一个。现在这三个人都被关进监狱，受到起诉，并且面临长年的刑期。普林斯招供之后，另外两个人很快认罪。三个人都称自己别无选择，被逼无奈才成了偷钱的帮凶。他们知道酋长没有把所有的现金都私吞，一部分钱用来贿赂其他的人，以及别的一些用途。但是他们在一个秘而不宣的环境里工作，这个地方有自己的规矩和法则，而且他们深信自己不会被抓到。这三个人都说自己从来没听说过沃恩·杜博斯这个人。

赌场关闭已经三个星期。两千人失业，部落族人的奖金分红也面临困境。塔帕科拉聘请了一些要价很高的律师，最终说服法官他们可以改过自新，同意从哈利士赌场聘请专业团队来管理赌场。

随着卡佩尔酋长被捕入狱，可能面临数十年的刑期，使整个部落蒙羞，族人们要罢免酋长的呼声愈发高涨。90% 的塔帕科拉人签署请愿书，要求他辞去酋长职务，并且进行新的酋长选举。卡佩尔下台，他的儿子比利和同伙亚当·霍恩也失去了势力。两个月后，莱曼·格里特以压倒性多数票当选新一任酋长。他当选成功后，向威尔顿·梅斯承诺把他哥哥救出监狱。

五表亲的律师们请求从他们被冻结的账户里拿出一些钱来，他们想雇用大联盟的律师，好寻找一些法律上的漏洞。然而，法官绝不允许把赃款拿出来花在他们的诉讼费上。于是法官断然拒绝他们的请求，指定了有经验的刑事律师为他们做辩护。

虽然蓄意谋杀罪比《反侵蚀法》指控更加严重，但是前期准备更容易些。缺少了克莱德·韦斯特贝，只有五名被告接受审判，而以《反侵蚀法》被起诉的被告则有二十多人。宝拉·加洛维早已决定全力推进谋杀案的审判，希望被告能全部定罪，被逮捕归案的五名头目要么终身监禁，要么被判死罪，并且与其会《反侵蚀法》被告人的命运息息相关。当所有罪犯全部被捕入狱之后，宝拉·加洛维和她的团队相信谋杀案的审判将在十八个月内进行。《反侵蚀法》案的审判加在一起将会持续两年之久。

2012年4月，罪犯被捕六个月后，法庭指派的涉讼财产管理人开始拍卖资产。利用富有争议而且声名狼藉的联邦法令，他组织了一个竞拍会，拍卖的物品包括九辆新款汽车、四艘游艇、两架双引擎飞机。这一举动遭到了五名头目律师的反对，声称这些都是被没收的资产，而他们的委托人从法律上来说还没有被定罪，所以可以被认作是无罪的，这种行为太操之过急。这种情况辩护律师们已经争论了二十多年，看起来是有些不公平，但法律就是法律，竞拍之后，得到收益三百三十万美元。滴水可以成河，粒米可以成箩，积少可以成多。

一周后，涉讼财产管理人以二百一十万美元售出了一个购物中心及其债务。杜博斯集团开始逐一拆解。

维尔娜·哈齐的代表律师一直密切地关注着所有发生的事情。竞拍会之后，他以民事《反侵蚀法》法令提交了一份过失致人死亡起诉书，要求赔偿一千万美元，并且告知涉讼财产管理人他将申请房产的留置权。涉讼财产管理人并不在乎，反正那不是他的钱。紧随维尔娜之后，莱茜也因为自己的人身受到伤害而提起了诉讼。

追查克劳迪娅·麦克多万和费丽斯·特班的资产情况不像追查杜博斯的财团赃款那么复杂。当联邦调查局掌握了特班的所有财务记录后，一切财产来源都变得一清二楚。在境外离岸公司外壳之下，两位女士在巴巴多斯购买了一幢别墅，在新泽西有一套公寓，在新加坡有一套房产。这些房产被逐一拍卖，拍得的总价值为六百三十万美元。联邦调查局控制了十一个隐藏在世界各地的企业银行账户，账户余额总计五百万美元。在法庭命令和美国国务院施加的压力之下，一家新加坡的银行打开了两位女士名下拥有的一个保险箱。保险箱里装满了钻石、红宝石、蓝宝石、稀有金币和十盎司金条，估价约为一千一百万美元。巴巴多斯的一家银行同样迫于压力打开了她们的保险箱，里面也装有同类型的赃物，估价约八百八十万美元。兔子快跑的四套房产被售出，每套约为一百万美元。

联邦调查局从两位女士那里截获了数量惊人的赃款和赃物，塔拉哈西分部决定将这些赃物和赃款设立为"吹口哨的人"基金。这些资产慢慢被涉讼财产管理人出售，一年后，"吹口哨的人"基金已拥有三千八百万美元。从纸面上看，这个数字令人叹为观止。不过几个月后，这个数字还在慢慢增加，人们也逐渐适应了。

律师格雷格·迈尔斯向举报者基金提出索要奖励要求。法庭为麦克多万和特班指派的律师就变卖其资产提出反对意见，不过均被驳回。一旦赃物被没收，就会立刻被拍卖，律师们再怎么争辩也无济于事。他们能说什么呢？难道这些钱不是偷来的吗？所以律师们退到一边，再也没说什么。

塔帕科拉的律师认为这些钱是属于部落的，而法官也表示同意。但是，如果不是乔海伦、库雷和格雷格·迈尔斯勇敢地站出来，这些钱永远也不会被找到，整个贪污腐败的网络也不会被揭露出来。塔帕科拉不是没有责任的，他们一次又一次地选举出腐败的首长。在这三千八百万美元的基金中，法官给检举人一千万元奖励，其中乔海伦分得一半，迈尔斯和库雷各得到25%。法官还十分肯定地说不久之后，等杜博斯集团的资产全部找到并且拍卖之后，他们还会得到一份更大的奖励。

2013年1月14日，涉案嫌犯被捕十五个月后，五表亲在彭萨科拉的联邦法院出庭接受审判。直到此时，他们才终于知道克莱德·韦斯特贝和齐克·弗曼做了警方的证人指证了他们。他们这才知道克莱德刚一被捕时就认了罪，承认犯有一级谋杀罪，所以刑期会大大减少，具体服刑期限还没有判定。他们不知道齐克·弗曼藏在哪里，但也无心理会了。他们的好日子到头了，每个人都在想着自己悲惨的未来。

法庭上来了很多旁听者,宝拉·加洛维,一个始终喜欢站在众人当中的律师,成为了大家的焦点,向法庭陈述案情。她的第一个证人是维尔娜·哈齐。莱茜是第二个证人。法庭出示了案发现场的照片和录像。莱茜在法庭上站了一整天,感觉筋疲力尽。整个审判期间,她都跟维尔娜坐在一起。雨果的很多朋友和家人也来了,八天的审讯,他们从始至终都坚持参加。他们看到了道奇公兰卡车被偷的录像,还有弗洛格商店里的视频。齐克·弗曼是个非常有力的证人。克莱德·韦斯特贝指认了几名被告的罪行,但他很紧张,不敢抬头看那几名被告人。几名被告人都没有说话,他们一如既往地以缄默作为自己的辩护。一荣俱荣,一损俱损,他们都在劫难逃。

陪审团商讨了六个小时,最终裁定五名被告罪名成立。接下来的一周,宝拉·加洛维极力要求判处五名被告死刑,但是未能全部如愿。陪审团毫无异议判定沃恩·杜博斯和汉克·斯克里死刑。因为沃恩指使杀人,汉克安排了所有的计划。但是马顿兄弟和罗恩·斯金纳是否知道蓄意杀人的计划没有确凿的证据。按照法律,如果帮派有罪,那帮派成员不管有没有参与,也同样有罪。但是陪审团不愿判决另外三人死刑,而是裁定这三人终身监禁,而且不得假释。

随着五个头目被判刑,并且无法再为祸社会,宝拉·加洛维则将目标对准了其他的那些《反侵蚀法》被告。大多数人愿意认罪以减少指控,平均没人被判入狱六个月。

有一个名叫威和斯·莫兰的人,在帮派里待了有些年头,是个颇受信赖的小弟,不愿被关进监狱。他有个兄弟在监狱里被奸杀,所以他害怕遭遇像他哥哥一样的下场。几次审讯之后,他暗示自己知道一些关于萨恩·莱兹科和艾琳·梅斯被杀的事情,甚至还知道监狱眼线迪戈·罗布尔斯失踪的内情。联邦调查局无意判他长期徒刑,或者因此而判他短期徒刑,所以协商之后达成了认罪协议,他交代之后就可以出狱。

几年来,莫兰跟德尔加多共事过几次,这个德尔加多是沃恩最喜欢的杀手。众所周知,至少他们这些帮派里的老手都知道,德尔加多最拿手的就是杀人灭口,很有可能就是他杀死了萨恩和艾琳。

不经意间,埃里·帕切科不得不又开始调查杜博斯团伙干的另一起案件。

谋杀案审判两个月后,克劳迪娅·麦克多万和费丽斯·特班被带上了塔拉哈西联邦大楼的法庭,陪同的还有他们的律师。两人都承认犯有受贿罪和非法洗钱罪。现在她们将接受宣判。陪审团先宣读对费丽斯的判决,一番罪行谴责之后,她被判入狱十年。

法官对克劳迪娅的一番抨击和斥责将留存史册。在准备好的判决书上,法官强烈斥责她"中饱私囊,贪得无厌","贪赃枉法,滥用权力",她"背恩忘义",辜负了选民们对她的信任。一个稳定的社会是建立在公平和公正的准则之上,需要"像你我一样"的法官确保每个公民的正当权益受到保护,不受暴力、腐败和邪恶势力的侵犯和迫害。法官的语气时而严厉,时而尖刻,时而讥讽,但从未有过半分同情。法官激昂愤慨的量刑演说持续了三十分钟,震惊了所有在法庭上的人。克劳迪娅,到此时为止已经在监狱里被关了十七个月,如今变得更加瘦弱苍老,她尽量笔直地站着,听着法官严厉的陈词。除了站着看起来有些摇晃,仿佛膝盖软了,没了力气。但是她一直没有掉眼泪,目光也始终看着法官,目不转睛。

法官宣判她入狱服刑二十五年。

莱茜坐在前排,埃里坐在她身边,身旁另一边坐着的是乔海伦,他们都为她感到有些惋惜。

(完)

约翰·格里森姆

(JohnGrisham，1955年-)

美国知名畅销小说作家，他的一系列富含法庭法律内容的畅销犯罪小说为他赢得了巨大的声誉和财富。

20世纪90年代伊始直到今天，约翰·格里森姆都是美国以及世界上很多地方最受欢迎的畅销小说作家。

他的作品绝大多数是情节紧张、结局出人意料，但又不失深度的法律悬念小说，娓娓道出美国法律、政治世界的多种层面、各色人物。

The Whistler
吹口哨的人

原著
（美）约翰·格里森姆

翻译
王梓涵

总策划
朱家君

选题策划
蒋 惊

特约编辑
颜 燕

流程校对
肖梓熠

封面设计
林雨
QQ:450611716

美术总监
李 婕

宣传营销
蒋 惊

运营发行
常蓦尘

出版社
长江出版社

总出品
漫娱文化

平台支持
小说馆 脑洞W 烧脑X 热梗STORY

图书在版编目（CIP）数据

吹口哨的人／（美）约翰·格里森姆著；王梓涵译
—武汉：长江出版社，2017.10
ISBN 978-7-5492-5410-1

Ⅰ．①吹… Ⅱ．①约… ②王… Ⅲ．①长篇小说－美国－现代 Ⅳ．① I712.45

中国版本图书馆 CIP 数据核字（2017）第 259366 号

THE WHISTLER ,Copyright © 2016 by John Grisham.Originally published by Belfry Holdings,Inc.,c/o The Gernert Company,Inc.

版权合同登记号：图字：17-2017-248

吹口哨的人／（美）约翰·格里森姆著　王梓涵译

出　　版	长江出版社
	（武汉市解放大道 1863 号　邮政编码：430010）
出　　品	漫娱文化
	（湖北省武汉市积玉桥万达写字楼 11 号楼 19 层　邮政编码：430060）
出版人	赵　冕
选题策划	漫娱文化图书
市场发行	长江出版社发行部
网　　址	http://www.cjpress.com.cn
责任编辑	朱　舒
特约编辑	颜　燕
装帧设计	Yvonne 肖亦冰
印　　刷	湖北新华印务有限公司
版　　次	2017 年 10 月第 1 版
印　　次	2017 年 12 月第 1 次印刷
开　　本	880mm×1230mm　1/32
印　　张	10.25
字　　数	354 千字
书　　号	ISBN 978-7-5492-5410-1
定　　价	39.80 元

版权所有，翻版必究。如有质量问题，请联系本社退换。
电话：027-82926557(总编室)　027-82926806（市场营销部）